조해일문학전집 9

장편소설

갈 수 없는 나라

상

일러두기

- 《조해일문학전집》은 한국문학사에 커다란 문학적 성취를 남긴 조해일의 작품 세계를 독자들에게 소개함과 동시에 문학적 의의를 정리하는 데 목표를 둔다.
- 《조해일문학전집》은 생전에 발표했던 중·단편과 장편소설, 그리고 웹사이트에 게시된 미발표 소설 등과 기타 작품으로 구성되어 있다.
- 《조해일문학전집》은 출간일(발표일) 기준 가장 최신 작품을 저본으로 정하였다.
- 맞춤법, 띄어쓰기, 외래어 표기는 현행 맞춤법과 표기법을 따랐다.
- 한글 표기를 원칙으로 하였고, 한자로만 된 단어는 '한글(한자)' 형식으로 수정하였다.
- 수정하면 어감이 달라지거나 문학적으로 허용되는 일부 표기(표현)는 원문대로 두었다.
- 간접 인용과 강조는 ' ', 대화와 직접 인용은 " ", 단편소설은 「 」, 장편소설과 잡지는 『 』, 미술 작품과 영화·연극 등은 〈 〉, 시·노래 제목은 ' '로 표기하였다.

갈 수 없는 나라

상

간행사
– 조해일문학전집 발간에 부쳐

2020년 6월 19일 새벽, 조해일 선생이 우리 곁을 떠났다. 코로나19 바이러스의 창궐로 전 세계적으로 자유로운 이동이 멈춰 있는 가운데, 마스크를 쓰고 사회적 거리두기를 유지하던 시기였다. 그로부터 4년이 지났다.

조해일의 소설은 1970년대 한복판을 관통한다. 많은 사람에게 선생은 『겨울여자』(1976)를 쓴 1970년대 베스트셀러 대중 작가로 기억된다. 하지만 선생은 그러한 평가를 넘어, 등단작인 「매일 죽는 사람」과 「맨드롱 따또」, 「뿔」 등의 단편소설, 「무쇠탈」과 「임꺽정」 등의 연작소설, 「아메리카」와 「왕십리」 등의 중편소설, 『갈 수 없는 나라』 등의 장편소설 들을 지속적으로 발표한, 1970년대를 대표하는 작가로 활동하였다. 조해일은 감정을 배제한 객관적인 묘사와 절제된 문체로 산업화 시대를 살아가는 소시민의 일상성을 주목한 작가로 평가받는다. 특히 도시화·근대화의 과정에서 야기된 폭력성에 대한 성찰과 함께, 장편소설에서 보여준 우의(寓意)적 연애 담론이 대중적 교감을 형성한다. 선생의 작품은 '삶과 죽음, 도시와 인간, 노동과 소외, 여성과 남성, 폭력과 비폭력, 전쟁과 평화, 이성과 충동, 이상과 현실, 인간과 비인간, 억압과 저항' 등의 대립항을 주목하면서, 인본

주의적 상상력으로 산업화 시대 한국 사회의 풍경을 다채롭게 길어 냈다. 1970년대 한국 사회를 조망하고자 할 때 작가 조해일은 황석영, 최인호, 조세희 등과 함께 빼놓을 수 없는 '문학적 자산'이다.

문학사적 차원에서 조해일은 중편 「아메리카」로 미군 기지촌 풍경을 묘사하면서 제3세계적 시각의 획득과 반제국주의적 의식의 형상화를 성취한 작가라는 평가를 받는다. 장편소설 『겨울여자』 등은 대표적인 대중소설로서 상업주의적 코드 속에 파편화된 개인주의와 관능적 분위기 등의 대중적 요소를 함의하고 있다고 평가받는다. 또한 「뿔」의 지게꾼, 「1998년」의 우화적인 미래 공간, 「임꺽정」 연작의 역사 공간, 「통일절 소묘」의 환상적인 꿈 등에서 드러나듯, 새로운 소설적 기법과 비유적 장치, 주제 의식을 통해 함축적이고 다양한 세계를 주조한 것으로 평가받는다.

조해일의 소설에는 '역설(逆說)의 감각'과 '알레고리적 상상력'이 자리한다. '역설'은 세계의 복잡성과 다성성(多聲性)을 입체적으로 착목(着木)하는 방법이고, '알레고리'는 세계의 진실을 우회적으로 드러내기 위해 활용하는 대표적인 메타포다. 현실 세계의 표면적 양상이 감추어 둔 이면적 진실을 꿰뚫어 보기 위한 작가적 선택으로 '역설과 우의'의 방식을 선호한 것이다. 선생은 등단작인 「매일 죽는 사람」이래로 말년작인 「통일절 소묘2」에 이르기까지, 50년 가까운 세월 동안 '자유와 민주, 평등과 평화, 인권과 노동'을 소중히 여기며 인간의 실존적 가치에 대해 탐색했다.

많은 작가의 말년작들이 자신의 과거와 현재를 조망하고, 무의식에 자리한 작가적 원형을 재조명하면서 자신의 문학세계를 마무리하는 방식을 보여준다. 이번 전집에 포함된 미발표 유고작 「1인칭 소설」 연작은 고백체 형식의 자전소설로 '문인 조해일' 이전에 '개인 조해룡(본명)'의 실존적 생애를 회고하며 '소설의 진정성'에 대해 회의(懷疑)함으로써 문학의 가치를 되짚어 보게 하는 작품이다. 만주에서의 생애 최초의 기억을 떠올리는 것으로 시작하여 해방을 맞아 서울로 이주해 살다가 6·25 전쟁을 맞아 부산까지 피난을 떠났던 이야기로 마무리되면서, 작가의 구술사적 욕망이 모두 드러나지는 못한채 미완으로 종결된다. 하지만 1970년대 대표 작가로서 1940년대로부터 2000년대에 이르기까지, 문단과 강단 안팎에서 전업 작가로서 마주했던 소설가적 진실 추구에 대한 원형적 자의식을 보여준다는 점에서 유의미한 말년작이다.

선생의 작품은 도시적 일상으로부터 기지촌 여성 문제 고발, 불합리한 폭력의 양상 폭로, 환상성의 활용, 역사소설의 전용 등을 거치면서 정치적 알레고리를 배면에 깔고, 비인간적 현실에 대한 무기력한 지식인의 대응을 통해 1970~80년대적 체제 저항의 수사를 형상화한다. 탄탄한 서사성을 내장한 조해일의 문학은 1970년대를 넘어 지금에 이르기까지, 현실과 가상의 경계를 넘나들면서 소외된 개인이 일상과 현실을 벗어나 환상과 무의식의 세계로 탐닉해 들어가는 문학 내외적 현실을 성찰하게 한다. 조해일의 문학은 지금 여기에서 여전히 한국문학을 대표하는 현재진행형 유산(遺産)이다.

이제 우리는 아동문학과 수필, 희곡 등 비소설 장르의 작품을 제외한 선생의 모든 소설을 가능한 한 원형 그대로 보존하여 문학전집을 발간한다. 이 전집이 선생과 선생의 작품을 그리워하는 사람들에게 선생의 향기를 추억할 수 있는 매개체가 되기를 바라며, 문학을 공부하는 사람들에게 풍요로운 문학적 영감(靈感)으로 활용되기를 기대한다.

끝으로 선생의 저서를 전집으로 출판하는 데 물심양면으로 도움을 아끼지 않은 모금 참여자들과 전집 발간에 암묵적으로 동의해 준 유족에 감사를 전한다. 특히 간행의 시작과 끝을 책임져 준 죽심(문학의숲)에 진심으로 감사를 드린다.

독자 여러분들의 많은 관심과 성원을 기대한다.

2024년 6월
조해일문학전집 간행위원회
고인환, 고찬규, 김중현, 박균수, 박도준,
박연수, 서하진, 오태호, 주준섭, 한희덕

차례

조해일문학전집 9권

맹인 부부 가수

눈 내려 어두워서 길을 잃었네

갈 길은 멀고 길을 잃었네

눈사람도 없는 겨울밤 이 거리를

찾아오는 사람 없어 노래 부르니

눈 맞으며 세상 밖을 돌아가는 사람들뿐

등에 업은 아기의 울음 소리를 달래며

갈길은 먼데 함박눈은 내리는데

사랑할 수 없는 것을 사랑하기 위하여

용서받을 수 없는 것을 용서하기 위하여

눈사람을 기다리며 노랠 부르네

세상 모든 기다림의 노랠 부르네

- 정호승(鄭浩承)의 '맹인 부부 가수'에서 -

동희(韓東姬)가 경제부의 마 기자(馬相俊記者)를 만나기로 한 곳은
청진동의 보리라는 찻집이었다. 여성으로서, 사회부 같은 드센 부서

에 배속이 된 것을 격려·축하하는 뜻으로 그가 저녁을 사겠다고 제의했던 것이다. 마 기자는 신문사 안에서의 선배일 뿐 아니라 대학의 동문 선배이기도 했으므로 동희는 고맙게 그의 제의를 받아들였다. 그리고 그녀는 그와 약속한 6시 반에 맞추어 청진동 해장국 골목 어귀로 들어서고 있었다. 3월 초순이라곤 하지만 아직 쌀쌀한 날씨였다. 더욱이 해가 떨어진 골목에서 불어오는 바람은 좀 더 쌀쌀했으므로 그녀는 코트 깃을 세우며 조금 옹송그리듯 걷고 있었다. 그때 그녀의 눈길을 잡아끈, 조금 기이한 풍경 하나가 있었다.

맥주와 경양식 따위의 메뉴를 아크릴 간판에 써서 내달고 있는, 조그만 생맥줏집 담벼락 앞이었다. 남루한 옷차림의, 짙은 색안경을 낀 한 쌍의 남녀가 허름하고 네모진 스피커 통 하나를 앞에 놓고 노래를 부르고 있었다. 아니, 보다 정확히 말하려면 노래를 부르고 있는 것은 등에 아기를 업은 채 한 손에 마이크를 쥐고 있는 여자 쪽이고 남자 쪽은 기타로 반주를 하고 있었다고 해야 옳다. 첫눈에 맹인 부부임을 짐작할 수 있었다. 땅바닥에 세워진 스피커 통 위에는, 몇 개의 동전이 담긴 양은냄비 하나가 놓여 있었고 성능이 좋지 못한 스피커를 통해서 흘러나오는 그들의 노랫소리는 그들 주위의 춥고 작은 공간을 힘없이 떠돌고 있었다. 부부 모두 30대 미만으로 보였고 그들의 남루한 옷차림 비슷한, 거의 잿빛에 가까운 얼굴색을 하고 있었다. 노래는 '목포의 눈물' 따위였는데 걸음을 멈추고 그들의 연주에 귀를 기울이거나 양은냄비에 동전을 던지고 가는 행인은 한 사람도 없었다.

동희는 잠시, 그들의 색안경 뒤에 숨겨진 보이지 않는 눈과 그들의 무력한 연주가 빚어내는 알 수 없는 서글픔이 마음을 찌르는 듯했으나 곧 그들 앞을 지나쳤다. 마음속이 언짢았으나 다가가 그들의 양은냄비 속에 동전을 던져 넣는다거나 하는 것은 왠지 내키지 않았던 것이다. 무어라고 할까, 그것은 마치 사람들이 보는 앞에서 선행(善行)을 베푸는 것과 같은 쑥스러운 것에 속한다는 순간적인 느낌 때문이었다고 할까. 그러나 그 맹인 부부 가수의 가련한 모습은 이후 동희의 가슴속에서 쉽사리 지워지지 않았다. 그리고 그것은 아마 그녀가 '보리'에 도착했을 때도 그녀의 얼굴에 우울한 그림자로 나타났던 모양이다. 마 기자는 조금 의아스런 얼굴로 그녀를 맞이했다.

"어째 얼굴빛이 좀 안 좋은데? 무슨 일이 있었어요?" 하고 마 기자는, 동희가 자리에 앉기를 기다려서 물었다. 동희는 아무 일도 아니라는 듯 조금 웃어 보이며 대답했다.

"아녜요, 아무 일도 없었어요. 날씨가 좀 쌀쌀해서 그런 모양이에요."

"아니, 날씨 탓만은 아닌 것 같은데? 무슨 걱정거리라도 생긴 것 아녜요?"

마 기자는 쉬 의아스런 표정을 풀려고 하지 않았다. 그의 약간 짙은 눈썹 밑의 눈동자가 진지한 빛을 띠고 그녀를 향해져 있었다. 동희는 잠깐, 다시 그 맹인 부부 가수의 모습을 떠올렸다. 그리고 그 이야기를 이 사람에게 하는 것이 좋을지 어떨지 잠시 망설였다.

"무언가 있긴 있는 모양이로군. 걱정거리가 생겼으면 말을 해 봐요,

이 선배한테. 도움이 될지도 모르니."

그는 동희의 표정을 계속 살피며 재촉했다. 동희는 말해도 상관없으리라고 생각했다.

"대수로운 일은 아녜요. 실은 이리로 오는 도중에 가난한 장님 부부가 노래를 부르고 서 있는 걸 봤어요. 그냥 지나쳤지만 마음이 왠지 좀 언짢아요."

그러자 마 기자의 얼굴에는 아하, 하는 표정이 떠올랐다.

"난 또 무슨 일이라구. 미스 한, 아직 멀었구만, 사회부 기자 노릇하려면 앞으로 별의별 일 다 보게 될 텐데. 그 장님 부부라면 오다가 나도 봤어요. 좀 청승맞긴 하더구만. 하지만 뭘 그런 정돌 가지고……. 자, 우리 차 한 잔씩 하고 나가지."

하며 그는 레지를 불러 차를 시켰다. 그도, 동희도 커피를 시켰고 커피를 기다리는 동안 그가 다시 말했다.

"난 미스 한이 아주 용감한 줄 알았는데 마음이 아주 약하군그래. 그런 정돌 가지고 언짢아하는 걸 보니. 앞으로 걱정인데."

하며 그는 약간 조롱하는 시선으로 동희를 바라보았다. 동희는 악의 없는 그의 조롱을 다소곳이 받았다. 그러나 마음은 여전히 편치 않았다. 커피가 날라져 왔을 때 그녀는 물었다.

"그 부부는 생계의 방법이 그 길밖에 없을까요?"

"하아, 또 그 소리. 이 아가씨 야단났는데. 안 되겠군. 내일 사회부장한테 얘기해서 어디 딴 부서로 돌리거나 하래야지. 이봐요, 미스한. 그만 잊어버려요. 오히려 얼마나 근사해요. 생계의 방법치곤. 아내는 노래 부르고 남편은 기타 치고. 오히려 낭만적이지."

동희는 입을 다물었다. 그리고 조금 웃어 보인 다음 잠자코 커피를 마셨다. 더 이상 그 이야기를 그와 더불어 나누는 건 너무 고지식하게 이쪽의 기분만 고집하는 결과가 될 터이었기 때문이다. 커피를 마시고 나서 그녀는 짐짓 가벼운 표정으로 말했다.

"자, 가요, 마 선배. 무슨 맛있는 걸 사 주실 생각이죠?"

그제야 마 기자는 안심했다는 표정으로 호기롭게 말했다.

"진작에 그럴 노릇이지. 역시 미스 한은 선배의 말을 알아들을 줄 아는군. 자, 그럼 일어설까. 한데 참, 미스 한. 오늘 좀 늦게 들어가도 괜찮을까?"

"네?"

"실은 저녁식사 후에 미스 한을 한 군데 꼭 데려가고 싶은 곳이 있는데."

동희는 약간 의아한 표정을 지어 보이며 물었다.

"그게 어딘데요?"

그러자 마 기자는 조금 짓궂은 표정으로 동희를 바라보았다.

"왜, 겁이 나요? 무슨 수상한 델 데려갈까 봐."

"어머, 마 선배두. 설마 마 선배께서 절 수상한 델 데려갈라구요."

"그렇지 않다는 보장도 없지. 미스 한이 이렇게 예쁜데."

"어머? 마 선밴 부인이 있잖아요. 부인이, 아주 미인이시란 얘길 들었는데."

"미인? 하하, 그야 아무렇든 그렇다고 내가 미스 한을 수상한 데로 데려가지 않는다는 보장은 안 되지. 오히려 더욱 수상한 데가 될 가능성이 크면 컸지. 처녀 총각 사이라면야 좀 수상한 델 간들 그게 뭐 그리 크게 수상하달 게 있나."

"어머, 농담 자꾸 하심 싫어요. 도대체 어딘데 그러세요?"

"나이트클럽."

"어머, 또 농담."

"아니, 실은⋯⋯." 하고 마 기자는 그제야 장난기를 거두며 조금 진지해진 표정으로 말했다.

"실은 오늘, 며칠 전에 준공을 마친 Q호텔의 나이트클럽이 오프닝을 하거든. 꽤 흥미 있는 인물들이 모여들 가능성이 있어요. 나도 초대장을 받았는데 썩히기가 아깝기도 할 뿐 아니라 미스 한한텐 좋은 공부가 될 것 같은데 또 무슨 특종거리가 생길는지도 모르는 일이고. 이건 예감일 뿐이지만 무슨 흥미로운 사건 하나쯤 꼭 일어날 것 같기도 하고. 어때요? 식사 후에 같이 한번 가 보지 않겠어요?"

동희는 잠시 마 기자의 얼굴을 바라보고 나서 물었다.

"여기 가면 많이 늦어질까요?"

"아무래도 좀 늦어지겠지. 하지만 예비취재차 가는 거라고 할 수도 있으니까 좀 늦어지는 정돈 각오를 해야지. 뭣하면 집에 전화를 해두면 되잖아요. 나 이거, 신문기자가 집에 늦을 걱정부터 하니."

동희는 조금 부끄러웠다.

"미안해요. 아직 몸에 배질 않아서 그런가 봐요. 좋아요, 집에 전화를 걸겠어요."

마 기자는 빙그레 웃었다.

"됐어요, 그럼 일어섭시다. 전화는 식사하면서 걸어도 늦지 않을 테니까. 미스 한은 참, 너무 고마운 선배를 둔 셈이군."

"고맙습니다, 선배님."

"하하, 그렇다고 인사를 받자는 건 아니고. 자, 나갑시다."

동희는 마 기자를 따라 찻집을 나서면서 문득 다시, 아까 본 그 맹인 부부의 모습을 떠올렸다. 그들은 끼니를 얻기 위해 스산한 거리 한 모퉁이에서 듣는 이 없는 노래를 부르고 서 있는데 자기들은 지금 약속된 식사를 위해 찻집을 나서고 있다는 묘한 배반의 심정 같은 기분이 들었기 때문이었다. 게다가 자기들은 지금 식사 후의 그럴듯한 행선지까지 약속되어 있다.

"참, 미스 한 스테이크 좋아해요?"

하고 그때 마 기자가 물었다. 동희는 마치 그 말을 해석하는 데 한참 시간이라도 걸리듯 사이를 두었다가 대답했다.

"네, 전 아무거나 좋아요."

거리는 이제 완전히 어두워져 있었다. 동희가 마 기자를 따라 한 스테이크집에 들러 저녁식사를 마친 후, Q호텔에 도착한 것은 밤 9시경이었다.

Q호텔은, 최근 몇 년 사이에 부쩍 늘어난 외국 관광객들 덕분에 톡톡히 재미를 본, 전국에 굵직굵직한 계열 호텔들을 거느린 호텔 재벌 Q기업(企業)이, 지상 30층 지하 3층의 거대한 규모로 최근에 준공을 끝낸 국제급 초호화판 관광호텔이었다. 마 기자의 설명에 의하면,

Q기업은 이제 이 호텔 하나만으로써도 넉넉히 동업계의 추격을 멀리 따돌릴 수 있게 되었다는 것인데 과연 호텔은 그 외관만으로도 주변의 빌딩군(群)에서 단연 제왕다운 모습을 자랑하고 있었다. 그것은 마치 어두운 밤하늘에 우뚝 솟아오른, 거대한 현대식의 궁전처럼도 보였다.

동희는 마 기자와 함께, 유리로 된 자동 개폐식의 호텔 현관을 들어서면서, 그리고 넓고 호사스런 현관 로비를 지나 엘리베이터가 있는 곳까지 걸어가면서 여지껏 쉽게 경험해 보지 못한 심한 위화감을 맛보지 않으면 안 되었다. 그곳은 그녀가 이제껏 경험한 어떤 공간하고도 같지 않았다. 그곳은 그네가 살아온 지금까지의 일상적 공간들과는 너무나 다른 장소였다. 그러나 동희는 주눅이 들어선 안 된다고 생각했다. 엘리베이터를 기다리면서 그녀는 마 기자에게 말했다.

"굉장하군요. 마 선밴 이런 데 자주 오세요?"

"웬걸, 여긴 물론 나도 처음이고, 딴 호텔도 커피숍을 이용하는 게 고작이지. 어쩌다 돈깨나 번 친구들과 어울리면 더러 나이트클럽에나 가 보는 정도고."

하고 나서 마 기자는,

"대단한데, 돈으로 처발랐구먼." 하며 새삼 주위를 둘러보았다. 그리고 그는 곧 동희를 돌아보며,

"한데 미스 한은 호텔 같은 데, 처음이에요?"

하고 다소 호기심 어린 시선으로 물었다. 동희는 조금 부끄러운 표정을 지어 보이며 대답했다.

"네, 학교 다닐 때도 겨우 다방 같은 데나 가 봤죠, 뭐."

"호텔 커피숍 같은 데도 이용을 못 해 보고?"

"네, 저 아주 숙맥이었어요."

"나 이런, 그런 아가씨가 어떻게 용감하게도 사회부는 지망했지?"

"학교 다닐 때 너무 숙맥 노릇만 한 것 같아서 한번 좀 용감해져 보려고 그랬죠, 뭐."

"흐흠, 그래서 오늘 여기도 용감하게 따라나섰다, 그런 얘기로군."

"그렇다고도 할 수 있어요."

"그렇다고도 할 수 있다, 그럼 다른 이유도 있다는 말인가?"

"마 선배를 신뢰하기 때문이기도 하고, 그리고 약간의 호기심도 있고."

"흐흠, 그 선배를 신뢰하기 때문이기도 하다는 대목은 매우 마음에 드는데. 아주 마음에 들어. 역시 후배가 선배를 알아주는군."

그때 엘리베이터의 문이 열리면서 몇 사람의 말쑥하게 차린 남자들이 걸어 나왔다. 동희는 마 기자의 양보를 받으면서 엘리베이터 안으로 들어갔다. 구두 바닥에 부드럽고 기분 좋은 감촉이 전해 왔다. 매우 호사스러워 보이는 양탄자가 아직 새것인 채 그곳에는 깔려 있었다. 사람들은 발밑을 위해서도 매우 호사를 부리는구나, 하고 동희는 생각했는데 비슷한 생각을 했는지 마 기자도 빙그레 그녀를 굽어보며 웃었다. 아니면 그녀의 그런 생각을 알아차리고 넌지시 꾸짖는 미소였는지도 모른다. 아무튼 동희는 발밑이 너무 호강을 하고 있다는 느낌을 지울 수가 없었는데 그러는 사이 엘리베이터는 빠른 속도로 수직 이동을 하고 있었다. 그리고 그들을 나이트클럽이 있는 호텔의 최상층까지 날라다 주었다. 엘리베이터에서 내리자 바로 나이트클럽의, 온통 화환으로 둘러싸인 입구가 보였고 아래위 흰 양복으로 정장한 남자 한 사람이 다가와 곧 그들을 안내해 주었다. 안내하면서 남자가 물었다.

"저, 실례지만 초대되셨는지요? 초대되지 않으신 경우라면 입장료를 지불하셔야 합니다만."

"아, 초대받았어요."

하고 마 기자는 호주머니에서, 반으로 접힌 연하장 모양의 종이 하나를 꺼내 보였다.

종이를 받아 재빠른 손놀림으로 접힌 부분을 펴 본 남자는 곧,

"아, 죄송합니다. 이쪽으로 들어오시죠."

하고 공손한 몸짓으로 앞장섰다. 거기서도 동희는 마 기자의 양보를 받으면서 여지껏보다 훨씬 조명이 은근해진 클럽 안으로 들어섰다. 입구로부터 상당한 거리를 둔 저 앞쪽에 무대 비슷한 것이 얼핏 눈에 띄었고 무언가 매우 부드러운 곡을 연주하고 있는 칠팔 명의 밴드맨도 눈에 띄었다. 그리고 무대 앞의, 그다지 좁아 뵈지 않는 공간에서는 여러 쌍의 남녀가 춤을 추고 있는 모습도 보였다. 달라진 조명에 눈이 익자, 차차 테이블을 차지하고 앉은 사람들의 모습도 보이기 시작했고.

동희들은 곧 비어 있는 한 테이블에 안내되었다. 두터운 커튼이 드리워진 창가 근처의 테이블이었다.

"자, 그럼 즐거운 시간이 되시길 빌겠습니다."

하고 거기까지 그들을 인도해 준 남자가 공손히 인사한 뒤 물러가고, 언제 뒤따라왔었는지 이번에는 자주색 상의를 입은 남자가 그들 앞에 공손한 자세로 다가섰다.

"저, 무엇이든지 분부하실 일이 있으시면 저한테 분부해 주시면 감사하겠습니다. 당번 웨이터, 미스터 박이라고 합니다."

하고 그는 두 사람을 향해 각각 정중히 허리 굽혀 인사했다. 마 기자는 앉은 채로 그를 올려다보며 말했다.

"아, 우리 맥주 좀 주고 뭐 적당한 안주 하나 주지."

그리고 그는 문득 잊었다는 듯 동희를 건너다보며

"참, 미스 한, 뭐 청하고 싶은 것 있으면 청하지. 특별히 뭐 좋아하는 게 있으면."

하고 실례했다는 듯 웃었다.

"아녜요, 전 구경만 하면 되는걸요, 뭐."

하고 동희는 가볍게 사양했다. 그러자 마 기자는 웨이터를 향해 고개를 끄덕여 보였다. 그리고 웨이터가 물러가고 나자 잠시 물끄러미 동희를 건너다보더니 문득 심각한 표정으로 입을 떼었다.

"가만있자, 미스 한. 미스 한한테 애인이 있던가?"

"네? 그건 왜요?"

"아니, 만일 있다면 내가 이거 아무리 직업상의 일하고 관계가 있다곤 하지만, 이런 델 미스 한하고 같이 다니다가 들키는 날엔 영락없이 코뼈 부러지는 거 아냐?"

그제야 동희는 그의 심각한 표정 뒤에 감춰진 장난기를 알아차릴 수 있었다.

"어마, 난 또."

"아니, 정말이라구. 나 이거 정말 코뼈 부러지는 거 아닌지 몰라. 괜히 후배 교육시키다가."

"염려 마세요. 애인은 있지만 마 선배 코뼈 부러지는 일은 없을 테니."

"오? 이건 실망인걸. 코뼈는 아무래도 좋다 치고 애인이 없다는 대답이 듣고 싶었는데. 정말 있어요?"

"선배 속이는 후배 보셨어요?"

"야, 이건 정말인 모양인데. 점점 실망인걸. 하긴 선배 속이는 후배가 전혀 없지도 않지만."

"전 그런 나쁜 후배 아니에요."

"나쁜 후배였으면 좋겠는데."

"어머?"

"하하, 이 남자들 심리란 참 묘하단 말야. 예쁜 아가씨만 보면 괜히 임자가 좀 없어 줬으면 하는 헛된 희망을 누구나 품게 되니 말이지. 하하. 그 희망은 이제 사라졌고, 신문기자 근성이나 좀 발휘해 볼까. 그 애인은 뭐 하는 사람이에요?"

그때 주문한 것들이 날라져 왔다. 마 기자는 잠시 입을 다물고 익숙한 동작으로 두 개의 컵에 맥주를 따르는 웨이터의 동작을 지켜보았다. 그리고 웨이터가 물러가고 나자 다시 입을 열었다.

"자, 들어요. 설마 맥주도 못 한다고 하진 않겠지. 그리고 질문 계속하겠는데 그 애인, 내 코뼈는 가만 놔둘 거라는 그 애인, 뭐 하는 사람이에요?"

"왜요? 그게 그렇게도 마 선배의 중요한 관심사인가요?"

"아암, 중요한 관심사이고말고. 남자로서 마땅히, 아 그리고 선배로서도 마땅히 관심을 기울일 만한 사항이지."

동희는 잠시 웃음기 있는 눈빛으로 그를 마주 보고 나서 대답했다.

"궁금하심 말해 드릴게요. 형사예요."

"형사?"

"왜 놀라시죠? 형사가 애인이면 안 된다는 법이라도 있나요? 아니면 형사는 뭐 애인을 가져선 안 된다는 법이라도 있나요."

"아니, 뭐 그런 건 아니지만. 아무튼 놀랐는데. 이거 코뼈를 더욱 조심해야 되겠군. 어쩐지 아까부터 괜히 좀 켕기더라니. 그래, 형사라면 어디 근무하는?"

"시경 강력계요."

"어이쿠, 게다가. 야, 이거 내 코뼈는 이제 내 코뼈가 아니구나."

"염려 마세요. 그렇다고 애인 선배의 코뼈를 어떻게 하거나 할 사람은 아니니까요. 더군다나 강력계 형사가 무슨 폭력밴 줄 아세요? 폭력배나 강력범을 잡는 사람이지."

"아이구, 하지만 이거 오늘 내가 단단히 무슨 실수하는 모양인데. 애인이 강력계 형사라……."

"그쯤 해 두세요. 그 사람이 알면 정말 화내겠어요. 나중에 소개시켜 드릴게요."

그때 입구 쪽이 갑자기 수선스러워지더니 한 떼의 젊은 남녀들이 클럽 안으로 들어섰다. 모두 일곱 쌍의 남녀였는데, 남자들은 대개 서른 살을 갓 넘었거나 채 못 된, 옷차림으로 보아 상당한 부유층의 자제들처럼 보였고 여자들은 모두 배우나 모델들처럼 아름다워 보였다. 옷차림을 포함해서. 그리고 그들은 매우 조심성 없는 태도로, 이를테면 타인들의 기분 따위는 전혀 고려하지 않는 태도로 거침없이 들어서서, 주위를 두리번거리며 자신들이 다 함께 앉을 자리를 찾는 눈치였다. 아까 동희들을 안내했던 사람이, 동희들에게 보였던 것보다 더욱 공손한 태도로 그들에게 일일이 허리를 굽신거려 보이며 그들을 안쪽으로 안내했고 몇 명의 웨이터가 바쁜 걸음으로 앞서 달려가 클럽 중앙의, 미리 마련해 둔 듯한 테이블을 새삼 정돈하는 시늉을 했다. 그들은 여전히 주위를 고려하지 않는 태도로 커다랗게 웃거나 무어라고 몇 마디씩 주고받으며 그들을 위해 비어 있는 테이블로 향했다.

마 기자가 나직이 말했다.

"친구들, 어지간히 거들먹거리는군."

그러는 그의 얼굴엔 순간 조금 씁쓸한 표정이 떠돌았다. 동희가 물었다.

"마 선배 아시는 분들예요?"

그러자 그는 동문서답하듯,

"미스 한, 혹시 오인방(五人幇)이란 얘기 못 들어 봤어요."

하고 동희를 물끄러미 쳐다보았다.

"오인방이요?"

"음, 오인방."

"그게 무슨 뜻이죠?"

"이 사회부 기자 참 딱하군. 그럼 사인방(四人幇)이 무엇인지는 알아요?"

"아, 그 중국의 강청(江淸) 일파를 일컫는 말 말이죠?"

"그건 아는군. 그런데 우리나라에 오인방이 있다는 건 모르는군."

"도대체 무슨 얘기죠? 전 통 무슨 얘긴지 모르겠어요."

"그러니 딱한 사회부 기자랄밖에. 웬만한 학생들도 알고 있는 얘긴데. 자, 이 선배가 또 친절하게 가르쳐 드리지. 한마디로 중국의 사인방을 흉내 낸 건데—말하자면 명칭의 모방이지—저 친구들이 자신들의 그룹에 붙인 이름이에요."

"그럼 왜 오인방이죠? 저 사람들은 다섯 사람이 훨씬 넘는데."

"아, 여자들은 그냥 데이트 상대로 데려온 애들일 거고 남자 친구 일곱 명 중에서도 두 친구는 정식 멤버가 아녜요. 두 친구는 말하자면 저 친구들 '오인방'의 액세서리나 마찬가지지. 한 친구는 요즘 한창 인기가 올라가고 있는 가수 배수빈(裵秀彬)이란 친구고 또 한 친구는 권투 선수지, 용한식(龍漢植)이라고."

"그럼 나머지 '오인방'이란 사람들은 어떤 사람들인데요?"

"모두 최근 몇 년 사이에 눈덩이처럼 규모가 커진 재벌급 회사의 경영주 2세들이지. 저기 저 친구가 바로 이 호텔의 회장 둘째 아들인 이상철(李相喆)이란 친구고 그 옆의 친구가 주택재벌 R건설 회장의 셋째 아들인 김광배(金廣培)란 친구, 그 옆이 D증권 사장의 맏아들 박용기(朴容基)란 친구, 그 옆이 Y종합식품 회장의 둘째 아들 선우영일(鮮于榮一)이란 친구, 그리고 그 옆이 M자동차 회장의 막내아들 최명곤(崔明坤)이란 친구예요. 재미난 건 저 친구들이 모두 또 명문 B고(高)의 동기동창들이란 점이지."

그러며 그는 눈짓으로 일일이 그들 한 사람 한 사람을 지목해 보였다. 모두 여자 한 명씩을 파트너로 옆에 데리고 앉아 있었는데 이 호텔의 회장 2세라는, 이상철이란 사람은 마른 몸매에 조금 신경질적인 눈매를 갖고 있었고 그 옆의 김광배라는 사람은 보통 체격에 좀 검은 편, 다시 그 옆의 박용기라는 사람은 조금 큰 키에 곱슬머리, 또 그 옆의 선우영일이란 사람은 운동선수 같은 체격에 조금 어리석어 보이는 듯한 얼굴을, 그리고 그 옆의 최명곤이라는 사람은 조금 작은 키에 둥글고 흰 얼굴을 하고 있었다. 그리고 그들 좌우에 각각 자리를 잡고 앉은, 배수빈이라는 가수와 용한식이라는 권투 선수는, 각각 한 사람은 약간 큰 키에 해사한 얼굴을, 또 한 사람은 넓은 어깨에 강인해 보이는 얼굴을 갖고 있었다.

여자들은 모두 비슷비슷한 방식의 짙은 화장을 하고 있었는데 화장의 방식이 비슷해서인지 모두 비슷비슷하게 아름다워 보였다. 다만 그 가운데 이상철이란 사람의 파트너가 되어 있는 여자만이 약간 특이한 아름다움을 발산하고 있었는데 그 여자에 대해서는 마 기자가 약간 설명을 붙여 주었다.

"저 여잔 말하자면 저 친구의 애인 겸 여자애들의 리더 격인데 저 친구들에게 가끔 새로운 여자애들을 조달해 주는 조달책이기도 하지. 미스 한도 아마 여성잡지 같은 데서 더러 봤을걸. 패션모델 채나영(蔡那暎)이라구……."

그러고 보니 그녀는 어딘가 동희에게도 낯이 익은 듯한 얼굴이었다. 특히 한쪽 입꼬리를 약간 치키고 웃는, 묘하게 비웃는 듯한 미소가 낯익었다. 동희는 물었다.

"모두 처음 듣는 얘기예요. 그런데 저 사람들은 왜 하필 그런 이상한 명칭을—오인방이라고 하면 사인방이 연상돼선지, 왠지 좀 나쁜 사람들의 모임 같은 인상이 들잖아요—왜 그런 명칭을 붙였을까요?"

마 기자는 조금 비웃듯 웃었다.

"그야 일종의, 자기들 나름의 멋이겠지. 뭐라고 할까, 위악(僞惡)도 일종의 멋을 부리고 싶다는 태도에서 나오는 거라고 할 수 있으니까."

"네에."

"어때요? 아무튼, 오늘 날 따라오길 잘했지? 이것저것 공부한 게 많으니까."

"네, 감사합니다, 선배님."

"하하, 이거 후배가 다소곳하지 못하고."

"어머, 그렇담 죄송해요, 선배님."

"하하, 아녜요, 아냐."

그때 클럽 중앙의, 그들 '오인방'의 좌석에서 갑자기 요란한 박수소리가 터졌다. 동희는 마 기자와 함께 시선을 그쪽으로 돌렸다. 다른 테이블에 앉은 사람들의 시선도 일제히 그쪽으로 쏠리는 것 같았다. 여럿의 박수소리 사이에서 한 남자가 일어서는 모습이 보였다. 배수빈이었다. 그가 웃음을 머금고 좌석에서 빠져나와 무대 쪽으로 향하자 박수는 한층 요란해졌다. 배수빈을 익히 알고 있는 사람들인 듯, 덩달아 다른 테이블에서도 박수가 울려 나왔다.

배수빈은 천천히 무대 위로 걸어 올라가 마이크를 받아 들었다. 그리고 밴드맨 중의 한 사람과 귀엣말을 주고받은 뒤, 약간 미소를 띤 표정으로 자세를 고쳐 잡고 섰다. 다시 요란한 박수소리가 터져 나왔다. 밴드의 전주가 흘러나오기 시작했다. 달콤하고 부드러운, 그러나 다소 경쾌한 리듬의 전주였다.

이윽고 배수빈의 노래가 시작되었다. 노래가 시작되자 다시, 그가 앉았던 좌석에서는 요란한 박수소리가 터져 나왔다. 배수빈은 미소로써 답례하며 노래를 계속했다. 그의 목소리는 낮고 부드러웠다. 그리고 그의 노래는 알맞게 촉촉하고 그리고 알맞게 경쾌했다. 마 기자가 말했다.

"저 친구 요즘 젊은 애들간에 인기가 대단하지. 알맞게 저속하고 또 알맞게 저속하지 않거든. 게다가 '오인방' 저 친구들의 물질적 후원이 또한 무시할 수 없을 정도고. 저 친구들이 뒤에 있는 한, 저 친구의 앞으로의 연예 활동은 탄탄대로지. 게다가 저 친구는 영리한 편이거든. 대중이 원하는 게 무엇인지 알지."

동희가 물었다.

"대중들이 저 사람한테 원하는 게 뭔데요?"

"그야 물론 대단한 건 아니지. 방금도 얘기했지만, 대중들은 그저 자기를 비슷하게 적당히 저속하면서 또 적당히 저속하지 않은 걸 원하지. 하지만 그걸 알긴 쉬워도 그것에 맞추긴 쉽지 않은 법인데 저 친구는 용하게도 알맞게 잘해 내거든. 그런 점에선 일단 재능을 인정해 줘도 괜찮은 친구지."

"아무튼, 저 오늘 마 선배한테 많은 걸 배우네요. 정말 고맙습니다."

"하하, 자 그럼 오리엔테이션은 이쯤하고 우리도 나가서 춤이나 한 번 출까? 배수빈이 노래하는 무대 앞에서 춤출 기회도 그리 흔치는 않을 테니까."

"어머, 저 춤은 출 줄 몰라요."

"이런, 순 촌뜨기 아가씨 같으니라구. 요즘 대학 나온 아가씨가 춤도 못 춘다는 건 얘기가 아닌데?"

"미안해요. 저 아주 숙맥이었다고 아까도 얘기했잖아요."

"아, 정말 못 춰요?"

"네, 정말 미안해요."

"야, 이건 내가 오늘 실수투성인걸. 형사를 애인으로 갖고 있는 아가씨하고 데이트하지 않나, 춤도 출 줄 모르는 아가씰 데리고 나이트클럽엘 오지 않나."

"정말 미안해서 어떡하죠?"

"하는 수 없지. 내가 또 양보하는 수밖에. 강제로 어떻게 해 보려다 간 나중에 형사 애인한테 코뼈 부러지기 알맞을 테고."

그때 노래가 끝났는지 요란한 박수소리와 함께 여기저기서 앙코르를 청하는 소리가 들려왔다. 배수빈이 무대에서 내려오려는 몸짓을 하고 있다가 마지못한 듯 미소를 머금고 마이크를 잡았다. 그리고 겸손하게 말했다.

"고맙습니다. 그럼 제가 약간의 재롱을 좀 부려 보겠습니다. 저 좋아하실는지 모르겠습니다만 맹인 가수 레이 찰스의 노래를 약간 흉내 내 보겠습니다."

그러자 클럽 중앙 쪽에서 다시 요란한 박수소리가 터져 나왔다.

배수빈은 미리 준비했었는지 양복저고리의 옷 포켓에서 짙은 색안경 하나를 꺼내어 썼다.

순간 동희는, 아까 청진동 해장국 골목 어귀에서 본 그 맹인 부부 가수의 모습이 다시 머릿속을 스쳤다. 그리고 그들은 어쩌면 아직도 그 추운 골목 어귀에서, 듣는 이 없는 노래를 부르고 서 있을지도 모른다는 생각이 들자 다시 가슴이 답답해 왔다.

그때 장님처럼 색안경으로 눈을 가린 배수빈이 밴드에 뭐라고 짤막하게 지시하는 모습이 보이고 이어 밴드의 전주가 흘러나온 다음 곧 그의 노래가 시작되었다. 조금 전의 그의 노래와는 딴판인, 흑인 영가의 저 가슴 밑바닥에서 짜내는 듯한, 음울하고 절규에 가까운 느낌을 지닌 노래였다. 그러나 그는 그것을 어디까지나 흉내로서 부르고 있다는, 과장된 제스처를 보였다. 그의 흉내가 너무나 그가 흉내 내고 있는 가수와 닮았다고 생각했음인 듯 여기저기서 다시 박수갈채가 터져 나왔다. 마 기자도 두어 번 박수를 따라 치면서 말했다.

"저 친구한테 저런 재주가 있는 줄은 또 몰랐군. 죽은 레이 찰스가 과히 서운해하지 않겠는데. 자기 흉내를 저 정도로 내는 동양의 후배가 있다는 걸 알면."

"레이 찰스라는 사람이 장님 가수였나요?" 하고 동희는 물었다.

"아, 몰라요? 하긴 미스 한 또래에선 모를 수도 있겠군. 60년대 초반에 유행했던 가수니까. 흑인 장님 가수였는데 우리나라에서도 한때 인기가 대단했지. 저 친구 노랠 듣고 있으니까 대학시절 생각이 새삼 나는군. 그때 한창 유행했으니까."

"그렇군요."

"한데 요즘 젊은이들 사이엔 누가 유행인지 모르겠군. 요즘은 통팝송 같은 것에 귀 기울일 여유조차 없으니까. 누구예요? 밥 딜런인가?"

"저도 몰라요. 저도 팝송 같은 것 별로 듣지 못했어요."

"오, 그럼 클래식파(派)인 모양이군."

"그런 것도 아녜요. 그저 너무 무취미하다 보니까 그렇죠, 뭐."

"오라, 이제 알겠다, 그러고 보니 순 공붓벌레였구만?"

"어머, 그렇지도 못했어요."

그때 클럽 중앙 쪽에서 다시 박수소리가 터져 나오더니, 한 여자가 취했음을 과장하기 위함인 듯 다소 비틀거리며 일어섰다. 배수빈의 파트너였던 여자인 것 같았다. 일행의 권유에 의해서인 듯, 그녀의 몸짓은 그러나 다소 어색해 보이기도 했는데 누군가가 그녀에게 색안경 하나를 건네주고 있었다. 그녀는 그것을 받아 짐짓 과장된 동작으로 두 눈 위에 걸쳤다. 남자용 색안경이었으므로 그것은 다소 큰 느낌이었으나 그렇기 때문에 더욱 과장된 익살스러움을 풍겨 주고 있었다.

그러나 동희는 순간 마음 한구석이 싸늘하게 식어 옴을 느꼈다. 그들이 무슨 일을 하려는지가 직감적으로 느껴졌기 때문이었다. 마 기자도 쓴 표정으로 중얼거렸다.

"친구들, 나중엔 별 짓거릴 다 하려 드는군."

여자는 색안경을 걸친 채 자기 일행의 박수를 받으면서, 더듬거리는 과장된 몸짓으로 천천히 무대 쪽을 향해 걸어 나갔다. 다른 테이블에서도 그들의 의도를 뒤미처 알아차리고 미상불 흥미롭다는 듯 드문드문 박수를 보내기 시작했고 (박수에 호응하지 않는 사람들은 어딘가 기분이 좀 상한 사람들일 것이었다) 그녀는 마침내 무대 위로 더듬더듬 걸어 올라가 배수빈과 나란히 섰다. 영락없는 한 쌍의 맹인 남녀였다. 다만 옷차림이 지나치게 호사스러울 뿐인.

그들의 일행 쪽에서 다시 요란한 웃음소리와 함께 박수가 터져 나왔고 무대 위의 남녀는, 각기 한 사람은 노래를 멈추지 않은 채, 그리고 한 사람은 옆 사람의 눈치를 살피며 어리광스럽게 허리 굽혀 답례했다.

동희는 심한 배반감으로 가슴이 떨렸다. 그것은 아까 본 그 맹인 부부 가수의 가련한 모습 때문이었다. 그것은 흉내나 익살의 대상이 되어서는 안 되는 어떤 것이었다. 마 기자가 약간 긴장한 빛으로 동희의 표정을 살피며 말했다.

"미스 한, 조금 참아요. 너무 흥분하지 말고. 무슨 생각을 하고 있는
진 알겠어요. 하지만 그만 일을 가지고 흥분하다간 앞으로 흥분할 일
이 너무 많아져요."

"하지만……."

"글쎄, 기분은 알겠어요. 아까 청진동에서 봤다는 그 맹인 부부 때
문에 마음이 언짢았다는 것도 알고. 공교롭게 저 친구들이 저런 장난
을 하고 있는데 잠자코 조금 더 구경이나 해 봅시다. 저 친구들도 무
슨 특별한 악의를 가지고 그러는 건 아닐 거예요."

"하지만 너무한 것 같아요."

"글쎄, 그건 미스 한이 바로 몇 시간 전에 그 맹인 부부를 목격했기
때문에 더 그런 기분이 들 거예요. 그러지 않았더라면 그냥 단순한
장난으로 보아 줄 수도 있었을 텐데. 아무튼, 우린 좀 더 구경이나 해
요."

그때 무대 위의 남녀는 어느새 듀엣으로 노래 부르기 시작하고 있
었다. 배수빈의 레이 찰스 흉내는 그사이 끝난 모양이었고 그 둘은
한껏 청승맞은 목소리를 꾸며 내어 함께 '타향살이'를 부르고 있었
다. 그들의 일행 쪽에서는 다시 요란한 박수소리가 터져 나왔다. 그
리고 개중에는,

"야, 꼭 왔는데, 꼭 왔어."

"그러고 보니 천생연분이군, 아주 천생연분이야."

어쩌고 자못 감탄을 못 이기겠다는 듯 커다란 소리로 떠들어 대는
축들도 있었다. 배수빈과 그의 파트너는 더욱 청승스런 가락으로 노

래를 이어 나갔고, 그러자 일행 중 누군가가 일어나서 주머니를 뒤지는 과장된 시늉을 하며 무대 쪽으로 걸어 나가는 모습이 보였다. 와아, 하는 폭소가 그들 일행 가운데서 일어났다.

동희는 마침내 이제는 그 자리에 머물러 있을 수 없는 기분이 되었다. 그녀는 조용히, 그러나 결연히 의자에서 몸을 일으키며 말했다.

"저 먼저 가겠어요. 마 선밴 천천히 계시다 오세요."

그러자 마 기자는 약간 당황한 표정으로 따라 일어서며 말했다.

"아니 미스 한, 그런 법이 어딨어요. 같이 왔으면 같이 가야지. 자 잠깐만 더 앉아요. 저 친구들 짓거릴 조금만 더 보고 갑시다, 우리가 신문기자란 걸 잊지 말고."

동희는 순간, 그의 '우리가 신문기자란 걸 잊지 말고'라는 말에 발이 묶였다. 그의 그 말은 어떤 거역할 수 없는 울림을 지니고, 이를테면 어른이 어린이를 타이르는 듯한 힘을 지니고 그녀의 귓전에 울려왔던 것이다.

"자, 앉아요."

하고 그가 말했다. 동희는 조금 망설이는 표정으로 그를 쳐다보았다. 마 기자는 깊은 눈으로 그녀를 마주 보았다. 그리고 다시 부드러운 음성으로 말했다.

"앉아요, 자."

동희는 조금 더 망설이는 태도를 보이고 있다가 잠자코 그의 말에 따랐다. 그리고 팔목시계를 보았다. 10시 10분이었다. 그녀는 말했다.

"그럼 10분만 더 있겠어요. 신문기자란 참 불편한 거군요. 보기 싫은 걸 보기 위해서 이렇게 늦은 시간에 이런 곳엘 앉아 있어야 하다니."

"그래요. 신문기자란 그렇게 편한 직업이 못 돼요. 미리 충고해 두지만 미스 한은 앞으로 더 보기 싫은 것, 더 보기 험한 것을 보기 위해서 더 나쁜 장소에 있게 될 수도 있다는 걸 각오해 둬야 할 거예요. 그리고 감상(感傷)은 절대 금물이라는 것도."

"어머, 마 선밴 지금 제 기분을 감상이라고 생각하시는 거예요?"

"꼭 그렇다는 건 아니지만 별로 다를 바 없지요. 신문기자라면 좀 냉정해야지. 아무튼 그 얘긴 그쯤하고 저 친구들 짓거리나 우리마저 봅시다."

"전 보지 않을 테에요. 보고 싶지 않아요."

"글쎄 신문기자는 보고 싶지 않은 걸 보지 않을 권리가 없다니까. 봐 두어야 해요. 미스 한은 지금 개인 자격이라기보다 신문기자로서 여기 앉아 있다고 생각해야 돼요. 아까 여기 오기 전에도 내가 아마 얘기했을 텐데. 예비취재차 오는 거라구. 지금 그 말을 조금 수정하겠어요. 예비취재가 아니라 정식취재라고 생각하고 앉아 있어요."

"……."

"자, 그렇다고 굳어진 표정을 할 건 없이."

동희는 잠자코 그의 얼굴을 바라보았다. 그의 얼굴은 아직도 진지했으나 그의 두 눈은 부드러운 미소를 담고 있었다.

"자, 우린 신문기자라구."

"네. 알았어요."

동희는 내키지 않았으나 조금 참는 기분으로 다시 무대 쪽을 바라보았다. 무대 위에서는 아직 그들의 맹인 부부 흉내가 진행되고 있었고 그들 일행의 좌석 쪽에서는 계속해서 커다란 웃음소리와 박수소리가 터져 나오고 있었다. 조금 전에 주머니를 뒤지며 걸어 나가는 시늉을 하던 사람은 다시 제자리로 돌아와 있었고.

　그런데 그때 배수빈의 노래의 템포가 갑자기 빨라지기 시작했다. 느리고 청승맞던 가락이 갑자기 빠른 디스코의 리듬으로 바뀌었다. 그러자 그들 일행의 좌석 쪽에서는 작은 소요 비슷한 사태가 일어났다. 모두 우르르 의자에서 일어서더니 묘한 비명 같은 것을 지르며 쌍쌍이 무대 앞 공간으로 걸어 나가기 시작했던 것이다.

　저 혼란스럽고 믿기 어려운 사건이 벌어진 것은 그로부터 잠시 후였다. 그들은 마치 어디를 점령하러 떠나는 사람들처럼 우르르 무대 앞 공간으로 몰려 나가서, 배수빈들의 빠른 노래에 맞춰 춤을 추기 시작했는데 그러자 조명도 빠른 속도로 켜졌다 꺼졌다 하는 명멸(明滅)식으로 바뀌었다. 무대 위를 포함한, 무대 주위의 모든 조명이 꺼지고 그 부근을 비춰 주는 것이라곤 오직 그 빠른 명멸식 조명 하나만이 남자, 춤추는 사람들의 동작은 어둠과 밝음 사이에 교차되어 동작 하나하나가 마치 따로따로 동떨어져 있는 것처럼 보였다. 이를테면 방금 고개를 숙이고 있던 사람의 동작이 그다음 순간엔 아무 맥락 없이 고개를 쳐든 동작으로 바뀌고 방금 오른팔을 쳐들었던 사람의 동작이 그다음 순간엔 느닷없이 왼팔을 쳐들고 있는 사람의 모습으로 이어지는 식이었다. 그것이 빠른 템포의 노래와 연주에 따라 빠른 속도로 계속되자 춤추는 사람들의 모습은 마치 무수한 동떨어진 동작들의 어지러운 집합체처럼 보였다. 서로서로 딴전을 부리고 있는 듯한.

그리고 알 수 없게도 그것은 즐거움에 겨운 동작이라기보다는 고통에 겨운 동작들처럼 동희에게는 보였다. 동작들이, 서로 조금씩 다른 정지사진(靜止寫眞)의 연속처럼 보였기 때문일까. 그리고 끊어진 그 동작들 하나하나로써는 상당히 불편한 동작이라고 할 수 있었기 때문일까. 아무튼 동희는 그들이 그 고통스러워 보이는 동작을 매우 열심히, 그리고 매우 숨 가쁘게 계속하고 있다는 인상을 받았는데 그 사이에도 밴드는 여전히 빠른 속도의 연주를 늦추지 않았고 배수빈들도 노래를 멈추지 않았다. 그리고 물론 밴드의 연주하는 모습이나 배수빈과 그의 파트너의 노래하는 모습도 그 명멸식 조명에 따라 빠른 속도로 어둠 속에 잠겼다 다시 나타났다 하였다.

그런데 배수빈과 그의 파트너도 마침내 자기들 일행 속에 어울리고 싶다고 생각했는지, 노래를 멈추고 무대 아래로 뛰어내리는 모습이 그 명멸식 조명 아래 몇 개의 끊어진 동작으로 나타나 보였다. 그리고 그들도 곧 춤추는 무리에 섞여 버렸다. 이제 무대 위에는 밴드만이 남아서 그들 춤추는 무리를 위해 계속 빠른 음악을 연주하고 있었다.

그때 그들 일행 외에, 몇 쌍의 남녀가 더 그들 춤추는 무리에 가담했다. 구경만 하기에는 너무 그들의 춤추는 모습이 흥겨워 보였거나 아니면 춤출 권리는 누구에게나 평등하게 있다고 생각한 사람들일는지 몰랐다. 어쨌든 그리하여 무대 앞 공간은 이제 무수한 단속(斷

續)된 동작들의 커다란 소용돌이 같은 것으로 바뀌었다. 음악과 명멸하는 빛 속에 갇힌.

동희는 피카소의 〈게르니카〉라는 그림을 사진판으로 본 적이 있다. 그리고 왜 그때 그 그림 생각이 떠올랐는진 확실치 않지만, 동희는 그때 문득 그들 춤추는 무리의 모습이 어딘가 그 〈게르니카〉 속의 무수히 분해된 사람들의 모습과 닮았다고 느꼈다. 아마도 양쪽이 모두 동희에게는 고통스런 인상으로 받아들여졌다는 점에서 서로 비슷했기 때문인지 몰랐다.

바로 그 순간이었다. 요란한 음악소리를 뚫고 한 여자의 짧고 날카로운 비명소리가 들린 것은.

처음에 그것은 어떤 불의의 사태에 놀란 소리 내지는 춤이 가져온 흥분의 절정에서 빚어진 한 여자의 기성(奇聲)처럼 들리기도 했으나 잠깐 사이를 두었다가 연이어 들려온 두 번째 비명은 완연히 공포에 질린 거의 단말마에 가까운 소리였다. 그러나 밴드의 연주는 금방 멈춰지지 않았다. 그때까지도 그 비명소리가 연주를 중단할 만큼 중대한 의미가 있는 것이라고는 미처 판단하지 못했던 듯하다. 그러나 그 단말마에 가까운 여자의 비명소리는 연거푸, 음악소리를 찢고 날카롭게 솟아올랐다. 바로 무대 앞, 춤추는 무리의 한가운데서였다.

곧 밴드의 연주가 멈춰지고 춤추던 무리의 한가운데서는 일종의 소요가 일어났다. 그것은 참으로 혼란스런 사태였는데 그때까지도 그 명멸식 조명은 평상 조명으로 바뀌지를 않아 사람들의 혼란스런 동작은 계속 단속적(斷續的)으로만 비칠 뿐이었다. 그것은 마치 무엇을 향해 몰려드는 동작들의 단속적 집합 같기도 했고 무엇으로부터 도망치려는 동작들의 혼란스런 엇갈림 같기도 했다.

여자들이 거의 한꺼번에 내지른, 찢기는 듯한 비명과 함께,

"사람이 죽었다!"

하는 억눌린 목소리가 혼란 한가운데서 솟아오른 것은 바로 다음 순간이었다. 테이블들에도 작은 소요가 일어났고 무대 앞 혼란의 중심부로부터는 사람들이 황급히 흩어지는 모습이 명멸 조명 아래 드러났다.

누군가가 다시 다급한 목소리로 외치는 것이 들렸다.

"조명 켜! 어서 평상 조명으로 바꿔!"

그제야 조명은 급히 평상 조명으로 바뀌었다. 그리고 마침내 무대 주위가 밝아지자 모든 사정은 드러났다. 한 남자가, 가슴에 칼이 꽂힌 채 쓰러져 있는 모습이 보였다. 동희는 순간 고개를 외면했다. 마기자의 놀란 목소리가 들려왔다.

"아니, 저건 이상철 아냐!"

그리고 그는 곧 의자에서 일어났다.

"이봐요, 미스 한. 이건 외면만 하고 있을 일이 아녜요. 특종이야, 특종."

그러며 그는 무대 앞쪽으로 급히 걸어 나갔다. 그러나 동희는 잠시 동안 더 그렇게 무대 쪽을 외면하고 앉아 있었다. 그것은 그녀가 본 최초의, 그것도 너무나 참혹한 주검의 모습이었기 때문이었다.

사람들이 술렁대는 소리가 들려오고 많은 사람이 무대 앞으로 몰

려 나가는 기척이 들렸다.

그리고 귀에 익은 마 기자의 목소리가 커다랗게 들렸다.

"어이, 웨이터! 빨리 112에 신고하라구. 그리고 여기 계신 손님들 경찰이 올 때까진 한 분도 밖으로 나가시지 못하게 하구."

그러자 웨이터인 듯한 남자의 목소리가 무어라고 대답하는 소리가 들리고,

"뭐라구? 벌써 나가신 분이 계시다구? 몇 분이나? 뭐? 몇 분인지도 잘 몰라? 엉겁결에 자세히 보지도 못했다구? 이거 정말 야단 났군. 아무튼, 빨리 112에 신고나 해요."

하는 마 기자의 들뜬 목소리가 뒤를 이었다.

사태는 명백해졌다. 살인사건이 일어난 것이다. 춤과 음악과 조명의 혼란 한가운데서 끔찍한 살인사건이 일어난 것이다. 만일 지금 저 무대 앞에 쓰러져 있는 사람이 자신의 가슴에 칼을 꽂지만 않았다면 말이다. 그리고 아직 혹시 그에게 숨이 붙어 있는 것만 아니라면 말이다.

사람들은 그러나 그가 죽었다고 말하고 있다. 게다가 그는 바로 이 Q호텔의 회장 아들인 이상철이라지 않는가. 마 기자가 '아니 저건 이상철이 아니야'라고 부르짖던 소리가 아직 귓속에 여운을 끌며 남아 있다.

동희는 마음속에서 고개를 흔들었다. 충격에서 그만 벗어나 어서 마음을 진정해야 한다고 생각했기 때문이다. 마 기자의 말대로 그녀는 신문기자가 아닌가. 신문기자로서는 최대의 영예인 특종을 쓸 기

회가 아닌가. 그러나 생각뿐, 쉽사리 고개는 다시 무대 쪽으로 돌려지지가 않았다. 그곳에는 그녀가 잠깐만 보고도 고개를 외면해 버린 너무나 끔찍한 사태가 벌어져 있는 것이다. 그리고 그녀는 아직 신문기자로서의 직업의식보다는 한 처녀로서의 감수성에 더 큰 지배를 받고 있었던 것이다. 신문기자로서는 그녀는 이제 막 수습을 끝낸 햇병아리에 불과했던 것이다.

그때 마 기자의 목소리가 다시 들려왔다.

"경찰이 올 때까지 아무도 시체에 손을 대선 안 됩니다. 현장을 그대로 보존해야 합니다. 물론 이제는 어느 분도 이 클럽 바깥으로 벗어나셔도 안 되구요."

그리고 사람들의 술렁대는 소리가 다시 들려오고 누군가가 이쪽으로 다가오는 기척이 느껴지더니 곧 부드러운 손길 하나가 동희의 어깨에 느껴졌다. 흠칫 놀라 쳐다보니 마 기자였다. 그는 부드러운, 그러나 약간 흥분한 표정으로 말했다.

"자, 그러고만 있지 말고 현장을 좀 봐 둬요. 미스 한은 신문기자예요. 더욱이 사회부 기자예요. 이건 특종감이라구. 게다가 미스터리야. 경찰이 오면 혹 밝혀질지 모르지만, 지금으로선 범인이 누군지 짐작도 할 수가 없어요. 누구도 범인으로 지목할 만한 혐의나 거동을 보이는 사람이 없어요. 혹은 범인은 벌써 달아나 버렸는지 모르지. 워낙 북새통이었고 더욱이 예기치 못한 사건이라 누구도 무슨 방비를 해 볼 여유를 갖지 못했으니까. 게다가 종업원들을 포함해서 모두들 이런 일엔 경험이 전혀 없는 사람들투성인 것 같고. 교활한 범인이라면 도망칠 시간은 충분했겠지. 물론 범인은 아직 여기 남아 있을는지도 모르지만. 아무튼, 그야 경찰이 와서 해결할 일이고 우린 우리가 할 일을 해야지. 자, 일어나서 이쪽으로 와 봐요. 용기를 좀 내야지, 이건 어디까지나 미스 한 일이라구."

동희는 잠시 어찌할 줄 모르는 시선으로 마 기자를 쳐다보았다. 그녀로서는 그저 두렵기만 할 뿐, 이런 경우 어떻게 대처해야 좋을지를 알 수가 없었던 것이다. 그러나 마 기자는 여전히 흥분한 어조로 재촉했다.

"자, 어서요. 이건 그냥 흔한 살인사건이 아니라구."

동희는 눈을 감았다. 그리고 마음을 독하게 다져 먹는 수밖에 없다고 생각했다. 마음속으로 어금니를 악물었다. 그리고 눈을 떠 마 기자를 똑바로 바라보면서 말했다.

"좋아요. 그 대신 마 선배가 도와주셔야 해요."

"물론, 물론 돕구말구. 자 일어서요."

하고 마 기자는 부축하듯 그녀의 한쪽 팔을 잡아 주었다. 동희는 의자에서 몸을 일으키며 말했다.

"놓으세요. 괜찮아요. 움직이는 건 저 혼자도 할 수 있어요."

그리고 그녀는 그러는 게 마치 자기 자신에게 냉정한 태도라도 되듯 마 기자의 손에서 팔을 빼내었다. 마 기자는 조금 웃으며 그녀의 팔을 놓아주었다.

"좋았어요, 그렇게 용기를 내야지."

동희는 그러나 입술을 꼭 깨문 채 말없이 무대 쪽을 향해 몸을 돌이켰다. 두려운 것을 향해 도전의 첫발이라도 내딛듯이. 그리고 일단 걸음을 내딛기 시작하자 그녀는 알 수 없는 일종의 침착성이 찾아드는 걸 느낄 수가 있었다. 무어라고 할까, 일종의 체념 비슷한 상태에서 찾아드는 침착성이라고 할까, 아니면 무엇을 포기했을 때 생기는 용기 비슷한 것이라고 할까. 마 기자가 옆에서 나직이 말했다.

"됐어요. 역시 형사 애인은 좀 다르군."

동희는 그러나 그 농담에 대꾸하지 않았다. 그리고 입술을 꼭 다문 채, 말없이 걸음을 옮겨 놓았다.

무대 앞의, 바로 얼마 전까지만 해도 춤과 음악과 조명이 현란한 중심부였던 장소는 이제 긴장과 두려움의 공기로 조용히 술렁이고 있었다. '오인방' 일행의 몇 남자들만이 흥분한 표정으로 둘러서서, 무언가 격앙된 목소리로 의견을 나누고 있을 뿐.

여자들은 모두 테이블로 돌아가 겁에 질린 표정으로 숨을 죽이고 앉아 있었고 오직 채나영(蔡那暎)만이 거의 사색이 된 채 배수빈의 부축을 받고 서 있었다. 그녀는 거의 자신의 힘으로는 서 있을 수조차 없는 것처럼 보였다. 그리고 바로 그들이 서 있는 곳에서 몇 발짝 떨어지지 않은 곳에 이상철의 시체는 누워 있었다.

심장 부근에 칼이 꽂힌 채, 거의 반듯한 자세로.

동희는 하마터면 또다시 외면을 할 뻔했다. 그러나 그녀는 안간힘을 써서 그리고 시체를 똑바로 바라보았다. 거의 정확히 심장 부분에 꽂힌 듯한 칼은, 나무로 된 자루로 보아, 슈퍼마켓 같은 데서 파는 흔히 있는 과도(果刀)처럼 보였고, 매우 깊숙이 꽂힌 듯했다. 그리고 칼이 꽂힌 부분에서 솟아 흐른 피가 시체의 상의와 시체가 누워 있는 바닥을 적시고 있었다. 마 기자가 옆에서 나직이 말했다.

"누군진 모르지만, 범인은 칼을 아주 잘 쓰는 친군 모양이군. 움직이는 사람을 겨냥해서 저렇게 정확히 심장을 찌른 걸 보면 어쩐지 미리 계획된 범죄 냄새가 나는걸. 아무튼, 잘 봐 둬요. 나중에 기사 쓸 때 도움이 될 테니까."

경찰이 도착한 것은 그로부터 얼마 지나지 않아서였다. 마 기자가 마침 조금 투덜거리는 어조로,

"그런데 이 경찰이란 친구들은 뭘 꾸물대고 있는 거지?"

하고, 클럽의 입구 쪽을 살피며 혼잣소리 비슷하게 중얼거린 즈음이었다. 마치 그 소리에 호응이라도 하듯, 두 명의 정복 경관과 세 명의 사복 차림의 남자가 클럽 입구에 나타났다. 사복 차림의 남자들은 형사들인 것 같았다. 그들은 입구를 지키고 있는 웨이터에게 몇 마디 짧막하게 묻고는, 두 명의 정복 경관을 그곳에 남겨 둔 채 곧장 무대 앞으로 걸어 들어왔다. 아까 동희를 안내했던 그 지배인인 듯한 남자가 카운터에서 수화기를 귀에 대고 있다가 급히 수화기를 내려놓고 그들의 뒤를 따랐다.

그들은 곧장 무대 앞으로 걸어와서 주위에 둘러선 사람들을 날카로운 시선으로 일별하고 이어 시체 쪽으로 눈길을 던지더니 그중 상급자인 듯한, 이마가 약간 벗겨진 남자가 말했다.

"저, 여러분은 테이블로 돌아가서 잠시 기다려 주십시오. 조사가 끝날 때까진 한 분도 밖으로 나가셔선 안 됩니다. 자, 그럼 부탁합니

다. 여기 이렇게들 서 계시는 건 조사에 방해가 되니까요."

'오인방' 일행을 포함해서 그곳을 기웃거리던 사람들은 마지못하듯 천천히 테이블 쪽으로 물러났다. 그러자 마 기자는 물러서지 않은 채 안주머니에서 증명서를 꺼내 보이며 말했다.

"저, 우린 B일보 기잔데요. 수사에 방해가 되지 않는 범위 안에서라면 취재 좀 해도 괜찮겠죠?"

그러자 그 이마가 약간 벗겨진 남자는 마 기자가 내민 증명서와 동희를 조금 귀찮다는 듯 번갈아 바라보고는 퉁명스럽게 말했다.

"벌써 수사를 방해하고 있다곤 생각지 않소? 아무튼 취재를 하더라도 좀 물러서서 하시구려. 그리고 옆의 아가씨도 기자요?"

"네."

하고 동희도 증명서를 꺼내 보였다. 증명서를 힐끗 바라본 그는 조금 의외라는 듯한 표정을 짓고 나서,

"자, 아무튼 취재하더라도 좀 멀찌감치 물러서서들 해 주시오."

하고는 자기 일행 쪽으로 돌아섰다. 그사이 나머지 두 사람은 벌써 시체에 대한 조사를 대강 마친 모양으로, 시체 양쪽에 쭈그리고 앉았던 자세에서 몸을 일으켰다. 그리고 두 사람 중 키가 조금 큰 편인 남자가 말했다.

"시체 자체로서는 아주 단순한데요, 주임님. 심장을 칼에 찔린 것 외에 별다른 이상은 없는 것 같습니다. 일단 타살로 봐야 할 것 같구요."

"음, 칼자루에 지문은?"

하고 주임이라고 불린 남자가 물었다.

"네, 몇 개 나왔는데 한 사람 것 같습니다."

대답한 것은 키가 조금 작고 눈매가 날카로운 남자였다.

"음……. 피살자의 신원은?"

"네. 여기 지갑 속에 주민등록증하고 명함이 들어 있는데, 이름은 이상철, 1946년 8월 13일생, 본적과 주소는 서울……. 그리고 이 명함에는 주식회사 Q호텔의 부사장이라고 되어 있는데요."

"뭐라구?"

주임이라고 불린 남자는 완연히 놀라는 눈치였다.

"그럼 바로 이 호텔의 부사장이란 말인가?"

"네, 이 명함엔 그렇게 돼 있습니다."

키 작은 형사가 명함을 건네주었다. 명함을 넘겨받은 주임은 완연히 당혹한 표정으로 시체와 그 명함을 마치 대조라도 하듯 바라보았다. 그리고 곧 무슨 혼란이 온 듯 잠시 생각에 잠긴 표정이더니, 불현듯 누군가를 찾는 시늉으로 상반신을 돌이켰다.

"여기 지배인 누구요? 지배인 좀 봅시다."

그러자 카운터로부터 그들을 뒤따라왔던 남자가 초조한 표정으로 대기하고 있었다는 듯 조금 앞으로 나섰다.

"네, 제가 지배인입니다."

"아, 당신이 지배인이요?"

하고 주임은 그를 향해 돌아섰다.

"저 사람, 저 죽은 사람이 정말 이 호텔의 부사장이오?"

"네, 저희 호텔 부사장님이십니다."

"음……. 그런데 어떻게 된 거요? 누가 저 사람을 찌른 거요?"

"그건 알 수가 없습니다. 워낙 이 근처가 그때 소란하고 복잡했기 때문에……."

하고 지배인은 대강 당시의 상황을 설명하였다. 설명을 듣고 난 주임은 눈살을 찌푸렸다. 그리고 골치 아픈 일을 만났다는 듯 말했다.

"해골깨나 복잡해질 사건이로군. 물론 사건 이후에 이 클럽 바깥으로 나간 사람은 없겠죠?"

"네, 그게 그런데……. 저희가 미숙해서……. 그때쯤 계산을 마친 테이블이 몇 개 있었기 때문에, 또 저희는 몹시 당황했기 때문에 몇 분 나가시는 걸 미처 막질……."

"못 했단 말이오?"

"……네."

"이거 점점 골치 아프게 생겼군. 그래, 몇 사람이나 나갔단 말이오?"

"글쎄, 그것도 정확히는……."

"모른단 말이오?"

"죄송합니다. 워낙 당황결이고 주의가 이쪽으로 쏠리는 바람에……."

"그럼 나간 사람들의 인상착의도 제대로 알 수가 없겠군?"

"……죄송합니다."

"이거야 어디……. 할 수 없지. 범인은 벌써 내빼 버렸는지 모르지만 남은 사람들이나 우선 조사해 보는 수밖에. 어이, 김 형사 이건 보통 사건이 아니야. 시경 감식반에 전화 좀 해 봐. 왜 아직 안 오지."

그러자 김 형사라고 불린 키가 큰 형사가 성큼성큼 카운터 쪽으로 걸어갔다. 주임이 다시 말했다.

"그리고 박 형사, 자넨 사건 당시 여기 나와서 춤을 추었던 사람들을 따로 분리시켜 줘. 물론 그중엔 지금 여기 없는 친구도 있을지 모르지만. 아, 그리고 사건의 첫 발견자, 처음 비명을 질렀다는 여자분을 나한테 좀 불러 주고."

그러자 이번엔 박 형사라고 불린 키 작은 형사가 재빨리 테이블들 쪽으로 돌아서서 말했다.

"미안합니다. 아까 사건 당시에 여기 나와서 춤을 추신 분들은 이쪽 한쪽으로 좀 앉아 주십시오. 이건 속이시더라도 저희들이 조사하면 금방 드러납니다. 그리고 아까 비명을 처음 지르신 여자분이 계시다는데 이리 좀 나와 주시죠. 누구십니까?"

'오인방' 일행은 몹시 불만스런 표정으로 그리고 그 밖의 몇 사람은 다소 불안한 표정으로, 박 형사가 지시하는 무대 앞쪽의 테이블들로 옮겨 앉았다. 여자들을 포함해서 모두 열아홉 명이었다. 그리고 옮겨 앉은 '오인방'들의 테이블에서 채나영이 핼쑥한 표정으로 일어섰다. 박 형사가 말했다.

"아, 아가씹니까? 이쪽으로 좀 나와 주시죠."

채나영은 현기증을 느낀 듯 한 손을 이마로 가져가며 약간 불안한 자세로 걸어 나왔다. 배수빈이 부축할 듯 몸을 일으켰다가 도로 앉았다. 박 형사가 몇 발짝 마중할 듯 앞으로 나가 그녀를 부축하여 데리고 왔다.

"충격이 아직 가시지 않은 모양이군요. 불편하시면 이쪽으로 앉으시죠."

하고 그는 주임이 서 있는 자리에 가까운 한 의자를 권했다. 채나영은 힘없는 태도로 그 의자에 앉았다. 그렇게 의자에 앉는 것조차 힘겨워 보이는 태도였다. 주임이 그녀를 향해 돌아섰다. 그리고 찬찬히 관찰하는 시선으로 그녀를 바라보며 물었다.

"아가씨가 처음 비명을 질렀습니까?"

"……."

채나영은 대답하지 않았다. 주임의 목소리가 조금 날카로워졌다.

"아가씨가 처음 비명을 질렀느냐고 묻지 않소?"

그제야 채나영은 힘없는 목소리로 대답했다.

"네, 그런 것 같아요."

"그런 것 같다니, 확실치 않단 말이오?"

"모르겠어요. 너무너무……."

그녀는 눈앞의 무서운 환영(幻影)이라도 쫓듯 두 손으로 눈을 가렸다. 주임은 잠시 사이를 두었다가 조금 부드러워진 목소리로 다시 물었다.

"그럼 그 얘긴 조금 있다 하고, 아가씬 저 사람, 이상철 씨를 평소부터 혹시 알고 있나요."

"……네."

"어느 정도로? 혹시 애인 사이 아니오?"

"……친구였어요."

"친구라……. 음, 그럼 춤을 출 때 아가씬 저 사람의 파트너였소?"

"……네."

"춤을 추다가 무얼 봤소? 무얼 보고 비명을 질렀소?"

"……."

"자, 찬찬히 생각을 해 봐요. 무얼 보고 비명을 질렀는지. 무얼 틀림없이 봤으니까 비명을 질렀을 것 아니오."

"……처음엔, 처음엔 전 그냥……."

하고, 채나영은 다시금 무서운 환영이라도 쫓듯 두 눈을 가렸다. 그리고 그렇게 눈을 가린 채 울먹이는 소리로 말을 이었다.

"……전 그냥…… 상철 씨가 부러 이상한 시늉을 하는 줄만 알았어요. 두 손을 가슴에 모으고 비틀비틀……. 그때 우린 몇 스텝 서로 반대 방향으로 돌고 난 뒤였어요. 상철 씨는 저보다 조금 늦게 제 쪽으로 돌아섰어요. 조명 때문에 모든 게 분명친 않았지만 상철 씬 그때부터 그 비틀거리는 이상한 시늉을 했는데……. 전 그게 그냥 시늉인 줄만 알았어요. 그런데…… 그런데 그게 아니었어요!"

채나영은 거의 울음을 터뜨리듯 하며 고개를 세차게 흔들었다.

"그게 아니고 그럼 무엇이었소?"

주임은 그녀로부터 시선을 떼지 않은 채 집요하게 물었다.

"……이상했어요. 그냥 부러 그러는 시늉치곤 너무 이상했어요. 조명 때문에 표정을 계속해서 볼 순 없었지만 순간순간 보이는 표정이 너무 고통스러워 보였어요. 그리고…… 전 한순간…… 상철 씨가 두 손으로 붙잡고 있는 걸 봤어요. 그게…… 그게…… 칼자루 같았어요."

"가만, 지금 칼자루 같은 걸 두 손으로 붙잡고 있는 걸 봤다고 했소?"

"네, 그때 아마 제가 비명을 질렀을 거예요……."

"음……. 어이, 박 형사, 칼자루의 지문이 피살자의 것인지 대조해 봐."

"네."

하고 박 형사는 다시 시체 쪽으로 돌아서서 허리를 구부렸다. 그리고 무엇인가 한동안 세밀한 동작을 보인 다음 그는 허리를 펴고 일어나서 주임에게 말했다.

"틀림없습니다. 칼자루의 지문은 피살자의 것과 같습니다……."

"음, 역시 그렇군. 그렇다면 범인은 지문을 남기지 않았다는 얘긴가. 아니면 자살인가……."

그리고 주임은 다소 골치 아픈 표정으로 다시 채나영 쪽을 바라보며 말했다.

"자, 그건 그렇고 그 뒤엔 어떻게 됐소? 가능한 대로 좀 자세히 얘기해 줬으면 고맙겠소."

채나영은 이제 얼굴에서 손을 떼고 있었다. 그러나 눈언저리에서 뺨까지 온통 화장 얼룩이 져 있었다.

"그 뒤엔, 잘 모르겠어요. 너무너무 무서웠어요……."

"흥분을 가라앉히고 차근차근 생각해 봐요."

"……상철 씨는……. 조금 더 비틀거리다 쓰러진 것 같아요."

"그리고는?"

"모르겠어요, 모르겠어요……."

"쓰러진 뒤에 누가 접근하는 걸 보지 못했소?"

"모르겠어요, 그때 전 제정신이 아니었어요……. 사람들이 모두 한데 뒤엉킨 것만 같았어요……. 그만, 그만해 주세요……."

그때 '오인방'들 일행 가운데서 누군가가 벌떡 일어서며 말했다.

"여보시오, 조사는 좋지만 거 너무 죄인 다루듯 다그치지 맙시다. 연약하고 지금 제정신이 아닌 여자한테 너무 딱딱거리지 말아요."

Y종합식품 회장의 둘째 아들이라는 선우영일이었다. 주임은 뜻밖이라는 듯 잠시 그쪽을 쳐다보고 나서 곧 부드러운 표정을 지으며 말했다.

"아, 그렇게 보였으면 양해하십시오. 본의는 아니었습니다만. 한데 선생은 아가씨하고 일행이신가요?"

"여기 우리가 모두 일행이에요. 죽은 저 친구를 포함해서."

하고 대답한 것은 D증권 사장의 맏아들 박용기였다. 주임은 잠시 눈을 껌벅이는 시늉을 했다.

"모두시라면……. 그쪽에 앉아 계신 분들 전부 말입니까?"

"아니, 이쪽에 계신 분들은 빼고 말이에요."

"아, 그 오른쪽에 계신 여섯 분 말입니까?"

"네, 이분들을 빼고 우린 모두 일행이에요. 우린 모두 신분이 확실한 사람들입니다. 조사해 보면 아시겠지만."

"아, 네, 물론 그러시겠지요."

하고 주임은 고개를 주억거렸다. 그리고 그는 약간 냉정해진 목소리로 말했다.

"네, 아무튼 알겠습니다. 하지만 조금만 기다려 주십시오. 일행 가운데 한 분이 사고를 당하셔서 몹시 흥분되셨으리라고 믿습니다만 사고가 사고니만치 조금 참아 주셔야죠."

그때 입구 쪽에, 지팡이를 짚은 한 정장한 노인과 역시 정장의 중년남자 한 사람이 나타났다. 60대 초반쯤으로 보이는 노인은 지팡이를 짚은 한쪽 다리를 약간 저는 듯했고 40대 초반쯤의 중년남자는 어딘가 노인을 닮은 모습으로, 노인을 곁에서 부축하고 있었다. 마 기자가 나직이 동희에게 귀띔해 주었다.

"드디어 나타났군. Q기업의 회장과 맏아들이에요. 맏아들은 이 호텔의 사장이지."

입구의 정복 경관들이 무어라고 묻는 듯했으나 그들은 대꾸하는 둥 마는 둥 클럽 안으로 들어서서 곧장 무대 쪽으로 걸어 들어왔다.

"무엇이 어찌 됐다구? 상철이가 어찌 됐다구?"

하며, 노인은 노한 듯한 음성으로 외치며 불편한 다리를 탓하듯 지팡이를 재게 움직였다. 다리를 절고 있음에도 불구하고 그리고 감정이 평상 상태를 유지하지 못하고 있음에도 불구하고 노인에게 선 일종의 고압적인 위엄 같은 것이 풍기고 있었고 정장한 자세는 매우 꼿꼿해 보였다. 동희는 그처럼 정장 차림이 잘 어울리고 위엄 있어 보이는 노인을 아직 본 적이 없었다.

반면에 노인을 부축하듯 곁에 따르는, 그의 맏아들이라는 중년남자는 비록 말쑥한 차림이었으나 어딘가 매우 허둥대는 모습이었다.

"어이, 지배인. 어떻게 된 거야? 응? 어떻게 된 거냐고?"

"아, 회장님, 사장님……."

하고, 지배인이 당황하고 송구한 몸짓으로 몇 발짝 그들을 향해 마주 나갔다. 그러나 노인은 지배인 따위는 거들떠보지도 않고 곧장 아들의 시체가 누워 있는 곳으로 지팡이를 재게 움직여 갔다.

"어느 놈이 이런 짓을……. 어느 놈이 이런 짓을……."

박 형사가 다소 공손한 몸짓으로 노인을 가로막았다.

"저, 실례지만 누구신지요?"

"댁은 뉘요?"

"네, 저흰 관할서(署)에서 나온 경찰관입니다."

"아, 난 이용순(李庸淳)이란 사람이오. 저 애 아비요."

"아, 그러십니까. 무어라고 위로의 말씀드려야 할지 모르겠습니다. 그럼 이 호텔의 회장님이시군요?"

"그렇소. 대체 어느 놈이 저런 짓을 했소?"

"죄송합니다. 그건 저희도 아직 모르고 있습니다. 지금 조사 중입니다만 회장님께서도 좀 협조를 해 주셔야겠습니다."

"뭐요? 아직 범인이 누군지도 모른단 말이오?"

"네, 상황이 좀 어렵게 되어 있습니다만 곧 밝혀내겠습니다."

그때 주임이 노인 쪽으로 다가갔다.

"저, 관할서 강력주임 최 경위라고 합니다. 피살자의 아버님 되신다구요?"

주임은 정중한 태도로 물었다. 노인은 주임 쪽을 돌아보며 고압적으로 대답했다.

"그렇소."

"그리고 이 호텔의 회장님 되신다구요?"

"방금 대답한 대로요."

"한 가지만 더 여쭙겠습니다. 아드님한테나 혹은 회장님한테 누구 혹시 원한 같은 걸 품을 만한 사람은 없겠습니까?"

그러자 노인은 노한 표정으로 대답했다.

"우리 집안은 어느 누구하고 원수 따위를 맺을 그런 집안 아니오."

"아니, 뭐 꼭 원수를 맺으셨다는 뜻이 아니라 사소한 일이라도 혹 무슨 원한 같은 걸 품을 만한 사람이 없겠느냐고 여쭙는 겁니다."

"글쎄 그런 일은 없소."

"네……."

그때 지배인으로부터 사건의 경위를 대충 듣고 있는 듯하던 노인의 맏아들이 흥분한 얼굴로 다가갔다.

"아니, 여보시오, 범인은 잡을 생각도 않고 아버님한테 지금 무슨 무례한 질문을 하는 거요?"

주임은 잠시 뜻밖이라는 표정으로 그를 쳐다보고 나서 말했다.

"예? 무례한 질문이라니요?"

"당신은 지금 당신 앞에 서 계신 분이 누구신지 아시오?"

"예, 피살자의 아버님이시라는 것도, 이 호텔의 회장님이시라는 것도 방금 들어서 알고 있습니다."

"그분의 성함도 알고 있소?"

"예, 전에도 익히 듣고 방금도 들어서 알고 있습니다."

"그렇다면 당신이 방금 어떤 무례를 범했는지도 당연히 알아야 할 것 아니겠소?"

"예?"

"원한을 품을 만한 사람이 없겠느냐니? 당신은 아버님의 인품에 대해서 들은 일도 없소?"

"……."

주임은 잠시 난처한 표정을 지으며 그를 쳐다보더니 짐짓 표정을 누그러뜨리며 말했다.

"……네, 알겠습니다. 제가 무례했나 보군요. 그러잖아도 갑작스런 변을 당하셔서 마음이 몹시 언짢으실 텐데 제가 공연히……. 너그럽게 이해해 주십시오."

그러자 노인의 맏아들도 음성을 다소 누그러뜨리며 말했다.

"아무리 경찰관이라도 예의를 갖춰야 할 분 앞에선 예의를 좀 갖추시오. 나 이영철(李榮喆)이오. 이 호텔 사장이오."

"아, 그러십니까."

"그런데 도대체 어떻게 된 거요? 범인이 누구요?"

"네, 지금 조사 중입니다. 곧 밝혀지겠지요."

"그런데 수사 인원은 당신들뿐이오?"

"네, 아마 곧 시경에서도 수사반이 나올 겁니다."

"도대체가……. 아무튼 시체나 좀 봅시다. 어떤 놈이 이런 몹쓸 짓을 했는지."

"아, 그건……. 여기서 그냥 보시죠. 가까이 보셨자 충격만 더 크실 겁니다. 여기서 그냥 확인만 해 주십시오."

그리고 주임은 덧붙였다.

"아우님이 틀림없는지요?"

이영철은 시체 쪽으로 시선을 던지며 다시 언성을 높였다.

"내 동생 상철이가 틀림없소. 하지만 이건 너무하지 않소? 가 가족에게 시체도 똑바로 보여 주지 않다니."

"아, 그런 뜻이 아닙니다. 가까이 보셨자 마음만 더 언짢으실 것 같아서 하는 말씀이죠."

"그건 당신들이 상관할 일이 아니오."

"좋습니다. 그럼 가까이 확인해 보시죠. 하지만 시체에 손을 대거나 하셔선 안 되십니다."

하고 주임은 몸을 옆으로 비켰다. 박 형사도 노인의 앞을 막아섰던 몸을 비켰다. 노인과 그 맏아들은 황급한 동작으로 시체를 향해 두어 발짝 다가서다가 굳어진 듯 그 자리에 멈춰 섰다. 노인의 몸이 부들부들 떨리는 모습이 보였다. 이영철의 안면근육도 경련을 일으키는 모습이 보였다. 노인이 지팡이에 몸을 의지한 채 마침내 시체로부터 고개를 돌이켰다. 그리고 억눌린 목소리로 부르짖었다.

"대체…… 어느 놈이 이런 짓을! 어느 놈이 이런 짓을!"

그때였다. '오인방' 일행과 세 쌍의 남녀(사건 당시 무대 앞으로 춤추러 나왔던)가 따로 분리되어 앉아 있는 테이블로부터 얼마쯤 떨어져 있는 자리에 혼자 앉아 있던 여자가 느닷없는 비명을 지른 것은.

"어머! 피!"

동희는 아까부터 그녀가 조금 불안해 보이는 표정으로 그렇게 혼자 앉아 있는 모습이 약간 이상스레 여겨졌으나 사람들은 별로 주의를 기울이지 않았던 모양이었다. 박 형사가 두 눈을 커다랗게 뜨고 재빨리 그쪽으로 달려갔다.

"뭡니까? 왜 그러십니까?"

여자는 두려움에 질린 표정으로 자기의 왼쪽 팔을 엉거주춤 쳐들고 있었다. 그리고 그녀의 한껏 벌려진 두 눈은 자기의 그 들어올려진 팔로 향해져 있었다.

"내 팔에 피 가! 내 팔에 피가!"

짙은 화장을 한, 자주색 실크 계통의 롱 드레스 차림을 한 여자였다. 박 형사가 그녀의 들어 올려진 팔을 잡았다. 그리고 그녀의 팔을 살핀 후 날카롭게 물었다.

"어떻게 된 겁니까? 누가 아가씨의 팔을 잡았소?"

"모르겠어요, 잘 모르겠어요!"

"아가씨의 파트너는 누구요? 어디 갔소?"

"모르겠어요. 아까 그때부터 없어졌어요."

"사건 직후부터?"

"네……."

"그때 아가씬 저기에 춤추러 나갔었소?"

"네……."

"물론 파트너도 같이?"

"네……."

"그런데 왜 저쪽에 따로 앉지 않았소? 말해 봐요! 내가 분명히 춤추러 나갔던 사람들은 저쪽으로 따로 앉으라고 얘기했는데 왜 따로 앉지 않았는지!"

"……용서해 주세요. 불안해서…… 불안해서……."

"왜 불안했지? 무엇 때문에 불안했소?"

"……잘 모르겠어요. 하지만……."

"하지만?"

"하지만……. 난 혼자였기 때문에……."

박 형사는 잠시 무엇을 헤아리듯 그녀를 쏘아보고 나서 말했다.

"음……. 파트너가 없어져 버렸기 때문에, 그래서 혼자 남았기 때문에 불안했다……. 좋아요, 그럼 그건 그렇다 치고, 그 파트너에 대해서 말해 봐요. 전부터 잘 아는 사람이오?"

"아녜요, 오늘 여기서 처음 만난 손님이에요."

"아가씬 그럼 여기 호스티스요?"

"네……."

"그 사람의 인상착의를 말해 봐요. 아 잠깐, 그보다 사건이 일어나고 나서 아가씨가 취한 행동부터 말해 봐요. 아가씬 사건 직후에 바로 이쪽으로 물러 나왔소?"

"네."

"그때 아가씨의 파트너가 아가씨의 팔을 잡지 않았소? 잘 기억해 봐요."

"네, 그런 것 같아요. 제 팔을 잡은 것 같아요."

"그랬을 거요. 아가씨의 팔에 묻은 핏자국이 손으로 잡은 자국이니까. 자, 그럼 인상착의를 말해 봐요. 나이, 얼굴 생김새, 체격, 옷차림 등 하나도 빼놓지 말고."

그러나 그녀가 인상착의를 말할 필요는 없었다. 그녀의 파트너는 곧 실물로서 박 형사 앞에 자신의 모습을 나타냈으니까. 그녀가 막, 두려움에 찬 표정으로 입을 열려 할 즈음이었다. 주임의 지시를 받고 카운터 쪽으로 전화를 걸러 갔던 김 형사가, 화장실 쪽에서 한 사내의 팔을 등 뒤로 비틀어 올린 채 떠밀고 나오며 소리쳤다.

"주임님! 이놈이 범인입니다. 이 자식이 화장실에서 피 묻은 손을 씻고 있었어요!"

모든 사람의 시선이 일제히 그쪽으로 쏠렸다. 30대 초반쯤의 그 사내는 등 뒤로 팔을 비틀린 채, 핏기가 걷힌 고통스러운 얼굴로 김 형사에게 떠밀려 나오고 있었다.

주임이 그쪽으로 급히 다가가며 외쳤다.

"뭐라구! 그자야?"

"네, 이 자식입니다. 제가 시경에 전활 걸고 나서 미심결에 화장실 엘 둘러봤더니 이 자식이 그 안에서 우물쭈물하고 있었습니다. 세면기 앞에서요. 수상해서 달려가 봤더니 세면기에 피를 씻은 흔적이 남아 있고 이 자식의 옷 앞자락엔 피가 묻어 있었습니다. 손에 묻은 피는 씻었지만, 옷에 묻은 피 때문에 그 속에서 나오지도 못하고 우물쭈물하고 있었던 게 틀림없습니다, 주임님.”

주임의 얼굴엔 순간 안도의 빛이 떠올랐다. 그는 사내의 얼굴과 김 형사의 말을 확인하기 위함인 듯 사내의 양복 앞자락을 살펴보고 나서 말했다.

“좋아, 수갑 채워서 끌고 가.”

그리고 그는 부하를 칭찬하는 것도 잊지 않았다.

“오늘은 자네가 날 살려 주는군. 수고했어, 김 형사.”

마 기자가 실망했다는 듯 나직이 동희에게 말했다.

“사건이 뜻밖에 좀 싱겁게 끝나 버리는군.”

시경의 수사요원들과 감식반이 뒤늦게 들이닥친 것은 그즈음이었으나 그들이 한 일은 고작 시체의 사진 촬영이나 지문 채취 따위의 생색 없는 일뿐이었다.

다음 날 아침, 신문사로 출근한 동희는 간밤의 사건을 정리하여 기사를 만들었으나 그것이 특종이 되지는 못했다. 그녀가 속해 있는 B일보는 석간신문이었고, 다른 조간신문들이 사건을 대대적으로 먼저 보도해 버렸기 때문이었다.

그러나 그녀가 쓴 기사는 다른 어느 신문의 기사도 따를 수 없을 만큼 생생했으므로 편집국 안의 칭찬이 자자했다. 부장은 그녀에게 말했다.

“미스 한, 정말 아깝군, 아까워. 우리가 조간이기만 했으면 특종인데 말야. 사건이 오늘 아침쯤 터져 줬거나."

마 기자도 말했다.

"특종이 못 돼서 아깝긴 하지만 미스 한은 나한테 한턱 단단히 내야 해요. 편집국 내에서 기사 좋다고 호평이 자자하니까."

그러나 동희는 간밤의 사건에 대해 마음속에 몇 가지 지워지지 않는 의문을 느끼고 있었다.

우선 경찰은 간밤의 그 남자를 범인으로 단정하고 있지만, 그는 시종 범행을 부인하고 있다는 점이었다. 이것은 그녀가 신문사로 출근하기 전에, 간밤의 사건 관할서인 ○○서(署)에 들러 경과 취재를 한 결과에 의한 것인데, 그는 누군가에게 떠밀려서 이미 쓰러져 있는 시체에 손을 댔을 뿐이라고 우기고 있다는 것이었다. 그리고 그때 손과 옷자락에 피를 묻혔을 뿐이라고 우기고 있다는 것이었다. 그러나 경찰은 그가 폭력 전과 2범에 사기 전과 2범이라는 사실을 들어 그의 주장을 인정해 주지 않고 있다.

손과 옷자락에 묻은 피만으로 그를 범인으로 단정하는 데에는, 동희는 왠지 마음속으로부터 완전히 동의할 수가 없었다. 피살자의 신분이 신분인 만큼 경찰이 무언가 서두르고 있다는 인상이었다. 다음으로 그가 만일 틀림없는 범인이라 하더라도 그는 왜 하필 그런 공개된 장소, 사람들이 많이 모여 있는 장소로 택했는가 하는 점이었다. 그러한 선택에는 반드시 특별한 목적이 있어야 한다. 특별한 목적이 없는 한 그것은 무모한 선택이 된다. 적어도 자기의 범행을 보호하고자 하는 사람이라면 그런 위험한 장소는 택하지 않았어야 옳다. 위험은 그것을 무릅쓸 만한 가치가 있을 때에만 선택된다. 그런데 경찰은 그것을 밝혀내지 못하고 있다.

또 만일 그것이 지극히 우발적인 범의(犯意)에 의한 범행이라면 그는 지문을 없애는 따위의 침착성은 지니지 못했을 것이다. 시경 감식반의 정밀한 지문 채취 결과에 의하면 흉기에서 그의 지문은 조금도 나타나지 않았다. 피살자의 지문만이 상상 당수 채취되었을 뿐이다. 따라서 결코 우발적인 범행이라곤 하기가 어렵다. 그런데 그는 정말 침착해 보였던가? 그가 정말 범행을 저지르고 나서 자신의 지문을 없앴을까?

그리고 그러한 의문들 위에 겹쳐 떠오르는 것은 이상하게도 청진동 해장국 골목 어귀에서 본 그 맹인 부부 가수의 쓸쓸한 모습이었다. 아마도 어제저녁 이후에 그녀가 겪은 모든 충격적인 경험들의 맨 앞자리에 그것이 위치하고 있었기 때문인지 몰랐다.

동희가 부장으로부터 이상한 편지 한 통을 넘겨받은 것은 바로 그 다음 날 오전이었다.

반경식 형사

동희가 그녀의 부장으로부터 한 통의 이상한 편지를 넘겨받은 것과 똑같은 날, 시경(市警)의 강력계 형사 반경식(潘京植)은 계장의 부름을 받고, 역시 똑같은 한 통의 편지를 넘겨받았다. 그것은 물론 조금 뒤에야 밝혀진 사실이지만.

계장은, 반경식이 그의 책상 앞으로 다가가자 봉투가 개봉된 한 통의 편지를 손에 쥔 채 그를 쳐다보며 물었다.

"자네 엊그제 밤 Q호텔 나이트클럽 사건 기억하고 있나?"

"아, 그 Q호텔 회장 아들 사건 말입니까?"

하고 경식은 계장의 시선을 마주 받았다.

"음, 그 사건에 대해서 자네 어떻게 생각하고 있나?"

"글쎄요. 조금 애매한 구석은 있지만……. 그 사건의 범인은 이미 잡히지 않았습니까."

"자네의 그 사건에 대한 관심은 그 정돈가?"

경식은 순간 무언가가 있다고 느꼈다. 그러나 짐짓 시치미를 떼었다.

"글쎄요, 이미 처리된 사건으로 알고 있었기 때문에…….'

그러나 계장은 짐짓 실망했다는 표정을 지었다.

"난, 자넨 좀 남다른 후각을 가진 줄 알았는데……. 사건이 사건이니만치 관심도 꽤 있을 줄 알았구. 그런데 그게 아니로군.'

경식은 틀림없이 무언가가 있다고 판단했다. 계장의 손에 쥐어진 편지에 특히 호기심이 갔다. 그는 정색하고 물었다.

"계장님, 그 사건에 뭐가 있습니까?"

"글쎄……. 난 자네가 어떻게 생각하고 있나 궁금했을 뿐이야.'

"사실 좀 애매한 구석이 있다곤 생각했습니다만…….'

"어떤 점이?"

"수사를 너무 서둘러 마친 것이 아닌가 하는 느낌도 들고…….'

"또?"

"범인 확정 과정이 좀 허술하지 않았습니까?"

"음…….'

"그 상황에선 우선 그렇게 처리하는 수밖에 없었는지도 모르겠습니다만.'

"자네 현장에 가 보았나?"

"당일 밤엔 비번이어서 못 가 보고 어제 아침에 잠깐 둘러보았습니다. 사건 경위는 나중에 대충 듣구요. 하지만 범인이 잡혔다기에 솔직히 말씀드려서 큰 관심은 기울이지 않았습니다. 흥미 있는 사건이라곤 생각했습니다만."

"음, 그럴 수도 있지. 한데…… 일이 좀 재미있어질 것 같아."

"네?"

경식은 계장의 입술을 바라보았다. 계장의 입술은 순간 조금 긴장하고 있는 듯했다. 아니면 무엇을 좀 더 아끼고 싶어 하는 것 같았다고 할까. 경식은 자신도 모르게 약간 초조한 기분으로 그 입술이 움직이기를 기다렸다. 계장은 그것을 노린 듯했다. 그리고 효과가 충분했다고 판단했음인 듯 마침내 천천히 입을 열었다.

"오늘 아침에 아주 흥미 있는 편지 한 통이 배달됐어. 소인이 어제 날짜로 찍힌 걸 보니까 어제 부친 모양인데 매우 흥미 있는 내용이 들어 있단 말야. 어때? 자네 한번 읽어 보겠어?"

그리고 그는 들고 있던 편지를 건네주었다. 경식은 편지를 넘겨받아 우선 봉투부터 살펴보았다. 봉투는 보통의 흰 규격 봉투였으며 앞면의 수신자는 '시경 강력계'로 되어 있고 뒷면의 발신자는 '정직한 시민'이라고만 씌어 있었다.

그런데 검정 볼펜을 사용한 글씨의 모양이 조금 특이했다. 갓 글씨 쓰기를 배운 어린아이의 글씨 비슷했다고 할까. 그러나 또한 완전한 어린아이의 글씨라고도 할 수 없었다. 경식은 봉투에서 눈을 들어 계장을 슬쩍 쳐다보았다. 계장은 빙그레 웃고 있었다.

"왜, 뭐가 이상한가?"

"이건 왼손 글씨 같은데요?"

"역시 자네군. 감식반의 견해도 마찬가지였어."

"그럼 이 편지는 벌써 감식반을 거쳐 왔나요?"

계장은 고개를 끄덕였다.

"어서 속이나 꺼내 보라구, 이유를 알게 될 테니까."

경식은 약간의 흥분 비슷한 감정을 느끼며 잠자코 시선을 옮겨 편지의 알맹이를 꺼냈다. 알맹이 역시 같은 글씨 모양이었는데 흔히 쓰이는 보통의 편지지가 사용되어 있었다. 내용은 다음과 같았다.

시경 강력계 귀중.

안녕들 하십니까. 나는 아직 이름을 밝힐 수 없는, 한 정직한 시민입니다. 그러나 '정직한'이라는 말을 너무 정직하게 받아들이지는 말도록 충고하고 싶습니다. 왜냐하면 나는 내 사정이 허락하는 한에 있어서만 정직할 것이기 때문입니다. 즉 절대적으로 정직하지는 못할 것이란 얘기입니다. 다시 말하면 부분적으로만 정직할 것이란 얘기가 되겠지요. 보십시오. 우선 나는 나의 이름을 밝히지 못하고 있지 않습니까. 벌써 눈치채셨겠지만 나는 나 자신을 보호하는 데 지장이 없는 범위 안에서만 정직하고자 하는 사람입니다. 그런가 하면 나는 또 나 자신을 보호하는 데 지장이 없는 범위 안에서는, 정직하지 않고는 배겨 내질 못하는 성미이기도 합니다. 이런 편지를 쓰게 된 이유도 거기에 있습니다.

우선 한 가지 밝혀 드릴 사실은 여러분의 한 하급 경찰서가 체포한, Q호텔 나이트클럽 사건의 범인은 진짜 범인이 아니라는 사실입니다. 그것을 어떻게 아느냐, 짐작이 안 가십니까? 그것은 물론 나 자신이 범인이기 때문입니다.

나는 나 자신을 보호하기 위해서 다른 무고한 사람(그 사람이야말로 보호받아야 할 사람이지요)을 너무 오랫동안 고생시키는 것은 바라지 않는 사람입니다. 그것은 나의 정직한 마음을 괴롭힙니다. 내가 잠시나마, 나 자신을 보호하기 위해 그를 이용했기 때문에 나의 정직한 마음은 더욱 괴롭습니다. 언제고 그에게 사죄할 날이 오리라 믿습니다.

또 한 가지 밝혀 드릴 것은 범행 당시에 내가 취한 행동입니다. 이것을 밝히지 않으면 그가 진범이 아니라는 나의 주장이 매우 불성실한 것으로 받아들여질 염려가 크기 때문입니다. 그것은 나의 정직한 의도에 위배됩니다. 아, 그리고 여기서 미리 한 가지 더 밝혀 두어야 할 사실은 내가 왜 그런 공개된 장소를 택했는가 하는 점이군요.

왜 그렇게 사람들이 많이 모인 장소, 다시 말해 나 자신을 보호하기엔 매우 불리한 장소를 범행 장소로 택했는가 하는 점에 대해선, 나는 나의 범행의 효과를 보다 높이기 위해서라고만 일단 밝혀 두겠습니다. 그날이 그 나이트클럽의 오프닝이었다는 사실도 충분히 고려되었지요. 한 번 더 말한다면 나는 되도록 많은 사람들이 보는 앞에서, 가능한 한 극적으로 나의 일을 수행하고 싶었던 것이지요. 왜냐하면 그 일이 나에게는, 시작(始作)의 의미를 지니는 것이었으니까요. 시작이란 누구에게나 중요한 것이 아니겠습니까? 그렇다고 오해는 말아 주십시오. 피살자가 그날 그 장소에 나타나리라는 걸 알 수 있는 사람은 지극히 제한된 몇 사람뿐일 것이라는 생각은 오해에 지나지 않습니다. 왜냐하면 그가 오프닝에 참석할 것이라는 예상쯤 누구나 할 수 있는 것이니까요. 더욱이 범행을 계획한 사람에 이르러서야 말할 나위가 있겠습니까.

　자, 이제 내 범행에 대해서 말하는 걸 더 미룰 필요가 없겠군요. 아, 그렇다고 그렇게 긴장하진 마십시오. 알고 보면 그렇게 복잡하거나 오묘 불가사의한 방법을 사용한 것도 아니니까요. 약간 대담했을 뿐 방법은 아주 간단했습니다. 내가 준비한 것이라곤 고작 과도 한 자루였습니다. 그것이면 충분했으니까요. 물론 끝이 뾰족하고 칼날이 좀 날카로운 것으로 골랐지요. 연습은 좀 해 두었지만, 칼날이 무디어서는 실패하기가 쉬우니까요. 하긴 막상 범행 순간에는, 솔직히 말씀드려서 나도 좀 떨렸습니다. 실패란 아무리 완벽한 준비를 한 경우에도 곧잘 찾아오는 것이니까요. 그러나 나는 실패하지 않았습니다. 실패해선 안 되었지요.

　범행 순간은 '디스코 타임'이었지요. 나는 그 시간에. 어떤 조명이 사용된다는 걸 알고 있었습니다. 아니, 예상하였다는 것이 보다 정확한 표현이 되겠지요. 웬만한 호텔 나이트클럽엘 다소라도 드나들어 본 사람이라면 그쯤은 쉽게 예상할 수 있는 일이었지요. 그 조명은 범행 순간을 은폐하기에 충분한 조건은 되지 못했지만, 시간을 아껴 쓰기만 하면 필요한 조건은 되었습니다. 나는 시간을 정확하게 사용했지요.

　그리고 나는 디스코라는 춤의 생리도 대강 알고 있었습니다. 그것은 단조롭기 때문에 자세의 변화를 저절로 요구하지요. 때로는 파트너와 등을 돌리고 돌아서게까지 되지요. 나는 그 순간을 기다렸는데 고맙게도 피살자는 나의 기대를 저버리지 않았습니다. 나는 그의 심장에 준비된 나의 칼을 정확하게 꽂았습니다. 그는 이미 칼에 찔렸는데도 나로부터 피하려는 동작으로 비틀거리며 자기 파트너 쪽으로 돌아서더군요. 혹은 자신의 피격을 알리려 했는지도 모르지요. 잠시 후에 그의 파트너가 비명을 지르고 그는 쓰러졌습니다. 나는 근처에 있던 한 친구를 밀어 넘어뜨려, 나를 조금이라도 더 안전하게 보호하려 했지요. 그리고 그것은 성공적이었습니다. 자, 이제 지문에 대해서 말할 차례군요. 그것은 지극히 간단한 방법이었습니다. 나는 나의 칼자루를 손수건으로 싸 두었었을 뿐이니까요.

그리고 편지의 뒷부분에는 다음과 간 문장 하나가 덧붙여져 있을 뿐이었다.

'최대한 정직한 편지를 쓰려곤 했습니다만, 아직 이 이상 정직해질 순 없는 내 입장을 이해해 주시리라 믿습니다.'

경식은 편지에서 고개를 들어 복잡한 시선으로 계장을 바라보았다.

"왜, 기분이 묘한가?" 계장이 물었다.

"글쎄요. 이건 뭐 놀림을 당하는 것 같기도 하고……."

"음. 어떤 점이?"

"글쎄요, 우선 좀 빈정거리는 투가 아닙니까?"

"음, 아무튼 얘긴 좀 재미나게 된 것 같지?"

"재미나게 된 게 아니라 복잡하게 된 것 같은데요."

"○○서 친구들 입장이 좀 묘하겐 됐지. 하지만 자넨 본래 복잡한 걸 좀 좋아하는 편 아니던가?"

"아무튼 흥미는 당기는군요."

"그럴 줄 알았어. 그 편질 읽고 흥미가 안 당긴다면 자네가 아니지……. 어떡할 테야? 한번 뛰어 보겠어?"

"무슨 말씀입니까? 저 혼자 말입니까?"

"그럴 수야 물론 없지. 하지만 아직 확인할 수도 없는 그런 편지 한 장 받았다고 당장 강력계 전체가 움직일 수도 없고 말야. 우선 자네가 슬슬 한번 뛰어 보는 게 어떻겠어? 흥미가 당긴다면 말야. 필요한 지원은 해 줄 테니까."

"글쎄요, 그럼 슬슬 한번 뛰어 볼까요?"

계장은 코끝을 한 번 쭝긋해 보였다. 그것은 그가 기분이 나쁘지 않을 때, 슬쩍 그 기분을 숨기려 할 때의 버릇이다.

"아, 뭐 자네가 별로 내키지 않는다면 물론 억지로 맡길 생각은 없고……."

경식은 웃었다.

"이거 또 왜 이러십니까, 계장님. 제가 그럼, 아이구 이 건은 저한테 꼭 맡겨 주십시오, 하란 말입니까?"

"하하, 좋아, 좋아. 그런데 한 가지 주의해야 할 것은……."

하고 계장은 얼굴에서 웃음기를 잠깐 거두었다.

"이제부터 자네가 뛰게 되면 필연적으로 부딪치게 될 인물들에게 문제가 좀 있다는 말야……."

경식은 그의 말뜻을 알아차릴 수 있었다.

"'오인방' 말입니까?"

"음, 그 친구들은 좀 조심해서 다뤄야 할 거야. 이 편지를 우리가 일단 어느 정도 신용한다고 하는 경우 수사를 원점부터 다시 시작해야 할 테니까. 그러자면 필연적으로 그 친구들도 부딪쳐야 하지 않겠어? 한데 그 친구들 신분이 신분인 만큼 조심해서 다루지 않으면 좀 시끄러워질지 모른단 말야."

"그렇다고 어물어물할 수도 없잖습니까?"

"물론……. 하지만 좀 신중히 다루라는 얘기지."

경식은 잠시 계장의 얼굴을 정시한 뒤 말했다.

"알겠습니다. 신중하게 다루겠습니다. 하지만 그 말이 만일 어물어물하라는 뜻이라면 전 그만두겠습니다."

"사람두……. 고지식하긴. 알았어. 아무튼, 그럼 부탁해."

경식이 계장의 책상에서 물러나 맨 처음 한 일은 전화를 받은 일이었다. 전화는 동희로부터 걸려 왔다. 동희는 대뜸,

"경식 씨 지금 바빠요?"

하고 물어 왔다.

"응, 조금. 그런데 웬일이지? 다짜고짜 바쁘냐니. 무슨 일이 있어?"

"네, 만나서 의논할 일이 좀 있어요. 잠깐 만나 줄 수 있어요?"

"어렵지 않지. 마침 점심시간도 다 돼 가니까 만나서 점심이나 같이할까?"

"바쁘다면서 그럴 한가한 시간이 있겠어요?"

"사실은 지금부터 슬슬 바빠지려는 참이야. 그리고 아무리 바빠도 동희하고 점심 먹을 시간 없겠어?"

"좋아요, 그럼. 점심 같이 먹어요."

"그런데 무슨 일이지? 동희네 집에서 혹시 결혼 재촉하는 거 아냐?"

"왜, 켕겨요?"

"켕기긴 그 얘기라면 나야 환영이지. 동희가 켕긴다면 또 몰라도."

"내가 왜 켕겨요?"

"맨주먹밖에 없는 사람한테 시집가겠다고 말하기가 좀 곤란하지 않겠어?"

"피이, 그렇게 말하는 거 보니까 결국 켕기는 건 자기 쪽이네 뭐. 하지만 쓸데없는 걱정이나 기대는 하지 말아요. 나 지금 직업상의 일로 경식 씨 만나려는 거예요."

"직업상의 일이라니?"

"만나서 얘기할게요."

"흠, 자못 궁금한데. 아무튼, 그럼 '개나리' 다방으로 나와. 나도 금방 나갈게."

'개나리' 다방은 동희가 근무하는 B일보사와 시경의 중간쯤에 있었다. 동희가 신문사에 들어가기 전부터, 그러니까 그녀가 아직 학생일 적부터 종종 만나던 곳이었다. 경식 쪽이 대체로 바쁜 편이었기 때문에 그녀가 주로 찾아와 주곤 했지만.

경식이 다방으로 나갔을 때 동희는 먼저 와서 기다리고 있었다.

"아니. 왜 이렇게 빠르지? 나도 전화 끊자마자 바로 나왔는데."

동희는 배시시 웃었다.

"알아맞혀 보세요. 여자인 내가 남자인 경식 씨보다 어떻게 여길 더 일찍 도착할 수 있었겠는지."

"글쎄, 축지법을 썼나?"

"어머, 강력계 형사가 고작 그런 생각밖에 못 해요? 좀 합리적인 추리를 해 보세요."

"뭐? 합리적인 추리?"

"네, 합리적인 추리요."

"어디서 또 그런 말을 다 배웠지. 신문사가 역시 좋긴 좋은 모양이군."

"어머? 난 뭐 그런 말도 모르는 줄 아세요? 자, 어서 알아맞히기나 해 보세요."

"글쎄……. 아하 전활 여기서 걸었군?"

"어머? 그럼 음악소리가 들렸을 거 아녜요?"

"하하, 이 다방은 공중전화 박스가 현관 밖에 있지."

그러자 동희도 웃었다.

"맞았어요. 한번 테스트해 본 거예요. 의논 상대가 될 만한 사람인지 아닌지."

"뭐라구?"

그러자 동희는 조금 진지한 표정이 되었다.

"사실은 나 약간 이상한 편지를 한 장 갖고 있어요. 경식 씨하고도 관련이 있는……."

"편지?"

경식은 순간 바로 조금 전에 본, 자신을 Q호텔 나이트클럽 사건의 진범이라고 자처한 편지 생각을 했다. 그리고 오늘은 묘하게 편지와 인연이 있는 날인가 보다고 생각했다. 게다가 동희는 자기와 관련까지 있는 편지라지 않는가.

"무슨 편진데?"

"여기서 볼래요?"

"글쎄, 무슨 편진데 그래?"

그러자 동희는 말없이 코트 주머니에서 반으로 접힌 편지봉투 하나를 꺼내 테이블 위에 밀어 놓았다. 경식은 그것을 집어 접힌 부분을 펴다가 문득 자기 눈을 의심했다. 접힌 부분의 안쪽에 매우 낯익다고 할 수 있는 글씨가 눈에 띄었던 것이다.

'정직한 시민'

그는 재빨리 다시 앞면을 살펴보았다. 거기엔 신문사의 주소와 'B일보 사회부 귀중'이라는 글씨가 쎄어 있었다. 조금 전에 계장이 보여 준 편지와 똑같은 글씨였다. 경식은 긴장한 표정으로 물었다.

"이 편지가 배달된 게 언제지?"

동희는 조금 의아한 표정으로 대답했다.

"부장이 나한테 넘겨준 게 한 시간쯤 전이니까. 아무튼, 오늘 오전일 거예요."

"음. 거의 같은 시간에 배달됐다고 할 수 있군."

"네? 그게 무슨 소리죠."

"그런 일이 있어. 그런데 이 편질 왜 동희가 갖고 있지?"

"그건 내용부터 읽고 나서 얘기해요. 그런데 같은 시간에 배달됐다니 그게 무슨 소리예요?"

"응, 실은 나도 조금 전에 비슷한 편질 보고 나오는 길이야."

"네?"

"아무튼, 그것도 내용부터 읽고 나서 얘기하지."

그리고 경식은 편지의 알맹이를 꺼내 읽기 시작했다. 편지의 대상이 바뀌었을 뿐 내용은 조금 전에 읽은 것과 거의 똑같다고 할 수 있었다. 다만 대상이 바뀜에 따라 편지의 목적하는 바가 조금 달랐다고 할까. 이를테면 다음과 같은 구절이 그 편지에는 들어 있었다.

…… 귀 신문(貴新聞)의 기사가 특히 자상하고 세밀한 부분에까지 언급이 되어 있어서 드리는 말씀입니다만 (그래서 애정을 가지고 말씀드리는 바입니다만) 현장의 생생한 묘사를 제외하고 거의가 오보(誤報)라는 사실을 감히 알려 드리지 않을 수 없습니다. 물론 경찰의 발표를 그대로 따른 결과이겠습니다만. 범인은 잡힌 것이 아니라 지금 편지를 쓰고 있습니다…….

경식은 편지에서 눈을 들어 동희를 바라보며 물었다.

"……그럼 어저께 그 기사가 동희가 쓴 거란 말야?"

"네. 내가 썼어요. 부장은 그래서 이 사건은 계속 날더러 맡으라는 거예요."

"그럼 동희가 사건현장에 있었다는 얘기야? 어저께 그 기산 현장을 목격한 사람이 쓴 거던데."

동희는 말없이 고개를 끄덕였다. 경식은 잠시 얼빠진 사람처럼 그녀를 바라보았다.

"……아니, 그럼 동희가 사건 당시에 그 나이트클럽에 있었단 얘기야?"

그녀는 다시 한번 고개를 끄덕였다. 경식은 어이없다는 듯 웃었다.

"어떻게 된 거야? 동희가 나이트클럽엘 다 가고. 누구하고 간 거야?"

"우리 신문사의 마 기자라는 분하고 갔어요."

"마 기자가 누군데?"

"신문사 선배죠, 뭐. 대학 선배기도 하고."

"신문사 선후배나 대학 선후배끼리는 그런 데도 같이 가나?"

"어머? 지금 질투하는 거예요?"

"그래, 질투하는 거야. 왜?"

"옹졸해."

"나 옹졸한 줄 이제 알았어?"

"어머, 점점?"

"아, 이거 아주 불쾌한데."

"나 좀 봐요, 경식 씨."

"지금 뚫어져라고 보고 있어."

"끝까지 그런 식으로 굴면 나 그만 일어설래요?"

"……."

"나 거기 간 거, 경식 씨한테 조금이라도 미안하다거나 하는 느낌 없어요. 무슨 말인지 알겠어요?"

"무슨 얘기야?"

"마 기자하고 난 신문사 동료로서, 또 선후배로서 같이 간 것뿐이 란 말예요. 사람이 갈 수 없는 델 간 것도 아니고. 마 기자가 오프닝에 초대를 받았다고 같이 가길 청했고 난 호기심도 있고 해서 따라간 것 뿐예요. 그게 뭐가 그렇게 불쾌해요?"

"불쾌한 건 불쾌한 거야."

"어머?"

"……좋아, 그건 알았다구. 한데 동훤 사건을 처음부터 끝까지 주 욱 목격한 거야?"

"신문에 쓴 대로예요."

"내가 불쾌해한 게 기분 나빠?"

"기분 나빠요."

"하, 나 이거. 좋아, 그럼 나 불쾌했던 것하고 동희 기분 나쁜 것하 고 비기기로 하지."

"못 비기겠어요. 나 기분 나쁜 건 이유가 있지만 경식 씨가 불쾌해 하는 건 이유가 없어요."

"이에는 이, 옹졸에는 옹졸인가?"

"그래요."

하는 그녀의 입가에 배시시 웃음이 감돌았다. 경식은 그 웃음이 몹시 예쁘게 느껴졌다.

"아무도 없는 장소라면 꼭 군밤을 한 대 먹여 줬으면 좋겠군."

"어머? 누가 때리도록 가만있긴 하고요?"

"하하, 그쯤하고 그럼 우리 일을 의논해 볼까. 공교롭게도 우리가 각기 같은 사건을 맡게 됐으니 말야. 실은 나도 계장한테 그 얘길 듣고 나오는 길이거든. 우리 시경에도 이 친구가 똑같은 편질 보냈단 말야."

"어머, 그럼 조금 아까 비슷한 편질 보고 나오는 길이라는 얘기가 바로 그 얘기예요?"

하고 동희는 놀라는 표정이 되었다. 경식은 고개를 끄덕였다.

"응, 여간 대담한 친구가 아닌데."

동희가 물었다.

"그럼 그 사람이 정말 범인일까요? 이 편지 쓴 사람 말예요."

경식은 잠시 그녀를 마주 바라보고 나서 되물었다.

"어떻게 생각해, 동흰?"

"글쎄요, 난 잘 모르겠어요. 장난기 같은 게 약간 느껴지긴 하지만 그냥 장난편지 같진 않구요."

"음, 약간 장난기 같은 건 느껴지지?"

"네, 그게 그런데 어딘지 빈정거리는 것 같아요."

"동희도 그걸 느꼈군. 나도 마찬가지 느낌인데 아무튼 좀 묘해. 어때? 동희가 목격한 상황하고 편지에 씌어진 상황이 조금이라도 어긋나는 점은 없어?"

"그런 건 없는 것 같아요."

"그럼 일단 사건현장에 있던 친구 중의 하나가 쓴 편지임엔 틀림없다고 봐도 되겠군."

"그건 틀림없는 것 같아요."

"혹시 동희가 쓴 기사를 보고서도 그 정도의 편질 쓸 순 없었을까?"

"그건 불가능했을 거예요. 내가 쓴 기사가 그 정도로 자세하진 못했으니까요."

"음……."

"편지 쓴 사람이 정말 범인일까요?"

"글쎄, 일단 그럴 가능성도 배제할 순 없지. 아니, 가능성은 상당히 커."

"그럼, 그 사람이 만일 범인이라면 무엇 때문에 이런 편지를 보냈을까요? 더구나 시경에까지."

"글쎄, 그게 문젠데 말야, 보통 범인 같으면 이런 일은 없지. 더구나 범인이 잡힌 것으로 돼 있는 마당에 말이지. 편지엔, 자긴 정직하기 때문에 그런 일을 못 참는다고 돼 있지만 말야."

"정말 그래서일까요?"

"그야 난들 알 수가 있나. 아직 확인할 도리도 없으니 말야."

"어마, 무슨 강력계 형사가 이래요? 대답이라곤 전부 모호하고 자신 없는 대답뿐이고."

"동희 그럼 강력계 형사가 무슨 족집게 무당이나 점쟁인 줄 알았어? 형사도 별수 없이 보통 머리를 가진 사람이라구."

"그렇군요."

"왜, 실망했어?"

"약간. 난 사실 무슨 좀 그럴듯한 대답을 들을 걸로 기대를 했거든요?"

"미안하군. 하지만 형사도 확인할 수 없는 얘길 함부로 할 수 있는 건 아니라구."

"하지만 전문가로서의 어떤 감각 같은 건 있을 것 아녜요?"

"감각? 거 아주 위험한 소릴 하는데. 그야 있지. 하지만 감각만 믿다가 큰코다치는 경우가 얼마나 많은지 알아?"

"그럼 현재로선 아무런 판단도 아직 할 수가 없다는 얘기예요?"

"물론이지. 하지만 동희 같은 중요한 사건의 목격자로부터 앞으로 협력을 받을 수 있을 테니까 한결 일이 수월해지겠지. 더구나 '합리적인 추리'라는 말도 할 줄 아는 동희니까."

"어머, 내가 언제 협력한댔어요?"

"협력 안 할 거야, 그럼?"

"좋아요, 그럼 어서 점심이나 사요."

"하하, 그러지."

"참, 경식 씨 차 안 마셨잖아요? 난 마셨지만."

"동희 마셨으면 됐어. 자, 나가자구."

그때 경식의 양복저고리 안에서 삐삐 페이징 수신기가 소리를 냈다. 그것은 시경에서 그를 호출하고 있는 신호였다. 어떤 동료 형사는 그것을 '보이지 않은 개 끈'이라고 익살스럽게 말한 적이 있다.

경식은 동희를 잠깐 기다리게 한 뒤 전화기가 있는 곳으로 달려갔다. 그를 호출한 것은 계장이었다.

"무슨 일입니까?"

"아, 자네 지금 어디 있어?"

"근처 다방에 있습니다. 마악 점심을 먹으러 나가려던 참입니다."

"좋아, 그럼 점심 먹고 나서 ○○서에 한번 가 보라구."

"네? 거기 무슨 일이 생겼습니까?"

"방금 보고가 들어왔는데, 거기에도 그 문제의 편지가 배달됐다는 거야."

"네에?"

"아무튼, 한번 가 보라구. 잡혀 있는 친구도 한번 만나 볼 겸."

"네, 알겠습니다. 그러잖아도 한번 가 보려던 참이었습니다."

"오케이, 수고해."

경식은 송수화기를 걸어 놓으면서 일이 점점 흥미로워 간다고 생각했다. 기다리고 있는 동희에게로 돌아가자 그녀가 물었다.

"무슨 일이 생겼어요?"

경식은 가볍게 고개를 끄덕였다.

"응, ○○서에도 문제의 편지가 배달됐다는군. 여간 대담한 친구가 아닌 모양인데."

"그럼 지금 그리로 가 봐야 해요?"

"아니, 점심 먹고 나서 가도 돼. 자, 나가지."

그리고 그는 동희와 함께 다방을 나와 평소에 그들이 즐겨 가던 부근의 설렁탕집으로 갔다.

설렁탕 한 그릇씩을 앞에 놓고 마주 앉았을 때 경식이 말했다.

"안됐군, 동희. 가난한 형사 애인 노릇 하느라고 얻어먹어 봤자 항상 설렁탕이 고작이고."

동희는 웃었다.

"오늘은 그럼 내가 살 걸 그랬죠?"

"이제 와서 그런 소릴 하면 뭘 해. 살 생각이 있었으면 진작 그랬어야지."

"미안해요. 하지만 난 이 집 설렁탕 좋아하는걸요?"

"그럼 됐어. 어서 들자구. 그리고 사건 경위나 목격한 대로 처음부터 차근차근 얘길 좀 해 줘. 조그만 일도 빼놓지 말고."

"어머, 그 끔찍한 얘길 어떻게 밥 먹으면서 해요?"

"나 이런, 그러면서 무슨 신문기잘 한다고 그래? 우리 시경 출입기자들 보면 웬만큼 끔찍한 살인사건쯤 눈 하나 깜짝 않는데."

"그 사람들은 남자들이죠."

"어라, 동희가 언제부터 그렇게 남녀 차이를 인정했지?"

"어머, 내가 언제 생리적인 차이도 부정했나요."

"그게 생리적인 차이에 속하나?"

"아이, 몰라요. 아무튼, 밥 먹으면선 그런 얘기 나 못 하겠어요."

"하하, 좋아 그럼, 다 먹고 나서 얘기해."

그들이 식사를 마친 것은 조금 후였다. 동희는 아무래도 식욕을 잃었는지 설렁탕을 조금 뜨다가 말았다.

"미안한데. 내가 밥 먹으면서 괜히 안 할 소릴 해 가지고."

"나빠요, 정말."

"미안해. 그 대신 내 커피를 다시 한 잔 사지."

다시 다방에 들러 커피를 한 잔씩 마시면서 경식은 동희로부터 비교적 상세한 사건 경위를 들었다. 편지에 씌어져 있는 내용은 그녀의 목격담에 비추어 조금도 어색한 데가 없었다. 경식은, 편지를 쓴 친구가 거의 진범이리라는 예감이 들었다.

"……아무튼 고마워. 이런 중요한 목격자를 애인으로 둔 나는 형사로서 일단 행운아인 셈이로군. 자, 그럼 난 슬슬 ○○서로 가 봐야겠는데 동흰 어떡할 테야? 신문사로 들어가겠어?"

"내가 같이 가면 방해가 되겠죠?"

"글쎄, 방해까지 될 건 없겠지만 이런 일에 같이 다니는 게 좋을 건 없겠지."

"알았어요. 필요하면 난 나중에 가죠, 뭐. 그 대신 무슨 새로운 뉴스가 생기면 나한테 연락해 줘야 해요?"

"그건 좀 곤란한데."

"왜요?"

"경찰관이 자진해서 신문기자한테 뉴스를 제공하는 데가 어디 있어?"

"어머, 그렇담 좋아요. 나도 앞으로 협력 안 할 테니까."

"하하, 알았어, 알았어. 이제 보니 동훤 또 형사 애인 둔 덕을 보려 드는군?"

"어머?"

"하하, 알았어, 알았다니까."

"안 되겠어요. 내가 여지껏 들려준 얘기 그럼 도로 다 물려 놔요."

"하하, 글쎄 알았다니까."

"연락해 주는 거죠, 그럼?"

"그래, 그래, 알았어."

다방에서 나와, 동희와 헤어진 경식은 곧장 ○○서로 향했다. ○○서로 향하는 도중, 그는 오늘 아침 이후에 그에게 던져진 몇 가지 문제를 우선 머릿속에서 정리해 보았다. 첫째, 계장이 그에게 보여 준 편지와 동희가 신문사에서 갖고 나와 보여 준 편지는 동일인이 쓴 것임이 틀림없었고 그 내용의 진실성도 어느 정도 의심의 여지가 없어 보였다. 그리고 가서 확인해 보면 곧 알게 될 터이지만 ○○서에 배달됐다는 편지도 아마 마찬가지일 것이었다. 둘째, 문제의 편지를 보낸 친구가 Q호텔 나이트클럽 사건의 진범일 것이라는 점에도 거의 의심의 여지가 없어 보였다. 그것은 적어도 편지 내용의 진실성을 의심할 여지가 없는 만큼은 의심할 여지가 없는 것 같았다. 셋째, 문제의 편지를 보낸 친구는 대단히 논리적인 두뇌를 소유한 자이며 적어도 대학 이상의 교육을 받은 자임이 틀림없어 보였다. 그것은 편지의 됨됨이로 미루어 짐작할 수 있는 일이었다.

그런데 도저히 짐작이 가지 않는 일은, 문제의 편지를 보낸 자가 만일 진범임이 틀림없다면 어째서 이런 편지 따위를 보내고 있는가 하는 점과 대담하기 짝이 없는 범행의 동기였다. 편지 속에서 그는 전자의 이유를 자신의 정직성 때문이라고 말하고 있고 범행의 동기까지는 밝히지 않았어도 대담하게 공개된 장소를 택한 것은 범행의 효과를 높이기 위한 것이었다고 뻔뻔스레 말하고 있지만 그것을 액면 그대로 믿기는 어려운 일이었다. 우선 범인이라고 자처하는 자가 스스로 내세우는 정직성을 어떻게 믿을 수 있다는 말인가. 그리고 범행의 효과라니. 그렇다면 피살자를 죽이는 것 이상의 어떤 목적을 범인은 또 가지고 있었단 말인가. 그렇다면 그것은 무엇일까.

　거기까지 생각하다가 경식은 문득 편지 속에 쓰인 '시작'이라는 낱말이 머릿속에 떠올랐다. 범행을 그는 '나의 일'이라고 표현하고 '그 일'이 자기에게는 '시작의 의미'를 지닌 것이라고 쓰고 있었다. 그렇다면 '시작의 의미'란 무엇일까. 그것은 혹시 무엇을 교묘히 예고하는 뜻으로 쓰여진 말은 아닐까. 어쩐지 그 말은 '범행의 효과' 운운한 말과 어떤 연관이 있는 것처럼 보이기도 한다. 그러나 아직 그러한 의문들을 명쾌하게 풀어 줄 아무런 뚜렷한 단서도 경식은 갖고 있지 못했다. 그가 쥐고 있는 것이란 고작 스스로 범인임을 자처하고 있는 자가 보낸, 약간의 빈정대는 투마저 느껴지는 편지뿐이었던 것이다. 그 모든 의문들을 풀어 줄 단서는 지금부터 경식 스스로가 찾아 모으지 않으면 안 된다. 그리고 그는 지금 그 첫발을 내딛고 있는 중이었다. 우선 사건 당일에 현장 수사를 담당했던 ○○서 강력반 형사들과 그들이 현장에서 체포했다는 범인(이제 그는 범인이 아닐 가능성이 더 커졌지만)을 만나 볼 일이었다.

○○서의 강력반 주임 최 경위는 경식을 다소 경계하는 표정으로 맞이했다. 경식이 자신의 신분과 찾아온 목적을 말하자 그는 상급기관에서 온 사람에 대한 예의와 하위 계급자에 대한 상급자로서의 위엄을 적당히 갖추어 말하였다.

"아, 어서 오시오. 그러잖아도 기다리고 있던 참이랍니다."

"아, 저희 계장님이 연락하셨던가요?"

"예, 그리 좀 앉으세요."

하고 최 경위는 의자를 권하고 나서, 경식이 앉기를 기다렸다가 물었다.

"시경에도 똑같은 편지가 날아들었다구요?"

경식은 그를 마주 보며 대답했다.

"네, 실은 그래서 이렇게 찾아뵀습니다. 여기에 배달된 편지도 동일인의 것인지 확인도 할 겸, 범인도 한번 만나 볼 겸 해서요. 이번 사건에 수고가 많으셨겠습니다."

"아, 별말씀을. 우린 지금 문책당할 각오를 하고 있는 중인걸요."

"그게 무슨 말씀입니까?"

"글쎄……. 우리가 아무래도 실수를 한 것 같군요. 좀 경솔했다고 할까."

"그럴 리가 있겠습니까. 투서된 편지를 가지고 하시는 말씀이라면, 편지는 아직 그 진실성이 확인된 것도 아니고……."

"아닙니다. 편지의 내용은 상당한 근거를 가지고 있는 것 같아요. 아무래도 우리 실수 같아요. 아무튼, 우리한테 배달된 편지니 보시겠소?"

"네, 좀 보여 주십시오."

최 경위는 서랍 속에서, 경식이 오늘 벌써 세 번째나 보게 되는 편지봉투 하나를 꺼내 경식에게 건네주었다. 경식은 우선 봉투의 앞뒤부터 살폈다. 앞서 본 두 통의 편지와 똑같은 글씨였다. 알맹이를 꺼내 보았다. 역시 마찬가지 글씨였다. 내용 역시 대상만 바뀌었을 뿐, 골자는 대동소이한 것이었다. 경식이 편지에서 고개를 쳐들자 최 경위가 물었다.

"시경에 온 것하고 내용이 같은가요?"

"네, 대동소이합니다."

하고 경식은 대답했다. 최 경위는 잠시 경식의 표정을 살피듯 하고 나서 말했다.

"역시 그냥 간단히 넘겨 버릴 순 없는 편지가 틀림없죠?"

"네, 단순한 장난편지가 아닌 것만은 틀림없는 것 같습니다. 하지만 이런 편지 정돌 가지고 당장 사건을 뒤집거나 할 순 없겠죠. 일단 다시 한번 검토해 볼 필요는 있을지 모르지만. 그런 데 주임님은 어떻게 생각하십니까? 이자가 이런 편지를 여기저기 보내는 이유가 어디에 있다고 생각하십니까?"

"여기저기라니요? 우리하고 시경 말고, 편지 받은 곳이 또 있나요?"

"아, 제가 말씀 안 드렸군요. B일보사에도 똑같은 편지가 오늘 오전에 배달됐다더군요."

"그래요? 음, 사건 당시 현장에 있던 그 여기자가 있는 신문이로군."

"아, 그 여기자를 기억하고 계십니까?"

"예, 사건현장엔 남자 기자 한 사람하고 같이 있었고, 사건이 있는 다음 날 아침, 그러니까 어제 아침엔 혼자서 이리 취재를 왔더군요. 그래서 기억을 하고 있죠. 그런데 그 B일보사에도 똑같은 편지가 배달됐단 말이죠?"

"네, 혹시 짐작 가는 점이라도 있으십니까? 이자가 여기저기 편지를 보내고 있는 이유에 대해서."

"글쎄요, 신문사에까지 편지를 보냈다는 얘길 들으니까 경찰을 비웃기 위한 것이 아닌가 하는 생각이 갑자기 드는군요. 뭐라고 할까, 우리의 실수를 여기저기 알리고 그래서 우릴 망신시키자는……. 물론 우리의 실수에 일차적인 책임이 있지만."

최 경위는 완연히 풀이 죽은 표정을 감추지 못했다. 경식은 그를 격려해 주는 것이 예의라고 생각했다.

"자꾸 실수, 실수, 하시는데 아직 그렇게 생각하시기엔 빠르지 않습니까? 신용할 만한 무슨 특별한 새 증거가 나타난 것도 아닌데 말입니다. 지금 이자가 보낸 편지라는 건 아직 그 진실성 여부도 확인할 수 없는 것이구요."

그러자 최 경위는 조금 웃었다.

"반 형이 날 위로하려는 뜻은 알지만 편지는 누가 봐도 엉터리 편지가 아니에요. 그쯤의 판단력은 우리한테도 있어요. 동료를 위로하기 위해서 속이지 맙시다."

"속이다니요, 주임님도. 그런 뜻이 아닙니다."

"아, 알아요, 알아. 물론 이걸로 사건을 당장 뒤집을 수는 없지만 우리가 경솔했던 건 거의 확실해요. 편지를 받고 나서 범인을 다시 신문해 봤는데 처음부터 하는 얘기가 편지의 내용과 정확하게 일치하고 있어요. 따라서 우리가 실수했다는 건 거의 확실해요. 우리가 진짜 범인한테 너무 간단히 넘어가 버린 셈이죠. 공교롭게도 현장에서 잡힌 친구가 또 전과 4범이나 되는 친구여서 우린 너무 쉽게 안심해 버렸죠."

"……."

"자, 그 친구나 한번 만나 보시겠소? 우리가 잡은 엉터리 범인 말이오."

"……아무튼, 그럼 한 번 만나 보기나 하겠습니다. 그 친구가 범인이 정말 아닌지 어떤지는 좀 더 두고 봐야겠습니다만."

"아무튼, 한번 보시오."

하고 최 경위는 부하 한 사람을 시켜 범인을 데려오게 했다. 지시를 받은 형사가 범인을 데리러 간 사이, 경식은 최 경위에게 수사기록철을 잠시 달래서 대충 훑어보았다.

수사기록철에 의하면 범인의 이름은 윤두식(尹斗植) 나이는 32세, 직업은 중고차(中古車) 중개업으로 되어 있었다. 그리고 범행을 완강히 부인하고 있는 것으로 되어 있었다. 손과 옷에 피를 묻힌 경위에 대해서는 문제의 편지에 씌어 있는 정황과 일치하는 대답을 하고 있었고, 화장실에 몸을 숨기고, 손과 옷에 묻은 피를 제거하려 했던 이유는 자신이 전과자이기 때문에 의심받을 것을 염려했기 때문이라고 대답하고 있었다. 논리상 그 대답에는 무리가 없어 보였다. 그러나 심문자는 그 대답을 인정할 수 없다는 태도를 뚜렷이 드러내고 있었다. 역시 그의 전과기록이 이유가 되고 있었다. 하긴 거짓말도 훌륭히 논리적일 수는 있다. 아니, 어떤 면에서는 거짓말일수록 논리적이라고 할 수조차 있다. 거짓말탐지기는 그러한 면을 고려한 기계라고 할 수 있겠다.

수사기록철에는 그 거짓말탐지기를 사용해 봄 직하다는 소견도 덧붙여져 있었다. 일단 써 봄 직한 방법이라고 경식은 생각했다. 그 방법을 사용해서도 이제는 아무런 단서를 얻지 못한다면 윤두식은 일단 무혐의로 볼 수밖에 없다고 경식은 생각했다. 그런데 잠시 후에 수갑을 찬 채 이끌려 나타난 윤두식의 모습을 본 순간 경식은 구태여 거짓말탐지기를 사용해 볼 필요도 없이 그는 진범이 아니라는 확신이 들었다. 첫눈에 그는 우선 그런 대담한 범행을 저지를 만한 위인으로는 볼 수가 없었던 것이다.

물론 이런 식의 판단은 경식 자신이 동희에게 말한 바와 같이 위험하기 짝 없는 일이었다. 그러나 감각만으로도 의심의 여지가 없는 경우는 드물지 않게 있다. 윤두식은 약간 교활해 보이긴 했지만 대담한 살인범들이 갖는 정도의 교활성은 지니지 못한 위인이었다. 그는 의심과 두려움에 떨고 있었다.

"이상철 씨를 죽인 범인이 당신이야?"

하고 경식은 여유를 주지 않고 그에게 물었다.

"아, 아닙니다. 난 그 사람을 죽이지 않았습니다."

하고 윤두식은 겁에 질린 눈동자를 굴리며 대답했다.

"뭐? 아니라구? 그럼 당신 손과 옷에 묻은 피는 뭐야? 당신 옷에 묻은 피는 피살자의 혈액형과 똑같은 것으로 나타났는데?"

언성은 으르딱딱거리고 있었지만 물론 경식은 내심 새로운 대답을 기대하고 있진 않았다. 그것은 최 경위에 대한 일종의 예의로서의 심문이었다. 윤두식은 이 새로운 심문자에게 또 같은 대답을 되풀이해야 한다는 데 절망을 느낀 표정이었다.

"글쎄, 몇 번씩 말했지만 난 그 사람을 죽이지 않았습니다. 누가 날 뒤에서 떠밀었어요. 피는 그때 묻은 겁니다."

"웃기지 마. 그럼 왜 그때 소리를 치거나 하지 않고 화장실에 숨었어?"

"그, 그건 내가 전과자기 때문에 의심을 받을까 봐."

"뭐야? 그따위 수작 부려 봐야 당신 거짓말탐지기로 테스트해 보면 금방 나타나?"

그러자 윤두식의 얼굴에는 별안간 반가운 빛이 떠올랐다.

"네, 그렇게 해 주십쇼. 제발 그 거짓말탐지기로 시험을 해 주십쇼."

"좋아, 해 주지. 그전에 한 가지만 더 묻겠어. 당신 그날 거기 뭐 하러 갔어, 혼자서 말야."

"네, 그건, 내가 전부터 잘 아는 호스티스가 하나 있었는데 그날부터 거기서 일하게 됐다면서, 그날이 개업이라구요, 놀러 오라고 하길래 마침 돈도 좀 생긴 게 있고 해서 간 겁니다. 새로 지은 호텔 구경도 할 겸 해서요."

"그럼 그 호스티스가 당신 파트너였겠군?"

"네."

"뭐야? 왜 또 거짓말을 하지? 내가 알기론 그 아가씬 당신을 그날 거기서 처음 만난 손님이라고 했다던데."

"아닙니다. 그 애는 내가 전부터 잘 아는 앱니다. 그럴 리가 없습니다."

경식은 최 경위를 쳐다보았다.

"주임님, 제가 듣기론 그 아가씬 분명히 이 친굴 그날 거기서 처음 만난 손님이라고 했다던데요?"

최 경위가 대답했다.

"아, 그건 이 친구 말이 맞아요. 그 아가씰 데려다 조사해 봤더니 거짓말을 했더군요. 경찰에 오라 가라 불려 다닐 게 싫어서 거짓말을 한 모양입니다. 그런 직업의 여자들이 흔히 보이는 반응이죠."

경식은 다시 윤두식에게 시선을 옮겼다.

"좋아, 그럼 누가 당신을 뒤에서 떠밀었다고 했는데 말야, 그게 누군지 짐작도 못 하겠어?"

"네, 모르겠습니다."

자신도 어리석은 질문이었다고 생각했으나 경식은 한마디 더 물었다.

"당신 근처에 그때 누구누구가 있었는지도 모르고?"

"네, 워낙 그때 정신이 없어서요."

경식은 일단 그 정도로 윤두식을 만나 본 성과는 충분하다고 생각하였다. 적어도 그가 Q호텔 나이트클럽 사건의 진범이 아님에는 거의 틀림이 없는 것 같았다. 그러나 그는 한마디 으름장을 놓아 두는 걸 잊지 않았다.

"거짓말을 아주 훌륭하게 잘 둘러대는데 내일 다시 보자구. 거짓말 탐지기로 테스트를 해 보면 모든 게 금방 드러나 버리고 말 테니까."

윤두식이 물러가고 난 뒤에 경식은 최 경위에게 물었다.

"저 친구 평소에 혹시 피살자하고의 접촉 관계 같은 거 나타난 것 없습니까?"

"조사해 봤는데 없어요."

"그럼 범행 동기도 현재론 애매한 상태군요?"

"그런 셈이죠. 아무튼 우리가 실수한 게 틀림없는 것 같아요."

"무슨 말씀입니까. 아직은 모르죠. 아무튼 내일쯤 거짓말탐지기 테스트는 한번 해 볼 필요가 있을 것 같군요."

"글쎄, 일단 한번 해 볼 필요야 있겠죠."

"그건 그렇고 주임님, 사건 당시 범행 장소에 춤추러 나갔던 사람들 명단 좀 제게 일러 주시겠습니까? 사건이 일단 이렇게 된 이상 다시 한번 검토는 해 봐야 할 것 같습니다. 저희 계장님 의견도 그렇구요. 그리고 참, 사건 직후에 클럽 밖으로 나가 버린 손님도 몇 사람 있다면서요?"

"아, 그건 별로 문제 삼을 게 없습니다. 거기 호스티스들을 조사해 본 결과 사건 직후 클럽 밖으로 나간 손님 중엔 사고 장소에 춤추러 나갔던 사람이 없답니다. 실은 윤두식이 저 친구가 하도 뻗대는 바람에 좀 불안해져서 어젯밤 형사 하나를 보내 조사를 시켜 봤는데 나간 사람들의 파트너를 했던 호스티스 세 명이 맹세해도 좋다고 하면서 그렇게 말하더랍니다. 좀 엄포도 놓고 했다는데 말이오. 그리고 사고 장소에 춤추러 나갔던 사람들 명단은 여기 있어요."

하고, 최 경위는 서랍 속에서 사람들의 명단과 인적 사항이 적힌 종이 한 장을 꺼내 주었다.

거기에는 다음과 같이 적혀 있었다.

이상철(31세) = Q호텔 부사장(피살).

김광배(32세) = R건설 상무이사.

박용기(31세) = D증권 전무이사.

선우영일(31세) = Y종합식품 부사장.

최명곤(31세) = M자동차 이사.

용한식(28세) = 권투 선수.

배수빈(29세) = 가수.

채나영(26세 · 여) = 패션모델, 이상철의 파트너.

윤나미(24세 · 여) = 영화배우, 김광배의 파트너.

최미라(25세 · 여) = 광고모델, 박용기의 파트너.

정시내(23세 · 여) = TV 탤런트, 선우영일의 파트너.

박수아(24세 · 여) = 신인 여가수, 최명곤의 파트너.

오수미(23세 · 여) = 광고모델, 용한식의 파트너.

김보라(24세 · 여) = 패션모델, 배수빈의 파트너.

윤두식(32세) = 중고차 중개업, 폭력 전과 2범, 사기 전과 2범(살해 용의자, 구속 중)

박시영(34세) = K무역 경리과장.

김진형(33세) = J병원 피부과 의사, 박시영의 친구.

권오규(31세) = H학원 영어 강사.

박성자(25세 · 여) = 나이트클럽 호스티스, 윤두식의 파트너.

민경애(24세 · 여) = 나이트클럽 호스티스, 박시영의 파트너.

김영미(23세 · 여) = 나이트클럽 호스티스, 김진형의 파트너.

강명숙(24세 · 여) = 나이트클럽 호스티스, 권오규의 파트너.

경식은 종이에서 시선을 들어 최 경위를 쳐다보며 물었다.

"사고 장소에 춤추러 나갔던 사람들이 그러니까 모두 열한 쌍이군요?"

"아, 예, 그건 틀림없을 거요. 그중에서 한 명은 피살을 당하고 또 한 명은 범인이라고 우리가 잡아 두고 있는 거지요."

"이 권오규라는 사람, 학원 강사라는 사람은 혼자서 거길 왔다던가요?"

"아니에요, 친구들하고 같이 왔는데 사건 당시 춤추러 나갔을 때만 혼자였다고 합니다."

"그 친구들이라는 사람들도 확인이 되었습니까?"

"아, 예, 함께 왔다고 증언들을 합니다. 한 사람은 같은 학원의 수학 강사였고, 또 한 사람은 학원의 교무과장이었어요."

"감사합니다, 주임님. 협조해 주셔서. 이거 제가 한 부 베껴 가도 괜찮겠죠?"

"아, 물론, 그러세요."

경식은 그 명단을 한 부 베껴서 ○○서를 물러 나왔다. 새로운 흥분 비슷한 감정이 서서히 몸 안으로 번져 왔다. 자신에게 맡겨진 일이 이제 상당히 구체적인 윤곽을 드러내기 시작한 느낌이었다. 그 열한 쌍의 남녀 중 피살자와 윤두식을 제외한 스무 명의 남녀 가운데, 문제의 편지를 보낸 장본인이 끼어 있을 것이었다. 그리고 그가 아마도 Q호텔 나이트클럽 사건의 진범임이 틀림없을 것이었다.

스무 명이란 숫자는 결코 적은 숫자는 아니나 대상이 분명한 만큼 결코 많은 숫자도 아니다. 적어도 대상이 불분명한 경우보다는 적은 숫자라고 할 수 있다. 대상이 제한되어 있다는 의미에서는 그렇다. 이제부터 그들 하나하나를 조사해 보노라면 좌우간 무슨 단서든 잡히고야 말 것이다. 그것은 시간문제라고 할 수 있다. 그러나 이때 경식의 머리를 스친 것은 '오인방' 멤버들을 두고 계장이 한 말이었다.

"……그 친구들 신분이 신분인 만큼 조심해서 다루지 않으면 좀 시끄러워질지 모른단 말야."

그것은 분명히 예상할 수 있는 장애 요소 중의 하나였다. 그들은 필경 고분고분 수사에 협조하려 들지 않을는지 모른다. 평소에 그들은 경찰 따위 안중에도 없는 태도에 익숙해 있을 테니까.

경식은 잠시 미간을 찌푸렸다. 그리고 이른 봄 늦은 오후의 햇살이 그 틈새를 비집고 흘러나오는 빌딩들을 잠깐 쳐다보았다.

무언가 돌부리 같은 것에 발을 챈 기분이었다. 그러나 그는 곧 걸음을 빠른 속도로 옮겨 놓았다. 그들이 수사에 협조하지 않거나 적어도 방해할 까닭은 없다는 생각이 들었기 때문이다. 그들은 동료 중의 한 사람을 잃은 것이 아닌가. 수사에 비협조적이거나 방해할 까닭이 있을 턱이 없다. 만에 하나 방해 따위를 한다면 그것은 동료의 죽음 진상이 정당하게 밝혀지는 걸 꺼리거나 적어도 바라지 않는 것으로 보아도 좋을 것이다.

거기까지 생각하다가 경식은 문득 머릿속을 스치는 또 하나의 생각을 보았다. 힐끗 스친 그림자 같은 것이었다고 할까. 그것은 그들 중에 범인이 있을지도 모른다는 생각이었다. 아마도 그들의 비협조 내지는 방해까지를 예상해 본 것도 그러한 가능성을 처음부터 마음속에서 배제하지 못하고 있었기 때문인지 몰랐다. 계장도, 그리고 경식 자신도. 그렇다, 그들 중에 범인이 끼어 있을 가능성도 배제할 순 없다. 그것은 수사 경찰로서는 당연히 품어 봄 직한 생각이었다.

그러나 그렇다는 것뿐, 아직 확실한 것은 아무것도 없다. 확실한 것은 오직 이상철의 죽음뿐, 그리고 그것이 타살이라는 사실뿐, 나머지 온통 불확실한 것들 가운데에서 하나하나 확실한 것을 찾아 나가야 하는 것은 반경식 그 자신에게 맡겨진 임무였다.

경식은 일단 시경으로 돌아와 계장에게 ○○서에 다녀온 결과를 보고하였다. 그리고 B일보사에 배달된 편지에 대해서도 보고하였다. 그러나 계장은 놀라지 않았다. 그리고 말없이 신문 한 장을 자신의 책상 위에 펼쳐 놓았다.

그것은 B일보였고 계장이 펼쳐 놓은 부분은 사회면이었다.

'경찰을 조롱하는 괴편지'라는, 커다란 제목이 한눈에 들어왔다. 경식은 얼른 신문의 상단을 살펴보았다. 2판 신문이었다.

경식이 신문을 움켜쥐려 하자 계장이 그의 손길을 막았다.

"자네가 모르는 사실은 한 줄도 씌어 있지 않아. 구태여 읽는 수고를 할 필욘 없다구. 그런데 도대체 어떻게 된 거야? 어떻게 해서 이 사실이 이렇게 빨리 흘러 나갔나?"

"……면목 없습니다."

"자네 혹시 B일보사에서 월급 받는 거 아냐?"

"……죄송하게 됐습니다."

"죄송하다는 건 월급을 받고 있기 때문에 죄송하다는 뜻이야."

"아니, 그런 게 아니라……. 아무튼 죄송하게 됐습니다."

"나 이거야 어디 일 시켜 먹겠나. 도대체 어떻게 된 건지 얘기나 좀 해 보지 그래?"

"……차차 말씀드리겠습니다. 지금 전 뒤통수를 얻어맞은 기분입니다."

"뭐라고? 이런 변변치 못한 사람 봤나. 그야말로 믿는 도끼에 발등 찍히기지, 이거야 원."

"앞으론 실수 없도록 하겠습니다."

"앞으로고 뭐고 나 자네한테 실망했어. 이번은 수사기밀이랄 것까지야 없으니 망정이지만 이래 가지고야 어떻게 같이 일을 해 먹겠어?"

"죄송합니다."

"알았어. 보기 싫으니까 내 앞에서 썩 없어지라구. 지금은 자네하고 더 이상 얘기하고 싶지도 않으니까."

경식은 얼굴을 붉힌 채 계장의 책상에서 물러나 곧장 전화기가 있는 곳으로 달려갔다. B일보 사회부로 걸어서 한동희 기자를 찾자 곧 동희가 수화기 저쪽에 나왔다. 경식은 화가 치민 음성으로 말했다.

"동희 정말 이러기야? 이런 식으로 날 골탕 먹이기야?"

그러자 동희는 영문을 알 수 없다는 의아한 목소리로 반문했다.

"갑자기 무슨 소리예요? 내가 뭘 어떻게 했길래?"

"뭐라고? 갑자기 무슨 소리냐고? 나 세상에."

"글쎄, 뭐 때문에 그래요? 난 영문을 모르겠네."

"뭐? 영문을 몰라? 아무튼 동희 지금 나 좀 만나."

"만나는 건 어렵지 않아요. 하지만 뭐 때문에 갑자기 그러는 거예요?"

"정말 몰라서 이러는 거야?"

"글쎄, 뭘 내가 잘못했기에 잔뜩 골이 나서 그러는 거예요?"

"이거야, 점점……. 아무튼 지금 좀 나와. '개나리'로. 나도 지금 나갈 테니까."

"그래요, 그럼."

송수화기를 내려놓고 경식은 잠시 화를 삭이느라 씨근거렸다. 도대체 이건 미안한 기색은커녕 숫제 시치미를 떼고 있지 않은가. 어디 용서해 주나 봐라.

그러나 그녀는 막상 경식을 만난 자리에서도 마찬가지 태도였다. 그보다 이삼 분쯤 늦게 '개나리' 다방으로 나타난 동희는 경식이 앉은 자리로 다가와 마주 앉으면서도 영문을 알 수 없다는 표정부터 지었다.

"도대체 무슨 일이에요? 잔뜩 화가 나서."

"……."

경식은 말문이 막혀 입을 열 수가 없었다. 동희가 이렇게 교활한 아이였던가. 그렇게 믿고 싶진 않다. 그렇다면 지금의 이 태도는 무엇인가. 그러나 동희는 여전히 영문을 모르겠다는, 안타까워하는 표정마저 지었다.

"글쎄, 도대체 뭐 때문에 그러는 거예요? 말을 해야 알 거 아녜요?"

"……정말 몰라서 그래?"

"글쎄, 이렇게 밑도 끝도 없이 화내는 까닭을 내가 어떻게 알아요? 경식 씨 말대로 내가 뭐 정말 족집게 무당이에요?"

"나 지금 농담하고 있는 거 아냐."

"어머? 금방 때리기라도 할 기세네?"

"때려 줘도 시원치 않을 기분이야, 나 지금."

"어머? 도대체 내가 뭘 잘못했길래 그러는 거예요?"

"……오늘 B일보 2판 사회면 기사, 그거 동희가 쓴 거지?"

"네, 내가 썼어요. 그게 뭐 잘못됐어요?"

"잘못됐느냐구?"

"어머? 신문기자가 신문기사 쓰는 게 잘못이에요?"

"동희, 정말 이러기야?"

"글쎄, 그게 뭐가 잘못됐다고 그러는 거예요?"

"나 이거야, 믿는 도끼에 발등을 찍혀도 분수가 있지……."

"어머?"

"이것 봐, 그건 일종의 배신행위야. 내가 동희한테 편지 얘길 한 건 어디까지나 동희하고 나 사이의 사적인 신뢰의 차원에서 한 얘기란 말야. 내가 동희를 신문기자로 의식하고 있었다면 그건 안 했을 얘기야. 그런데 동흰 날 취재 대상으로 삼았다는 얘기 아냐? 결국 사적인 친분을 이용해서……."

"어머, 그만해요. 이제야 무슨 얘긴지 알겠어요. 하지만 난 그런 뜻 아니었어요. 만나서 우연히 들은 얘기지만 기사가 될 수 있다고 생각했고 부장한테 얘기했더니 당장 쓰라고 하길래 별생각 없이 쓴 것뿐예요. 단순히 새로운 속보(續報)를 알린다는 기분으로. 그걸 가지고 배신행위니, 사적인 친분을 이용했느니 그렇게 거창하게……."

"이것 봐, 난 지금 우리 계장한테 단단히 한 방 먹고 나오는 길이란 말야. 알겠어?"

"……."

"나 참 이거야."

"……미안해요. 난 이런 일이 경식 씨한테 그렇게 심각한 영향을 미치는 건 줄은 몰랐어요. 난 단순히 그저 신문기자가 새로운 사실을 알게 되고 그걸 보도할 가치가 있을 땐 기사화하는 게 의무라고만 생각했을 뿐예요. 그것 때문에 경식 씨가 곤란한 입장에 놓이게 될지도 모른다거나 하는 생각은 전혀 해 보지도 못했어요."

경식은 그제야 사정이 대강 짐작이 갔다. 그녀는 햇병아리 기자였던 것이다. 따라서 그녀에게 주의를 주지 않았던 건 자신의 실수다.

"아주 잘했군그래. 이 햇병아리 기자야."

하고 그는 비로소 웃었다.

"……미안해요, 정말."

그녀는 얼굴을 붉히며 진심으로 미안해하는 표정을 지었다.

그날 저녁 경식은 동희와 저녁식사를 한 후 헤어졌다. 그녀가 굳이 저녁을 사겠다고 우겼기 때문이다. 저녁이라도 사야 미안한 기분을 다소라도 덜 수 있다고 생각한 모양이었다. 무슨 정보를 또 캐어 내려고 이러느냐고 경식은 농담을 했지만 결국 그녀와 함께 저녁식사를 한 후 헤어져서 그는 Q호텔 나이트클럽을 찾아갔다.

지배인을 만나서 사건 당일의 상황을 확인하고 사건 당시 사고 장소에 춤추러 나갔던 사람들('오인방' 일행을 제외한)의 파트너였던 호스티스들을 만나 당시의 상황과 그녀들의 파트너였던 남자들이 당시에 취한 행동에 대해서 이야기를 들었다. 그리고 사건 직후 클럽을 빠져나간 사람들의 파트너였던 호스티스들도 만나 그들이 정말 사건 당시에 춤추러 나간 사실이 없었는지도 확인하였다.

대체로 최 경위에게서 들은 얘기와 일치하였고 이렇다 할 새로운 사실은 나타나지 않았다. 큰 기대는 하지 않았으나 경식은 약간 실망해서 Q호텔을 나왔다. 그것은 물론 일차적인 간단한 현장답사 정도의 의미밖엔 갖지 않는 것이었으나 혹시나 하는 기대도 전혀 없지는 않았다.

그는 호텔의 현관을 빠져나와 까마득한 높이의 호텔 건물을 힐끗 올려다보면서 문득, 앞으로 몇 차례나 더 이 호텔을 방문하게 될 것인가 하는 생각과 더불어 팔자에 없는 호텔 출입을 자주 하게 되었다는 생각을 했다. 그러자 문득 사건 당일 동희와 함께 이 호텔에 왔었다는 마 기자라는 친구는 어떤 사내일까 하는 생각이 떠올랐다. 동희의 말에 의하면 그는 신문사와 대학의 그녀 선배라고 한다. 신문사에서는 경제부의 고참 기자라고 하던가. 그렇더라도 동희를 호텔 나이트클럽까지 데리고 간 행동은 약간 괘씸하지 않을 수 없다. 물론 신문사나 대학의 선배라는 사실을 감안하더라도 말이다. 그리고 이미 결혼한 남자라는 사실을 인정하고라도 말이다. 아니, 그렇기 때문에 오히려 더 괘씸하달 수도 있다. 그 경우 저의는 더 나쁠 수도 있기 때문이다. 아무런 저의 없이 처녀를 호텔 나이트클럽까지 데려갈 사내가 있을까. 단지 직장과 대학의 선배라는 이유만으로. 선배로서의 우정? 기자 공부? 의뭉스러운 자식 같으니라구.

그러다가 경식은 문득 어디선가 동희의 맑은 눈빛이 자기를 꾸짖듯 쏘아보고 있는 느낌을 받았다. 부끄럽지도 않으세요. 떳떳한 어른이 그런 생각을 하다니. 그런 맑지 못한 생각을 하는 건 나빠요. 쯧

끔, 경식은 부끄러워졌다. 이런, 이거 내가 아직 보지도 못한 친구한테 질투심을 일으키다니. 그는 설레설레 고개를 흔들었다. 그리고 버스 정류장을 향해 걸음을 빨리 옮겨 놓기 시작했다. 아침에 집을 나설 때 어머니가 이르던 말이 생각났다.

"너무 늦지 않도록 해라. 오늘 저녁이 느이 아버지 제사라는 거 잊지 말구."

네, 어머니 지금 들어갑니다, 하고 그는 마음속으로 중얼거렸다. 그가 그의 어머니와 단둘이 사는 우이동의 방 두 칸짜리 전셋집에 도착했을 때 그의 어머니는 이미 제사상 차릴 준비를 다 해 놓고 있었다.

"난 또 무슨 일이 생겨서 못 들어오면 어쩌누 했다."

하고 어머니는 안도의 표정으로 아들에게 말했다.

"네, 다행히 별 큰 사건이 없었어요, 어머니."

경식은 이제 60줄을 바라보는 어머니에게 얼른 며느리를 보게 해 드려야 할 텐데, 그래야 아들 걱정도, 부엌일도 좀 면하게 해 드릴 텐데, 하는 생각을 했다. 동희를 한 번 데려왔을 때 어머니는 몹시 흡족해하는 것 같았다. 그러나 아직 동희를 데려오는 건 이르다. 월급이라도 조금 오르지 않는 한 그녀에게 이 가난한 살림을 떠맡길 수는 없는 노릇이다.

그는 씻기를 마치고 곧 어머니의 시중을 받아 제사상을 보았다. 제사상이래야 밥과 국, 그리고 나물 몇 가지와 과일을 곁들였을 뿐인 간소한 것이었으나 어머니의 마음이 담긴 것이었으므로 그는 하나하나 소중히 상 위에 배열해 놓았다. 아버지 역시 이 상을 기쁘게 받을 것이었다. 향을 피우고 약주를 올린 다음 그는 절을 했다. 절을 하면서 그는 마음속으로 말했다.

'아버지, 어머니가 차리신 상입니다. 기쁘게 받으십시오. 저는 아버지가 가르치신 대로 애쓰고 있습니다. 아버지가 가르쳐 주신 길을 똑바로 가려고 애쓰고 있습니다.'

경식의 아버지도 경찰관이었다. 정직하고 우수한 경찰관이었다. 어머니와 아직 살아 있는 아버지의 친구들에게서 들은 얘기였다. 아버지의 친구 가운데는 아직 경찰에 몸 담고 있는 사람도 있었다. 경식의 어린 시절 기억만으로도 아버지는 여러 번 모범 경찰관의 표창장을 받아 왔었다. 그런데 18년 전, 경식이 중학교 1학년 때 아버지는 폭력배들에게 칼에 찔려 목숨을 잃었다. 상당한 조직을 가진 폭력배들로서 경찰에서도 섣불리 손을 대길 꺼리던 자들이었다. 경식의 아버지가 아무도 나서지 않는 일을 맡아 나섰다. 온갖 위협과 어려움 속에서 마침내 그자들의 우두머리를 검거하였다. 남은 자들로부터 연일 무시무시한 협박이 날아들었다. 그러나 그는 의연히, 협박에 굴하지 않았을 뿐 아니라 다시 남은 자들을 검거하기 위해 나섰다. 아버지의 한 친구가 말하는 바에 따르면 경찰 내부의 동료들도 그 일을 만류했었다고 한다. 그러나 그는 꿋꿋이, 그 일을 그만두려 하지 않았다.

경식은 그 무렵 아버지가 하던 말을 아직 잊지 않고 있다.

'나쁜 놈들한테 져선 안 돼. 그놈들한테 이기는 맛을 자꾸 들여 줘선 안 된다. 나쁜 놈들한텐 한 발짝도 물러서선 안 돼. 물러서 주면 의

기양양해서 더 덤벼든다.'

그리고 결국 그는 어느 날 아침 칼에 찔린 시체로 발견되었다. 그것도 한두 군데가 아닌, 무수히 난자당한 시체로. 그 후에야 경찰은 대대적인 검거 작전에 나서 그자들을 모두 검거해 버리고 말았지만.

경식은 그 후 거의 고학하다시피 힘겹게 공부해야 했다. 아버지가 남긴 것이라곤 단칸짜리 셋방 하나와 몇 장의 표창장뿐이었기 때문이다. 그리고 살림은 궁색한 대로 어머니가 행상해서 꾸려 나갔지만 어머니의 행상에서 얻어지는 수입은 그의 학비까지를 부담할 만큼은 되지 못했다. 그는 신문 배달도 하고, 방학 중엔 아이스케이크 장사도, 구두닦이도 했다. 그러면서 한편으론 아버지를 죽인 폭력배들과 맞서기 위해선 힘이 필요하다는 단순한 생각에서 틈틈이 태권도도 배웠다. 그리고 고등학교 시절 이후론 그는 주욱 가정교사 노릇을 해서 학비를 벌었다.

그가 대학을 마칠 수 있었던 것은 순전히 어머니의 헌신적인 뒷바라지와 그 자신의 몸을 돌보지 않는 노력에 의해서였다. 군대를 갔다 와서 그는 바로 경찰에 투신하였다. 그것은 아버지의 죽음 이후 그가 마음속에서 오래 다져 온 결심의 실천이었다. 어머니의 반대를 내심 염려했으나 어머니는 뜻밖에도 선선히 아들의 결심에 동의해 주었다. 어머니는 말했다.

"다 큰 네가 결정한 일인데 내가 무슨 두말하겠니. 깊이 생각해서 결정한 거겠지. 난 느이 아버지를 한시도 원망해 본 적 없다. 너한테도 마찬가질 거야."

그때 경식은 어머니에 대한 새로운 존경심이 우러났었다.

이후 그는 항상 아버지를 마음속의 거울로 삼아, 정직하고 용기 있는 경찰관이 되려고 노력해 오고 있다. 그리고 일선 수사 경찰로서의 능력도 뛰어난 점을 인정받아 지금은 시경의 강력계 안에서도 민완 형사로 신임을 받고 있다.

제사를 마치고 어머니와, 물린 제사상을 사이에 두고 마주 앉았을 때 경식은 말했다.

"어머니, 며느리 빨리 보고 싶으시죠?"

어머니는 아들의 마음을 살피듯 빙그레 웃으며 되물었다.

"왜, 장가가 들고 싶니?"

"하하, 어머니도. 그보다 어머닐 너무 오래 고생시켜 드리는 것 같아서, 죄송해서 그러는 거죠, 뭐."

"솔직하게 장가가 들고 싶으면 들고 싶다고 해라. 난 고생될 거 하나도 없다."

"하하, 장가도 물론 들고 싶긴 하죠. 하지만 어머니 고생하시는 거이제는 볼 수가 없어서도 며느릴 빨리 보시게 해 드려야 할 텐데, 조금만 더 참아 주셔야겠어요."

"원 녀석도, 넌 그럼 장가를 어미 대신 일 부려 먹을 사람 데려오기 위해 들겠다는 거냐? 그리고 접때 그 색시가 왜 너한테 시집오지 않겠다던? 우리 살림이 어려워서?"

"아녜요, 그런 게 아니라 제가 형편이 좀 나아진 다음에 데려오려구요. 월급이라도 좀 오른 뒤에요. 기왕 고생하시던 김에 어머니가 조금만 더 참아 주셔야겠어요. 죄송합니다, 어머니."

어머니는 웃었다.

"녀석도. 결국 제 색싯감을 아끼자는 속셈이구먼, 뭘. 그래, 알았다. 난 괜찮지만 요즘 색시들은 넉넉지 못한 살림을 덜컥 맡겨 놓으면 힘이 들겠지."

"이해해 주셔서 고맙습니다, 어머니."

그날 밤 제 방으로 돌아와 자리에 누운 경식은 그날 하루 일을 머릿속으로 정리하면서 내일은 채나영이란 여자를 한번 만나 봐야겠다고 생각했다.

오인방

"언니, 목욕물 다 받아 놨어요."

하는 가정부 옥자의 소리를 듣고 나영(蔡那暎)은 천천히 침대에서 몸을 일으켰다. 침실 창문의 커튼 사이로 스며드는 햇빛은 거의 정오에 가까운 시간을 말해 주고 있었다. 그것이 그녀의 아침이었다. 이제부터 천천히 목욕을 하고, 간단한 아침식사를 하는 것으로 그녀의 하루는 시작되는 것이다.

속은 알몸인 채 욕의만 걸치고 나영은 욕실로 갔다. 물은 알맞은 온도로 욕조 가득히 받아져 있었다. 욕의를 벗어 옷걸이에 건 뒤 나영은 습관처럼 자신의 몸을 거울 속에 비춰 보았다. 조금 나른해 보이긴 해도 여전히 아름다운 몸이었다. 특히 그녀는 자신의 허리와 배의 선(線)에 만족하고, 자신의 그 귀중한 재산이 아직 조금도 허물어지지 않았음에 안심하면서 욕조 속으로 들어갔다. 옥자는 충실히 향

수도 몇 방울 떨어뜨린 듯, 물에서는 향긋한 냄새가 피어올랐다. 나영은 두 다리를 쭉 뻗고 편안히 몸을 기대었다. 물의 따스한 온도가 피부 속속들이 스며들었다.

몸을 이렇게 물속에 이완시키고 있는 것처럼 그녀에게 상쾌한 일은 없었다. 그것은 또한 그녀의 귀중한 재산에게 그녀 스스로가 베풀 수 있는 서비스이기도 했다. 잠시 그렇게 편안히 기대어 있다가 그녀는 고개를 들어 물속에 잠긴 자신의 몸을 굽어보았다. 투명한 물속에서 그녀의 몸은 여전히 아름다워 보였다. 가슴 아래에서 배까지 이르는 선, 배꼽 주위의 잔잔하고 고른 근육의 펴짐, 그리고 허벅지 아래로 쭉 곧게 뻗어 내린 부드러우면서도 탄탄한 두 개의 다리가 이루는 선이 투명한 물속에서 그녀 스스로에게도 질투심을 일으킬 만큼 아름답게 비쳤다.

"나영이 너 정말 기막히구나."

이 아파트를 사 주고 나서, 처음으로 그녀와 함께 목욕하며 상철이 감탄하듯 뱉던 말이 생각났다. 함께 목욕하는 것만은 그때 처음으로 그녀는 허락했었다. 아파트라는 커다란 선물을 받은 답례였다고나 할까.

그런데 그는 지금 이 세상 사람이 아니다. 자기가 그토록 찬탄하던 몸을 이제는 볼 수 없는 사람이 되었다. 생각하면 그것은 너무도 무서운 순간이었다. 그의 부릅뜬 눈, 가슴을 움켜잡은 두 손, 그리고 고통과 분노로 일그러진 얼굴……

나영은 순간 눈앞에 떠오르는 영상을 뿌리치듯 벌떡 욕조 속에서 몸을 일으켰다. 온몸에 가느다란 전율이 스치고 지나갔다. 잠시 그녀는 이마를 짚고 서 있다가 샤워를 틀었다. 머리 위에서부터 샤워를 맡기 시작하자 기분이 다시 조금씩 가라앉아 왔다. 그리고 잠시 후 거의 평상의 기분을 되찾은 그녀는 천천히 비누질을 시작했다. 목과 가슴, 허리와 배, 그리고 팔과 다리의 순서로. 그때 거실 쪽에서 전화 벨 소리가 두어 번 울린 뒤, 조금 사이를 두었다가 문밖에서 옥자의 목소리가 들렸다.

"언니, 전화 좀 받아 보세요."

"뭐라구? 너 나 목욕 중인 거 모르니?"

"저…… 경찰서래요."

"뭐? 경찰서?"

"네……."

"경찰서에서 무슨 일이래?"

"모르겠어요, 그건."

저런, 숙맥. 경찰서라니까 무조건 바꾼다고 한 모양이지?

"알았어, 나 지금 목욕 중이라고 조금 기다리거나 잠시 후에 다시 걸어 달라고 그래."

그리고 그녀는 대강 샤워로 비누거품을 헹구기 시작했다. 곧 옥자가 다시 돌아와서 말했다.

"조금 있다 다시 건대요."

"그래, 알았어."

하고, 나영은 조금 느긋이 비누거품을 마저 헹군 다음, 수건으로 몸을 닦은 후 욕의를 걸쳤다. 거울 속에 비친 얼굴이 건강하게 발그레 상기해 있었다. 목욕이 가져다준 효과였다.

그러나 그녀는 그때 거울 속에 비친 자신의 얼굴 위에 문득 또 하나의 얼굴이 겹쳐 떠오르는 착각을 받았다. 핏기 없이, 일그러진 채로 굳어진 상철의 얼굴이었다. 마치 일그러진 표정을 뜬 가면(假面) 같은 얼굴……. 창백한 사자(死者)의 얼굴……. 왜 자꾸 이럴까, 이러면 안 되는데, 하고 그녀는 고개를 흔들었다. 어쩌면 그것은 자신의 아직 건강한 육체 속에도 깃든 죽음의 씨앗에 대한 불안이 무의식중에 고개를 쳐든 때문인지도 몰랐다. 아니면 경찰에서 왔다는 전화 때문일까. 그 전화가 결국 상철의 죽음과 관련된 것이리란 의식 때문일까.

그때 다시 거실 쪽에서 전화벨 소리가 들렸다. 그녀는 천천히 욕실 밖으로 나왔다. 송수화기를 들고 옥자가 아까와 같은 전화라는 눈짓을 보냈다. 나영은 천천히 옥자로부터 송수화기를 넘겨받았다.

"네. 나영입니다."

"아, 안녕하십니까. 초면에 전화로 실례합니다. 전 시경 강력계에 근무하는 반 형사라고 합니다."

형사의 말씨치곤 비교적 정중한 말씨라는 느낌이 들었다.

"네, 안녕하세요. 그런데 무슨 일로……."

"네, 실은 죽은 이상철 씨 문제로 잠깐 만나 뵙고 여쭤볼 말씀이 약간 있어서 그럽니다. 한데 제가 혹시 방해를 한 건 아니죠?"

"아녜요, 조금 전까지 목욕을 하고 있었지만, 지금은 끝났어요. 그런데 무슨 말씀인지 전화로 하시면 안 되나요?"

"글쎄, 전화로는 좀……. 잠깐이면 되겠는데요."

"그러세요? 그럼 어디서?"

"허락하신다면 댁으로 잠깐 방문하고 싶습니다. 혹시 불쾌하지만 않으시다면……. 괜찮겠습니까?"

경찰은 어쨌든 불쾌하다. 하지만 저쪽에서 먼저 넘겨짚어 오고 있는 이상 그것을 내색할 순 없잖은가.

"……원하신다면 그렇게 하세요. 하지만 전 아직 아침 전이니까 30분쯤 후에 와 주세요."

"아, 그건 좋습니다. 저도 그럼 점심을 먹고 가겠습니다. 감사합니다."

"저, 저희 집 위치는 알고 계신가요?"

"아, 네, 알고 있습니다. '신라아파트' A동 703호 아닙니까?"

"네, 맞아요. 그럼 기다리겠어요."

"네, 30분 후에 뵙겠습니다."

그리고 전화는 끊겼다. 나영은 옥자가 준비해 놓은 간단한 아침식사를 했다. 그리고 간단히 기초화장을 마친 다음 가슴이 많이 파인 조금 화려한 실내의로 갈아입었다. 남자들 앞에서는 언제나 조금 화려한 의상이 유리하다는 것을 그녀는 알고 있었기 때문이었다. 형사라도 남자임에는 틀림없는 것이다.

형사는 그녀가 전화를 받은 뒤로부터 정확히 30분 후에 나타났다. 눈썹의 선이 분명하고 시선은 부드러우면서도 쏘아보는 힘을 지닌, 30대 초반의 남자였다. 옷 속에 감추어진 몸이 매우 단단하리란 느낌을 주었다. 거실로 안내하여 안락의자를 권하자 그는 의자에 허리를 굽혀 앉으면서 말했다.

"이거 정말 실례가 많습니다. 그러잖아도 갑작스러운 일을 당하셔서 마음이 몹시 아프실 텐데…… 이상철 씨가 애인이셨다지요?"

나영은 쓸쓸한 미소를 지어 보이며 대답했다.

"누구한테 들으셨죠? 그런 얘기."

"아, 그야 알 만한 사람들은 다 알고 있는 얘기 아닙니까."

"그런가요."

"아무튼 뭐라고 위로의 말씀을 드려야 할지 모르겠습니다. 경찰관의 한 사람으로서 책임도 느끼구요. 게다가 이렇게 번거롭게 해 드리기까지 하고……"

"아녜요, 괜찮아요."

그때 옥자가 커피를 날라 왔다. 나영은 그에게 커피를 권했다.

"자 드세요."

"네, 고맙습니다."

하고 그는 찻숟갈을 집어 커피를 저으면서 거실 벽에 걸려 있는 그녀의 등신대 사진들을 쳐다보았다. 패션쇼에서의 그녀의 모습을 찍은 천연색 사진들이었다. 나영이 물었다.

"패션쇼 더러 구경 와 보셨나요?"

그러자 그는 부끄럽다는 듯 웃었다.

"웬걸요, 말로만 들었을 뿐이죠. 영광입니다. 말로만 듣던 유명한 분을 이렇게 직접 만나 뵙게 되어서."

"별말씀을 다 하시네요. 전 그냥 구경하신 적이 있나를 물어본 것뿐인데."

"아닙니다. 정말 영광입니다. 이런 땐 제가 경찰관 노릇 하길 잘했다는 생각마저 드는군요."

"평소엔 그럼 경찰관 하시는 게 싫으신가요?"

"아니, 뭐 그런 뜻은 아닙니다만……."

그러다가 그는 문득 생각났다는 듯이 물었다.

"참, 혹시 어제저녁 B일보 보셨습니까?"

"B일보요?"

"네. 아니면 오늘 아침 조간신문이나……."

"아뇨, 전 조간신문을 보는데 아직 못 봤어요. 왜 그러시죠?"

"아, 그럼 아직 모르시겠군요. 실은 어제 오전에 좀 괴상한 편지가 저희 경찰로 날아들었답니다. 자기가 바로 Q호텔 나이트클럽 사건의 진범이라고 주장하는."

"네?"

"말하자면 경찰이 잡은 범인은 진범이 아니라는 거지요. 물론 이름도 주소도 밝히지 않은 편집니다만. 그래서 실은 채 양한테 약간의 도움을 청하러 왔습니다."

나영은 물었다.

"하지만 범인은 그날 현장에서 잡혔잖아요?"

"아, 네. 그런데 그 친구는 진범이 아니라는 거지요. 자기가 잠깐 이용했을 뿐이라는 겁니다. 그 편지를 보낸, 아직 정체를 확인할 수 없는 친구의 말에 의하면 말이죠. 뭐 자기 자신을 보호하기 위해서였다나요. 한데 문제는 또, 경찰에 잡혀 있는 친구가 끝내 범행을 부인하고 있다는 겁니다. 증거라곤 손과 옷에 묻었던 피살자의 피밖에 없는데, 그 친구 주장에 의하면 그건 누군가 자기를 뒤에서 떠밀어 쓰러지면서 묻힌 거라는 겁니다. 묘한 게 경찰에 온 편지의 내용도 그 친구의 주장과 일치하고 있습니다. 그래서 궁여지책으로 그 친굴 오늘 아침 거짓말탐지기로 테스트를 해 봤는데 반응이 아주 양호하게 나타나는군요. 그 친구가 거짓말을 하고 있지 않다는 게 거의 확실해진 셈이죠. 이렇게 되고 보니 사건을 처음부터 다시 수사하지 않으면 안 될 형편이 되고 말았습니다. 그래서 실은 채 양한테 사건 당시의 상황을 다시 한번 좀 자세히 들어 보려고 온 겁니다. 번거로우실 텐데도 불구하고."

그리고 그는 양해해 달라는 듯이 부드러운 시선으로 나영을 바라보았다. 나영은 불안한 표정으로 말했다.

"그럼 그날 현장에서 잡은 범인은 진짜 범인이 아니란 말인가요?"

"네, 거의 확실한 것 같습니다. 경찰의 실수였던 것 같습니다."

"어마, 어떻게 그런 일이……. 그럼 절 보고 그날 일을 다시 한번 얘기해 보란 말씀인가요?"

하고 나영은 무서운 일이라는 듯 얼굴빛을 흐렸다.

"아, 물론 괴로우시리라곤 생각하지만 좀 도와주셔야겠습니다. 이제부터라도 수사를 바로 해서 진짜 범인을 잡아야 하니까요. 그것이 또 고인(故人)에 대한 남아 있는 사람들의 의무가 아니겠습니까?"

"하지만 어떻게 그런 일이……. 그럼 진짜 범인은 누굴까요?"

"글쎄. 이제부터 그걸 밝혀내야죠."

"그 편지를 보냈다는 사람일까요?"

"그럴 가능성이 높지만 확실한 건 더 조사를 해 봐야겠죠. 자, 괴로
우시겠지만 사건 당시의 상황을 다시 한번 좀 자세히 상기하시면서
얘길 해 주세요. 조그만 일도 빼놓지 마시구요. 정말 대단히 죄송합
니다."

"네……. 해 보겠어요. 너무너무 무섭고 끔찍한 일이어서 생각만
해도 다시 몸서리가 쳐져요……."

하고 나영은 띄엄띄엄, 사건 당일 현장에 나왔던 형사들에게 들려준
얘기를 다시 한번 되풀이하였다. 그날의 무서움이 다시 생생히 몸 안
에 살아났다. 아, 싫어. 이 얘기를 하는 건 정말 싫어. 이 얘기를 하기
위해서 입술을 움직이는 건 정말 싫어.

이야기를 하는 동안 방문한 형사는 잠시도 그녀의 얼굴에서 눈을
떼지 않았다. 그리고 중요한 고비마다 그는 다짐하듯 한 번 더 묻곤
했다. 이야기가 끝났을 때 그는 부드러운 표정으로 말했다.

"감사합니다. 정말 이거 못 할 노릇을 시켜 드려서 뭐라고 해야 좋
을지 모르겠습니다. 그런데 그날 일행분들이 그곳엘 가게 된 경위도
조금 얘기해 주시겠습니까?"

그리고 그는 덧붙였다.

"이상철 씨가 일행분들을 초대하셨던가요?"

나영은 대답했다.

"네, 상철 씨가 며칠 전서부터 미리 초대해 놓고 있었어요. 그날이 그 나이트클럽의 오프닝이었거든요. 상철 씬 그 호텔의 부사장이었구요."

"네, 그건 저도 잘 알고 있습니다. 그런데 초대 대상은 처음부터 일행분 모두였나요? 말하자면 통칭 '오인방'분들 이외에 배수빈 씨, 용한식 씨 등도 처음부터 초대 대상이었는지요? 그리고 여자분들도……."

"네, 제가 알기론 모두 미리 초대했어요. 배수빈 씨나 용한식 씬 거의 같은 멤버나 다름없는걸요, 뭐. 여자들은 멤버는 아니지만 근래엔 주욱 같이 어울리다시피 했었고요."

"그럼 무슨 정기적인 모임 같은 것도 있었나요?"

"아녜요. 정기적인 모임은 없었고 필요하면 모이고 했나 봐요. 제가 알기로는요."

"네."

형사는 잠시 무언가를 생각하듯 고개를 끄덕이고 나서 다시 물었다.

"그럼 어쨌든 그날 그런 모임이 있다는 걸 거기 모였던 분들은 모두 미리 알고 있었겠군요?"

"그랬을 거예요……. 그런데 그게 무슨 중요한 의미가 있나요?"

"아, 아닙니다. 그저……. 네, 좋습니다. 오늘은 이 정도만 실례하겠습니다. 아, 참 한 가지만 더 여쭤보겠습니다. 저, 혹시 그날 일행분 중에, 평소 이상철 씨하고 사이가 좀 안 좋다든지 하는 분은 없습니까? 무슨 사소한 감정 문제 같은 것으로라도……."

"그런 사람은 제가 알기엔 없어요. 모두 어렸을 적부터 친구들인걸요. 다섯 사람이 모두 B고 동기동창이구요."

"아, 그건 알고 있습니다. 하지만 배수빈 씨나 용한식 씨의 경우는 어렸을 적부터 친구는 아니죠?"

"하지만 그 사람들은 상철 씨한테 모두 도움을 받는 입장이었어요. 이런 말 하는 게 아니지만."

"아, 네, 알겠습니다. 그냥 지나가는 얘기로 한 번 여쭤본 것뿐입니다. 무슨 딴 뜻이 있었던 건 아니구요. 자, 이거 오늘 실례가 많았습니다."

그리고 그는 의자에서 일어났다. 그녀도 의자에서 따라 일어서며 말했다.

"저, 반 형사님이라고 하셨죠?"

"아, 네."

"범인이 곧 잡힐까요?"

"글쎄요, 최선을 다해 보겠습니다. 성이 반가밖에 못 돼서 이거 최선을 다해 봐도 성과는 반밖에 거두지 못할는지 모르겠습니다만. 하하."

"어머, 농담을 하시네요."

"하하, 글쎄요, 이왕이면 온가였으면 더 좋을 텐데 말입니다. 자, 실례 많았습니다. 안녕히 계십시오."

하고 그는 현관으로 나섰다.

"네, 그럼 안녕히 가세요."

하고 나영은 그를 현관에서 배웅했다. 그리고 다시 거실의 소파로 돌아와 앉은 그녀는 문득 저 형사를 한번 유혹해 볼까 하는 생각을 했다. 형사치곤 꽤 매력 있는 남자라는 생각이 들었기 때문이다. 그리고 형사를 유혹한다는 생각 자체가 재미있게 느껴졌기 때문이다.

그때 전화벨이 울렸다. 그녀는 송수화기를 집어 들었다.

"여보세요?"

"아, 나영 씨? 나 영일인데……."

선우영일이었다.

"어머, 웬일이세요?"

"아, 그저, 궁금해서……. 지금 뭐 하고 있지?"

"영일 씨 전화받고 있잖아요."

"응? 아……. 농담을 다 하는 걸 보니 기분이 좀 괜찮아진 모양이군. 난 또 아직 충격에서 벗어나지 못하고 잔뜩 우울증에 빠져 있지나 않나 했지."

"그래서 위로해 주려고 전화하신 거예요?"

"글쎄, 기분 전환이나 시켜 줄 겸 좀 나오라고 할까 했지."

"그럼 나오라고 하세요."

"오? 야, 이거 아주 씩씩한데. 좋아, 그럼 지금 좀 나오지."

"어디로요?"

"글쎄, 어디가 좋을까. 점심시간은 지났고……. 가만, 우리 어디 가까운 데로 드라이브나 할까? 인천쯤."

"어마, 좋아요. 그러잖아도 사실은 나 지금 좀 기분 전환을 하고 싶던 참예요."

"왜, 무슨 일이 또 있었나?"

"사실은 조금 전에 형사가 한 사람 다녀갔어요."

"형사?"

"네, 시경 강력계 형사라나요. 사건을 다시 수사하게 됐다면서."

"아, 그 신문에 난 편지 건 때문인가 보군. 자식들……. 그래, 와서 뭐라고 그래?"

"그날 사건을 다시 꼬치꼬치 캐묻는 거지 뭐예요. 우리가 그날 거기 모이게 된 경위랑."

"자식들, 한다는 짓하고……. 아무튼 내 그럼 차 가지고 데리러 가지. 자세한 얘긴 만나서 듣기로 하고."

"네, 그럼 기다릴게요."

송수화기를 내려놓고 나영은 혼자 의미 있는 미소를 지었다. 얼마 간은 예상했던 일이었기 때문이다. 누구든, 자유로워진 자신을 가만 내버려두지는 않을 것이란 예상은 진작 하고 있었던 것이다. 다만 그 것이 좀 빠를 뿐이고 뜻밖에도 그 손길이, 가장 행동이 느릴 것으로 여겨지던 선우영일로부터 먼저 뻗쳐 왔다는 점이 약간 놀라울 뿐이다. 그러나 생각해 보면 그다지 놀랄 것도 없다. 왜냐하면 그녀가 아직 상철에게 명확히 귀속되기 전 상철 다음으로 그녀에게 눈독을 잔뜩 들이던 사람은 다른 사람 아닌 바로 선우영일이었다는 사실을 나영은 잊지 않고 있는 것이다.

나영은 화장을 조금 짙게 고치고, 브래지어 없이 진홍색 티셔츠와

허벅지에 꼭 끼는 블루진으로 바꿔 입었다. 그리고 티셔츠 위에 다시 블루진 상의를 걸쳤다. 누가 보아도 스물여섯 살의 성숙한 여인이라기보다는 스물 두셋짜리 발랄한 아가씨의 차림이었다.

영일이 그녀를 데리러 온 것은 얼마 기다리지 않아서였다. 직접 차를 몰고 온 모양으로, 운전사를 올려 보내는 대신 그가 직접 그녀를 데리러 아파트로 올라왔다.

"어마, 직접 차를 몰고 오셨나 보죠?"

"물론이지. 모처럼 드라이브인데 운전사가 끼면 재미가 없잖아. 자 내려가자구."

그의 차는 베이지색 레코드였다. 나영은 운전석 옆자리에 태워졌다. 영일이 시동을 걸면서 슬쩍 그녀를 돌아보며 말했다.

"나영 씨 블루진 차림 아주 오랜만인 것 같은데 그렇게 차리니까 꼭 여대생 같군."

그러는 그 자신은 밝은 브라운 계통의 정장 차림이었다. 나영은 말했다.

"정말이에요? 어마, 신나. 그런데 영일 씬 회사 근무 중이었던 모양이죠? 정장 차림인 걸 보면."

"아, 회사에 처리할 일이 좀 있어서. 아무튼 다행이군. 기분이 상당히 명랑한 걸 보니."

하고 그는 차를 출발시켰다. 나영은 편안히 등을 기대면서 말했다.

"어차피 이렇게 된 거 우거지상을 하고 있으면 뭘 해요. 억지로라도 잊어야죠."

"나영 씬 역시 똑똑하군. 잘 생각했어. 잊으라구."

영일은 핸들을 잡은 채 차창을 향해 고개를 끄덕이듯 해 보였다. 차는 금방 아파트 구내를 빠져나와 큰 차도로 나섰다. 다른 차들의 흐름에 섞이면서 차가 일정한 속도를 유지하기 시작했을 때 영일이 물었다.

"그런데 참, 시경에서 형사가 찾아왔었다고?"

"네, 두 번 다시 생각하기도 싫은 일을 꼬치꼬치 캐물어서 기분 나빠 혼났어요."

"우리가 그날 거기 모이게 된 경위도 물었다면서?"

"네."

"뭐라고 대답했어?"

"사실대로 대답했죠, 뭐. 상철 씨가 초대한 거라구."

"그 밖에 또 귀찮게 군 건 뭐 없구?"

"그 밖엔 별로 없었어요."

"자식들, 한다는 짓이……."

"앞으로 또 자꾸 찾아와서 귀찮게 굴면 어떡하죠?"

"염려 말라구. 내가 알아서 귀찮게 하지 못하게 해 놓을 테니까. 자식들, 범인 하나 똑똑히 못 잡고 쓸데없이 엉뚱한 데만 건드리고 다녀."

"설마 경찰이 우리까지 의심하는 건 아니겠죠?"

"그렇다면 미친놈들이지, 그야."

"그 얘긴 그만해요, 우리. 모처럼 기분 전환하러 나왔는데."

"그러지. 유쾌한 얘긴 아니니까. 자, 그럼 우리 나영 씨 앞으로의 계획이나 좀 들어 볼까?"

"계획이라뇨?"

"앞으로 어떡할 거냐구. 상철인 죽었고, 그렇다고 결혼도 안 한 처진데 미망인 노릇을 할 것도 아니겠고 말야."

"어마, 난 또 무슨 소리라구요."

"응? 어떡할 거야, 앞으로?"

"모델 노릇이나 계속해야죠, 뭐."

"그리고?"

"그리곤 없죠, 뭐."

"없다니? 시집은 안 가고?"

"누가 나 같은 여잘 데려가 준대야 말이죠."

"왜? 나영 씨가 어디가 어때서? 너무 예뻐서?"

"어마, 내가 예뻐요?"

"이거 왜 이래. 누구 약 올리는 거야?"

"어머?"

"약 올리지 말고 가만있으라구. 오늘부턴 나영 씬 내 거야."

"어머? 어머?"

"왜, 곧이들리지 않아? 내가 이렇게 나올 줄은 미처 몰랐어."

"농담 그만하세요."

"농담? 농담 같애?"

"농담 아니고 그럼 뭐예요."

"글쎄, 농담일까?"

"어머?"

"농담인가 두고 보라구. 내가 이래 봬도 기사도 정신에 얼마나 투철한 사람인 줄 알아? 친구가 남기고 간 여자를 아무렇게나 그냥 내버려둘 것 같아? 천만의 말씀이라구."

"어마, 정말 자꾸 그러시면 싫어요."

"하하, 싫어도 할 수 없지. 난 친구로서의 의리를 지킬 수밖에 없으니까."

"어마, 그런 엉터리가 어딨어요."

"엉터리라구? 그게 어째서 엉터리야? 성실한 거지."

"아이, 몰라요."

"하하, 몰라도 돼. 나영 씬 그저 이 의리의 사나이만 믿으면 된다구."

차는 어느새 경인고속도로로 접어들고 있었다. 좌우의 시야가 한결 넓어져 있었다.

영일은 약간 상기한 표정으로, 액셀러레이터를 힘껏 밟고 있었다. 차의 속도가 몸으로 느낄 수 있을 만큼 빨라졌다. 나영은 가만히 속으로 웃었다. 모든 것이 예상한 대로, 그것도 아주 성급히 진행되고 있었기 때문이다. 그리고 그는 또 언제 그런 말솜씨는 배웠단 말인가. 남자들이란 참 알다가도 모를 동물이다.

하지만 어쨌든 일이 되어 가는 대로 따를 일이다. 너무 쉽게 항복해 주는 것도 삼갈 일이지만 그렇다고 너무 버티는 것도 세련된 것은 못 된다. 아무튼 열녀 흉내를 낼 처지는 아니니까. 열녀 흉내라니, 얼마나 분수에 맞지 않는 짓인가. 하지만 저급 창녀처럼 굴 수도 없지.

그때 영일이 시선을 전면에서 떼지 않은 채 혼잣소리 비슷하게 말했다.

"아무튼 변화가 있다는 건 즐거운 일이로군."

"네? 그건 무슨 뜻이죠?"

하고 나영은 물었다. 영일은 시선을 옮기지 않은 채 대꾸했다.

"상철이한텐 좀 미안하지만. 녀석이 죽지 않았으면 나한테 이런 기회가 왔겠어?"

"어마, 벌받을 소리."

"하하, 난 무신론자입니다요."

"금방 의리의 사나이라고 한 건 누군데요."

"그야 변함없지. 상철일 죽인 게 난 아니고, 죽은 친구의 여자를 거두려는 것뿐이니까."

"어마, 정말 너무하세요. 이런 법이 어딨어요. 기분 전환을 시켜 준다고 데리고 나와 놓구서."

"지금 기분 전환을 시켜 주고 있잖아. 이 이상의 기분 전환이 어딨어. 예수도 말했다구. 죽은 사람은 죽은 사람에게 맡기라구."

"……정말 너무하시다."

"하하, 화났어?"

"……"

"야, 이거 정말 화난 거 아냐? 내가 좀 지나쳤나."

"……정말 너무하세요."

나영은 짐짓 슬픈 표정을 지었다. 영일이 약간 당황한 표정으로 차의 속도를 늦추었다. 그리고 사뭇 신중해진 목소리로 말했다.

"나영 씨 정말 화났어?"

나영은 한층 슬픈 표정으로 차의 앞쪽을 바라보며 말했다.

"나 같은 게 화낼 권리나 있겠어요. 그저 자신이 가엾을 뿐이죠. 이 사람 저 사람 돌려 가면서 차지하려 드는 비참한 신세가 그저 가엾을 뿐이죠……."

영일은 완연히 낭패한 기색이었다. 그것은 보지 않고도 그의 목소리로 환히 알 수 있었다.

"그게 또 무슨 소리야. 난 결코 그런 뜻으로 한 얘기가 아니라구. 그렇게 생각했다면 그건 오해라구. 정말이야. 난 정말 그런 뜻으론 한 얘기 아냐. 내가 좀 지나쳤으면 그건 용서해."

나영은 계속 표정을 바꾸지 않은 채 말했다.

"아녜요, 나한테 미안해하실 것 없어요. ……난 본래 그런 여잔걸요, 뭐……. 나 같은 게 무슨 지조가 있겠어요."

"글쎄, 그런 뜻이 아니래두. 그건 오해라니까. 내가 좀 지나쳤는진 모르지만 그건 오해야. 내가 지나쳤다면 그건 사과하겠어."

"아녜요, 사과하실 필요 없어요. 그 대신 이따 술이나 실컷 좀 사 주세요. 독약이 있으면 먹고 죽어 버렸으면 좋겠지만……. 독약보단 술이 덜 쓰겠죠?"

"글쎄. 나영 씨……."

"인천 아직 멀었나요…… 빨리 좀 몰아 주세요. 가서 술이나 까무러치도록 마시게요."

"글쎄, 미안하다니까."

"아녜요, 미안한 건 나예요. 쓰잘데없는 자존심을 부린 건 나니까요. 좋아요, 오늘 나…… 마음대로 하세요."

"……."

"원하신다면 말예요."

"글쎄, 나영 씨."

"왜, 원하지 않으세요?"

"……."

"금방, 오늘부턴 내가 영일 씨 거라고 하셨잖아요?"

"글쎄. 그건……."

"농담이었나요?"

"농담만은 솔직히 말해서…… 아니었어. 하지만……."

"하지만, 뭐죠?"

"하지만 나영 씰 아무렇게나 해도 된다거나 우습게 생각하고 한 말은 정말 아냐. 난 사실 오래전부터 나영 씰 내 것으로 만들고 싶었다구. 나영 씬 모를는지 모르지민 난 사실 상철이한테 선수를 뺏긴 거야. 나영 씰 가슴속에 둔 건 사실 내가 먼저라구."

나영은 짐짓 놀라는 표정을 지어 보였다. 영일은 계속 진지한 표정으로 말했다.

"조금 전에 한 말들, 모두 농담 같았지만 그리고 좀 거칠었는진 모르지만, 사실은 모두 내 진심을 말한 거라구. 결코, 나영 씰 우습게 여기거나 가볍게 보고 한 말은 아냐."

이쯤에서 그를 풀어주어야 한다고 나영은 생각했다. 나영은 짐짓 어떤 감명을 받은 듯한, 한결 노여움이 풀린 표정으로 말했다.

"정말이세요……. 그 말?"

"맹세해도 좋아. 정말이야."

남자들이란 얼마나 어리숙한가. 그는 어려운 고비를 넘겼다는 듯이 그렇게 대답했다.

나영은 곧 그를 신뢰하는 다소곳한 태도를 보였고 그는 그러한 그녀의 태도에 기쁜 안도의 표정을 지었다. 그리고 그는 다시 차의 속력을 높이기 시작했다. 마치 어린이가 졸라 대던 것을 얻은 뒤와 같은 만족한 표정으로. 차는 쾌속으로 인천을 향해 질주해 갔다.

그리고 마침내 인천에 도착한 그들은 오후와 저녁시간을 송도와 월미도의 바닷가에서 유쾌히 보낸 후 시내의 관광호텔에 방을 잡았다. 영일이 제의했고 그녀가 짐짓 주저하는 체 그에 따랐던 것이다. 저녁식사 때 그들은 생선회에 곁들여 몇 잔의 술마저 나눈 뒤였었다.

그들이 투숙한 호텔은 썩 호사스럽진 못했으나 그런대로 손님을 맞이할 준비는 갖추고 있었다. 부대시설로 나이트클럽과 카지노 등을 갖추고 있었고 객실도 옹색하거나 불결하지 않았다. 웨이터가 방까지 그들을 안내하고 물러갔을 때, 영일이 선 채로 느닷없이 그녀를 포옹해 왔다. 마치 여지껏 참아 온 일을 결행한다는 듯이.

나영은 처음에 조금 저항해 보이고는 곧 조그맣게 그의 가슴속에

안겼다. 몰라요, 어쩔 수 없이 그럼 난 이제 당신 것이에요, 하는 작은
속삭임이 담긴 몸짓이었다. 그는 기쁜 듯 몸을 떨었다. 그리고 그녀
의 입술을 찾았다. 그녀는, 처음엔 뺨만을, 그리고 그의 집요한 추적
에 따라 마침내는 입술을 허락하였다. 뜨겁고 오랜 입맞춤이 끝났을
때 영일은 말했다.

"정말 변화가 있다는 것처럼 즐거운 일은 없군."

나영은 그를 향해 밉지 않게 눈을 흘겼다.

"어마, 또 그런 벌받을 소리."

"하하, 난 무신론자라고 했잖아."

"그래도 그런 말 싫어요."

"하하, 좋아, 그럼 다신 안 하지."

"약속해요."

"좋아, 약속하지."

나영은 새끼손가락을 내밀었고, 영일은 그녀가 내민 새끼손가락
에 자신의 새끼손가락을 걸었다. 그런 어린아이 같은 짓이, 뜻밖에도
서로를 결속하는 놀라운 힘을 갖고 있다는 걸 그들은 알았다. 영일이
말했다.

"자, 피곤할 텐데 목욕이나 하지."

"먼저 하세요."

"먼저 해. 난 맥주나 갖다 달래서 한잔하고 있을 테니까."

"영일 씨 먼저 하세요. 그동안 내가 맥주 시켜다 놓을 테니까요."

"하, 이거, 그럼 우리 함께할까?"

"어마, 싫어요. 그런 데가 어딨어요?"

"상철이하곤 함께한 적 없나?"

"어마, 나빠요. 그런 일 없어요."

"하하, 정말?"

"나빠요, 정말. 금방 상철 씨 얘기 안 하기로 약속해 놓구서."

"하하, 미안, 미안. 내가 그만 깜빡 잊었어. 자, 먼저 해. 아무래도 레이디 퍼스트니까."

"……."

"왜, 또 화났어?"

"……아니에요. 그럼 나 먼저 할게요."

"놀래라, 난 또 화가 난 줄 알았지. 자, 그럼 난 맥주나 마시고 있을게."

그리고 그는 전화기가 놓여 있는 탁자 쪽으로 걸어갔다. 나영은 잠시 망설이는 표정을 짓고 있다가 그에게 불을 꺼도 좋으냐고 물었다. 이유를 알아차린 그는 웃으면서 좋다고 대답했다. 나영은 전등 스위치를 내렸다. 그리고 어둠 속에서 옷을 벗기 시작했다. 그러면서 그녀는 영일의 동태를 살폈다. 그가 얌전할 것인가, 그렇지 않을 것인가를 살피기 위해서.

어둠 속에서 그는 이쪽을 바라보고 있는 것 같았다. 나영은 말했다.

"어마, 이쪽 보고 계심면 싫어요."

그가 보이지 않는 입으로 대꾸했다.

"아무것도 안 보이는데. 자기 손으로 불을 껐잖아."

"그래도 싫어요. 저쪽으로 돌아서세요."

그 말이 가져올 효과를 그녀는 어느 정도 짐작하고 있었다. 그런 말은 흔히 남자를 촉발할 뿐이라는 걸 그녀는 알고 있었기 때문이다. 어차피 그를 받아들일 바에는 이제는 뜸을 들일 필요는 없다고 그녀는 생각했다. 전격적으로, 그렇다, 기습을 받는 형식을 밟는 것도 미상불 흥미로운 일이다.

짐작대로 그는 돌아서는 대신 몇 발짝 빠른 걸음으로 이쪽을 향해 걸어왔다. 그리고 그때 이미 맨몸이 된 그녀를 껴안았다. 그의, 옷의 섬유가 그녀의 살갗을 감쌌다. 그 감촉을 그녀는 싫어하지 않았다. 그러나 그녀는 저항하듯 몸을 조그맣게 옹송그렸다.

"어마, 이러시면 어떡해요."

"나영이!"

그의 더운 입김과 함께 토해진 신음에 가까운 소리가 그녀의 귓불을 간지럽혔다. 그리고 그는 더욱 억센 힘으로 그녀의 맨몸을 자신의 두 팔 속에 가두었다.

"어마, 나 부서지겠어요. 조금만 놓아줘요……."

"안 돼, 놓아줄 수 없어. 도망치지 않겠다고 약속하면 몰라도."

"도망하지…… 않을게요."

"좋아, 그럼 가만있어. 침대로 옮겨 줄 테니까."

"난…… 몰라요……."

"몰라도 돼. 가만있기만 하면 돼. 자."

그리고 그는 그녀의 몸을 번쩍 안아 올려 침대 위로 운반했다. 그녀는 부끄러운 듯 가만히 그의 손길에 따랐다. 그녀를 침대 위에 내려놓고 그는 잠시 그녀로부터 떨어졌다. 그가 성급한 동작으로 옷을 벗고 있는 움직임이 느껴졌다. 나영은 자신의 몸을 침대 시트 속에 감추었다. 그리고 시트로 자신의 몸을 돌돌 감쌌다.

곧 그의 손길이 뻗어 왔다. 그리고 그녀로부터 시트를 벗겨 내려고 했다. 그녀는 짐짓 더욱더 시트로 자신의 몸을 감싸려고 했다. 말 없는 작은 실랑이가 벌어졌다. 그러나 마침내 시트는 그녀의 몸으로부터 벗겨져 나갔다.

곧 그의 살갗이 그녀의 살갗에 닿았다. 그리고 그녀는 마침내 그의 벌거벗은 두 팔 속에 갇히었다. 단단하고 넓은 가슴이 그녀의 가슴을 압박했다. 섬유의 감촉보다는 그 감촉이 그녀에게는 더 좋았다. 나이트클럽에서인 듯 밴드의 연주 소리가 멀리서 조금씩 들려왔다.

나영과 영일이 인천에서 하룻밤을 묵고 돌아온 날 저녁 레스토랑 '흑마(黑馬)'의 한 별실에서 '오인방'의 모임이 있었다. 그들 멤버 중의 한 사람인 이상철의 피살에 관련된, 일련의 사태변화에 따른 그들 나름의 대책을 논의하기 위한 모임이었다.

모임을 소집한 사람은 김광배였다. 평소에도 그는 항상 나이가 한 살 연장이라는 이유를 내세워 스스로 모임의 리더 노릇을 자처해 왔다. 본래의 멤버 다섯 사람 중, 죽은 이상철을 제외한 네 명(김광배, 박용기, 선우영일, 최명곤) 외에 배수빈과 용한식, 그리고 나영을 포함한 도합 일곱 사람이 테이블에 둘러앉았을 때 김광배가 입을 열었다.

"자, 모두 기분이 별로 유쾌하지 않을 줄 알지만 너무들 그렇게 심각한 표정 할 것 없이, 천천히 식사나 하면서 우리 얘기 좀 해 보지. 사실은 나영 씬 이 자리에 부르지 말까도 생각해 봤지만 상철이하고 제일 가까웠던 사람을 빼놓는다는 것도 좀 뭣하고 해서 불렀다구. 미스터 배나 한식이도 그날 우리하고 같이 있었기 때문에 부른 거구. 자, 그렇게들 심각해할 건 없어. 무슨 대단한 사건이 새로 일어난 건 아니니까. 단지 경찰이 현장에서 잡은 용의자가 혐의 사실도 희박하고 증거도 불충분하다는 이유로 풀려났다는 것뿐이니까. 오늘 아침 신문들 봤지?"

모두 수긍하는 태도로 잠자코 있었다. 나영과 영일도 아침에 인천에서 신문을 보고 그 사실을 알았다. 김광배가 다시 말을 이었다.

"그런데 문제는 그럼 상철일 죽인 놈이 도대체 어떤 놈이냐, 이거지. 말하자면 사건은 다시 백지화된 셈인데 그럼 도대체 어떤 놈이 상철을 죽였냐, 이거야. 경찰이랑 신문사에 투서를 한 놈이 범인인 것 같은데 그놈이 도대체 누굴까. 경찰에서 풀려난 윤두식이란 친구를 제외하고 그날 우리랑 함께 플로어에 춤추러 나갔던 친구가 세 명이 더 있는데―여자들은 빼놓고 말야―그 친구 중의 하나일까. 물론 난 그 친구 중의 하나일 가능성이 가장 높다고 생각해. 하지만, 하지만 말야, 경찰은 일단 우리까지도 혐의 대상에 포함시키려고 할 거란 말야. 그게 문제라구. 그렇게 되면 우선 우리가 귀찮아지니까."

모두 불만스런 표정으로 김광배를 쳐다보았다. 그리고 모두의 그런 감정을 대표하기라도 하듯 최명곤이 불쑥 입을 열었다.

"야, 넌 그럼 우리 중에 상철일 죽인 범인이 있을 가능성도 있다는 얘기야? 뭐야?"

김광배가 여유 있는 태도로 조금 웃으며 대꾸했다.

"아니, 난 경찰이 어떻게 나오리라는 걸 예상하고 있는 말일 뿐이라구. 우리를 성가시게 할 게 틀림없어서 말야."

이번에는 박용기가 다시 따지듯 물었다.

"그런데 그럼 그 친구 중의 하나일 가능성이 가장 높다고 생각한다는 건 무슨 소리야? 그건 우리 중의 하나일 가능성도 완전히 배제할 순 없다는 소리 아냐?"

김광배는 다시 여유 있게 웃으며 대꾸했다.

"그야 물론 완전히 배제할 순 없지. 우리가 서로 속이는 게 하나도 없다곤 할 수 없잖아?"

그러자 모두 불만스럽고 어처구니없다는 표정으로 한마디씩 떠들었다.

"뭐라구? 범인이 우리 중의 하나일 수도 있다는 얘기야, 그럼?"

"무슨 소릴 하고 있는 거야? 너 지금 그거 제정신으로 하는 소리냐?"

김광배는 목소리를 조금 높여서 말했다.

"하지만 난 물론 우리 중의 누가 상철을 죽였다곤 생각하지 않아. 단지 논리적으로는 그런 가능성도 완전히 배제할 순 없다는 얘기지. 그리고 경찰은 사건을 논리적으로 해결하려 들 거란 얘기고. 사람들이 말귀를 좀 알아들어야지."

모두 약간 시무룩한 표정이 되었다.

"그래서 난," 하고 김광배는 말을 이었다.

"우리 나름으로 무슨 대책 비슷한 게 있어야 할 것 아니냐, 경찰이 우릴 귀찮게 굴지 못하게 무슨 방법을 강구해 둬야 하지 않겠느냐, 그런 얘길 하고 있는 거야."

그러자 영일이 한마디 따지고 나섰다.

"좋아, 그건 그럼 그렇다 쳐, 그런데 우리가 서로 속이는 게 하나도 없다곤 할 수 없다는 건 무슨 얘기지?"

김광배는 웃었다.

"넌 그럼 나한테 정말 속이는 게 하나도 없니? 아무리 우리끼리지만 서로 비밀은 있을 수 있잖아."

"비밀이 있을 수 있으니까 상철일 죽일 수도 있다는 그런 얘기냐, 그럼?"

"나, 이 친구, 그건 논리적으로는 그렇게 생각해 볼 수도 있다는 얘기 아냐? 객관적으로 볼 때 말야."

"좋아, 그럼 논리적으로는 그럴 수 있다 치자. 그럼 무슨 동기가 있어야 할 거 아냐? 우리 중에 상철일 죽일 만한 동기를 가진 사람이 누구니?"

그러자 모두 영일을 응원하고 나섰다.

"그래, 논리적으로 따져 보려면 동기가 있어야 돼. 우리 중에 상철일 죽일 만한 동기를 가진 사람이 누가 있어?"

"말도 안 된다구. 우리 중에 범인이 있을 가능성이 있다는 건 말도 안 돼."

"광배 저 친구 오늘 어디가 좀 이상한 거 아냐? 왜 자꾸 엉뚱한 소리 하고 있지?"

김광배는 다시 웃었다.

"모두 날 무슨 원수처럼 생각하는 모양인데 난 어디까지나 객관적인 입장에서 일단 그렇게 생각해 볼 수도 있다는 얘길 했을 뿐야. 그렇게 감정적으로들 나올 얘기가 아니라구. 물론 나도 우리 중에 범인이 있을 거라곤 추호도 생각하지 않아. 하지만 경찰의 입장이 돼서 한번 생각들 해 봐. 우리 중의 누가 상철일 죽일 만한 동기를 가진 사람이 혹시 있을지도 모른다는 생각을 일단 해 볼 수도 있는 거 아냐? 왜들 정말 그렇게 말귀를 못 알아듣지? 내가 지금 우리 중에서 범인을 골라 보자는 얘기야, 어디?"

나영이 한마디 했다.

"그러니까 광배 씨 얘긴, 경찰이 그런 생각을 하고 우릴 귀찮게 굴지도 모르니까 그에 대한 대비책을 세워 놓자 그런 얘기죠?"

"그렇지. 바로 그런 얘기라구. 나영 씨가 그래도 비교적 말귀를 빨리 알아듣는 편이로군."

모두들 불만스러운 대로 김광배가 하는 말의 의도는 알아차린 표정이 되었다. 영일이 시무룩한 표정으로 말했다.

"그런 문제라면야 그다지 어려울 건 없겠지, 뭐. 경찰 간부층에다 얘기해서 우릴 건드리지 말라고 하면 될 거 아냐."

그러자 김광배는 고개를 갸우뚱해 보였다.

"글쎄, 그게 그런데 그렇게 간단하지만은 않을걸. 사건이 살인사건이고 더구나 피살자가 우리 친군데 우리가 수사에 협조를 안 하겠다는 것도 좀 이상하잖아. 문제는 거기에 있다구."

박용기가 말했다.

"그건 그래. 경찰이 수사에 협조를 요청해 오면 그건 어떻게 거절하기가 곤란할 거야. 귀찮아도 일단 협조하는 태도는 보여 줄 수밖에 없겠지."

최명곤도 말했다.

"만일 우리가 협조하는 태도를 보여 주지 않으면 그땐 정말 우릴 의심할지도 모르겠군. 친구를 죽인 범인을 찾아내겠다는데 협조를 안 하겠다는 건 이상하게 보일 테니까."

김광배가 말했다.

"글쎄, 문제는 거기에 있다구. 그렇다고 매일 형사 나부랭이나 만나고 있을 수도 없고 말야. 물론 우릴 죄인 다루듯 하진 못하겠지만 말야."

"그러면 그걸 가만둬?"

하고 영일이 험한 표정을 지어 보였다. 나영은 속으로 웃었다. 저렇게 단순해 보이는 남자가 여자를 손에 넣을 때는 어떻게 그처럼 수완을 보일 수가 있었을까, 하고.

애기는 차츰, 경찰이 협조를 요청해 올 경우에는 일단 응하는 태도를 보여 줄 수밖에 없다는 방향으로 기울어져 갔다. 다른 뾰족한 방법이 없었기 때문이다. 그러나 어디까지나 이쪽의 체면을 손상당하지 않는 범위에서 협조 요구에 응한다는 결론이었다. 애기는 자연스레, 범인은 그럼 도대체 누구일까 하는 쪽으로 발전해 갔다. 김광배가 농담했다.

"혹시 우리 나영 씨가 한 짓 아냐?"

나영은 펄쩍 뛰었다.

"어마, 그런 말이 어딨어요. 나빠요, 정말."

"하하, 농담이라구, 농담. 그런데 그렇게 펄쩍 뛰는 걸 보니 좀 수상한데?"

"어머?"

"하하, 미안, 미안."

그때 여지껏 나설 계제가 못 된다고 생각해선지 잠자코만 있던 용한식이 농담에 끼어들었다.

"혹시 광배 형님이 범인 아니우? 아까부터 자꾸 우리 중에 범인이 있을지도 모른다고 하더니."

"하하, 그럴지도 모르지. 나도 분명 사건현장에 있었으니까. 가만, 혹시 한식이 너 아니냐? 그런 대담한 짓을 할 만한 친구는 우리 중엔 너밖에 없을 것 같은데."

"아이구, 형님도. 정나미 떨어지는 소리 말우. 난 이래 봬도 파리 한 마리 못 죽이는 성미라우."

"누가 아니? 파리는 못 죽여도 사람은 죽일 수 있는지."

"아, 나 이거, 말 한마디 잘못했다가 밑천도 못 건지겠는데."

"야, 인마, 너 정말 수상해?"

그리고 김광배는 용한식을 짐짓 노려보듯 하며 덧붙였다.

"도둑이 제 발이 저리다고 너 인마, 네가 한 것을 나한테 덮어씌우는 거 아냐?"

용한식은 얼굴을 붉히며 머쓱해져서 말했다.

"아이, 형님두. 내가 잘못했수. 농담 한번 잘못했다가 살인누명 쓰겠네."

"하하, 인마, 그러니까 농담도 함부로 하는 게 아냐."

"농담은 형님이 먼저 했잖우. 미스 채한테."

"하하, 그랬던가."

그때 배수빈이 끼어들었다.

"내가 보기에도 우리 중에 만일 범인이 있다면 그건 광배 형님 같은데요?"

"뭐라구? 그건 어째서?"

김광배는, 이건 또 무슨 소리냐는 듯이 배수빈 쪽으로 시선을 옮겼다. 배수빈은 빙그레 웃으며 말했다.

"신문에 소개된, 그 범인을 자처하는 친구가 보냈다는 괴상한 편지를 보니까 아주 논리적이던데, 오늘 보니까 우리 중에선 광배 형님이 제일 논리적인 것 같은데요?"

"뭐라구? 야, 이거 또 한 번 기발한 소리 다 들어 보겠는데. 그래서 내가 범인 같다 이거지?"

"글쎄, 우리 중에 만일 범인이 있다면 말입니다."

"하하, 나 이거야. 글쎄, 혹시 그럴는지도 모르지, 하하."

그러자 최명곤이 불쾌한 표정을 지으며 말했다.

"아무리 농담이지만 기분 나쁜 소리 작작 하라구. 도대체 무슨 소리 하는 거야, 지금."

선우영일도 거들었다.

"도대체 광배 네가 나빠. 터무니없이 우리 중에 범인이 있을 가능성도 있으니 어찌하느냐고 해 가지고."

박용기도 투덜거렸다.

"뭐가 유쾌한 일이라고 시시덕거리고들 그래? 이게 지금 장난이야?"

그러자 김광배는 얼굴에서 웃음기를 거두며 말했다.

"미안해. 사실은 나도 기분이 좋지 않아. 그래서 실없는 소리를 해 본 것뿐이야. 그러기나 해야 기분이 좀 나아질까 해서. 그런데 결과는 마찬가지로군. 여전히 기분은 그다지 좋지 않군. 자, 우리 기분도 좀 바꿀 겸 자리를 옮겨 볼까? 내가 한잔 사지."

"그거 좋겠군. 아무튼, 그럼 자릴 옮기지."

하고 선우영일이 찬성하고 나섰다.

"좋아, 좋긴 좋은데 나이트클럽은 피하는 게 좋겠어. 우리 중에 누가 또 하나 작살날지 알아?"

하고 이번에는 박용기가 농담했다.

"야, 야, 거 또 왜 소름 끼치는 소릴 하고 있어."

하고 선우영일이 핀잔주듯 했고 모두 웃었다. 그리고 모두 자리에서 일어났다. 김광배가 말했다.

"우마담 집이나 가지, 그럼. 새로 들여온 비디오테이프가 있다던데."

"그거 좋지."

하고 모두 찬성했다.

'우마담 집'이란 간판 없이 요정을 하는 그들의 단골 비밀 요정의 하나였고 '비디오테이프'란 텔레비전 수상기로 볼 수 있는 포르노 필름을 가리키는 말이었다.

나영은 전에도 그들과 어울려 그런 것을 본 적이 있었다. 물론 상철이 죽기 전의 일이었고 다른 사람들도 각기 그들의 파트너와 동행이었었다. 그러나 지금은 사정이 좀 달랐으므로 그녀는 난색을 지었다.

"어마, 난 그럼 빠질래요. 재미있게 노시다가들 오세요."

그러자 김광배가 깜박 잊었다는 듯이 말했다.

"아 참, 나영 씨가 있었지. 그 생각을 미처 못했군……. 웬만하면 같이 가지?"

"어마, 싫어요. 여자 혼자서 어떻게 그런 장소엘 끼어요?"

"아, 그건 염려 말라구. 가서 딴 여자애들도 부를 거니까."

"그래두요. 내가 어떻게……. 상철 씨 죽은 지도 며칠 안 됐는데……."

최명곤이 말했다.

"하긴 그렇군. 우선 나영 씨 파트너가 없는 셈 아냐?"

그러자 선우영일이 짐짓 시치미를 떼고 나섰다.

"단순히 그 문제라면야 어렵게 생각할 건 하나도 없지. 파트너쯤이야 내가 대신해 줄 용의도 있으니까."

그리고 그는 모두를 둘러보며 어쩌냐는 듯 웃었다.

"야, 이 엉큼한 놈 봐라. 동작 한번 빠르네." 하고 김광배가 감탄하는 표정을 지었고 모두 비슷한 표정으로 선우영일을 쳐다보았다. 선우영일은 시치미를 떼는 표정으로 계속해서 말했다.

"이것들 보라구. 사람이 의리가 있어야지. 안 그래? 친구가 죽었다고 해서 친구 애인을 못 본 체할 수야 있나. 이런 때 대신 파트너 노릇이라도 해 줘야지. 상철이란 놈도 참 가엾구나. 의리를 지켜 주는 친구 놈이라곤 나 하나밖에 없으니."

모두들 웃었다.

"의리 좋아하네. 자식이 알고 보니 아주 의뭉하기는."

한 건 김광배였고,

"야, 인마 거 한번 묘하게 둘러붙이느라고 애썼다."

하고 빈정거린 건 박용기였다.

"아무튼," 하고 선우영일은 선언하듯 말했다.

"지금부터 나영 씬 내 파트너다. 알겠니?"

나영은 그의 속셈을 짐작할 수 있었다. 이런 식으로 어물쩍 공인을 받아 두려는 속셈임에 틀림없었다. 웃음이 나오려는 걸 그녀는 참았다. 그리고 그녀는 짐짓 새침한 표정으로 말했다.

"어마, 싫어요. 날 갖고 지금 장난하는 거예요, 뭐예요."

그러자 선우영일이 다시 능청을 부렸다.

"장난이라니. 그게 무슨 섭섭한 소리야. 난 지금 진정으로 하는 얘기라구. 다들 똑똑히 들어. 지금 이 순간부터 나영 씬 내 파트너라구. 알겠어?"

지금 이 순간부터 좋아하네, 하고 나영은 속으로 웃었다. 그러나 겉으로는 여전히 새침한 표정으로 말했다.

"정말 너무해요. 나 먼저 가겠어요."

그리고 그녀는 누가 말릴 틈도 주지 않고 뜀박질하듯 밖으로 나와 버렸다. 입술을 깨물어 웃음을 참으면서. 곧 영일이 뒤쫓아 달려 나왔다. 그리고 그녀의 어깨를 잡으며 말했다.

"왜 그래? 정말 화난 거야? 난 그런 식으로라도 일단 공표를 해 두는 게 좋을 것 같아서 한 소린데……."

나영은 손으로 입을 막으며 쿡쿡 웃었다.

"……정말, 그렇게 능청을 부리는 데가 어디 있어요. 난 웃음이 나와서 혼났어요."

"아, 난 또 깜짝 놀랐지. 연기한 거였군. 나영이도 단수가 여간 아닌데."

"그럼 어떡해요. 내가 그럼 그 자리에서 웃어요?"

그때 모두 우르르 몰려나오는 기척이 느껴졌다. 나영은 재빨리 목소리를 날카롭게 높여서 말했다.

"이거 놓으세요! 영일 씨가 그런 분인 줄은 정말 몰랐어요!"

그리고 어깨를 잡은 그의 손길을 과장해서 뿌리치고 횡하니 걸어 나갔다.

"나영 씨!" 하고 낭패한 목소리로 부르며 영일이 두어 발짝 황망히

뒤따르는 시늉을 했고,

"어이, 나영 씨! 나영 씨!"

하는 일행의 당황한 목소리가 등 뒤를 따랐다. 그러나 그녀는 걸음을 늦추지 않았다. 레스토랑 '흑마'는 큰길로부터 조금 들어간 위치에 있었고 그녀는 곧 큰길로 빠져나왔다. 그들도 더 이상 뒤쫓지는 않았다. 그녀가 정말 화를 냈다고 생각하고 이제는 더 이상 붙잡지 않는 것이 좋다고 판단한 모양이었다.

큰길로 빠져나온 나영은 택시를 잡기 위해 차도 쪽으로 나섰다. 빈 택시를 기대하긴 어려웠으나 행선지가 비슷한 택시에 합승할 수는 있을 것이었다.

그런데 운 좋게도 빈 택시 한 대가 굴러와 그녀 앞에 멈췄다. 그녀는 운전사 옆좌석에 올라탔다. 그리고 그녀의 아파트가 있는 방향을 말했다. 운전사는 즐거운 표정으로 택시를 출발시켰다. 예쁜 아가씨를 옆자리에 태운 것이 즐겁다는 표정이었다.

즐거운 것은 나영 쪽도 마찬가지였다. 연기를 그럴듯하게 해치운 것도 즐거운 일이었지만 쉽게 택시를 탈 수 있게 된 것도 즐거운 일에 속했다. 그녀는 핸드백에서 담뱃갑을 꺼내 한 대 피워 물었다. 운전사가 힐끗 곁눈질하는 모습이 보였다. 그녀는 운전사에게 담뱃갑을 내밀며 말했다.

"태우시겠어요?"

"아이구, 이거…… 감사합니다."

하고 운전사는 송구한 표정으로 한 개비 뽑아 물었다. 나영은 익숙하게 가스라이터를 켜서 불을 댕겨 주었다. 운전사는 다시 한번 머리를 조아리며 송구해하였다.

"아이구, 이거 정말…… 감사합니다."

나영은 담뱃갑과 라이터를 핸드백 속에 넣으며 말했다.

"감사한 건 저예요. 이렇게 택시를 태워 주셔서."

"원, 별말씀을 다 하십니다."

운전사는 완연히 주눅이 든 표정이었다. 나영은 유쾌했다. 누구에게든 군림한다는 것은 유쾌한 일에 속했다. 오늘은 왠지 모든 것이 척척 잘 돌아간다는 느낌이다.

그런데 그녀가 아파트에 도착했을 때 문을 열어 준 옥자가 이상한 소리를 했다.

"저, 조금 전에 손님이 한 분 다녀갔어요."

"손님? 누군데?" 나영은 긴장하며 물었다.

"남자분인데 잡지사에서 왔다고 했어요. 지금 안 계신다고 했더니 나중에 다시 오신다구요."

"그래? 누굴까……. 잡지사 기자라던?"

"그냥 잡지사에서 왔다고만 했어요."

"문을 열었었니?"

"아뇨, 그냥 문 안에서 얘기했어요."

"누구지? 이상하다, 왜 전화도 안 걸어 보고 바로 찾아왔지? 술 취한 목소리던?"

"그건 잘 모르겠어요."

"이상하다. 누굴까……."

하고 나영은 고개를 갸우뚱하며 현관에서 신발을 벗고 거실로 들어섰다. 그때 탁자 위의 전화벨이 울렸다. 나영은 응접세트가 놓여 있는 쪽으로 다가가 송수화기를 집어 들었다.

"여보세요?"

"아, 무사히 잘 돌아갔군." 영일의 목소리였다.

"어마, 어디서 전화하는 거예요?"

"아, 우리도 지금 막 여기 우마담 집에 도착했다구."

"어머, 그럼 옆에 딴 사람들도 있어요?"

"아니, 딴 친구들은 방에 들어갔고."

"나 무사히 돌아왔나 확인하기 위해서 전화 건 거예요?"

"그렇지. 걱정이 돼서 말야. 가는 도중에 혹시 교통사고라도 나지 않았나 싶어서 말이지."

"고마워라. 하지만 아깐 정말 너무했지 뭐예요."

"하하, 나영이도 여간 아니던걸."

"빨리 들어가 보기나 하세요. 의심받겠어요. 참 아가씨들은 불렀어요?"

"왜, 신경 쓰여?"

"약간. 영일 씨 파트너가 너무 예쁘면 곤란하니까."

"하하, 염려 말라구. 아무리 예뻐 봤자 나영이만큼 예쁜 앤 없을 테니까."

"피이, 그럴라구."

"글쎄, 염려 마. 나영이가 정 신경 쓰인다면 난 제일 못생긴 앨 파트너로 삼을 테니까."

"괜히 그러지 말아요. 내 걱정하지 말고 예쁜 애 데리고 재미있게 놀기나 하세요."

"하하, 그럴까 그럼?"

"그러세요."

"역시 나영인 알아줘야겠군. 통이 큰 여자란 말야."

"그만 빈정대고 어서 들어가 보세요."

"빈정대는 게 아니야."

"글쎄, 알았어요. 그만 끊어요."

"그래, 그럼 잘 자. 내일 또 전화할게."

"네, 내 걱정하지 말고 재미있게 놀기나 하세요."

송수화기를 내려놓고 나영은 팔짱을 낀 채 잠시 그대로 소파에 앉아 있었다. 아무래도 옥자의 말이 마음에 걸렸다. 누굴까. 누가 전화도 없이 바로 찾아왔었을까. 잡지사 기자라면 미리 전화를 해 보고 와도 왔을 텐데. 옥자의 말로는 나중에 다시 온다고까지 했다지 않는가. 나영은 옥자를 불렀다.

"애, 옥자야. 아까 그 사람 분명 잡지사에서 왔다고 하던?"

"네, 분명히 그랬어요."

그때 다시 전화벨이 울렸다. 나영은 약간 긴장하며 다시 송수화기를 집어 들었다. 어쩌면 그 정체를 아직 알 수 없는, 전화도 없이 방문했었다는 남자한테서 걸려 온 것일지도 모른다는 생각에서였다.

"여보세요?" 하고 그녀는 나지막하게 상대방을 불렀다.

"……."

그러나 수화기 저쪽에서는 잠시 아무런 대답도 없었다.

"여보세요?"

하고 그녀는 목소리를 조금 높여서 재차 상대방을 불렀다. 그제야 수화기 속에서는 한 남자의 목소리가 흘러나왔다.

"……저, 영숙 씨죠? 나, 오규입니다, 권오규."

나영은 하마터면 송수화기를 손에서 놓칠 뻔하였다. 자신의 본명이 수화기 속에서 들려오리라곤 예상도 못 했던 일이었기 때문이다. 벌써 몇 년 동안이나 사용해 본 적이 없는 이름인가. 적어도 사오 년 동안은 스스로도 잊고 살아온 이름이 아닌가. 그리고 오규, 권오규란 누굴까. 어디서 들어 본 이름 같기도 하고 전혀 처음 들어 보는 이름 같기도 하다. 그녀는 잠시 마음을 가라앉히고 정신을 차려서 물었다.

"……저, 혹시 전화 잘못 거신 거 아닌가요?"

그러자 수화기 저쪽에선 조금 웃는 듯한 음성이 들려왔다.

"하하, 요즈음은 그 이름을 쓰지 않고 있다는 걸 알고 있습니다. 하지만 나한텐 아직 영숙 씬 어디까지나 영숙 씨지 채나영 씨가 아닙니다. 목소리도 아직 그대로구요."

"……."

"오규, 권오규를 기억 못 하시겠습니까?"

"……글쎄, 전 잘……."

"섭섭하군요. 난 기억해 주실 줄 알았는데. 최근에 우린 묘한 장소에서 만난 적도 있죠, 아마. 서로 인사는 미처 나누지 못했지만."

순간 나영은 머릿속에 번개처럼 스치는 한 남자의 영상을 떠올릴 수 있었다.

"어마, 그럼 그날 Q호텔 나이트클럽에 오셨던……."

"아, 이제야 생각이 제대로 나시는 모양이군요. 그렇습니다. 최근에 우리가 만난 건 거기서죠. 정말 묘한 장소였지만. 그리고 햇수로는 5년 만이었지만."

나영은 가슴에 심한 동계(動悸)를 느끼기 시작했다. 그렇다. 그날 그를 보았었다. 형사가 플로어에 춤추러 나갔던 사람들을 따로 분리시켜 놓았을 때 자신들 일행 외에 세 쌍의 남녀가 더 있음을 알았고 그 세 쌍의 남녀 가운데서 그를 보았었다. 안경을 낀 흰 얼굴로, 그녀를 이윽히 바라보던. 그때 그녀는 얼른 그의 시선을 외면했었다. 그를 그곳에서 만나게 되리라곤 전혀 짐작조차 못 한 일이었다. 그의 이름이 권오규였던가. 아, 그랬던 것 같다.

그의 목소리가 다시 수화기 속에서 들려오고 있었다.

"……5년 만에 보는 영숙 씨 모습은 여전히 아름답더군요. 하지만 그땐 사정이 사정이었던 만큼 인사를 나누는 건 난 뒤로 미루기로 했죠. 그리고 아까 실은 무례인 줄 알면서도 영숙 씨 아파트를 찾아갔었죠."

그리고 그는 잠깐 이쪽의 반응을 기다리는 듯하다가 말을 이었다.

"……전화를 먼저 드리고 갈까 하다가 번거로워질 것 같아서 불쑥 그냥 찾아갔었죠. 그런 장소에서 그런 식으로 만난 것만으로 그냥 지나쳐 버리기엔 내 감정이 아직 충분히 어른다워지지 못했다고나 할까요. 하긴 영숙 씨가 채나영이란 이름으로 패션모델을 하고 있다는 사실을 안 뒤부턴 난 하려고만 들었으면 영숙 씰 만나 볼 방법은 있었죠. 하지만 제법 인내심을 발휘해서 난 잘 참았죠. 내가 이제 와서 다시 영숙 씰 찾는다는 건 영숙 씰 번거롭게 하는 결과밖에 더 가져올 것이 없다는 생각에서였죠. 하지만 그날 그곳에서 영숙 씨를 본 이후 난 도저히 그대로 지낼 수가 없었습니다. 그래서 오늘 용기를 냈던 거죠."

나영은 차차 냉정이 회복되어 옴을 느낄 수 있었다. 그녀는 다소 침착해진 목소리로 물었다.

"⋯⋯지금 잡지사에 계신가요?"

"아, 아닙니다. 그건 어디서 왔느냐고 묻길래 영숙 씨 직업을 생각하고 얼른 그저 둘러댄 말이죠. 내 직업은 학원 강사랍니다. H학원이라는 곳에서 영어시험 잘 치르는 법을 가르치고 있죠."

"그랬군요. 난 심부름하는 애가, 잡지사에 계신 분이 다녀가셨다고 하기에⋯⋯."

"네, 그냥 둘러댄 말이었습니다. 그런데 지금 이렇게 다시 전화 거는 이유는—실은 다시 방문할 생각이었습니다만—."

"말씀하세요."

"방문해도 괜찮겠습니까?"

"방금 전화해 주신 이유를 말씀하려고 하셨잖아요."

"역시 방문을 반기시진 않는군요. 그러실 테죠. 네, 전화한 이유를 말씀드리죠. ……한번 정식으로 만나고 싶습니다. 내가 방문하는 건 허락하시지 않더라도 한번 만나 주실 순 있으시겠죠?"

"나한테 만나 드려야 할 의무가 있나요?"

"아, 물론 의무는 없으시죠. 하지만 부탁을 들어주실 순 있잖습니까."

나영은 냉정해야 한다고 자신에게 타일렀다.

"부탁도 들어드릴 수가 없다면요?"

"여전히 냉정하시군요. 하지만 조금만 너그러움을 발휘하시면 한 남자의 다친 마음을 달래 주실 수가 있을 텐데요."

"무슨 뜻이죠?"

"부끄럽지만 난 5년 전에 다친 상처를 아직도 마음속에 갖고 있답니다. 아직 아물지 못한 채로요."

"무슨 말인지 모르지만 어쨌든 나하곤 상관없는 일예요."

"상관이 있죠. 영숙 씨한테 책임은 없을지 모르지만 상관은 있죠. 영숙 씨가 아니었으면 결코 생길 수 없었던 상처니까요."

"아무튼, 난 모르는 일예요."

"정 그러시면 도리가 없죠. 내가 염치불구하고 다시 방문하는 도리밖에."

"어마 위협이신가요?"

"위협이 아니죠. 내가 취할 수 있는 마지막 수단일 뿐이죠. 문을 안 열어 주시면 그뿐이겠지만 난 그럼 문밖에서 밤새도록이라도 기다리겠습니다. 그런 짓이 부끄러운 짓이라는 건 알고 있습니다만."

나영은 족히 그가 그럴 수도 있는 인물이라는 걸 알고 있었다. 그녀는 결심했다.

"좋아요, 그럼 나가겠어요. 어디로 나가면 되죠?"

"아, 역시 나의 방문보다는 영숙 씨가 나오시는 걸 택하는군요. 네, 나 지금 그다지 먼 곳에 있지 않습니다. 아파트 단지의 상가에 있는 '고갱'이라는 조그만 양줏집에 앉아 있습니다. 고흐 친구의 이름을 딴 술집이군요."

'고갱'이라면 상철과 함께 그녀도 한 번쯤 가 본 적이 있는 술집이었다. 조그만 규모의 아담한 양줏집이었다는 기억이 난다.

"네, 알았어요. 그럼 그리 나가겠어요. 하지만 시간이 늦었으니까 곧 돌려보내 주셔야 해요."

"아, 그건 염려 마십시오. 나도 염치는 있는 인간이니까요. 그럼 기다리겠습니다. 혹시 도중에 마음이 바뀌시면 내가 방문하리라는 걸 상기하십시오. 자, 그럼……."

송수화기를 내려놓고 그녀는 잠시 전화통을 바라보고 있다가 소파에서 일어났다. 팔목을 들어 시계를 보니 10시가 가까워져 있었다. 한 30분쯤 그를 만나 주면 되리라, 생각하고 그녀는 다시 아파트를 나섰다. 아직 바깥에서 돌아온 차림 그대로였으므로 옷차림을 바꿀 필요도 없었다.

그의 이름이 권오규였던가. 아마 그랬던 것 같다.

그는, 그녀가 시골에서 여고를 마치고 2년쯤 놀다가 상경하여, 낮엔 배우학원엘 나가고 밤엔 학원비와 생활비를 벌기 위해 비어홀의 호스티스로 일할 무렵, 자취하던 셋방의 바로 옆방에서 역시 자취를 하던 대학생이었다. 이따금 연탄을 갈아 넣을 때 마주치기도 하고 때로는 그녀가 밤늦게 돌아올 때 그가 대문을 열어 주기도 했는데 항상 도수 높은 안경을 쓰고 나이도 대학생치고는 꽤 들어 보이는 그를 그녀는 별로 눈여겨보지 않았었다. 집주인 아주머니의 말로는 군대까지 마친 아주 착실한 학생이라는 것이었지만 그녀의 목표는 매우 높았으므로 자취하는 대학생쯤 안중에도 없었다. 그녀의 목표는 우선 배우가 되는 것이었고 장래의 남편은 재벌 집안의 귀공자가 아니면 안 되었던 것이다.

그런데 엉뚱하게도 그가 그녀에게 마음을 두고 있었던 모양이었다. 그녀로서는 전혀 눈치조차 챌 수 없었던 일인데 (왜냐하면 그를 관심 있게 본 적이 없으므로) 어느 날 그는 엉뚱하게도 그녀의 방까지 부끄럼 없이 찾아와 느닷없이 그녀에게 비어홀을 그만둘 수 없겠느냐고 종용해 왔다. 그녀는 웃으면서, 그럼 댁에서 나를 먹여 살리겠느냐고 물었었다. 그러나 그는 진지한 표정으로 먹는 문제라면 그건 자기 것을 나누어 줄 수도 있다고 대답했다. 그날 그녀는 그를 웃는 얼굴로 돌려보냈었다. 뜻은 고맙지만 사양하겠노라고.

그런데 얼마 후 그는 그녀에게 장문의 편지를 써서 그녀의 방 속에 밀어 넣어 두었다. 자기는 말주변이 모자라서 글로 대신 쓴다는 것, 자기는 장차 영문학자가 되는 것이 소망이라는 것, 그녀를 사랑하고 있다는 것, 그녀를 사랑하고 있기 때문에 그녀가 비어홀에 나가는 건 견디기 어려운 괴로움이라는 것, 인간은 가난한 대로 떳떳하게 사는 걸 행복으로 여길 줄 알아야 한다는 것, 등등이 비교적 보기 좋은 글씨로 쓰여 있는 편지였다.

그의 이름이 권오규라는 것도 그때 처음 알았다. 그리고 그때는 그녀도 영숙이라는 본명을 아직 버리지 않고 있을 때였다. 편지를 보고 나서야 그녀는 그가 실로 엉뚱한 생각을 품고 있다는 걸 알았다. 그리고 코웃음이 나왔다. 오르지 못할 나무는 아예 쳐다보지도 말랬다는데 감히 누구를 쳐다보고 가당찮은 마음을 품느냐는 생각에서였다. 한마디로 일고의 가치도 없는, 어리석은 소행이라고 생각했다. 마음에 깊이 담아 두지도 않았다.

그런데 그는 그 이후 거의 노골적으로 그녀에게 간섭해 왔다. 그녀 대신 그녀 방의 연탄을 갈아 놓아 주기도 하고 찬거리를 사다 놓아 주기도 했으며 심지어는 그녀의 구두까지 몰래 닦아 놓은 적도 있었다. 그리고 기회 있을 적마다 안경 속의 진지한 (그녀에게는 어리석어 보이는) 눈을 빛내며, 배우학원엔 무엇 하러 다니느냐는 둥, 비어홀을 언제 그만둘 생각이냐는 둥, 그녀를 성가시게 했다. 그녀는 그때마다 쌀쌀한 태도로 일관했다.

그러던 어느 날, 그녀는 비어홀에 출근하기 위해 방문을 나섰다가 으레 툇마루 밑에 놓여 있어야 할 자신의 구두가 없어진 것을 발견했다. 처음에는 주인집에서 기르는 강아지가 물어 간 것이 아닌가 생각했으나 곧 그의 소행일 것이라는 생각이 떠올랐다.

그녀의 생각은 옳았다. 구두는 그가 그의 방 안에 감추어 두고 있었다.

그녀가 자신의 구두를 그의 방 안에서 찾아냈을 때 그는 벌겋게 달아오른 얼굴로, 그녀를 비어홀에 나가지 못하게 하기 위해선 그 길밖에 없었다고 실토했다. 그리고 자신의 마음을 이해해 달라고 간청했다. 그녀는 새빨갛게 독이 오른 표정으로 말했다.

"정말 별 어처구니없는 것을 다 하는군요. 이런다고 내가 댁 같은 사람한테 어떻게 될 줄 알아요? 정말 얼빠진 사람 같으니!"

그것이 심한 모욕인 줄은 알았으나 그따위 남자한테 그런 모욕쯤은 오히려 당연하다고 그녀는 생각했다.

그리고 그녀는 며칠 후 그가 학교에 간 사이를 이용해서 아주 집을 옮겨 버렸다. 그가 또 무슨 엉뚱한 짓을 할는지 모른다는 생각에서였다. 그가 엉뚱한 생각을 품고 밤에 그녀의 방을 덮치기라도 한다면, 그래서 그에게 가당찮게 몸을 뺏기기라도 한다면 그 이상 자신을 망치는 일은 없다는 생각에서였다. 그리고 집을 옮긴 후 그녀는 만일의 경우를 대비해서, 얼마 동안 배우학원에도 나가지 않았으며 비어홀도 다른 곳으로 옮겨 버렸다.

이후 그의 목소리와 이름을 듣는 것은 오늘이 처음인 것이다. 물론 상철이 죽던 날 밤, 그의 얼굴을 5년 만에 잠깐 보긴 했지만. 그리고 그때의 놀람이 아직 마음속에 다소 남아 있긴 하지만.

'고갯'이라는 술집은 그녀의 아파트로부터 그다지 멀지 않은 곳에 있었다. 그녀가 문을 밀고 들어서자 안쪽 구석진 테이블에서 안경을 낀 남자가 그녀를 향해 마주 일어서는 모습이 보였다. 상철이 죽던 날 밤 잠깐 본, 그의 모습이 틀림없었다. 5년 전보다 옷차림이나 얼굴의 표정이 다소 정돈된 느낌을 주었다. 나영은 말없이, 그가 마주 일어선 테이블을 향해 걸어갔다. 그는 미소로써 그녀를 맞이하며 말했다.

"미안합니다. 이렇게 무리하게 나오시라고 해서."

나영은 냉정한 표정으로 그에게 목례만 보낸 후 그의 맞은편 의자에 앉았다. 그가 곧 뒤따라 앉으며 사람을 불렀다. 흰 와이셔츠에 보타이를 맨 청년 한 사람이 다가왔다. 그가 나영을 건너다보며 물었다.

"무얼 한잔하시겠습니까?"

나영은 냉정하게 대답했다.

"저 술 마시러 여기 나온 거 아녜요."

그러나 그는 당황하지 않았다.

"아, 그러시더라도 목을 축일 음료 한 잔쯤은 하셔야죠. 그냥 앉아 계시게 하는 건 내가 도리가 아니잖습니까."

나영은 그런 일로 실랑이를 할 필요는 없다고 생각했다.

"네, 그럼 오렌지주스를 한 잔 주세요."

그는 청년에게 고개를 끄덕여 보였다. 그리고 청년이 물러가고 나자 자신의 마시던 컵에 맥주를 채우며 말했다.

"아무튼 나와 주셔서 감사합니다. 실은 조금 걱정을 하고 있던 참인데요. 혹시 마음이 변하시면 어쩌나 하고."

나영은 냉랭하게 대꾸했다.

"자의로 나온 건 아녜요."

"아, 물론. 하지만 어쨌든 나와 주셨다는 사실이 내겐 중요합니다. 어쨌든 이렇게 정식으로 가까이 영숙 씰 만나 볼 수 있게 되었으니까요. 실로 5년 만에 말이죠."

그때 물러갔던 청년이 오렌지주스를 가져왔다.

"드시죠."

하고 그는, 그녀가 주스가 담긴 컵을 잡도록 기다렸다. 나영은 그것을 무시했다. 그리고 그가 어서 용건을 말해 주기를 기다리는 객관적인 시선으로 그를 쳐다보았다. 그는 잠깐 무엇을 헤아리는 듯한 표정이더니 곧 너그러운 표정을 지으며 말했다.

"참, 우선 위로의 말씀을 드린다는 걸 잊었군요. 그런 뜻밖의 불행을 당하셔서 충격이 정말 대단히 크시겠습니다. 듣기로는 죽은 이상철 씬 영숙 씨의 약혼자였다고 하던데요."

"잘못 들으셨군요. 약혼자는 아니었어요."

"아 참, 약혼자가 아니라 애인 사이셨다고 하던가요. 어쨌든 충격이야 마찬가지였겠죠. 그러고 보니 이거 내가 너무 무리한 짓을 하고 있다는 생각이 드는군요. 그런 불행한 일을 당한 충격만으로도 지금 마음이 채 정돈되지도 않으셨을 텐데. 하지만 용서하십시오. 난 또 이러지라도 않곤 견디기가 어려운 심정이었으니까요."

"무슨 말인지 전 잘 모르겠군요."

"하하, 전화로도 같은 대답을 하셨죠. 하지만 그건 성실한 대답이라곤 생각되지 않는군요. 더불어 얘기를 나눌 의사가 없다는 태도의 표명으로밖엔 생각되지 않는군요. 적어도 영숙 씬 내가 영숙 씨한테 어떤 감정을 품고 있었는진 잘 알고 계실 텐데요."

나영은 잠시 그를 마주 바라본 후 싸늘하게 대답했다.

"그럼 오규 씨도—오규 씨라고 부르겠어요—내가 오규 씨를 어떻게 생각했는지 알고 계시겠네요."

그는 조용히 미소 지었다.

"물론 알고 있죠. 영숙 씨가 날 귀찮은 존재로 생각하셨다는 건 알고 있습니다. 내가 너무 서툴렀죠. 게다가 난 그때 영숙 씨가 원하는 것이 사랑이 아니란 것도 몰랐죠."

나영은 순간, 알 수 없게도 마음 한구석이 찔리는 듯한 느낌을 받았다. 그러나 그녀는 곧 냉정하게 말했다.

"잘 보셨어요. 난 사랑 따위를 원하는 여자가 아녜요. 더구나 오규 씨 같은 분의 사랑은 원하지 않아요."

"잘 알고 있습니다. 그래서 실은……."

하고 그는 잠시 사이를 두었다가 말했다.

"나도 영숙 씨가 원할 듯싶은 것은 조금 마련해 보았죠."

"네?"

"아, 그렇게 신경을 곤두세우실 것까진 없구요. 학원 강사—영숙 씨가 배우가 못 되신 것처럼 나도 영문학자는 못 되고 겨우 학원 강사가 되었습니다만—그 학원 강사 노릇이 수입은 영문학자보다 괜찮은 편이더군요. 그래서 돈을 약간 모아 보았는데—모아 보았댔자 죽은 이상철 씨나 그 친구분들의 입장과는 비교가 안 되겠습니다만—아무튼 그 돈으로 영숙 씨를 잠깐이나마 차지해 볼 수 없을까 하는 망상을 해 보았습니다만. 물론 이상철 씨나 그 친구분들과 같은 좋은 입장은 누릴 수 있으리라곤 처음부터 기대를 않구요."

"……말하자면 나를 돈으로 사 보시겠단 뜻인가요?"

"하루쯤, 더도 말고 하룻저녁만 살 수 있다면 그 이상 기쁨이 없겠습니다만."

"그럼 꽤 비싸게 사실 각오가 돼 있으시겠군요?"

"글쎄, 부자라고 할 수 없는 나로선 준비를 해 보느라곤 했습니다만……."

하고 그는 지갑을 꺼내더니 거기서 수표 한 장을 꺼내 겸손한 동작으로 나영 쪽 테이블 위에 밀어 놓았다. 나영은 차게 웃으며 그 수표의 액면을 힐끗 내려다보았다. 동그라미 여섯 개가 찍힌 100만 원짜리 자기앞 수표였다. 그녀는 조금 놀라고, 조금은 감명을 받았다. 하룻저녁 여잣값으론 결코 적은 금액이 아니었기 때문이다. 상철에게서도 한꺼번에 그만한 돈을 받아 본 적은 없었다. 그가 말했다.

"결코, 충분하다곤 생각하지 않습니다만 부자가 아닌 나로선 힘껏 내는 금액입니다."

"……."

나영은 싸늘한 표정을 지은 채 잠시 생각했다. 그만한 금액이라면 굳이 아낄 것도 없는 몸이다. 단지 감정상의 미묘한 문제가 있긴 하지만 그런 일쯤 그만한 금액이라면 잠깐 잊을 수도 있다. 그도 그러한 감정상의 문제를 고려해서 내는 금액일 것이다. 아니, 그보다는 나를 비웃으려는 뜻이 더 크겠지만. 그렇다면 비웃음을 받아들이는 것도 비웃음일 수 있다. 그녀는 마침내 차갑게 웃으며 대답했다.

"좋아요, 정 그렇게 사시고 싶으면 사세요. 하지만 이건 어디까지나 분명한 거래예요. 단 한 번만의.”

"아, 그건 염려 마십시오. 난 이래 봬도 5년 전의 권오규는 아니랍니다. 아무튼, 감사합니다.”

하고 그는 조용히 미소 지었다.

두 번째 죽음

선우영일이 피살된 시체로 발견된 것은 그로부터 사흘 후였다. 그는 그의 베이지색 레코드 승용차 안에서 운전대를 껴안은 듯한 자세로 숨겨 있는 모습이 발견되었다. 아니, 팔의 모양으로 보아 그것은 껴안은 자세라기보다는 운전대 위에 엎드린 자세에 가까웠다. 가슴만이 운전대를 껴안고 있는 것 같았다고 할까, 두 팔은 운전대 밑으로 늘어뜨려져 있었다. 고개는 비스듬히 왼쪽 차창을 향하고 있었다. 후두부를 둔기로 강하게 얻어맞은 상처가 나 있었고 그것이 치명상이 되어 있었다. 장소는 남산 야외음악당 앞의 주차장이었다.

시체 발견 시간은 통금 직전이었고 검시의(檢屍醫)의 사망 추정 시간은 시체 발견 시간으로부터 약 30분쯤 전이었다. 그러니까 밤 11시 30분경이 된다.

시체를 발견한 방범대원의 말에 의하면, 통금시간이 임박했는데도 주차한 채 움직일 생각을 않고 있는 승용차가 보이기에 가까이 가 보니 그 지경이었다. 그것도 처음에는 운전자가 술 취해 자고 있는 것으로 착각했었다. 그래서 도어를 열고 흔들어 깨우려고 해 보니 죽은 사람이었다.

시체의 자세나, 차의 핸드브레이크가 걸려 있는 것으로 보아 피살자와 범인은 차를 완전히 주차시켜 놓은 채 승용차 안에 타고 있었던 것으로 판단된다. 치명상이 된 상처의 부위로 보아서는 얼핏 범인이 뒷좌석에 타고 있었을 것으로도 판단되지만 피살자의 고개가 왼쪽 차창으로 향해져 있는 것을 보면 범인은 운전석 옆자리에 타고 있었을 가능성도 있다. 피살자의 주의를 그쪽으로 쏠리게 한 뒤, 옆에서 후두부를 강타했을 가능성도 충분하니까.

그러고 보면 시체의 자세는 전체적으로 약간 왼쪽으로 쏠린 듯한 인상이다. 더욱이 핸드브레이크가 걸려 있는 것으로 보아 피살자는 차를 완전히 주차시켜 놓은 채 옆좌석의 범인과 무언가 이야기를 주고받고 있었다고 보는 것이 자연스럽다. 뒷좌석에 누군가를 태우고 그런 시간에 그런 장소에서 주차를 한다는 것은 좀 부자연스런 일이라고 할 수 있었기 때문이다.

경식은 일단 그쪽으로 판단했다. 피살자와 범인은? 차 속에 나란히 앉아서 무엇인가 이야기를 주고받다가 범인이 한순간 피살자의 주의를 왼쪽으로 쏠리게 한 뒤 후두부들 강타했다. 그리고 범인은 도망쳐 버렸다. 그러면 범인은? 범행에 사용한 흉기는?

검시의의 의견으로는, 범행에 사용한 흉기는 끝이 뭉툭한 쇠붙이 같은 것이리라고 한다. 부근에서 발견되지 않는 것으로 보아 범인이 가지고 도망쳤을 것이다. 그리고 감식반이 지금 열심히 지문 채취를 하고 있지만 아마 범인의 지문은 찾아내지 못할 것이다. 경식에게는 어쩐지 그런 확신 비슷한 생각이 든다. 아직 확실한 것은 아니지만 이번 범행 역시 이상철을 죽인 범인과 동일범의 소행이리란 생각 때문이다. 만일 그렇다면 그 교활한 범인이 지문을 남겼을 턱이 없는 것이다.

그때 계장이 옆에서 말했다.

"어이, 반 형사, 그 편지 생각나나? 우리한테 투서된 편지."

경식은 계장이 무엇을 생각하고 있는지 짐작할 수 있었다.

"네, 저도 지금 그 편지 생각을 하고 있던 참입니다. 아무래도 그자의 소행이 아닌가 싶은데요."

"음, 그자 편지 속에 '시작'이라는 말이 있었지? 그 말이 노상 마음에 걸렸었단 말야."

"계장님도 저하고 비슷한 생각을 하고 계셨군요. 네, 분명히 그자는 편지 속에서 저번 범행을 자기 일의 '시작' 어쩌고 했었죠. 그래서 실은 저도 그게 마음에 걸려서 막연하게나마 속으로 미구에 제2의 사건 같은 게 터지지나 않을까 하고 은근히 걱정했었죠."

"솔직히 말하라구. 정말 걱정을 했나? 아니면 기대를 했나?"

"네? 아, 원, 계장님도. 기대라니요?"

"하하, 아무튼 내일이나 모레쯤 어쩌면 또 그자의 편지가 날아들지도 모르겠군. 그자가 편지를 쓰기 전에 우리가 그자를 잡지 못한다면 말야."

"글쎄요, 아주 교활하고 대담한 자임에는 틀림이 없는 것 같습니다."

"음, 아무튼 수색이나 좀 더 철저히 해 보지. 우선 이 부근, 남산 일대하고 도보로 도망쳤을 가능성에 대비해서 근처 30분 거리 이내에 있는 숙박업소도 몽땅 뒤지고 말야. 인원은 관할서에다 좀 더 올려 보내 달라고 하고. 그리고 본부에 연락해서 시내 각서에 전통을 치라고 해. 관할별로 시내 숙박업소를 몽땅 뒤지라고 말야. 차를 타고 도망친 경우 30분이면 시내 어디라도 갈 수 있었을 테니까. 그자라면 허술하게 도망쳤을 린 없지만 해 보는 데까진 해 봐야지."

"네, 알겠습니다."

대답은 그렇게 했지만, 경식은 마음속으로, 크게 결과를 기대할 만한 방법은 못 된다고 생각했다. 계장의 말대로 범인은 그렇게 허술하게 도망치지는 않았을 것으로 생각하기 때문이었다. 그러나 일단 기초적인 수색작업을 소홀히 할 순 없었다. 그는 이미 수색작업을 벌이고 있는 인원에게 좀 더 철저한 수색을 이르고는 사건현장에서 불과 50미터도 채 떨어지지 않은 관할 파출소로 내려가 관할서와 본부에 각각 전화를 걸었다.

묘한 것은 또 범행 장소가 파출소에서 불과 50미터도 채 떨어지지 않은 위치에 있었다는 점이었다. 비록 곧바로 마주 보이는 위치는 아니라 하더라도[그 주차장은 만형(灣形)으로 된 축대를 배경으로 하고 있어서 파출소가 있는 쪽의 시야로부터는 상당히 보호되어 있는 셈이었다] 파출소를 지척에 둔 장소에서 그런 대담한 범행을 저지를 수 있었다는 사실은 새삼 범인의 대담성을 확인케 해 주고도 남음이 있었다. 범인은 등잔 밑, 또는 사각(死角)을 이용한 셈이었다.

관할서와 본부에 각각 전화를 걸고 난 경식은 아직 그 정체를 알 수 없는 범인에 대해 어떤 찬탄에 가까운 감정과 함께 거의 같은 무게의 적의(敵意)를 느끼며 안주머니에서 수첩을 꺼내 들었다. 그가 일단 모두 용의선상에 올려 두고 있는, 이상철이 살해되던 날 밤 사고 시간에, 플로어에 춤추러 나갔던 사람들의 명단과 주소, 전화번호 따위가 적힌 수첩이었다.

우선 그들 한 사람 한 사람의 소재 확인부터 해 둘 필요가 있었다. Q호텔 나이트클럽 사건과 동일범의 소행이라면 범인은 역시 그들 가운데 한 사람일 것이기 때문이었다.

그는 수첩에 이름이 적힌 순서대로 전화를 걸기 시작했다. 모두 한 번씩 만나 보긴 한 뒤였으나(그는 지난 3일 동안을 꼬박 그들을 만나 보는 데 소비했으나 그들로부터 사건 해결을 위한 이렇다 할 열쇠도 아직 얻지 못한 채였다. 하긴 그것은 그 자신도 일차적인 탐색 이상의 의미를 부여한 면담은 아니었지만) 그는 우선 밤늦게 전화 거는 일에 대해 양해를 구하고 각기 오늘 밤 11시 30분 전후에 어디에 있었는지를 말해 달라고 부탁했다. 물론 선우영일의 피살을 알리고 그에 대한 반응도 체크하였다. 통화가 이루어지지 않은 사람은 한 사람도 없었고 그가 전화로 알아낸 결과는 다음과 같았다.

김광배—선우영일의 피살 소식에 대해 경악. 10시 30분쯤 회사 간

부들과의 술좌석에서 헤어져 11시쯤 귀가. 이후 취침. 가정부가 문을 열어 줌.

박용기—경악. 몸이 좋지 않아 퇴근과 함께 귀가하여 쉼. 가족들이 알고 있음.

최명곤—경악. 11시쯤 외국 구매자와의 술좌석에서 헤어져 11시 30분쯤 귀가. 이후 취침. 가정부가 문을 열어 줌.

용한식—경악. 체육관에서 운동 후 9시쯤 귀가. 이후 집에서 쉼. 어머니와 동생들이 알고 있음.

배수빈—경악. 무교동의 E 술집에서 노래 부른 후 10시쯤 귀가하여 취침. 어머니가 알고 있음.

채나영—특히 경악. 여성잡지 화보 촬영 후 6시쯤 귀가하여 이후 집에서 쉼. 가정부가 알고 있음.

윤나미—경악. 영화 촬영 후 11시쯤 귀가하여 취침. 가족들이 알고 있음.

최미라—경악. 전속 화장품 회사에 나갔다가 회사 선전부장과 저녁식사 후 10시쯤 귀가하여 취침. 가족들이 알고 있음.

정시내—몹시 경악. TV 녹화장에 나갔다가 7시쯤 귀가하여 쉼. 가족들이 알고 있음.

박수아—경악. 레코드 회사에 나갔다가 6시쯤 단골 의상실에 들름. 10시쯤 귀가하여 취침. 가족들이 알고 있음.

오수미—경악. 일이 없어 종일 집에서 쉼. 가족들이 알고 있음.

김보라—경악. 친구들을 만나고 10시쯤 귀가하여 취침. 가족들이 알고 있음.

윤두식—경악과 당황. 친구들과 당구를 친 후 10시 30분쯤 귀가. 아내가 알고 있음.

박시영—경악. 회사에서 퇴근 후 7시쯤 귀가하여 쉼. 가족들이 알고 있음.

김진형—경악. 병원에서 퇴근 후 아내와 만나 영화 관람을 한 뒤 9시쯤 귀가. 이후 집에서 쉼.

권오규—경악. 학원에서 퇴근 후 7시쯤 귀가. 이후 10시까지 강의 준비. 10시 이후 취침. 독신자 아파트의 현관 수위가 알고 있음.

그 밖에 네 명의 Q호텔 나이트클럽 호스티스들은 저녁 영업시간 이후 줄곧 클럽 안에 있었다는 대답이었다. 모두들 일단 알리바이를 갖고 있는 셈이었다. 그대로라면 그들 가운데 범인은 없다는 얘기가 된다.

그러나 그들 중 적어도 한 명의 알리바이만은 거짓일 것이라고 경식은 생각했다. 물론 아직 확실한 근거가 없지만 그는 이번 범행 역시 이상철을 살해한 범인과 동일범의 소행이라는 거의 확신에 가까운 생각을 갖고 있었기 때문이다. 그러면 그들 가운데 과연 누구의 알리바이가 거짓일 것인가. 그것은 물론 그가 이제부터 밝혀내야 할 일이다. 적지 않은 어려움이 예상되긴 하지만.

그는 잠시 미간을 좁히고 있다가 다시 송수화기를 집어 들었다. 우선 피살자의 집에 연락을 해 두어야 할 일이 생각났기 때문이다. 또 피살자가 집을 나간 시간과 경위도 알아 두어야 할 사항이었다. 전화는 가정부가 받았다. 잠이 덜 깬 목소리였다.

"예? 아저씨가 몇 시에 나가셨느냐고요? 10시쯤 들어오셨다가 10시 반 조금 지나서 친구분 전화받고 다시 나가셨어요. 왜 그러세요?"

"전화를 처음에 아가씨가 받았어요?"

"예, 지가 받았는데 친구분이라고 아저씨를 바꿔 달라기에 바꿔 드렸어요."

"아가씨가 아는 목소리였어요?"

"아니요, 전 처음 듣는 목소리였어요."

"혹시 이름 같은 걸 밝히지 않았어요?"

"아니오, 그냥 친구분이라고 아저씨를 바꿔 달라고만 했어요."

"아저씨가 자동차를 혼자 타고 나가셨어요?"

"예, 기사 아저씬 그때 집에 가고 없었어요. 그런데 왜 그러세요?"

그때 수화기 속에 다른 목소리 하나가 섞여 들었다. 선우영일의 부인인 모양이었다.

"애, 누군데 뭘 갖고 그래?"

"예, 경찰서라는데 아저씨가 몇 시쯤 나가셨느냐고 묻네요."

"뭐? 경찰서? 이리 줘 봐."

그리고 곧 수화기 속의 목소리가 바뀌었다.

"여보세요? 전화 바꿨습니다. 우리 그이한테 무슨 일이 생겼나요?"

"아, 선우영일 씨 부인 되십니까?"

"네, 제가 그의 집사람인데요, 그이한테 무슨 일이 생겼나요."

"저, 너무 놀라지 마십시오. 뭐라고 위로의 말씀을 드려야 할지 모르겠습니다만 실은 부군께서……."

"네? 그이한테 무슨 사고가 생겼나요?"

"저, 실은 부군께서…… 오늘 밤 살해를 당하셨……."

"네?! 그게…… 그게…… 정말인가요?"

"네, 지금 자정이 지났습니다만, 그러니까 정확히는 어젯밤 11시 30분쯤……."

"아……."

송수화기가 나둥그러지는 소리가 났다. 그리고 곧 가정부의 부르짖는 소리가 들려왔다.

"아줌마! 아줌마! 정신 차리세요!"

경식은 당황한 목소리로 상대방을 불렀다.

"여보세요! 여보세요!"

잠시 후에야 가정부의 목소리가 다시 수화기 속에 나타났다.

"여보세요? 어쩜 좋아요? 우리 아줌마가 까무러쳤어요."

경식은 침착한 목소리로 타일렀다.

"잘 들어요. 곧 깨어나시겠지만, 이 전화 끊는 대로 의사를 불러요. 너무 당황하지 말고. 괜찮으실 거예요. 그리고 깨어나셔서 좀 진정이 되거든 우리가 차를 보낼 테니까 이쪽으로 나오시라고 말씀드려요."

"예, 알았어요."

"의사를 부르는 거 잊지 말아요."

"예."

전화를 끊고 경식은 무거워진 발걸음을 현장 쪽으로 옮겼다. 관할서에서 올라온 인원이 일대를 샅샅이 수색하고 있는 모습이 보였다. 경식은 수사를 지휘하고 있는 계장 쪽으로 다가가며 물었다.

"뭐 좀 나온 게 있습니까?"

계장은 고개를 저었다.

"없어."

"흉기는 역시 범인이 가지고 도망친 모양이죠?"

"그런 모양이야."

"지문 채취 결과는 어떻습니까?"

"몇 사람 것이 나온 모양인데 나중에 대조는 해 봐야겠지만 크게 기대는 않는 게 좋겠지. 그 교활한 자가 지문을 남겼을 턱이 없으니까. 그런데 자넨 파출소에 내려가서 뭘 그렇게 오래 꾸물거렸지?"

"아, 저 몇 군데 전화를 하느라구요. 이상철 피살사건의 잠정 용의자라고 할 수 있는 사람들 소재 확인을 좀 해 봤습니다."

"음, 그래 다들 확인이 되던가?"

"네, 모두 확인이 됐을 뿐만 아니라 알리바이들도 용하게 모두 갖고들 있더군요. 아직 본인들이 주장하는 알리바이에 지나지 않긴 합니다만."

그리고 경식은 수첩에 메모한 것을 계장에게 보여 주었다. 계장은 수첩을 받아 들고 대충 훑어보고 나더니 쓴웃음을 지었다.

"분명히 이 속의 하날 텐데 말야. 믿을 수 없는 일이로군."

그때 야외음악당 주변의 휴지통들을 뒤지고 있던 시경 동료 윤 형사(그는 사건이 터질 때마다 쓰레기통을 곧잘 뒤진다고 해서 '넝마주이'라는 별명을 갖고 있었다)가 무언가 길쭉한 쇠붙이 같은 것을 손수건에 싸쥔 채 빠른 걸음으로 다가왔다.

계장이 긴장한 표정으로 물었다.

"무언가?"

윤 형사는 흥분 어린 목소리로 말했다.

"네, 찾았습니다. 범행에 사용한 흉기가 틀림없습니다."

"뭐라구?"

계장은 그가 손수건으로 싸쥔 채 내미는 것을 받아 들었다. 자루 부분이 손수건에 싸진 그것은 중고품의 멍키스패너였다. 머리 부분에 말라붙은 핏자국이 묻어 있었다. 말라붙었다고는 하나 아직 선명한 빛깔을 많이 잃지 않은 것으로 보아 그다지 오랜 시간이 경과한 핏자국 같진 않았다. 계장이 윤 형사한테 물었다.

"이게 어디 있었나?"

"네. 바로 이 위, 김구 선생 동상 앞에 있는 휴지통 속에 버려져 있었습니다."

"음, 아무튼 수고했네."

그리고 계장은 그것을 경식에게도 보여 준 뒤 감식반에 넘겼다. 감식반은 곧 지문 채취를 시도했으나 그것으로부터는 아무런 지문도 채취하지 못했다. 얼마간은 예상한 일이었다. 그것이 만일 범행에 사용한 흉기가 틀림없다면 교활한 범인이 그것이라고 지문을 남겼을 턱이 없기 때문이다.

그러나 그것이 바로 이번 범행에 사용한 흉기임이 틀림없다는 사실은 곧 드러났다. 피살자의, 치명상이 되어 있는 상처의 모양과 상태가 바로 그 물건에 의해서 얻어진 것임이 판명되었기 때문이다. 물론 더욱 확실한 판단은 그 물건에 묻어 있는 핏자국의 화학적 분석까지를 거친 후에야 가능하겠지만.

아무튼 그것이 사건 해결에 얼마만 한 역할을 할는지는 알 수 없는 대로 우선 흉기가 발견되었다는 사실만으로도 수사진은 약간 고무되기 시작했다. 무언가 조금씩 서광이 비치기 시작한 듯한 느낌이었기 때문이다. 계장은 수색작업을 좀 더 활기 있게 독려하기 시작했고 수색에 나선 인원들도 보다 행동이 활발해졌다.

그러나 더 이상의 성과는 새벽 먼동이 들 때까지 나타나지 않았다.

그사이 경식은 피살자의 집으로 차를 보내 그 부인을 데려오게 했지만 충격으로 거의 제정신이 아닌 듯한 그녀로부터는 피살자의 신원 확인 이상의 아무런 소득도 얻어 내지 못했다. 그리고 시내 각 경찰서의 보고로, 시내의 숙박업소들에 대한 조사도 무위였음이 드러났다. 경식으로서는 그것은 거의 예상한 결과이긴 했으나 범인으로부터 조롱을 당하고 있는 듯한 느낌을 떨쳐 버릴 수가 없었다.

피살자의 시체가 국립과학수사연구소로 보내지고 계장을 비롯한 수사진도 일단 하품을 하면서 임시 수사본부로 사용할 관할 파출소로 내려간 뒤 그는 다소 고집을 부리는 듯한 기분으로 현장 주위를 천천히 거닐기 시작했다. 무엇이 더 남아 있을 까닭은 없었으나 왠지 현장 부근의 공기라도 좀 더 폐부 깊숙이 마셔 두지 않으면 안 될 것 같은 기분이었기 때문이다. 범인으로부터 조롱을 당하고 있는 듯한 기분이 일종의 고집을 불러일으켰다고 할까. 왠지 너무 맥없이 현장을 물러나는 듯한 기분이 싫었다. 그런데 그러한 그의 고집 비슷한 기분이 그로 하여금 뜻밖의 것을 발견하게 하였다. 그것도 뜻밖의 장소에서.

그것은 그가 별 뚜렷한 기대 없이, 윤 형사가 흉기를 발견했다는 김구 선생 동상 앞의 휴지통 근처로 무심히 발걸음을 옮겼을 때 눈에 띄었다. 투명하게 밝아 오는 새벽빛에, 휴지통에서 쏟아진 잡동사니들이(윤 형사가 쏟아 놓은 것이리라) 비교적 선명한 윤곽으로 드러나고 있었는데 그 가운데 조금 눈에 띄는 방식으로 접힌 종이쪽지 하나가 그의 시선을 끌어당겼던 것이다. 다방의 메모꽂이 같은 데서 흔히 볼 수 있는 방식의, 종이를 세로로 두어 번 접어서 그 양쪽 끝을 서로 엇갈리게 비틀어 접은, 휴지통 속에 들어 있었던 물건으로서는 비교적 단정한 모양을 한 종이쪽지였다.

경식은 순간 묘한 전율 같은 것이 몸 안을 스치고 지나감을 느꼈다. 그것은 어쩌면 범인이 남기고 간 메시지 같은 것인지도 모른다는 생각에서였다. 물론 순간적으로 스친 일종의 예감 같은 것으로서 뚜렷한 근거를 가진 생각은 아니었으나 그 종이쪽지를 집어 접힌 부분들을 펴 본 순간 결과는 그러한 그의 예감이 적중했음을 알려 주었다. 쪽지의 접힌 부분들을 펴자 거기에는 다음과 같은 몇 줄의 문장이 쓰여 있었던 것이다.

반경식 형사 귀하.

귀하에게 우정의 뜻을 전합니다. 그러나 이것은 귀하나 귀하의 동료들이 이 쪽지를 발견해 주는 경우에만 가능하겠지요. 내가 사용한 흉기와 함께 넣어 두겠습니다만 만일 발견하지 못한다면 그것은 귀하나 귀하 동료들의 무능함을 말해 주는 것 이외에 아무것도 아니겠지요. 자, 나는 이제 나의 두 번째 일을 수행했음을 알려 드립니다. 귀하에 대한 나의 우정의 표시로서.

　　정직한 시민 올림.

　역시 보통의 검정색 볼펜을 사용한 왼손 글씨였고 종이는 문방구에서 쉽게 살 수 있는 백색 갱지였다. 경식은 쪽지를 쥔 손끝이 바르르 떨림을 느꼈다. 범인은 이제 구체적으로 경식 자신의 이름까지 지목해서 조롱을 해 대고 있는 것이다. 그가 용의선상에 올려 두고 일차 한 번씩 만나 본 스무 명의 얼굴이 순서 없이 눈앞에 떠올랐다. 하나같이 그를 조롱하고 있는 얼굴이었다.

　그는 머리를 흔들고, 차근차근 한 사람씩 다시 눈앞에 떠올려 보았다. 그러나 그중에서 특별히 어느 한 얼굴을 지목할 수 없기는 여전히 마찬가지였다. 모두 비슷비슷하게 그를 조롱하고 있는 얼굴일 따름이었다.

　그는 다시 한번 머리를 흔들고 어금니를 꽉 깨문 채 파출소로 내려왔다. 모두들 둘러앉아 범인의 도주로에 대해서 의견을 나누고 있던 모양이었고, 마악 결론은 파출소 앞을 통과하는 길을 제외한 어떤 방향으로도 도망칠 수 있었을 것이라고 내려지는 모양이었다. 경식이 들어서는 것에 그다지 개의치 않다가 그가 테이블 위에 예의 쪽지를 펼쳐 놓자 모두들 긴장한 표정으로 쪽지와 경식을 번갈아 바라보았다. 계장이 먼저 쪽지를 집어 들고 내용을 읽고 나더니 긴장한 표정으로 물었다.

"이걸 윤 형사가 흉기를 찾아낸 그 휴지통 속에서 발견했나?"

경식은 시무룩한 표정으로 정정했다.

"휴지통 속이 아니라 휴지통 바깥이었습니다. 윤 형사가 휴지통 속의 것을 모두 쏟아 놓았더군요."

윤 형사가 말했다.

"거기 그런 게 또 있었어? 난 흉기를 발견한 바람에 딴 건 더 이상 볼 생각도 않았지."

그리고 그는 다소 겸연쩍은 표정으로 계장으로부터 쪽지를 넘겨받아 앞뒤를 살펴보았다. 계장이 심각한 표정으로 말했다.

"음, 이것으로 이번 역시 같은 자의 범행임에 틀림없다는 사실이 드러났군. 이건 보통 문제가 아닌데."

경식은 말했다.

"불쾌하기 짝이 없는데요. 이 친구 우릴 조롱하고 있잖습니까? 더구나 이번엔 제 이름까지 지목해 가지고."

"음, 자넨 특별히 좀 더 기분이 상했겠군. 이번엔 아주 자네를 지목해서 이런 걸 남겨 놓았으니 말하자면 자네한테 대한 정면 도전장이로군."

"아무튼 기분 나쁜 자식인데요."

"하하, 이렇게 된 바엔 하는 수 없지. 자네가 어차피 도전을 받아 주는 수밖에."

하며 계장은 그를 격려하듯 너그럽게 웃어 보였다.

동희가 임시 수사본부에 나타난 것은 아침 9시가 조금 지나서였다. 신문사에 출근했다가 사건을 듣고 달려왔다는 것이었다. 경식은 마악 계장으로부터 수사방향에 대한 지시를 듣고 수사본부를 나서려다가 그녀를 맞이했다. 동희가 물었다.

"어디 가시려던 참이세요?"

"응, 좀……."

경식은 애매하게 대꾸했다. 저번에 그녀가 신문기자라는 사실을 주의하지 않았다가 발등을 찍힌 일이 생각났기 때문이다. 동희는 그를 잠시 의심스러이 쳐다보고 나서 다시 물었다.

"어떻게 된 거예요?"

"응? 뭐가?"

"어머? 사건 말예요. 역시 저번 이상철 씨 살해범과 동일범의 짓이겠죠?"

"응? 글쎄……."

"어머? 경식 씨 지금 나 경계하는 거예요?"

"경계는 무슨……."

"그렇잖으면 왜 어물어물하죠?"

"그야 나도 잘 모르니까 그렇지."

"아녜요. 좀 이상해요. 아무래도 날 경계하고 있는 것 같아요. 저번 그 일 때문에 그러세요?"

"아는군. 내가 또 섣불리 입을 놀렸다간 B일보에서 월급 받느냐는 소리나 우리 계장한테 듣게?"

"역시 그랬군요."

"사실이 또 내가 아는 거라곤 별로 없는 상태고."

"좋아요, 그럼 나도 중요한 정보를 하나 가르쳐 주려고 했지만 그만두겠어요."

"어이구? 동희도 이제 제법 단수가 많이 늘었는데?"

"마음대로 생각하세요. 하지만 나중에 후회나 하지 마세요."

"정말 뭐가 있는 거야?"

"있긴 뭐가 있겠어요? 단수가 늘어서 그러는 거겠죠?"

"죽겠는데. 좋아, 그럼 내가 차 한잔 사지."

"차 한잔에 내가 넘어갈 것 같아요? 그러다가 괜히 나 취재도 못 하라고요?"

"염려하지 마, 그건. 딴 사람한테 취재할 수 있는 만큼은 하게 해 줄 테니까. 모르지 또, 동희가 갖고 있다는 정보가 중요한 거라면 그 이상도 가능할는지."

"좋아요, 그럼 가요."

그때 계장이 언제 파출소 문 밖으로 나왔는지 경식을 향해 말했다.

"어이, 반 형사. 아침부터 데이튼가?"

경식은 당황한 표정으로 말했다.

"아, 아닙니다……. 참, 동희, 인사드리지. 우리 계장님이셔."

그러자 동희는 여학생처럼 단정하게 고개 숙여 계장을 향해 인사했다.

"안녕하세요?"

경식이 옆에서 소개했다.

"B일보 사회부 기잡니다. 아직 햇병아리 기자죠."

계장은 동희를 향해 고개를 약간 마주 숙여 보이며 말했다.

"아, 안녕하시오. 잘 부탁합니다. 그 친구 너무 족치지 마시고 그리고 자네도 조심하게나."

"네, 알겠습니다."

경식은 계장의 말뜻을 알아차리고 그렇게 대답하며 활기 있게 웃어 보였다. 계장과 헤어져, 아침 남산길을 걸으며 다방이 있는 곳을 찾아 '국토통일원' 쪽으로 내려올 때 동희가 물었다.

"족치지 말라니, 무슨 뜻이죠?"

"아, 그건 날 좀 봐주라는 얘기지. 너무 괴롭히지 말고."

"내가 왜 경식 씨를 괴롭혀요?"

"너무 꼬치꼬치 캐묻고 그러지 말라는 뜻이야. 말하자면 저번 동희가 쓴 기사에 대한 은근한 힐난인 셈이지. 나한텐 저번 같은 실수를 되풀이하지 말라는 경고인 셈이고."

"어머, 그럼 국민의 '알 권리'에 대한 은근한 압력인 셈이군요?"

"이거 또 왜 이래? 갑자기 학생처럼."

"어머, 그럼 그런 게 아니란 말예요?"

"글쎄, 그런 어마어마한 소린 아냐. 역시 햇병아리 기잔 할 수 없군."

"어머?"

"계장은 지금 만에 하나라도 수사상의 비밀이 새 나가서 범인을 유리하게 만들까 봐 그걸 겁내고 있는 것뿐이라구."

"어마, 그럼 신문은 그런 것도 고려하지 않고 기사를 내보낼 것 같아요?"

"하하, 알았어, 알았다구. 내가 술술 다 불 테니까 내려가서 차나 마시자구."

그리고 그들이 '통일원' 맞은편에 있는 한 다방으로 들어가서 커피를 한 잔씩 시켜 놓고 마주 앉았을 때 경식은 물었다.

"그래, 나한테 가르쳐 주려고 했다는 그 정보란 뭐지?"

동희는 배시시 웃으며 대꾸했다.

"그렇게 궁금하세요?"

"거짓말이지? 괜히 나한테 기삿거리를 빼내려고 꾸며 댄 거지?"

"글쎄요."

"아냐?"

"글쎄요."

"꾸며 댄 게 아니라면 약 올리지 말고 어서 얘길 해 봐. 무슨 정본지."

"그건 좀 빨라요. 나 취재부터 시켜 준 다음에 얘기할래요."

"정말 무슨 정보가 있긴 있는 거야?"

"의심도 많아라. 정 그렇게 못 믿겠으면 그만두세요."

"좋아, 그럼. 알고 싶은 걸 물어봐."

"우선 피살자의 피살시간, 발견시간, 발견자, 범행 흉기, 범인에 대한 경찰의 수사방향 같은 것들을 좀 얘기해 주세요."

그리고 그녀는 수첩을 꺼내 들고 경식을 마주 보았다. 경식은 그러는 그녀를 잠시 놀랐다는 듯 마주 바라보고 나서 대충 수사경위를 들려주었다. 그러나 범인이 남긴 쪽지에 대해서와 범인에 대한 수사방향에 관해서는 시치미를 떼었다. 그러자 그녀는 불만스런 시선으로 말했다.

"범인에 대한 수사방향은 왜 쑥 빼죠?"

"그건 동희가 갖고 있다는 정보를 들은 뒤에 얘기해 주지. 그건 수사비밀에 속하는 거니까 말야."

"그럼 한 가지만 더 묻고요. 경찰이 생각하고 있는 범인이 저번 이상철 씨 사건의 범인과 동일범인지 아닌지만 말해 주세요."

경식은 빙그레 웃었다.

"글쎄……. 그건 좀 곤란한데."

"역시 동일범으로 보고 있겠죠?"

"글쎄, 그걸 말해 주면 다 말하는 셈이 되잖아?"

"어마, 그까짓게 무슨 수사비밀이라고 그래요. 지난번, 범인이 보낸 편지를 기억하고 있는 사람이라면 누구나 그쯤은 짐작할 수 있는 걸 갖고."

"응? 그게 무슨 소리지?"

"괜히 능청 부리지 마세요. 지난번 범인이 보낸 편지에, 이상철 씨를 죽인 건 자기 일의 시작이라는 얘기가 들어 있다는 걸, 그 편질 읽은 사람이면 누구나 기억하고 있을 거예요."

"……그랬던가?"

"어머?"

"난 그 편지 생각은 까맣게 하지도 못했는걸."

"어머? 어머? 정말 끝까지 이러기예요?"

"하하, 할 수 없군. 경찰보다 더 빤히 알고 있으니 속여 먹을 재주가 있나."

"맞죠? 역시 이상철 씨 살해범과 동일범으로 보고 있는 거죠."

경식은 고개를 끄덕여 주었다.

"음, 일단은 그렇게 보고 있는 거지."

"그럼 역시 스물한 명, 아니 선우영일 씨가 죽었으니까 스무 명이군요. 그 스무 명 중의 한 사람이겠군요?"

"그렇다고 봐야겠지."

"그 스무 명 중엔 여자가 열한 명이나 끼어 있는데 설마 여자들 중에 범인이 있을 가능성도 있다곤 생각지 않겠죠?"

"글쎄, 속단할 순 없지만 모든 상황으로 봐서 일단 여자들한텐 혐의가 적다고 봐야겠지. 물론 뜻밖에도 범인이 여자일 가능성도 전혀 없는 건 아니겠지만 말야."

"설마 범인이 여잘라고요. 여자가 어떻게 그런 끔찍한 짓을, 그것도 두 번씩이나……."

"그건 알 수 없다구. 잔인하기로 치면 여자가 남자보다 훨씬 더한 경우도 얼마든지 있다구."

"설마……."

"요즘 세계 각처에서 일어나고 있는 테러 사건들을 보라구. 여자가 두목으로 돼 있는 테러 단체들이 얼마나 많은데. 우선 가까운 일본의 적군파가 그렇고 서독의 바더 마인호프만 해도 두목 중의 하나가 여자였고……."

"그만하세요. 그만함 알겠어요. 지금 누가 여성 잔인론 강의하랬어요? 괜히 열을 올리고 그래요. 그건 그렇고 범행 동기는 그럼 뭘까요?"

"응?"

"범행 동기 말예요. 사람을 일주일 간격으로 두 명씩이나 죽일 때는 무슨 동기가 있을 거 아녜요? 지난번, 범인이 보낸 편지에는 범행의 효과 어쩌고 하는 말이 있었죠?"

"글쎄, 아직은 그게 수수께끼라구. 그 수수께끼를 풀고 나면 범인의 윤곽도 상당히 드러나겠지."

"아이, 시시해. 아직 그런 것도 못 풀었어요?"

"미안해. 그건 그렇고 난 이제 동희한테 해 줄 만한 얘긴 다 했으니까 이젠 동희가 나한테 주겠다던 정보를 줄 차례로군."

"정말 얘기 다 해 준 거예요?"

"정말."

그러자 동희는 잠시 경식을 빤히 쳐다보고 나서 물었다.

"아까, 내가 어디 가는 길이냐고 물었더니 왜 어물어물했죠."

경식은 웃었다.

"이 아가씨가 며칠 사이에 여간 집요해지지 않았는데. 뭐 하나 놓치는 게 없이 물고 늘어지는군. 계장이 확실히 선견지명이 있군. 족치지 말라던 말이 다 내다보는 눈이 있어서였어."

동희는 그러나 그의 너스레에 구애치 않고 고집스레 물었다.

"네? 왜 어물어물했죠? 어딜 가던 길이었길래."

경식은 짐짓 체념한 목소리로 대답했다.

"할 수 없군. 그럼 또 자백을 하는 수밖에⋯⋯. 나 실은 밥 먹으러 가던 길이었어. 아침밥."

"뭐라구요? 기가 막혀. 밥 먹으러 가는 사람이, 어디 가느냐고 묻는데 우물쭈물한단 말예요?"

"밥을 먹으러 가긴 가야겠는데 어디로 가야 할지, 실은 방향을 못 잡고 있었거든."

"말도 안 돼요. 능청 부리지 말고 어서 바른대로 말해 보세요. 어디 가던 길이었죠?"

"글쎄, 밥 먹으러 가던 길이라니까. 곰탕을 먹을까, 설렁탕을 먹을까, 망설이던 참이었다구."

동희는 웃었다.

"기가 막혀. 정말 이러기예요?"

"사실대로 말한 거라구. 신문기자는 사실을 알고 싶어 하는 거 아냐?"

"좋아요, 그럼 나도 정보 제공을 보류하겠어요."

"나 이거야, 기껏 술술 다 불었더니 이제 와서 또 보류야? 대체 무슨 대단한 정보길래 그래? 그 정보의 성질이나 좀 알자구."

"그럼 어서 바른대로 말해 보세요. 어딜 가던 길이었는지."

"정말 죽겠군. 여지껏 사실대로 다 얘기했는데 뭘 더 이상 말하라는 거야?"

"어딜 가던 길이었는지만 똑바로 말해 보세요."

"사실이 밥 먹으러 가던 길이었다구. 생각을 해 봐. 밤을 꼬박 새우고 나서 아직 아침도 못 먹었으니 얼마나 배가 고프겠나. 남의 사정도 모르고……."

"좋아요, 그럼 식사를 하고 나선 어디로 갈 작정이었죠?"

"음……. 그야, 수사본부로 다시 돌아올 작정이었지."

"거짓말……."

"좋아. 사실대로 말해 주지. 그 대신 이건 신문에 쓰면 안 돼. 수사에 지장이 있으니까."

"알았어요."

"사실은, 범인을 만나러 가던 길이었어."

"네? 그럼 범인이 누군지 알고 있다는 말예요?"

"물론. 그 스무 명 중의 한 명이지."

"난 또 무슨 소리라구. 그러니까 용의자들을 만나러 가던 길이었단 말이죠?"

경식은 고개를 끄덕여 주었다. 그리고 진지한 표정으로 말했다.

"이건 정말 신문에 쓰면 곤란해. '오인방' 친구들이, 자기들도 혐의를 받고 있다는 게 신문에 오르내리면 수사에 협조를 안 하려 들지 모르니까. 자, 이젠 동희가 말할 차례야."

그러자 동희는 수첩을 덮고 나서 생글생글 웃는 얼굴로 말했다.

"사실은 나 거짓말한 거예요. 정보는 무슨 정보가 있겠어요."

경식은 어이가 없었다.

"뭐라구? 그게 정말이야?"

"내가 거짓말한 게, 정말이냐구요? 네, 정말이에요."

"설마……. 그게 거짓말이겠지."

"어머? 사람을 그렇게 안 믿기예요?"

그러며 그녀는 내처 생글생글 웃었다. 경식은 안심했다. 그녀의 태도로 보아서 무언가 갖고 있음에는 틀림이 없는 것 같았다. 그러나 그는 짐짓 시치미를 떼었다.

"글쎄, 사람을 믿게 해 줘야 믿지. 금방 자기가 한 말이 거짓말이었다고 한 사람의 말을 어떻게 믿어? 어느 쪽이 진짜 거짓말인지 알 수가 있어야지."

"거짓말이라고 한 게 정말이에요."

"정말이라고 한 건 거짓말이 아니고?"

"어마, 헷갈려요."

"헷갈리게 한 게 누군데?"

"헷갈리게 한 건 누군데요."

"하하, 알겠어. 말하자면 복수로군? 내가 처음부터 곧이곧대로 알려 바치지 않은 데 대한."

"알았으면 인제 설렁탕인지 곰탕인지 아침식사나 하러 가세요. 동행해 드렸으면 좋겠지만 난 기사가 바빠서 그만 신문사로 들어가 봐야겠어요."

"어? 정말 이렇게 떡 먹듯 배신하기야? 그건 도저히 용서 못 하겠는데. 자, 약속을 지켜야지."

"좋아요. 그럼 이 사건에 관한 한, 앞으로 나한테 계속 자료를 주겠다고 약속하겠어요?"

"암, 약속하지. 수사에 지장이 없는 범위 안에서라면 얼마든지."

"좋아요. 그럼 내가 알고 있는 조그만 정보 하나를 가르쳐 줄게요."

그리고 그녀는 웃음기를 거두더니 나직한 소리로 말했다.

"우리 신문사 마 기자가 며칠 전에 우연히 인천에 갔다가 목격했다는데요. 채나영이란 여자가 어젯밤에 죽은 선우영일 씨하고 아침에 나란히 호텔에서 나오더래요. 그것도 아주 다정한 모습으로."

"채나영이 선우영일하고?"

그것은 일단 놀라운 이야기가 아닐 수 없었다. 채나영은 바로 일주일 전에 피살된 이상철의 애인이 아니던가. 그녀가 어째서 자기 애인이 피살된 지 얼마 되지도 않아 선우영일과 나란히 호텔에서 나온단 말인가. 그것도 아침에, 다정한 모습으로 게다가 인천의 호텔에서. 그리고 더욱 기이한 일은 그로부터 며칠 되지 않아 선우영일이 피살체로 발견되었다는 사실이다. 경식은 긴장한 표정으로 물었다.

"마 기자란 이상철이 피살되던 날 밤 동희를 호텔 나이트클럽에 데려갔던 바로 그 친군가?"

"네, 친구들하고 술좌석에 어울렸다가 인천까지 가게 됐었대요."

"그 친구가 확실히 봤대?"

"네, 그 두 사람이 호텔에서 나와 나란히 승용차에 타는 것까지 똑똑히 봤대요."

"그게 정확히 몇 시쯤이래?"

"나흘 전, 그러니까 3월 12일 아침 8시쯤이었대요."

경식은 고개를 끄덕였다.

"알았어, 고마워."

그리고 그는 지금부터의 방문 순서를 채나영부터 시작해야겠다고 마음속으로 생각했다.

동희가 물었다.

"도움이 되겠어요? 그런 정도의 정보도?"

"음, 아주 중요한 얘길 해 줬어. 고마워."

"이상하죠? 애인이 그런 식으로 죽은 지 며칠 되지도 않아서 딴 남자하고, 그것도 죽은 애인의 친구하고 아침에 호텔에서 나온다는 게."

"음, 거기 뭔가 있는 것 같군."

"게다가 그 남자는 또 며칠 뒤에 피살된 시체로 발견되고."

"음……."

"여자 한 명하고 관계된 두 명의 남자가 일주일 간격으로 살해를 당한 것도 이상한 일이구요."

"흔한 일은 아니지."

"뭔가 짚이는 게 있어요?"

"글쎄, 머리를 좀 정리해 봐야겠군."

"마 기자한테 그 얘길 들은 게 어제 오후였는데 오늘 아침에 그 사람이 죽었다는 소릴 들으니까 정말 이상스런 느낌이 들었어요. 무슨 잘 짜여진 각본 같은 느낌도 들구요."

"그런데 동훤 그런 얘길 들었으면 나한테 왜 진작 좀 얘길 해 주지 않구."

"그러잖아도 어제 오후에 전화했었어요. 그런데 자리에 없던 데요, 뭘."

"그랬었나."

"오늘도 사실은 만나자마자 그 얘기부터 하려고 했는데 경식 씨가 날 화나게 했지 뭐예요."

"미안해."

"아무튼 좀 이상해요. 그 채나영이란 여자가 묘한 여잔가 봐요. 경식 씬 만나 봤어요?"

"음, 한 번 만났지. 그러니까 그 마 기자란 친구가 인천에서 봤다는 바로 전날."

"……어땠어요?"

"글쎄, 애인을 갑작스레 잃은 여자로선 뭐랄까, 슬픔을 가장하곤 있었지만 실제론 조금도 상심하고 있는 것 같지 않았다고 할까. 약간 이상하다곤 생각했지만, 그 이튿날 아침에 다른 남자와 나란히 인천의 호텔에서 나올 줄은 몰랐군."

"난, 사건이 있던 날 나이트클럽에서 먼발치로 보았을 뿐이지만 상당한 미인이던데요? 묘하게 싸늘한 매력 같은 걸 풍기는."

"음, 미인은 미인이더군. 자, 아무튼 일어서지. 난 일을 시작해야겠으니까."

"그래요. 나도 신문사로 들어가 봐야겠어요."

그들은 의자에서 일어났다. 그리고 다방을 나와 바로 헤어지기 직전에 동희가 말했다.

"어쨌든 미인이 개재된 사건을 다루니까 불쾌할 건 없겠네요."

"하하, 하지만 이건 살인사건이야."

하고 경식은 쾌활하게 웃어 보였다.

그리고 그녀와 헤어져, 아침식사도 못 한 채 바로 채나영의 아파트로 향하는 택시 속에서 그는 생각했다. 묘한 일이다. 채나영과 이상철, 채나영과 선우영일. 그리고 이상철과 선우영일의 일주일 간격의 죽음. 그 두 사람의 죽음 사이에는 무엇이 있는 것일까. 상투적인 치정(痴情)이 있는 것일까.

나영은 선우영일이 피살됐다는 전화를 받고 나서 거의 뜬눈으로 밤을 새우다시피 했다. 도저히 잠을 이룰 수가 없었던 것이다. 처음엔 곧이들리지가 않았다. 전화를 건 사람이 반씨(潘氏)라는 성을 가진 그 형사만 아니었더라도 그녀는 그것을 장난전화쯤으로 여겼을 것이었다. 그러나 형사는 지극히 정중하고 사무적인 어조로 선우영일의 피살을 알렸을 뿐만 아니라 그녀가 그 시간에 어디에 있었는가 까지 물었다. 장난전화도, 거짓전화도 아님이 분명했다.

그것은 너무도 놀랍고 두려운 일이 아닐 수 없었다. 그가 죽다니. 상철이 죽은 지 일주일밖에 안 되어 또 그가 죽다니. 일주일 사이에 그녀와 관계를 맺은 남자가 두 사람씩이나 죽다니. 더욱이 그녀가 선우영일과 첫 번째 관계를 맺은 것은 불과 나흘밖에 안 되지 않는가. 두렵고 기괴한 일이 아닐 수 없었다.

도대체 누가, 누가 그런 것을 했단 말인가. 상철을 죽인 것은 누구이며 일주일밖에 안 되어 또 선우영일을 죽인 것은 누구란 말인가. 같은 사람일까. 그럴지도 모른다. 그렇다면 그게 누구란 말인가. 알 수 없는 노릇이다. 알 수 없는 노릇이다.

그것이 만일 그녀를 탐낸 사람의 소행이라면? 그녀를 탐낸 사람은 많다. 상철이나 선우영일 외에, 김광배도, 박용기도, 최명곤도 모두 한 번쯤은 그녀를 갖고 싶어 했음을 그녀는 알고 있다. 그러나 그렇다고 해서 그들 중의 누가 그런 짓을 했으리라곤 믿어지지 않는다. 설혹 그들 중의 누가 그럴 수 있었다고 쳐도 그녀와 선우영일과의 관계는 아직 아무도 모르고 있지 않은가. 그들 중의 누가 그녀를 차지하기 위해서 상철을 죽였는데 선우영일이 중간에 가로채려 했음을 알았다면 혹시 그럴 수 있을지 모르지만 그것은 아직 아무도 눈치채지 못하고 있는 일이 아닌가. 또 설사 눈치를 챘다고 쳐도 친구를 두 사람씩이나 죽일 만한 사람이 그들 중에 있으리라곤 생각하기 어렵다. 그것은 상상조차 하기 어려운 일이다. 그렇다면 누가? 용한식이

나 배수빈이 그럴 수 있을까. 그 역시 생각하기 어려운 일이다. 그들은 모두 죽은 두 사람으로부터 막대한 재정적 후원을 받고 있던 처지가 아닌가.

그때 뒤늦게 그녀의 마음속에 떠오른 인물은 권오규였다. 그러면 혹시 그런 짓을 할 수 있었을지 모른다는 생각이 들었다. 그가 하룻저녁 그녀를 차지하는 값으로 액면 100만 원짜리 수표를 선선히 내놓고 그녀를 호텔로 데려갔던 날 밤의 일이 생각났다. 그러니까 불과 사흘 전의 일이었다.

그녀가 그의 시선 앞에서 옷을 벗기 시작했을 때 그는 매우 침착한 표정으로 침대에 걸터앉아 있었다. 그리고 옷을 벗는 그녀의 동작 하나하나를 객관적인 시선으로 안경 속에서 바라보고 있었다. 그녀는 그 시선에 대항이라도 하듯 천천히 한 가지씩 옷을 벗었다. 이것은 어디까지나 값을 받고 하는 일이라는 뜻이 분명히 담긴, 냉정하고 건조한 동작으로 그리고 마침내 최후의 것을 벗었을 때, 그의 객관적인 시선에 약간의 동요가 지나감을 그녀는 놓치지 않고 보았다.

그러면 그렇지. 제까짓 게……, 하고 그녀는 회심의 미소를 속으로 지었다. 그러나 그는 곧 침착한 표정을 되찾았다. 그리고 짐짓 감동을 받았다는 표정으로 말했다.

"생각했던 대로 역시 아름다운 몸이군요. 눈이 부셔서 지금 잠깐 장님이 되는가 싶었습니다."

교활한 자식, 하고 그녀는 속으로 생각했다. 놀란 걸 감추려구. 그러나 겉으로는 천연스런 목소리로 그녀는 말했다.

"다행이군요, 보기 싫지 않으시다니. 난 실망하게 해 드리면 어쩌나 싶었는데."

"실망이라뇨. 영숙 씨답지 않은 말을 다 하시는군요. 난 지금 장님이 되지 않은 것만 고마울 따름입니다."

하고 그는 짐짓 다시 눈이 부신 듯한 시선으로 그녀의 몸을 바라보고 나서 천천히, 걸터앉은 침대에서 몸을 일으켰다. 그리고 넥타이를 풀기 시작했다. 그녀가 말했다.

"난 이대로 이렇게 서 있어야 하나요? 추운데."

"아, 이런 실례. 좋습니다. 이젠 침대로 들어가셔도."

그는 관대한 표정으로 말했다. 나영은 말없이 침대 속으로 들어가 누웠다. 그리고 이제부터 그가 자신을 어떻게 다룰 것인지에 대한 일종의 호기심을 품은 채 기다렸다. 넥타이를 풀고 와이셔츠를 벗고 나더니 그는 전등을 껐다. 어둠 속에서 그의 목소리가 들렸다.

"미안합니다. 내 몸은 별로 보여 드릴 만한 게 못 돼서."

나영은 어둠 속에서 대답했다.

"괜찮아요. 난 돈을 낸 것도 아니니까요."

"하하, 농담하시는군요."

"거래하고 있다는 걸 분명히 한 것뿐예요."

"하하, 아무렇든 좋습니다."

그 소리는 매우 가까이에서 들려왔다. 그리고 시트가 들쳐진 뒤 그의 살갗이 느껴진 것은 바로 다음 순간이었다.

"용서하십시오."

하고 그는 나직이 말하면서 그녀의 몸을 안았다. 그녀는 웃음이 나오려는 걸 참았다. 그리고 잠자코 몸을 맡겨 두고 있었다. 그는 조심조심 그녀의 몸 여기저기를 애무하기 시작했다. 결코 능숙하다고 할 수 있는 솜씨는 못 되었다. 그러나 자기가 지금 취급하고 있는 물건이 얼마나 소중한 것인지는 충분히 알고 있는 몸짓 같았다. 성의와 최고의 존경심을 다한 동작이었다. 주저는 존경심의 한 표현이 아니던가.

그러나 그것은 그녀의 자만심이 빚은 착각이라는 것이 곧 드러났다. 그녀를 그는 조롱하고 있었다. 그것을 그녀는, 그가 그녀의 귓가에 나직이 속삭였을 때 깨달았다.

"아, 황홀한 순간입니다. 지금 이 순간을 내가 얼마나 오랫동안 꿈꾸어 왔는지 아십니까. 이렇게 간단히 수표 한 장으로 살 수 있는 것도 모르고. 빌어먹을!"

"!"

"이봐, 이 어리석은 여자야. 당신은 좀 더 버텼어야 해. 그랬으면 난 한 장쯤 더 낼 생각도 하고 있었어."

나영은 순간 온몸에 차가운 전율이 스치고 지나감을 느꼈다. 자신의 몸을 하나의 물체로서 또렷이 확인하기는 그때가 처음이었다. 묘한 일이었다. 타인의 태도에 의해서 그것을 확인한 것은. 타인의 모욕이 자기 확인으로 직결되다니.

그녀는 자신의 몸이 하나의 물체라는 확인으로부터 도망이라도 치듯 그의 몸을 뿌리치고 벌떡 일어나 앉았다. 그리고 그렇게 하는 것만이 자신을 물체가 되는 길에서 지키는 유일한 수단인 듯이 두 팔로

젖가슴을 감싼 채 날카롭게 부르짖었다.

"나쁜! 비열한! 악랄한!"

그러나 그는 준비했다는 듯 어둠 속에서 싸늘하게 말했다.

"오오? 생각보다 아직 그렇게 나빠진 것 같진 않은데? 아직은 순결한 마음이 상당히 남아 있는 것 같군, 그래. 그런 정도에 모욕을 느끼는 걸 보니."

그녀는 입술을 깨물었다. 이게 무슨 꼴이람. 이것을 못 이겨 내다니 기습을 당한 건 사실이지만 그런 정도에 대비를 못 하다니. 정신을 차려야지. 정신을 차려서 빨리 나를 되찾아야지. 그러나 그것은 생각뿐, 한번 무너진 마음은 쉽사리 다시 일으켜 세울 수가 없었다. 두 팔로 감싸 안은 몸이 자꾸 오들오들 떨리기만 했다. 어둠 속에서 그가 웃는 소리가 들려왔다.

"하하, 이제 좀 기분이 나는군. 여자를 산 기분이 들어. 적어도 지방이나 단백질 덩이를 산 기분은 아니로군. 자, 이제부터 슬슬 시작해 볼까."

그리고 곧 그의 손길이 뻗어 왔다.

"이런 떨고 있군, 그래. 이건 정말 뜻밖인걸. 기분을 한결 돋구는데."

그녀는 다시 입술을 깨물었다. 어떤 절체절명의 순간에 놓인 듯한 기분이었다. 지금 이 순간에 그녀가 선택할 수 있는 길은 오직 두 가지뿐이었다. 수표를 다시 돌려주고 그로부터 도망치거나 아니면 모욕을 그대로 받아들임으로써 다시 그에게 대항하거나. 그것은 시급을 요하는 선택이었다. 본래의 그녀라면 후자를 택해야 마땅할 터이지만 지금의 그녀로서는 도저히 견뎌 낼 자신이 생기지 않았다. 그녀는 떨리는 작은 소리로 말했다.

"부탁이에요. 수표를 돌려드리겠어요. 날 건드리지 말아 주세요."

그는 웃었다.

"하하, 점점 더 인간의 아름다운 본성이 드러나는군. 하지만 그건 좀 곤란한걸. 스스로 거래임을 분명히 했으면서 그렇게 일방적으로 계약을 파기하려 들면 쓰나. 자, 이왕 시작한 거래는 마쳐야지."

그러며 그는 다시 그녀를 안으려고 했다. 그녀는 몸을 피하며 애원하듯 다시 말했다.

"제발 용서해 주제요. 몸을 보여 드린 것만으로도 충분하잖아요. 수표는 돌려드리겠어요."

"글쎄, 그건 곤란하다니까. 우리 거래의 내용이 그런 게 아니었잖아. 지금 마치 손해를 봐주겠다는 태도인 듯한데 그럴 수야 있나. 손해를 입어서도 안 되지. 우리가 할 일은 아무튼 거래를 완성하는 일뿐이라구. 자, 피할 생각 말고 거래자답게 떳떳이 이리 와 영숙 씨답게."

나영은 그때처럼 자신에 대한 심한 배반감을 맛본 적은 없었다. 어쩌다 이런 지경까지 놓이게 되었는지 스스로를 물어뜯고 싶은 심경이었다. 이런 식으로 더욱 모멸만을 당할 줄 알았더라면 차라리 약한 꼴을 보이지나 말았어야 옳았다. 결국 모든 잘못은 그를 너무 얕잡아 본 데 있었고 더욱 근본적인 수표 한 장에 그녀가 너무 쉽게 흔들린

데 있었다. 그러나 이제는 그러한 잘못을 후회하기에는 너무 늦어 있었다. 이제는 애걸하느니 체념하고 모든 것을 받아 들이는 수밖에 없다고 그녀는 생각했다.

그녀는 마음을 독하게 먹었다. 그리고 침착한 낮은 목소리로 말했다.

"알았어요. 그럼…… 계약대로 하세요."

그리고 그녀는 다시 침대 위에 반듯이 몸을 뉘었다.

"하하, 그래야지. 그래야 영숙 씨 답지."

하고 그는 만족한 듯 속삭이며 그녀의 얼굴 위에 자신의 얼굴을 가까이 가져왔다. 그리고 그녀의 뺨과 목, 귀 같은 곳을 느릿느릿 거쳐 그녀의 입술 위로 자신의 입술을 옮겨 왔다. 축축하고 차가운 입술이었다. 그녀는 다시 오한과 같은 전율을 느꼈으나 미동도 하지 않고 참았다.

그가 입술을 열어 왔다. 그러나 그녀는 무방비하게 그가 여는 대로 내버려두었다. 그의 혀가 이빨의 상아질에 느껴졌다. 다음엔 구강 전체에, 그리고 혀에 느껴졌다. 그러나 그녀는 마중도, 배척도 하지 않았다. 잠시 그의 혀의 움직임이 멈췄다. 그의 혀는 무엇인가를 생각하고 있는 듯했다. 그러더니 생각을 마친 듯 혀는 그녀의 입술을 빠져나갔다.

"간디의 무저항주의로군."

하고 그는 비웃듯 나직이 말했다.

"……." 나영은 대답하지 않았다.

"흠, 섹스의 간디주의자라……. 괜찮아, 괜찮아."

하고 그는 짐짓 감탄했다는 듯 혼잣소리처럼 중얼거리고는 다시 그녀의 몸 위로 상체를 구부려 왔다. 그리고 이번에는 가슴과 배, 그리고 하반신을 차례로 애무하기 시작했다. 그의 애무는 상철이나 영일의 그것에 비하면 서투르기 짝이 없는 것이었으나 집요하고 끈질겼다.

그녀는 차츰 자신의 몸 안 깊숙한 곳에서 작은 불씨 같은 것이 조금씩 이동하는 듯한 느낌을 받았다. 그러나 그녀는 내처 미동도 하지 않았다. 그의 애무는 좀 더 집요해졌다. 그녀의 가장 여린 살에까지 그의 애무는 와 닿았다. 그의 입술은 이제 뜨거워져 있었고 그녀의 살갗에 닿는 그의 몸도 뜨거워져 있었다.

그리고 그녀의 의지를 배반하여 그녀 몸속의 불씨도 차츰 그 크기와 이동 범위가 넓어졌다. 할 수 있다면 그녀는 이를 악물고 싶었다. 그러나 그것은 그를 더욱 만족케 할 따름일 것이었다.

속 빈 계집애! 속 빈 계집애! 하고 그녀는 자신을 꾸짖었다. 그러나 몸속의 불씨는 점점 더 그 크기와 이동 범위가 넓어 갔다.

마침내 그의 애무가 멈춰지고 그의 억센 몸의 일부가 그녀의 여린 몸 안으로 들어왔다. 순간 하마터면 그녀는 두 팔로 그의 어깨를 끌어안을 뻔했다.

용하게 그 위험을 넘겼다. 그러나 그녀의 인내는 결국 그렇게 오래 지탱하지 못했다. 이후 그러한 위험은 너무나 자주 그녀를 엄습했고 더욱 세차게 엄습했으며 마침내 그녀로 하여금 더 이상 극기심을 발휘할 수 없도록 만들었던 것이다. 결국 그녀는 두 팔을 들어 그의 어깨를 끌어안고야 말았다. 그리고 그녀 스스로 그의 움직임을 돕게 되고야 말았다. 돕다니. 그것은 정직하지 못하다. 그녀는 스스로 움직이기 시작했던 것이다.

그때 그는 슬며시 동작을 멈추었다. 그리고 자신의 몸을 그녀로부터 빼어 내리려고 했다. 순간 그녀는 자신도 모르게 그의 어깨를 붙잡았다. 그리고 자기 쪽으로 힘껏 끌어당겼다.

그러자 그는 보다 단호한 동작으로 자신의 몸을 빼어 내며 말했다.

"이봐, 난 이제 더 이상 수고할 힘이 없다구. 생각이 있다면 지금부턴 대신 좀 수고해 줘야겠어."

나영은 수치심으로 온몸이 달아올랐다. 그리고 그에 대한 증오심으로 온몸이 오그라붙는 듯했다. 그녀는 두 손으로 얼굴을 감싼 채 움직이지 않았다. 그러자 그가 다시 말했다.

"이봐, 내가 그만큼 수고했으면 이젠 그쪽이 좀 수고할 차례야. 그러고만 있으면 어떡해?"

나영은 얼굴을 감싼 채 부르짖었다.

"정말 나빠! 악랄한!"

"호오, 섭섭한 소리. 그만큼 수고를 하고도 그런 소리밖에 못 듣다니. 보답은 받지도 못하고⋯⋯. 자, 보답을 기다리는 몸이 여기 있다구."

그러며 그는 그녀의 몸을 자기 쪽으로 끌어당겼다. 순간 그녀는 얼굴을 감쌌던 두 손을 내려 그를 뿌리치며 침대에서 뛰어내렸다. 그리고 침대 모서리에 몸을 부딪치며 욕실 쪽으로 달려가 도어를 열고 안으로 뛰어들었다. 자신도 모르게 울음이 치받쳤다. 그녀는 소리 죽여 울기 시작했다. 모멸감과 수치감으로 그녀는 계속 끓어오르는 울음을 누를 수가 없었다.

욕실 밖에서는 잠시 아무런 기척도 들려오지 않았다. 그러나 잠시 후 그가 다가오는 기척이 들리더니 욕실 안에 전등이 환하게 켜졌다. 그가 밖에서 스위치를 올린 모양이었다. 그리고 곧 그의 목소리가 들려왔다.

"샤워하고 싶으면 불이나 켜고 하시지."

"……꺼 주세요, 불."

하고 그녀는 울음 섞인 목소리로 애원하듯 말했다.

"호오? 샤워를 하고 있는 게 아니라 울고 계시군, 그래. 영숙 씨한테도 아직 울음이 남아 있다……? 그것참 아름답고 기특한 일이로군. 한번 봐 두고 싶은걸."

그러며 그는 욕실 문을 열었다.

"나가세요. 나가 주세요!"

하고 그녀는 얼굴을 감싸 쥔 채 부르짖었다.

"나가라니? 아직 들어가지도 않은 사람보고 나가라고 하는 건 일단 들어왔다 나가라는 뜻이겠군."

"제발, 제발……."

"호오. 이렇게 아름다운 모습은 또 처음 보는걸."

그의 목소리는 아주 가까이에서 들려왔다.

"마치 천사 같군. 악마도 울 때는 천사처럼 보인다는 말은 이런 경우를 가리키는 말이었나. 벌거벗고 우는 천사의 아름다운 모습이라……."

"제발……. 나가 주세요."

그녀는 얼굴을 감싸 쥔 채 다시 애원하듯 말했다.

"오, 그건 월권인걸. 나도 엄연히 투숙객의 한 사람으로서 욕실을 사용할 권리가 있다고 믿는데."

"그럼 내가 나가겠어요. 비켜 주세요……."

"만일 못 비켜 주겠다면?"

"소리 지르겠어요."

"호오? 그럴 수 있을까. 소리를 듣고 설혹 누가 달려와 준다 해도 영숙 씬 지금 실오라기 하나 안 걸친 몸인데……."

"……."

"자, 그러지 말고 우리 타협을 하지. 거래를 마저 마치자구. 내가 수고한 만큼만 영숙 씨도 수고를 좀 해 줘."

"비열한! 악랄한!"

"미안해. 사실 난 이럴 생각까진 아니었어. 영숙 씰 한 번 차지하는 것으로 만족하다고 생각했지. 하지만 영숙 씨의 너무도 물건 같은 태도에 부딪히니까 도중에 생각이 달라지더군. 물론 내 속에 본래 숨어 있던 악한 소질이 고개를 들기도 해서겠지만. 자, 비열하고 악랄해도 어떡하겠어. 거래를 일단 맺은 이상 이쪽 주문에도 응해 줘야지."

"……."

나영은 생각했다. 궁지를 모면할 길은 이제 아무 데도 없다고. 그리고 이 이상 나빠질 것도 이제는 없다고. 남은 길은 이제, 그 이상의 모멸은 없지만, 그가 시키는 대로 하는 것뿐이라고. 그가 말했다.

"자, 이왕 욕실까지 들어왔으니까 간단히 샤워나 같이하고 우리 다시 시작해 보자구. 새로운 기분으로 물론 이번엔 영숙 씨 주관으로. 자, 내키지 않겠지만 샤워 좀 부탁해."

그리고 그는 샤워 호스를 옮겨다 손잡이를 그녀의 손에 쥐여 주었다. 그녀는 손에 쥐어지는 대로 그것을 받았다. 모멸감이 다시 목구멍까지 차올랐으나 그녀는 이제 그것을 던져 버릴 힘을 잃었다. 그가 샤워의 밸브를 열었다. 그리고 뿜어지기 시작한 물줄기 속에 자신의 몸을 세웠다. 그의 몸에는 순식간에 수많은 물방울들이 맺혀서 흘러내렸다.

"어, 시원하군. 이왕이면 비누칠도 좀 부탁해."

그녀는 이를 악물었다. 그리고 한 손으로 비누를 집어 그의 몸에 칠하기 시작했다. 나쁜 자식, 개자식, 지옥에 갈 자식. 속으로 저주를 퍼부으면서, 샤워를 대강 마치자 그는 이번엔 자기가 그녀의 샤워를 돕겠다고 나섰다. 그녀는 애원했다.

"제발, 그것만은 내가 하겠어요."

그러자 그는 무슨 생각을 했는지 더 이상 고집하지 않았다.

"나만 봉사를 받고 나니까 미안해서 그러는 거라구. 정 그렇다면 강요는 않겠어."

그리고 그는 대충 물기를 닦은 다음 먼저 욕실 밖으로 나갔다. 나영은 잠시 넋 빠진 사람처럼 멍하니 그 자리에 섰다가, 천천히 머리 위에서부터 샤워를 뒤집어쓰기 시작했다.

물줄기가 머리 위에서부터 흘러내려 온몸을 적시기 시작하자 차차 마음의 안정이 찾아왔다.

모든 치욕을 치욕으로써 받아들이는 수밖에 없다는 생각이 들었다. 애초에 그를 너무 얕잡아 본 것이 잘못이었다. 잘못을 안 이상 오늘 밤만은 모든 치욕을 치욕으로써 감수하는 길밖에 없다는 생각이 들었다. 마치 지금 쏟아지는 물줄기를 온몸으로 받고 있듯이 그렇다. 애초에 그녀는 비웃음을 받아들이는 것도 비웃음일 수 있다고 생각하지 않았던가. 그녀는 천천히 샤워를 끝냈다.

그리고 머리와 몸의 물기를 대충 닦은 다음 욕실을 나섰다. 욕실 바깥에도 전등이 켜져 있었고 그는 침대 위에 누운 채 눈을 감고 있었다. 그녀는 전등 스위치를 내렸다. 그러자 어두워진 침대 쪽에서 그의 목소리가 들려왔다.

"아, 난 어두운 게 싫은데."

"……."

"켜라고, 불."

나영은 잠시 망설인 다음 다시 전등 스위치를 올렸다. 그는 여전히 눈을 감고 누운 채였다.

"자, 와서 수고를 좀 해 줘."

나영은 이를 악물었다. 그리고 천천히 그에게로 다가갔다.

"자, 염치없지만 좀 부탁해."

하고 그는 여전히 눈을 감은 채 말했다. 그 뒤의 일은 기억하기조차 싫다. 그것은 그녀를 완전히 하나의 도구가 되게 한 일이었기 때문에. 생각만 해도 그것은 다시 그녀로 하여금 치욕과 구토를 느끼게 한다.

 ……그라면, 그런 짓을 할 수 있었을지 모른다는 생각이 든다. 권오규, 그라면 무슨 짓이든지 할 수 있는 사람이다. 살인 아니라 살인보다도 더한 짓도 그라면 두 사람쯤 죽이고도 눈썹 하나 까딱 않을 수 있는 사람이다.

 그러나 그가 만일 상철과 영일을 죽인 범인이라면 그는 우선 그녀와 영일 사이의 관계를 알고 있지 않으면 안 된다. 적어도 그녀가 생각하기로는 그렇다. 그가 범인이라면 무엇보다도 그녀와의 관계가 동기일 것이기 때문이다. 그러나 그가 그녀와 영일 사이의 관계를 알 수 있단 말인가. 아무도 모르게 인천에서 맺어진 그들의 관계를.

 그것은 불가능한 일로 생각되었다. 그렇다면 누가? 누가 그런 짓을 했을까? 그러다가 그녀는 문득 권오규 그가 그녀를 주욱 감시하고 있었을지도 모른다는 생각이 들었다. 그라면 족히 그랬을 수도 있으리라는 생각마저 들었다. 만일 그랬다면 그가 혹시 그녀의 아파트 근처에서 그녀의 동정을 주욱 감시하고 있었다면 그래서 그녀와 영일의 인천행을 미행할 수 있었다면 그는 그들의 관계를 알아 버렸을 수도 있었을 것이었다. 아니면 또 누구를 시켰을지도 모르는 일이었다. 생각이 거기에 미치자 그녀는 두려움으로 온몸이 얼어붙는 듯했다. 생각만 해도 그것은 무서운 일이 아닐 수 없었다.

치욕적인 일이 끝났을 때 그가 내뱉던 말이 생각났다.

"고마워. 수고했어. 앞으로도 종종 신세 좀 지겠어. 물론 돈은 내겠어. 이젠 애인도 없어졌으니까 굳이 거절할 이유는 없겠지. 그사이 애인이 또 생겼을 린 없고."

그리고 그가 짓던 부드러움을 가장한 음험한 웃음이 생각났다. 그때 그러면 그는 이미 그녀와 영일 사이의 관계를 알고 있었던 말인가. 다 알고 있으면서 그녀를 떠보기 위해 슬쩍 그렇게 던져 본 것이란 말인가. 그랬을지도 모른다는 생각이 들었다. 만일 그렇다면 그것은 몸서리쳐지는 일이 아닐 수 없었다. 왜냐하면, 그는 그때 이미 영일을 살해할 마음을 품고 있었을 테니까. 지금까지의 그녀의 가정이 모두 옳다면 말이다.

그러나 그녀의 가정은 옳을 수도 틀릴 수도 있었다. 그의 사람됨으로 보아 그럴 만한 개연성이 충분히 있다는 것뿐이지 확실한 것은 아직 아무도 모른다. 또 그 개연성이라는 것도 따지고 보면 그녀 혼자만의 생각일 뿐인지도 모른다. 그러나 그녀는 좀처럼 그 생각—그가 두 사람을 살해했을지도 모른다는 생각에서 벗어날 수가 없었다. 왠지 그가 그 두 사람의 피살사건 주위에 깊숙한 그림자를 드리우고 있는 것 같은 생각을 떨쳐 버릴 수가 없었다. 두려움으로 자꾸 몸이 오그라붙는 것만 같았다. 그를 제외하고는 상철과 영일 두 사람을 일주일 간격으로 살해할 만한 사람이 따로 있을 것 같지가 않았다. 두렵고 무서운 일이었다.

그 두려운 생각으로, 그녀는 거의 뜬눈으로 밤을 새우다시피 했다.

그를 만나서 넌지시 동정을 한번 살펴볼까 하는 생각도 했다. 그는 그녀에게 혹 연락할 일이 생기면 하라면서 자기 독신자 아파트의 전화번호를 적어 주었었던 것이다. 그러나 그것은 그녀에게 너무나 무서운 일이었다. 다시 그를 만난다는 사실 자체가 무서웠다. 그런 일은 경찰이 알아서 처리할 일이었다.

그런데 새벽녘이 다 되어 그녀가 설핏 잠이 들었을 때 옥자가 와서 그녀를 깨웠다. 잠결에 전화벨 소리를 들은 것 같았다. 옥자가 조심스레 그녀의 어깨를 흔들며 말했다.

"언니, 전화 좀 받아 보세요."

그녀는 소스라쳐 깨어났다가 옥자를 꾸짖었다.

"너 미쳤니? 지금이 몇 신데 전활 받으라는 거야!"

옥자는 저도 아직 잠이 덜 깬 얼굴로 말했다.

"주무신다는데 도 자꾸 바꾸라지 뭐예요. 바꾸면 아신다고요."

"누군데?"

"글쎄 바꾸면 아신다고만 자꾸……."

"이 바보야, 그런 전화면 끊어 버리지 그랬어?"

"글쎄, 주무셔서 안 된다고 했는데도 급한 일이라고 자꾸……."

"병신! 알았어."

나영은 더 이상 옥자를 붙들고 실랑이를 해 보아야 소용없음을 알고 침대에서 일어나 전화기가 있는 거실로 나갔다. 도대체 누굴까, 이런 시간에 전화를 건 사람은. 혹시 그가? 권오규가? 그녀의 예감은 틀리지 않았다. 탁자 위에 놓인 송수화기를 집어 들고 그녀가 다소 짜증 섞인 목소리로 상대방을 불렀을 때, 수화기 속에서는 권오규 그의 약간 빈정거리는 듯한 목소리가 들려왔다.

"아, 단잠을 깨워서 짜증이 나신 모양이군. 고운 목소리에 짜증이 섞인 걸 보니."

"웬일이죠? 아직 새벽인데."

하고 나영은 그의 빈정거리는 말투와 관계없이 용건을 물었다. 그는 천연스런 목소리로 대꾸했다.

"아, 그저. 잠이 좀 안 오길래."

"네?"

"하도 잠이 안 오길래 심심해서 걸어 봤지. 영숙 씬 잘 자고 있나 하고. 그런데 역시 잘 자고 있었군. 단잠을 깨워서 미안한데."

"정말 미안하다면 이 전화 끊으세요."

"아, 잠깐 영숙 씬 불면증을 경험해 보지 못한 모양이군. 불면증을 경험해 본 사람이라면 지금 내 기분 정도는 이해할 수 있을 텐데. 그리운 사람의 목소리라도 들어 보고 싶은."

"그런 시시한 얘기 하려고 이 새벽에 전화하신 거예요?"

"시시한 얘기라니. 난 지금 진지한 얘길 하고 있는 거라구. 사랑에 빠진 사람의 얘기처럼 진지한 얘기가 어딨겠어. 지금 그리운 사람은 무얼 하고 있을까. 단잠이 들었을까, 아니면 나처럼 불면에 시달리고 있을까. 또는 어디 집 아닌 딴 곳에서 자고 있는 것이나 아닐까……."

"순전히 빈정대기 위해서 전화하신 거군요. 악취미치고도 너무하시네요."

"천만에. 빈정대다니. 사람을 너무 나쁘게만 보는군. 지금 말한 건 모두 진정이라구. 그리운 사람을 그리워하는 마음에서 우러나온."

"아무튼, 전화 끊어 주세요. 나, 잠 좀 자야겠어요."

"야속하군. 한 사람은 밤새 그리움에 못 이겨 잠 한숨 못 이루고, 그 것도 망설이고 망설인 끝에 전화를 걸었는데 또 한 사람은 잠을 마저 채워야겠다고 전화를 끊어 달라고 하다니."

"미안하군요."

"미안하다……. 귀찮은 전화 대강대강 마치고 어서 잠 좀 자야겠 다, 그런 뜻이로군?"

"아시는군요."

"하하, 그쯤이야 알지. 학원 강사 몇 년에 눈치는 제법 빨라졌으니 까."

"아셨으면 끊어 주세요."

"못 끊겠는걸. 진짜 용건은 지금부터 말할 참이니까."

"무슨 용건이죠?"

"아, 그렇게 다그치지 말라구. 천천히 얘기할 테니까. 우선 한 가지, 오늘 누구하고 약속 있어?"

"네? 그건 왜요?"

"글쎄, 약속이 있어? 없어?"

"네, 약속 있어요."

"그렇게 대답할 줄 알았다구. 몇 시에 있지?"

"하루 종일이요."

"음, 그럼 할 수 없군. 약속 유무에 상관없이 오늘 좀 만나 줘야겠어."

"네? 그게 무슨 소리죠?"

"나 좀 오늘 만나 줘야겠다니까. 약속 유무에 관계없이."

"……그건 왜죠?"

"그건 만나 보면 안다구."

"그런 법이 어딨어요? 일방적으로. 나 오늘 잡지 화보 촬영이 있어서 곤란해요. 그리고 그런 전화라면 꼭 이렇게 새벽에 걸어야 하나요?"

"화보 촬영이 그렇게 하루 종일 걸리나? 그리고 지금 전화 건 이유는 만나서 얘기하지."

"안 되겠어요. 나 오늘 오규 씨 만날 시간 없어요."

"호오? 그렇게 딱 부러지게 거절할 수 있을까?"

"무슨 뜻이죠?"

"무슨 뜻은 무슨 뜻. 내 부탁을 그렇게 딱 잘라서 거절할 수 있느냐는 뜻이지."

"왜 못 하죠?"

"글쎄. 알 텐데. 이런 섭섭한 대접을 받은 후에 내가 어떤 행동을 취하리라는 것쯤."

"위협인가요?"

"아니지. 정보 제공이지. 사실의 환기라고나 할까."

"……."

"만나 주겠어?"

"안 되겠어요, 역시 나 오늘 시간 없어요."

나영은 단호하게 대답했다. 그에게 자꾸 그런 식으로 질질 끌려 들어가다가는 끝이 없다는 생각 때문이었다. 약한 꼴을 더 이상 보여 줘서는 안 된다는 생각도 포함되었다. 뜻밖이었는지 그는 잠깐 사이를 두었다가 말을 이었다.

"……알았어. 단단히 각오를 한 모양이군. 그럼 하는 수 없지. 나는 내가 아는 사실을 경찰에 알리는 수밖에."

"네? 그건 무슨 소리죠?"

"글쎄, 무슨 소릴까. 짚이는 게 없지 않을 텐데."

"글쎄요, 알아들을 수 없는 소리군요."

"그럴까? 그게 정말일까?"

"도대체 지금 무슨 얘기를 하고 있는 거죠?"

"사실을 환기시키고 있는 거지."

"뭐라구요? 무슨 사실을 환기한다는 거죠?"

"내가 꼭 그걸 말해 줘야 하나?"

"도대체 뭘 갖고 그러는 거예요?"

"글쎄, 되도록이면 난 그걸 내 입으로 말하고 싶진 않았는데. 영숙 씨가 스스로 알아차리길 바랐는데. 영숙 씨 자신이 저지른 일이니까."

"네? 지금 무슨 엉뚱한 소릴 하는 거죠?"

"과연 엉뚱한 소릴까?"

"!"

나영은 순간 심장이 얼어붙는 듯한 섬찟한 느낌을 받았다. 그가 그럼 그 사실을 알고 있단 말인가. 그가 어떻게? 그럴 리 없다. 그럴 리 없어. 그건 아무도 모르게 처리한 일이 아닌가.

"흥, 무슨 소리를 하고 있는진 모르지만 그런 엉뚱한 소릴 한다고 해서 내가 눈이나 깜짝할 것 같아요?"

"글쎄, 눈을 깜짝하는지 안 하는진 보이질 않아서 알 수 없지만, 목소리가 떨리는 거로 미루어선 내가 무슨 얘기를 하고 있는지 늦게나마 알아차린 모양이군. 바로 그거야. 난 영숙 씨가 낳은 아기가 어떻게 되었는지 알고 있다구."

"뭐라고요!"

"자, 이젠 시간이 없다는 소린 않겠지."

경식이 채나영의 아파트에 도착했을 때. 그녀의 아파트에는 가정부밖에 없었다. 채나영은 아침 일찍 외출했다는 것이었다. 경식은 한발짝 늦었다는 생각을 하면서 가정부에게 물었다.

"외출하신 게 정확히 몇 시쯤이에요?"

가정부는 잠시 무엇을 따져 보는 표정을 짓더니 대답했다.

"8시 반쯤인가 봐요."

"어디 가신다는 얘긴 없었어요?"

"잡지사에 가신다고 했어요."

"잡지사? 어느 잡지산지 알아요?"

"그건 모르겠어요. 그냥 잡지사에 가신다고만 했어요. 아마 사진 찍으러 가셨을 거예요. 우리 언닌 모델이거든요."

가정부의 얼굴엔 순간 자랑스러운 표정이 잠깐 떠올랐다. 경식은 낭패한 기분으로 물었다.

"잡지사에 사진 찍으러 가실 땐 늘 이렇게 아침 일찍 나가시곤 했어요?"

"어디 먼 데로 사진 찍으러 갈 땐 아침 일찍 나가셨어요. 하지만 보통 땐 오후에도 나가고 그랬어요."

"오늘 어디 먼 데로 사진 찍으러 가신다고 하던가요?"

"그런 말은 없었어요. 하지만 그럴 거예요."

"음······. 오늘 아침에 어디서 혹시 전화 온 데 없었어요?"

"전화요?"

"음, 잡지사나 어디서."

"잡지사에선 안 왔고요, 새벽에 웬 이상한 사람한테서 전화가 한 번 왔었어요."

"새벽에? 이상한 사람한테서?"

"네, 언니가 전화를 받고 몹시 화가 난 것 같았어요."

"전화 건 사람이 누군지 모르겠어요?"

"안 들어 보던 목소리였어요. 헌데 주무셔서 안 된다고 하는데도 바꾸면 안다고 언닐 자꾸 바꾸라지 뭐예요. 별 이상한 사람 다 봤어요. 남 다 자는 새벽에 전화질하는 사람이 어딨어요?"

"그게 몇 시쯤이었어요?"

"글쎄. 한 5시쯤 되었나 봐요."

"언니가 전화받으면서 하는 소리 중에 혹시 이상한 말 들은 거 없어요?"

"전화 내용은 못 들었어요. 난 금방 내 방으로 자러 들어갔으니까. 나중에 언니가 내 방문을 열고 아무 때나 전화를 함부로 바꾸고 그런다고 야단을 쳐서 금방 도로 깼지만요."

"음……. 알았어요. 그런데 나갈 때 언니는 잡지사에 간다고 했단 말이죠?"

"네."

"고마워요. 나중에 언니 돌아오시면 내가 다녀갔다고만 좀 전해 줘요."

"네, 안녕히 가세요."

아파트를 엘리베이터로 내려오면서 경식은 머릿속이 뒤숭숭해 왔다. 새벽에 걸려 온 전화라……. 그리고 채나영의 이른 외출이라……. 가정부에겐 잡지사에 간다고 했다지만 어쩌면 그것은 거짓말일지도 모른다. 그녀의 이른 외출은 그 전화 때문인지도 모른다. 그렇다면, 그 전화의 주인공은 누굴까. 채나영과 이상철, 채나영과 선우영일, 그리고 그녀와 관계된 두 사람의 죽음……. 여기엔 무엇이 있는 것일까.

아무튼, 그녀에게 무엇인가 있는 것만은 틀림없다.

마음의 빙점

나영은 권오규를 만나러 가는 택시 속에서 시종 마음을 걷잡을 수가 없었다. 그가 그것을 알고 있다니. 그가 어떻게 그것을 알고 있단 말인가. 믿을 수 없는 일이다. 대체 어떻게 그가 그것을 알고 있단 말인가. 무섭고 두려운 일이다. 그것은 그녀 혼자서 감쪽같이 해치운 일이 아닌가. 그런데 어떻게 그가 그것을……

'난 영숙 씨가 낳은 아기가 어떻게 되었는지 알고 있다고'라고 그는 분명 말하지 않던가. 그리고는 일방적으로 시간과 장소를 정해 버리지 않던가. 그가 어떻게 그것을, 어떻게 그것을……. 그것은 있을 수 없는 일이다. 그러나 그는 분명 알고 있지 않은가. 그는 분명 말하지 않던가. 아기가……. 아기가 어떻게 되었는지 알고 있다고. 무섭고 두려운 일이다. 아기! 내 아기! 가엾은 내 아기! 아! 무서워! 싫어!

그때 택시의 속도가 늦춰지더니 운전사가 백미러를 통해 그녀를 바라보며 무어라고 말을 거는 것 같았다.

"네?" 하고 그녀는 소스라치듯, 자기가 지금 택시에 타고 있다는 사실을 깨달으며 운전사를 바라보았다.

"아, 어디 불편하시냐구요."

하고 운전사는 다시 백미러를 바라보며 말했다.

"아, 아녜요. 괜찮아요."

하고 그녀는 아무렇지 않다는 듯 대답했다.

"몹시 괴로운 표정이시길래 어디가 불편하신 줄 알았죠. 정말 괜찮으십니까?"

"네, 괜찮아요."

운전사는 다시 차의 속력을 높였다. 운전사의 뒷모습이 몹시 인정 있게 보였다. 나영은 마음을 가라앉히려고 애썼다. 그리고 애써 차창 밖의 풍경들에 눈을 주었다. 그러나 마음의 눈은 자꾸 3년 전의 한 지점으로 옮겨 가려고 하고 있었다.

그녀는 마음을 도리질 쳤다. 그리고 애써 눈에 힘을 주어 차창 밖의 풍경을 바라보았다. 많은 차량들이 그녀가 탄 택시 주위를 달려가고 있었다. 비슷비슷한 모양의 택시들과 개인 승용차들, 그리고 버스들이. 버스에는 사람들이 가득가득 타고 있었다. 그리고 인도에는 많은 사람이 분주한 발걸음을 옮기고 있었다.

자동차에 탄 사람들이나 인도를 걸어가고 있는 사람들 모두가 분명한 목표를 향해 분주히 움직이고 있는 것 같았다. 무언가 빠뜨려선 안 될 중요한 목적을 향해. 그녀도 물론 목적을 위해 여지껏 살아왔다.

그것은 변경할 수 없는 목적이었다. 그것을 위해선 그것 이외의 어떤 것도 희생해서 좋은 그런 목적이었다.

아기! 아, 내 아기! 그가 그것을 어떻게 알았을까. 그가 어떻게 그것을……. 그녀의 눈은 어느 틈에 다시 마음속으로 돌아와 있었다. 그녀는 다시 마음속에서 도리질을 치고 차창 밖을 내다보았다. 아무튼 그를 만나 보는 수밖에 없다.

그가 지정한 다방에 도착하자 권오규는 먼저 와서 기다리고 있다가 그녀를 향해 반가이 손을 들어 보였다. 그녀는 파리한 표정으로 말없이 다가가 그의 맞은편 의자에 앉았다. 그가 짐짓 근심 어린 표정을 지으며 물었다.

"오? 안색이 안 좋은데? 어디 불편한 거 아냐?"

나영은 잠자코 그의 얼굴을 마주 보았다. 그의 안경 뒤에 조용히 도사린 두 눈이 무섭게만 느껴졌다. 그가 다시 자책하는 듯한 어조로 말했다.

"이거 내가 아무래도 무리하게 불러낸 모양이군. 안색이 안 좋은 걸 보니 몸이 불편한 모양인데."

나영은 나직이 말했다.

"어서 용건이나 말하세요."

그러자 그는 짐짓 딴청을 했다.

"용건? 용건은 무슨 용건. 그저 보고 싶어서 나오라고 한 거지."

그러며 그는 손을 들어 레지를 불렀다.

"커피 하겠어?"

"네, 아무거나요."

그는 다가온 레지에게 커피 두 잔을 주문했다. 그리고 레지가 돌아가고 나자 매우 은근한 목소리로 물었다.

"간밤에 잠을 좀 설쳤지? 나 때문이기도 하고 또……."

"네?"

"소식 못 들었어? 간밤에 선우영일 씨가 피살됐다는 소식. 못 들었을 리가 없을 텐데. 경찰이 나한테까지 전화를 했었으니까."

"들었어요. 하지만 그것 때문에 내가 왜 잠을 설치죠?"

"아무렇지 않았어? 그럼 별문제구먼. 난 또 충격을 받아서 잠을 설치지나 않았나 하고."

"내가 왜 충격을 받죠?"

"아, 그야 영숙 씨 애인이었던 이상철 씨가 피살된 지 일주일밖에 안 돼서 또 그 친구 한 사람이 피살됐으니 충격을 받는대도 이상할 거야 없지."

"놀라기야 했죠. 하지만 그 때문에 잠까지 설치진 않았어요."

"그랬군. 그럼 영숙 씨 잠을 방해해서 안색을 나쁘게 만든 장본인은 순전히 나로군?"

그때 레지가 커피를 날라 왔다.

"자, 들지." 하고 그는 커피에 설탕을 넣어 저으면서 말했다.

"그런데 말야, 내가 알고 있는 정보에 의하면 영숙 씬 선우영일 씨하고도 보통 사이는 아닌 것 같던데?"

"네?"

"내가 잘못 안 걸까?"

"!"

"아, 그렇게 긴장할 것까진 없구. 뭐 있을 수 있는 일 아니겠어?"

"지금 무슨 근거로 그런 얘길 하는 거죠?"

그러자 그는 조용히 웃으며 그녀를 바라보았다. 그리고 역시 조용한 목소리로 말했다.

"글쎄, 무슨 근거로 내가 그런 얘길 했을까. 터무니없는 얘기를."

"……"

"하하, 그 얘긴 그럼 그쯤 해 두지. 나도 이거 너무 염치없다는 생각이 드는군."

그리고 그는 커피잔을 들어 한 모금 마시고 내려놓았다. 나영은 독을 품은 시선으로 그를 쏘아보며 말했다.

"도대체 날 어쩌자는 거죠?"

그러자 그는 짐짓 겁에 질린 표정으로 받았다.

"오, 그런 매서운 시선은 싫군. 난 지금 염치를 차리려고 하는 중인데."

나영은 물러서지 않고 말했다.

"도대체 날 어쩌자고 이러는 거예요? 내가 아기를 어떡했다느니, 선우영일 씨하고도 보통 사이가 아니라느니."

그는 억울하다는 표정을 지었다.

"내가 영숙 씰 어쩌긴, 그저 가깝게 생각하고 내가 아는 걸 말했을 뿐이지. 그리고 내가 언제 영숙 씨가 아길 어떡했다고 했나. 단지 그 아기가 어떻게 되었는지 알고 있다고 했을 뿐이지. 그리고 선우영일 씨 얘기도 마찬가지라구. 난 단지 내가 알고 있는 정보에 의하면 영숙 씨가 선우영일 씨하고도 보통 사이는 아닌 것 같다고 말했을 뿐이라구."

"말만 다르지 내용은 같은 소리지 뭐예요! 도대체 날 어쩌자고 이러는 거예요?"

"글쎄, 내가 영숙 씰 어쩌긴, 그저 혹 도울 방법이 없을까 하는 것뿐이지. 경찰이 만일 나와 비슷한 정보를 갖고 있다면 일단 영숙 씰 유력한 용의자로 볼 수도 있지 않겠어?"

"뭐라구요?"

"그렇지 않을까? 우선 영숙 씨하고 남다른 관계에 있던 두 남자가 일주일 간격으로 살해됐다는 사실만 가지고도 일단 영숙 씰 의심해 보려고 하지 않을까?"

"기가 막혀!"

"명심하라구. 난 어디까지나 영숙 씨 편이야. 나한테까지 숨길 건 없다구."

"뭐라구요? 지금 무슨 소리를 하고 있는 거죠?"

"혹시 그 두 친구 모두 영숙 씨가 죽인 거 아냐?"

"……." 나영은 기가 막혔다. 기가 막혀서 그의 얼굴만 멍하니 바라보았다. 그는 목소리를 더욱 은밀히 낮추어서 말했다.

"만일 그랬어도 난 어디까지나 영숙 씨 편이니까 염려할 건 없다구.

그 대신 숨기지는 마. 숨기면 도울 수가 없으니까. 하긴 나도 이상철 씨가 죽던 날 밤 현장에 있었으니까 일단 용의선상에 올라 있는진 모르지만 가능한 한 영숙 씰 힘껏 돕겠어."

"도대체 지금 무슨 소릴 하는 거예요? 날 완전히 살인자로 보고 하는 소리예요?"

"아니, 그런 얘기가 아니지. 만일에 그렇다면 돕겠다는 얘기지. 영숙 씬 필요하다면 충분히 그럴 수 있는 여자 아냐."

"뭐라구요!"

"아니던가?"

"나쁜 사람!"

"호오, 충정을 몰라 주는군. 난 어디까지나 영숙 씰 돕겠다는 일념에서 이러는 건데. 영숙 씬 내 영원한 여왕이고 난 그 종이니까 말야."

"제발, 그만하세요!"

"그만할까? 그럼 그만하지. 그 대신 날 박대하지만 않겠다고 약속해 줘."

"무슨…… 뜻이죠?"

"그저 종으로만 계속 머물러 있게 해 달라는 뜻이지. 욕심 같아선 결혼을 청하고 싶지만, 감히 결혼까지 바랄 순 없고."

그리고 그는 의미 있게 빙그레 웃었다. 나영은 온몸에 전율이 스쳐 감을 느꼈다. 그는 협박하고 있음에 틀림없었다. 그것은 그녀의 약점을 이용하여 그녀를 앞으로 자신의 손아귀에 넣고 마음대로 하겠다는 일종의 선언(宣言)이나 다름없었다. 그녀는 정신을 차려야 한다고 생각했다.

"그건 말을 바꿔서 하면 날더러 앞으로 오규 씨의 노예가 되어라, 그런 뜻인가요?" 하고 그녀는 싸늘한 표정으로 말했다. 그는 당치도 않다는 듯 눈을 커다랗게 뜨고 고개를 흔들었다.

"천만에. 그건 말이 안 되지. 왜 남의 말을 액면 그대로 들어 주질 않지?"

"액면 그대로 들을 수 없게 만든 게 누군데요?"

"나 이런, 그건 정말 오해로군. 난 여지껏 무슨 딴 뜻을 가지고 한 말은 한마디도 없는데."

"그래요? 그럼 나한테 아기가 어쨌다느니 선우영일 씨하고 나하고의 관계가 어쨌다느니, 뭘 숨기지 말라느니, 오규 씨가 내 편이라느니, 필요하다면 내가 살인도 충분히 할 수 있는 여자라느니 하는 건 다 무슨 소리죠?"

그는 다시 빙그레 웃었다.

"무슨 소리긴. 그야 모두 말한 그대로지."

"그럼 오규 씬 내가 정말 그 두 사람을 죽였다고 생각한단 말예요?"

"쉬, 누가 듣겠어. 목소리 좀 낮추라구."

"상관없어요. 난 죄지은 거 없으니까. 자, 대답해 보세요. 내가 정말 그 두 사람을 죽였다고 생각하는 거예요?"

"아니야?"

"기가 막혀!"

"아니라면 그야 별문제지. 더 이상 걱정할 것도 없고. 하지만 그럼 선우영일 씨하고의 관계는? 그것도 아니야?"

"도대체 무슨 근거로 그런 얘길 하는 거예요?"

"글쎄, 그런가 아닌가만 대답을 해 보라구."

"아니에요."

"호오, 그럼 앞의 대답도 그 진실성을 인정하기가 어려운데."

"뭐라구요?"

"인정하기가 어렵다구."

"무슨 얘길 하는 거예요?"

"대답의 진실성에 관한 얘기라구."

"그게 어쨌다는 거예요?"

"믿을 수 없다는 얘기야."

"도대체 뭘 갖고 그러는 거죠?"

"좋아, 그럼 한 가지만 더 묻지. 선우영일 씨하고 인천에 같이 간 적 없어?"

"!"

"최근, 그러니까 이상철 씨가 피살된 후에 말야. 정확하게 말하면 나흘 전. 그러니까 3월 11일 오후부터 12일 오전까지."

"……."

"왜 대답을 못 하지?"

역시 그랬구나. 그는 내 일거일동을 죽 감시하고 있었구나. 비열하고 악랄한!

"······알고 보니 모두가 계획적이었군요. 비열하게 사람을 미행하고, 그러고도 모른 체하고 사람을 또 농락하고, 이제 와선 그걸 약점으로 사람을 협박하고······."

"오, 이제야 성실한 대답을 하는군."

하고 그는 빙그레 웃었다. 그리고 덧붙였다.

"진작에 그럴 것이지. 그랬으면 우리의 대화가 벌써 그리고 한결 신뢰감 있는 것이 되었을 텐데."

나영은 얼굴빛이 핼쑥해진 채 말했다.

"······좋아요. 난 그런 여자예요. 다 인정하겠어요. 하지만 그게 어쨌다는 거예요?"

"가만, 다 인정하겠다니. 그건 두 사람을 죽였다는 것도 인정하겠다는 뜻인가?"

"도대체 날 어쩌자고 이러는 거예요? 난 사람을 죽이진 않았어요."

"사람을 죽이지 않았다는 건 이번에 그 두 사람은 죽이지 않았다는 뜻이겠지?"

"!"

"다시 말해서 어른을 죽인 일은 없다는 얘기겠지?"

"제발, 그만!"

"자기가 낳은 아기를······."

"제발······."

"그만할까? 그만하지. 그래도 끝까지 사실을 숨기려 들진 않는군.

그것도 미덕이라면 미덕이랄 수 있겠지."

나영은 깊은 수렁 속으로 빠져드는 듯한 절망을 느꼈다. 그는 모든 걸 알고 있음에 틀림없었다. 그의 태도로 보아 그것은 이제 움직일 수 없는 사실이었다. 그가 그것을 어떻게 알고 있는지는 분명치 않지만 어쨌든 그는 모든 걸 알고 있음에 틀림없었다. 그렇지 않다면 그는 그런 식으로는 말할 수 없을 것이었다. 나영은 힘없는 목소리로 말했다.

"도대체……. 도대체 나한테 바라는 게 뭔가요."

그는 관대한 표정으로 대답했다.

"그야 아까 말한 대로지. 날 계속 영숙 씨 종으로만 머물러 있게 해 주면 된다구."

"……."

"그렇게만 해 주면 영숙 씨한테 난 이제는 바랄 게 없어. 그다지 곤란한 희망은 아니겠지?"

"……결국 나를 오규 씨 마음대로 하시겠단 얘기군요."

"천만에, 나를 버리지만 말아 달라는 얘기지. 5년 전처럼."

"……."

"그리고……." 하고 나서 그는 한층 목소리를 낮췄다.

"나와 영숙 씨 관계는 경찰이 혹 찾아와서 이것저것 묻더라도 모르는 사이로 해 두는 게 좋겠어. 나와 영숙 씨 사이를 경찰이 알게 되면 괜히 쓸데없는 오해를 사서 귀찮아질 염려가 많으니까. 무슨 치정 관계나 있나 하고 말야."

나영은 순간 시선을 들어 그의 얼굴을 똑바로 바라보았다. 그러자 그는 그 시선에서 무엇을 느꼈는지 빙그레 웃음기를 띠며 말했다.

"그렇다고 날 그런 묘한 시선으로 쳐다보진 말라구. 내가 무슨 켕기는 구석이나 있어서 그러는 건 아니니까. 난 단지 쓸데없이 귀찮아지는 걸 바라지 않을 뿐이야."

그리고 그는 문득 팔목시계를 들여다보는 시늉을 하더니 고개를 쳐들며 말했다.

"자, 그럼 그만 일어서지. 영숙 씬 또 잡지사에 가 봐야 할 테니까. 나도 갈 데가 있고 궁금하겠지만 영숙 씨 비밀을 내가 알게 된 내력은 다음에 얘기하기로 하고."

그들은 다방에서 나왔다. 그리고 헤어지기 직전에 그는 매우 부드러운 목소리로 말했다.

"너무 마음 쓸 것 없어. 자, 그럼 또 연락할게."

나영은 멍하니 그의 목소리를 듣고 그리고 그가 돌아서서 행인들 사이에 섞여 사라지는 모습을 바라보았다. 그리고 천천히 그가 사라진 반대 방향으로 걷기 시작했다. 그 방향이 그녀가 꼭 가려는 방향이어서는 아니었다. 무심결에 그저 그가 사라진 반대 방향을 택했을 뿐이었다. 물론 잡지사와의 약속 따위는 없었다. 그것은 그저 그에게 둘러댄 말이었을 뿐이었다.

처음 걸어 보는 거리는 분명 아닌데도 어딘가 몹시 낯설고 이상한 거리를 걷고 있는 듯한 느낌이었다. 모든 것이 생소하고 낯설게만 느껴졌다. 햇빛과 공기까지도. 그리고 자신의 발걸음까지도. 머릿속은 무엇엔가 관통을 당한 듯 텅 빈 느낌이었고 거의 관성에 따라 움직여 지고 있는 몸은 오랜 병후처럼 기운이라곤 없었다. 마치 타인의 몸처 럼 자신의 몸이 객관적으로 느껴지는 것이었다. 마음속에서 텅 빈 들판 같은 바람이 일었다. 눈 섞인 바람 같은 차고 메마른 바람이었다.

'다시 말해서 어른을 죽인 일은 없다는 뜻이겠지?'라던 권오규의 말이 찌르듯 다시 가슴속에 울려왔다.

'자기가 낳은 아기를……' 하고, 다음에 올 무서운 말을 생략하던, 그의 꾸짖듯 날카롭게 쏘아 오던 시선도 화살처럼 다시 다가왔다. 아, 싫어! 무서워! 그녀는 마음속에서 힘껏 도리질 쳤다. 그러나 한번 떠오른 마음속의 무서운 영상은 쉽사리 지워지려고 하지 않았다. 아기! 내 아기! 가엾은 내 아기! 하지만 할 수 없었어! 난 할 수 없었어!

그녀는 쫓기듯 발걸음을 빨리 움직였다. 마치 그렇게 함으로써 마음속의 영상으로부터 도망칠 수 있기라도 한 듯. 그러다가 누군가와 어깨를 부딪친 모양이었다.

"어이쿠! 이거 살살 좀 받으슈." 하고 잠바 차림의 남자 한 사람이 어이없다는 표정으로 멈춰 서서 그녀를 쳐다보았다.

"미안합니다." 하고 황망히 사과한 후 그녀는 내처 도망치듯 걸음을 빨리했다. 저만큼 다방 간판 하나가 눈에 띄었다. 그녀는 우선 마음을 좀 진정시켜야겠다고 생각했다.

다방 문을 밀고 들어서서 그녀는 애써 침착한 눈길로 빈자리를 찾았다. 그리고 비어 있는 테이블 하나를 발견하고 천천히 다가가 앉았다. 레지가 엽차잔을 날라 왔다. 그녀는 커피를 부탁했다. 그리고 커피가 도착할 때까지 되도록 아무런 상념도 떠올리지 말자고 자신을 타이르면서 기다렸다. 커피가 날라져 왔다. 그녀는 천천히 설탕을 넣어서 저었다. 천천히, 천천히 저었다. 사람들의 시선이 더러 자신의 얼굴 위에 와서 머물렀다가 거두어지는 것을 느낄 수가 있었다. 그러나 그녀는 무시한 채 커피를 저었다.

3년 전, 아니 그 이전의 일들부터 차례차례 머릿속에 떠오르기 시작했다. 권오규로부터 도망친 후, 그녀는 잠시도 자신의 목표를 잊은 적은 없었으나 차차 그 목표를 수정하지 않으면 안 된다는 사실이 드러났다. 우선 몇 차례의 카메라 테스트(그것도 결코 손쉽게 얻어진 기회는 아니었다)를 받은 결과 그녀의 얼굴은 영화배우로서는 그다지 적합지 않다는 사실이 드러났다. 미모임엔 틀림없으나 어딘가 정서가 부족한 얼굴이라는 것이었다. 또 전체적으로 선이 약간 억세어 보이는 것도 흠이라고 했다.

감독을 비롯한 관계자들은 고개를 갸웃거렸다. 실제의 인상과 화면의 인상이 그렇게 다른 경우는 처음 본다는 표정이었다. 그녀를 발견하고 마치 보석이라도 주운 듯 흥분을 감추지 못하단 몇몇 감독도 막상 카메라 테스트를 거친 뒤에는 의아한 표정과 함께 실망의 빛을 감추지 못하였다. 그때마다 그녀의 실망과 낙담은 이루 말할 수 없었다. 그것은 그녀에게 있어선 죽음이나 마찬가지 일이었다.

그런데 그때 그녀가 설사 카메라 테스트에 합격했더라도 그냥 손쉽게 배우가 되지는 못했으리라는 사실은 얼마 뒤에 가서야 알았다. 카메라 테스트에 합격만 하면 그녀는 적잖은 출연료를 받고 당장 영화에 출연할 수 있을 것으로 믿었으나 그것은 너무나 소박한 생각이었다. 출연료는커녕, 첫 데뷔에는 엄청난 돈이 필요하다는 것을 그녀는 나중에야 알았다. 의상비를 포함한 일체의 비용이 배우의 부담일뿐 아니라 그 밖에 믿기 어려운 용도의 엄청난 돈이 필요하다는 것을. 물론 당시의 그녀 사정으로서는 말이다. 그녀는 자취하며 셋방살이하는 일개 비어홀 호스티스가 아니었던가.

그녀는 목표를 수정하는 수밖에 없었다. 우선 영화배우가 되는 일은 일단 보류하거나 포기할 수밖에 없었다. 보다 까다롭지 않은, 아니 그녀에게는 오히려 더욱 모든 조건이 알맞은(그 무렵 그녀의 단골손님 중 한 사람이던 패션 디자이너는 그녀의 체격이나 용모가 패션모델로서는 아주 이상적이라고 칭찬과 권유를 아끼지 않았었다) 패션모델을 택하는 것이 현명할지 모른다는 생각이 들었다. 처음의 목표와는 다르지만 그 또한 그녀의 궁극적 목표에서 크게 벗어나는 일은 아니었다. 자신의 미모와 아름다운 몸매를 자산으로 사회의 화려한 중심부로 뛰어오르려는 것이 그녀의 최종적이자 궁극적인 목표였으니까. 그녀는 단골손님의 권유를 받아들여 패션모델이 되는 길을 걸었다. 그리고 곧 모델로서의 명성을 얻기 시작했다.

그러자 정체를 알 수 없는 부인들로부터 유혹의 손길이 뻗쳐 오기 시작했다. 조금 뒤에 안 일이지만 그 부인들은 비밀 요정의 마담들이었다. 부인들은 많은 액수의 보수를 약속했다. 그녀는 그 보수가 탐이 났다. 그것은 얻기 시작한 명성을 더욱 확고한 것으로 하는 데도 필요한 것이었을 뿐 아니라 그것 자체로서 그녀의 빠뜨릴 수 없는 또 하나의 목표였기 때문이었다.

그 부인들 중의 한 사람과 계약을 맺고 나가기 시작한 비밀 요정에서 만난 사람이 바로 차명수(車明秀)였다. 주인 마담의 소개에 의하면 그는 바야흐로 재벌의 대열에 뛰어오르기 직전의 청년 실업가로서 아직 미혼이라는 것이었다. 그러면서 그녀더러 단단히 붙잡아 보라는 것이었다.

그는 잘생긴 남자였다. 양복 차림도 그처럼 세련된 남자를 그녀는 일찍이 본 적이 없었다. 돈을 쓰는 솜씨도 머뭇거림 없이 시원시원했다. 그녀는 이 정도의 남자라면 하고 그를 마음속에서 받아들였다. 그도 그녀를 마치 보석이라도 발견한 듯 깊은 호의를 가지고 접근해 왔다.

두 사람은 빠른 속도로 가까워졌다. 처음 그에게 몸을 허락하던 날 그는 그녀에게 장차 결혼까지 약속했다. 당장 결혼하지 못하는 이유는 사업이 아직 자기가 정한 목표에 도달하지 못했기 때문이라고 했다. 그는 값비싼 옷과 패물들을 사 주는 일에서부터 시작하여 마침내 그들의 사랑의 보금자리가 될 아파트까지 마련해 주었다. 그녀는 이제 비밀 요정 따위엔 나가지 않아도 되었다. 그와 결혼할 때까지의 잠정적인 기간 패션모델로서의 생활만 가지면 되었다. 행복하고 꿈처럼 달콤한 나날이 흘러갔다. 그는 아직 집안에 알릴 단계는 아니라면서 일주일에 두세 번꼴로 그녀의 아파트를 찾곤 했는데 그때마다 그녀는 새로운 신부가 되는 기분으로 그를 맞이하곤 했다.

그런데 미처 대비하지 못했던 일이 그녀의 신상에 일어났다. 그녀가 아기를 가진 것이었다.

그 일을 그녀는 걱정스런 표정으로 그에게 의논했다. 결혼할 때까지 아기를 갖지 않는 게 낫다는 것이 그녀의 생각이었다. 그러나 그는 그녀가 임신했다는 사실을 매우 기쁘게 받아들였다. 결혼을 앞당기더라도 아기는 낳아야 한다는 게 그의 주장이었다. 자기 집안은 손이 귀하므로 아기는 반드시 낳아야 한다는 것이었다. 그녀는 그의 주장을 받아들였다. 그러나 결혼은 그의 말대로 금방 앞당겨지지 않았다. 그는 여러 가지 그럴듯한 이유를 들어 시기를 자꾸 미루어만 갔다. 그녀의 몸은 이제 패션모델의 생활을 지속하기가 곤란할 만큼 눈에 보이게 달라졌다. 그녀는 모델로서의 생활을 그만두지 않으면 안 되었다. 그러나 결혼은 여전히 앞당겨지지 않고 마침내 그녀는 임신 7개월째의 몸으로 접어들었다.

모든 것이 파멸로 끝난 것은 그 무렵이었다. 갑자기 그의 발길이 끊긴 지 일주일쯤 후, 일단의 낯선 남녀들이 그녀의 아파트에 들이닥쳤다. 그들은 무법자들처럼 행동했다. 그들은 그의 채권자들이라는 것이었고 그는 이미 사기죄로 경찰에 구속되었다는 것이었다. 그들은 거침없이 그를 '사기꾼'이라고 불렀다. 그들은 약탈하듯 그녀의 물건들을 실어 날랐으며 그녀를 '공범자'라고 불렀다. 그리고 그들로부터 그녀는 비로소 그 아파트도 이미 남의 소유라는 사실을 들어 알았다.

그때 그녀는 태어나서 처음으로 거의 회복할 수 없는 절망감을 맛보았다. 그녀를 둘러싸고 있는 온 세계가 한꺼번에 와르르 무너져 내리는 듯한 느낌이었다. 모든 것이 파멸이었다.

그녀가 경찰서로 그를 찾아갔을 때 그는 모든 사실을 시인하고 그녀에게 미안하다고 말하면서 쓸쓸히 웃었다. 그리고 뻔뻔스럽게도 그녀에게 10년만 기다려 달라고 말했다. 10년 후에 결혼하자는 것이었다. 그녀를 진심으로 사랑한다는 것이었다. 그녀는 그의 뺨 한 대 갈겨 줄 기운마저 남아 있지 않았다.

이제 그녀는 방 한 칸 없는 거지 신세가 되었다. 먼저 나가던 비밀 요정의 주인 마담을 찾아가 나중에 몸으로 갚을 것을 약속하고 얼마간의 돈을 빌려 방 한 칸을 마련했다. 그리고 병원을 찾아갔다. 그러나 병원에서는 그녀의 요청을 들어주지 않았다. 중절(中絶)의 시기가 너무나 늦어 있다는 것이었다. 그것은 그녀에게 또 한 번의 절망을 안겨 주었다. 그녀가 다시 소생하기 위해서는, 그리하여 한 번 무참히 꺾인 그녀의 꿈을 다시 일으켜 세우기 위해서는 그녀에게 아기가 있어서는 안 되었다. 지금에 와서의 아기의 존재는 이제 그녀의 영구적인 재기불능을 뜻하는 것 이외의 아무것도 아니었다. 그것은 다름 아닌 완전한 파멸이었다.

그녀는 다른 병원을 찾아갔다. 그러나 역시 똑같은 대답이었다. 또 다른 병원을 찾아갔다. 마찬가지 대답이었다. 그것은 이제 살인 행위라는 것이었다. 결국, 그녀는 10여 군데의 병원을 찾아 헤매고 나서 완전히 절망하였다. 방법이 없었다. 이제는 설사 그것이 완전한 파멸을 의미한다 하더라도 3개월을 더 기다려서 아기를 낳는 도리밖에 없었다.

자살을 해 버릴까도 생각했으나 그것은 너무도 억울한 일이었다. 그것은 그녀에게 어울리지 않는 것이었다. 그녀는 기다리기로 했다. 그리고 기다렸다. 기다리면서 그녀는 무서운 생각을 하기 시작했다.

의사들은 7개월이나 된 아기를 중절한다는 것은 바로 살인 행위라고 말했었다. 그런데 그녀는 바로 그 살인 행위를 의사들에게 부탁했었다. 의사들은 그녀를 위해서 살인을 저지를 사람들은 아니었다. 그들이 남을 위해서 책임질 일을 할 이유는 없었다. 책임질 일은 스스로가 해야 할 것이었다. 7개월과 10개월 사이에는 3개월이라는 시간상의 차이밖에 없었다. 그것은 명백했다. 그리고 의사들에게 부탁했던 일을 그녀 스스로가 하면 될 터이었다. 의사들에게 부탁했던 것보다 다만 3개월 늦게. 실로 무서운 생각이었다. 그런 생각을 해낸 스스로가 무서워질 정도로 무서운 생각이었다.

그러나 그녀는 그 생각을 굳혀 갔다. 그 길만이 그녀 자신을 최종적인 파멸로부터 구할 마지막 길이라고 그녀는 생각했다. 그 길만이 한 번 무참히 꺾인 자신의 꿈을 다시 일으켜 세울 수 있는 유일한 길이라고 그녀는 생각했다. 그것은 무서웠으나 그녀에겐 마지막 구원과 같은 생각이었다.

마침내 무서운 생각 속의 그 3개월이 지나갔다. 그리고 그녀는 그 무서운 일을 해내고야 말았다. 의사들이 그들의 수술실에서 수술칼을 사용해서 해야 했을 일을 그녀는 자신의 손으로 아기를 낳기 위해 입원했던 변두리의 조그마한 병원에서 아기와 함께 퇴원하던 날 밤의 인적 없는 한 골목에서 해치웠던 것이다. 손바닥으로 작은 코와 입을 잠시 틀어막는 것으로 그 일은 아주 짧은 시간 안에 끝났다. 그때의 손의 여린 감촉을 아직도 그녀는 잊을 수가 없다.

3개월 동안이나 생각을 굳혀 온 일이라곤 하나 물론 무서운 망설임 끝에 결행한 일이었다. 아무 집 대문간에나 그대로 놓아둔 채 도망쳐 버릴 생각도 안 해 본 건 아니었다. 그러나 그것은 두고두고 그녀의 마음을 약하게 만들 구속(拘束)의 끈이 될 터이었다. 그녀는 완전히 자유로워야 했다. 숨은 졌으나 아직도 따스한 체온이 남아 있는 아기의 작은 몸을 안고 그녀는 잠시 어찌할 바를 몰랐다. 처음엔 숨만 멈추게 한 뒤 아무 집 대문간에나 버려 두고 갈 작정이었다. 그러나 그것은 곧 사람들의 눈에 띄어 자신의 안전이 위협을 받을 수 있다는 생각이 떠올랐다. 그 생각은 그녀를 몹시 당황하게 했다. 그녀는 차츰 체온이 식어 가는 아기의 작은 몸을 안고 정신없이 골목을 걸어 나왔다. 꼭 어떻게 처리해야 한다는 뚜렷한 생각도 없이 그녀는 무작정 허둥지둥 골목을 걸어 나왔다.

그때 골목 어귀에 거의 다다른 한 지점에서 그녀는 뚜껑이 꼭 닫히지 않은 맨홀 하나를 발견했다. 그녀에게 그것은 캄캄한 어둠 속에서 만난 한 줄기 빛과도 같은 것이었다. 그녀는 거의 본능적으로 주위를 살핀 다음, 근처에 사람이 없음을 확인하고 그 맨홀 뚜껑을 열었다. 무거웠으나 그것은 오랜 시간을 빼앗아 가진 않았다. 그녀는 그때 자기가 매우 힘센 여자라는 사실을 처음 알았다.

열린 뚜껑 속은 깊이를 알 수 없는 어둠이었다. 그녀는 그 어둠 속을 향해 아기의 작은 몸을 놓았다. 짧은 순간이 흐른 뒤에 그 어둠의 깊이 모를 바닥으로부터는 짧고 둔한 마찰음 하나가 들려왔다. 그 음향은 오랫동안 그녀의 고막 속에 달라붙어 있었다. 그녀가 빠른 손놀림으로 뚜껑을 다시 이가 맞도록 제자리에 닫아 둔 뒤에도, 그리고 정신없이 골목을 빠져나와 모퉁이를 돌아선 뒤에도…….

아, 그리고 지금까지도……. 나영은 하마터면 두 손을 들어 양쪽 귀를 틀어막을 뻔했다. 그러나 그녀는 간신히 정신을 차려 커피잔을 집어 들었다. 마치 그것으로 마음속의 소리를 지워 보기라도 하려는 듯. 커피는 식어 있었다. 그녀는 그것을 마셨다. 그러나 마음속의 귀는 그 소리로부터 닫혀지지 않았다. 어둠의 깊이 모를 바닥으로부터 짧고 둔하게 울려오던 여린 마찰음…….

그녀는 깊은 심호흡을 했다. 그리고 의자에서 일어났다. 마음을 가라앉혀 보려던 시도는 마음을 더욱 무서운 어둠 속으로 밀어 넣었을 뿐이었다. 그러나 그녀는 마음속에서 힘껏 도리질 쳤다. 하지만 할 수 없었어! 난 할 수 없었어!

채나영을 그녀의 아파트로 찾아갔다가 헛걸음을 친 경식은 뒤숭숭한 기분을 좀처럼 가라앉힐 수가 없었다. 새벽 5시에 걸려 왔다는 전화가, 그리고 그 전화를 받고 아침 일찍 외출했다는 (가정부에게는 잡지사엘 간다고 했다지만) 채나영의 거취가 아무래도 자꾸 신경을 건드려 왔다. 그녀에게 새벽 5시에 전화를 거는 사람이란 누구일까. 그것도 그녀와 인천의 호텔까지 동행한 사이인 선우영일이 피살된 지 불과 몇 시간 뒤인 새벽 5시에 전화를 건 사람이란 과연 누구일까. 그리고 그 전화의 내용은 무엇이었을까. 그녀를 만나자는 것이었을까. 그리고 그녀는 지금 그 전화의 주인공과 만나고 있는 것일까.

그 전화의 주인공은 이번 사건과 혹시 어떤 관계를 갖고 있는 것은 아닐까. 물론 속단할 순 없지만 그럴는지도 모른다. 그렇다면 그것은 어떤 관계일까. 또는 어느 정도의 관계일까. 그러면 채나영 그녀는? 그녀도 이번 사건과 어떤 직접적인 관계를 갖고 있는 것일까. 채나영과 이상철, 채나영과 선우영일, 그리고 그녀와 관계된 그 두 사람의 피살과 그중 한 사람이 피살된 지 불과 몇 시간 뒤인 새벽 5시에 그녀에게 전화를 걸어 왔다는, 아직 그 정체를 알 수 없는 제3의 인물의 등장. 분명친 않지만 이들 사이엔 필연적인 무슨 함수관계 같은 것이 있는 건 아닐까. 그렇다면 그 함수는 무엇일까. 역시 치정(痴情)일까.

물론 아직 알 수 없는 일이다. 그러나 무엇인가 있음에는 틀림없는 것 같다. 그것은 강력사건 수사관으로서의 그의 감각이다. 감각이란 때로 빗나가는 경우도 없지 않지만 그렇다고 전혀 터무니없는 것은 아니다. 그것은 논리적인 것이라곤 할 수 없지만 아주 비논리적인 것이라고도 할 수 없기 때문이다. 그것을 무엇이라고 할까. 무의식(無意識)의 논리라고나 할까.

그러나 어쨌든 지금은 그녀를 만나 볼 수 없는 이상 우선 다른 용의자들을 만나 보아야 할 터이었다. 그는 아파트 단지 안의 한 약방으로 들어가서 전화를 빌렸다. 그리고 임시 수사본부로 전화를 걸어, 계장에게 누구를 시켜서든 시내에 있는 각 여성잡지사의 오늘 화보 촬영 스케줄을 알아봐 달라고 부탁했다. 또 그 화보 촬영 스케줄 속에 채나영이라는 패션모델이 참가하기로 되어 있는지와 만일 참가하기로 되어 있다면 그 시간이 몇 시부터 몇 시까지인지도 좀 알아봐 달라고 부탁했다.

그리고 그는 다시 R건설회사의 상무실로 전화를 걸었다. 이런 경우 전화나 사전 통보 없이 막바로 방문하는 것이 효과적이라는 것은 알고 있었으나 채나영의 경우에서처럼 헛걸음을 치게 되는 낭패를 피하기 위해서였다. 그는 채나영을 비롯한 '오인방' 관계자들을 만나 보기로 되어 있었고 여타의 사람들은 다른 형사들이 만나 보기로 되어 있었다.

전화는 여비서가 받았는데 곧 김광배를 바꿔 주었다. 경식이 방문할 의사를 밝히자 그는 마침 친구들도 와 있다고 하면서 기다리겠노라고 말했다. 친구들도, 자기도 사건의 경위를 지금 몹시 궁금해하고 있다는 것이었다. 친구들이란 '오인방'의 나머지 사람들을 가리키는 것 같았다. 경식은 곧 가겠노라고 말하고 전화를 끊었다. 그리고 약방에서 나와 택시를 타면서 생각했다.

'그 친구들이 모여 있다구?'

물론 이상한 일은 아니었다. 친구 중의 한 사람이 갑작스런 죽임을 당한 데 대한 반응으로서 그것은 넉넉히 있을 수 있는 일이었다. 게다가 그것은 친구 중의 하나가 피살된 지 불과 일주일밖에 되지 않아서의 일 아닌가. 김광배 그도 말하고 있었다. 자기들은 지금 사건의 경위를 몹시 궁금해하고 있다고.

그러나 왠지 그들이 모여 있다는 사실에서 경식은 무언가 조금 석연찮은 느낌을 받았다. 막연하게나마, 그들의 회동에는 어떤 딴 목적이 있는 게 아닐까 하는 생각이 들었던 것이다. 물론 어떤 확실한 근거를 가진 느낌은 아니었다. 막연한 느낌일 뿐이었다. 어쩌면 미처 예상하지 못했던 일이라는 데서 생긴 느낌인지도 몰랐다. 그러나 어쨌든 그들을 따로따로 방문하지 않아도 좋게 된 것은 잘된 일이라고 할 수 있었다. 그리고 만약 그들의 회동(會同)에 어떤 미심쩍은 일이 있다고 하더라도 그것은 가서 부딪쳐 보고 판단할 일이었다.

경식이 R건설회사의 지상 20층짜리 빌딩 3층에 있는 김광배의 집무실에 도착했을 때, 그는 그곳 응접소파에 앉아 있는 방 주인과 그의 친구를 발견할 수 있었다. 그곳에는 박용기와 최명곤이 자리를 같이하고 있었던 것이다. 여비서의 안내를 받아 그곳으로 들어서자 그들은 무언가 급히 꾸민 듯한 표정으로 그를 맞이했다.

"아, 어서 오시오. 그러잖아도 기다리고 있던 참이랍니다."

하고 김광배가 앉은 채로 말하고 나서 경식에게 비어 있는 의자를 가리켰다.

"그리 좀 앉으시죠."

"네, 고맙습니다. 안녕하십니까. 안녕하십니까."

하고 경식은 박용기와 최명곤에게도 각각 인사하고 김광배가 가리킨 의자에 앉았다. 박용기와 최명곤도 경식을 향해 수고한다는 인사를 보내왔다. 김광배가 물었다.

"그런데 도대체 어떻게 된 일인가요? 누가 영일일 죽였어요? 아니, 영일이가 살해를 당한 건 분명한 사실이오?"

"네, 사실입니다. 하지만 범인이 누군지는 아직……. 죄송합니다."
하고 경식은 면목 없다는 표정을 지었다.

"아니, 그럼 이번 역시 저번 상철이 사전처럼 아직 범인도 모른단 말이오?" 하고 김광배는 힐책하는 어조로 물었다.

"네, 죄송합니다. 그래서 이렇게 염치없이 협조를 부탁드리러 왔습니다."

경식은 다시 한번 면목 없다는 표정을 지어 보였다.

"도대체 이래 가지고야 어디 마음 놓고 살 수가 있나."
하고 이번에는 박용기가 매우 불만스럽다는 어조로 말했고,

"보디가드를 항상 데리고 다니든지 해야지, 이거야 어디."
하고 최명곤도 어처구니없다는 듯이 말했다. 그때 김광배가 다시 물었다.

"그럼 아직 아무런 단서조차 못 잡았단 말이오?"

경식은 부끄럽다는 듯 뒤통수를 만지며 대답했다.

"글쎄, 아직 이렇다 할 단서도 못 잡은 형편입니다. 저번 이상철 씨 살해범과 동일범의 소행일 거라는 그나마 확실찮은 실증 외에는요. 그래서 번거로우시더라도 협조를 좀 해 주십사 하고 이렇게 염치불구하고 찾아뵈었습니다."

"가만, 상철이 살해범과 동일범의 소행일 거라는 심증은 무얼 근거로 한 거요?"
하고 이번에는 최명곤이 물었다. 그의 둥글고 흰 얼굴이 다소 긴장한 빛을 띠고 있었다. 경식은 그에게로 시선을 옮기며 대답했다.

"네, 그것도 아직 확실한 건 못 됩니다만, 저번 이상철 씨 사건 후에 경찰에 투서된 편지 내용 가운데 다소 그런 심증을 가질 만한 대목이 있었습니다."

"아, 그 자기가 상철일 죽인 범인이라고 자처하고 나섰다는 편지 말이오?" 하고 이번에는 박용기가, 고수머리 밑의 두 눈을 치켜뜨며 물었다.

"네, 그 편지에 해석하기에 따라선 이번 사건에 대한 예고 비슷한 대목이 들어 있었습니다. 저희도 이번 사건을 당하고 나서야 생각이 미쳤습니다만."

"이번 사건에 대한 예고라니? 그게 무슨 소리요?"
하고 최명곤이 다시 긴장한 표정으로 물었다. 그러자 김광배가, 무언가 떠오르는 것이 있다는 듯 고개를 끄덕이며 말했다.

"음, 그게 그 소리였나. '시작' 어쩌고 한 소리가……. 하긴 그렇게 해석할 수도 있겠군."

박용기와 최명곤은 무슨 소리냐는 듯이 김광배의 얼굴을 쳐다보았다. 김광배의 건강하게 검은빛 도는 얼굴은 순간 무슨 생각엔지 잠깐 깊숙이 사로잡혀 있는 듯한 표정이 되어 있었다. 경식이 말했다.

"네, 바로 그 얘기지요. 이상철 씨를 죽인 건 자기 일의 '시작의 의미'를 갖는다고 한 대목……. 물론 그런 정도만 가지고 동일범이라는 심증을 갖기엔 좀 어설픈 느낌도 없지 않습니다만."

경식은 그러나 선우영일의 살해범이 현장 근처에 남긴 새로운 쪽지에 관해서는 말하지 않았다. 그것은 동희에게도 말하지 않았지만 역시 그러는 게 수사의 보안을 위해서 필요하다고 생각되었기 때문이다. 김광배가 무슨 생각에선가 얼핏 깨어나는 표정이 되며 물었다.

"음, 그건 그렇고 이번 범행엔 사용한 흉기가 무엇이었소?"

"네, 멍키스패너였습니다."

"음, 멍키스패너라……. 어떤 자식일까, 도대체……. 아, 그리고 우리한테 바란다는 협조란 뭐요? 뭘 협조해 드리면 되겠소?"

"아, 네, 몇 가지 질문에 대답만 좀 해 주시면 되겠습니다."

"좋아요, 물어보시오."

"저, 우선 선우영일 씨하고 마지막 만나신 게 언제였는질 좀 말씀해 주시겠습니까? 이왕 한 자리에 계신 김에 세 분 모두 좀……."

"아, 난 어제 오전에 그 친구하고 전화 한 통 한 게 마지막이었소. 무슨 특별한 볼일이 있었던 건 아니고 그냥 일상적인 안부 전화였지만." 하고 김광배가 대답했고, 박용기와 최명곤은 각각 그저께와 그끄저께 저녁에 술을 한 잔씩 나누고 헤어진 게 그와의 마지막이었다고 말했다. 경식은 말했다.

"그러니까 어제는 세 분 중에 선우영일 씰 직접 만나 보신 분은 한 분도 안 계시군요. 알겠습니다. 그리고 이건 간밤에 제가 전화로 여쭤본 사항의 확인에 지나지 않습니다만, 어젯밤 11시 30분 전후에 각기 어디에 계셨는지를 다시 한번 좀 말씀해 주시겠습니까? 죄송합니다. 어디까지나 형식적인 겁니다만."

그러자 김광배는 약간 불만스러운 표정인 채, 그러나 그걸 참는다는 표정으로 대꾸했다.

"난 전화로 대답한 대로요. 11시쯤 집에 돌아가서 잤소. 우리 집 가정부가 알고 있소. 의심스러우면 확인해 보시구려."

"의심이라니요, 별말씀을 다 하십니다. 그저 형식적인 확인일 뿐입니다. 저, 박 전무님께서는요?"

하고 경식은 박용기 쪽으로 시선을 옮겼다.

"아, 나도 전화로 대답한 대로요. 몸 컨디션이 별로 안 좋아서 퇴근하는 길로 곧장 집에 돌아가서 쉬었소. 그러니까 7시쯤 됐을 거요. 가족들이 모두 알고 있소."

박용기 역시 다소 불쾌한 표정으로 대답했다.

"죄송합니다. 최 이사님께서도 말씀을 좀 해 주시죠."

경식은 다시 최명곤 쪽으로 시선을 옮겼다. 최명곤 역시 불쾌한 표정을 감추지 않은 채, 간밤에 전화로 물었을 때와 똑같은 대답을 했다. 11시쯤 외국 구매자들과의 술좌석에서 헤어져 11시 30분쯤 귀가했고 이후 취침했다는 것이었다.

물론 간밤에 전화로 물었을 때와 반드시 틀린 대답이 나오리라고 기대한 건 아니었으나 혹시나 하는 기대도 없지 않았던 경식은 약간의 실망을 맛보지 않을 수 없었다. 그러나 그것은 전혀 무용한 문답은 아니었다. 왜냐하면 그것은 그들에게 은연중, 그들도 용의선상에서 완전히 제외되어 있지 않다는 사실을 알게 해 주는 효과는 있었을 것이기 때문에 그리고 그것은 무의식중에라도 그들로 하여금 심리적으로 용의선상에서 벗어나고 싶다는 태도를 갖게 할 것이기 때문에, 그것은 그리고 수사상 이쪽에 유리한 입장을 제공한다고 할 수 있었다.

경식은 쓸데없는 질문을 함으로써 그들을 번거롭게 한 것이 미안하다는 표정을 짓고 나서 다시 신중한 태도로 물었다.

"그런데 세 분 중에 혹시, 선우영일 씨의 최근 태도에서 무슨 변화 같은 걸 발견하신 분은 안 계신지요?"

"변화라니, 무슨 변화 말이오?" 하고 김광배가 반문했다.

"아, 혹시 말입니다. 이번 사건이 터지고 나서 생각해 보니까 어떤 점이 좀 이상했다, 라든지……. 또는 무슨 언동에 이상한 점이 있었다든지. 그런 점 뭐 느끼신 게 없으신가 하구요."

"글쎄 별로 그런 건 못 느꼈어요." 하고 김광배가 대답했고 박용기와 최명곤도 특별히 생각나는 점은 없다는 듯 멀뚱히 경식의 얼굴만 쳐다보았다. 경식은 다시 물었다.

"그럼 아시는 범위 안에서, 선우영일 씨하고 혹 무슨 원한관계에 놓인 사람은 없는지요? 사업상으로나 또는 무슨 애정문제 같은 것으로."

그러자 김광배는 웃었다.

"아, 무슨 원한에 의한 살인이 아닌가 하고 말이오? 그 친구 연애는 좀 많이 하는 편이었지만 그런 건 없었을 거요. 친구가 원래 누구한테 원한을 사거나 할 친구 못 되니까."

"네……, 두 분도 같은 의견이십니까?" 하고 경식은 박용기와 최명곤의 얼굴을 쳐다보았다. 그들도 마찬가지라고 고개를 끄덕거렸다. 이때 경식은 잠깐 망설였다. 이들에게 선우영일과 채나영의 관계를 물어볼 것인가 어쩔 것인가를. 그들이 만일 그것을 알고 있다면 그들로부터 무엇인가 캐낼 것이 있을는지 모른다. 그러나 그들이 아직 그것을 모르고 있다면? 그 경우엔 이쪽의 수사상 정보만 흘려 보내는 결과가 된다. 그들은 그 두 사람의 관계를 알고 있을 것인가, 또는 전혀 눈치조차 채지 못하고 있을 것인가.

두 사람이 인천을 밀회 장소로 삼았던 점만 가지고 판단한다면 두 사람은 자신들의 관계를 아직 비밀로 하고 싶어 했다고 추측할 수 있다. 따라서 그들에게 알려지지 않았을 가능성이 크다. 그러나 그 두 사람의 관계가 만일 최근에 이루어진 것이 아니라 오래전부터 (비록 비밀리에라도) 지속된 것이라면 그들에게 눈치 정도는 채었을 가능성도 없다고는 할 수 없다.

얼른 판단이 서지 않았으나 경식은 결국 후자 쪽에 기대를 걸기로 했다. 설혹 그들이 전혀 눈치조차 채지 못하고 있던 사실을 가르쳐 주는 결과가 되더라도 그들의 반응에서 얻는 것이 있으리라는. 계산도 포함되었다. 경식은 조심스레 물었다.

"저, 이건 좀 묘한 얘기가 되겠습니다만. 선우영일 씨하고 채나영 씨의 사이는 평소 어떤 사이였는지요?"

세 사람 모두 무슨 느닷없는 소리냐는 듯한 표정이 되었다. 경식은 일단 자기의 첫 번째 계산은 빗나갔다는 것을 깨달았다. 그러나 내친 걸음이었다.

"혹시 어떤 남다른 사이는 아니었는지요?"

"남다른 사이라니, 무슨 얘기요?"

하고 김광배가 모두의 의혹을 대표한다는 듯 반문했다. 경식은 짐짓 후회하는 눈치를 지어 보이며 말했다.

"아, 이거 제가 쓸데없는 얘기를 꺼낸 모양이군요. 세 분 모두 모르시는 걸 가지고."

"아니, 도대체 무슨 얘기요? 우리가 모르는 얘기라니?"

김광배가 바짝 긴장한 표정으로 다그쳤고 박용기와 최명곤도 의혹에 찬 표정으로 경식의 얼굴을 쏘아보았다.

"아, 별로 대수로울 건 없는 얘깁니다만……. 실은 선우영일 씨하고 채나영 씨 사이가 단순한 보통 사이가 아니었던 것 같다는, 아직 확인되지 않은 제보가 저희한테 들어와 있어서 혹시 세 분한테 확인을 받을 수 있지 않을까 해서 여쭤본 것뿐입니다."

"음? 그게 사실이오? 우린 금시초문인걸. 그래, 누가 그 두 사람이 호텔에라도 들어가는 걸 봤답디까?"

"네, 호텔에 들어가는 건 못 봤지만, 호텔에서 아침에 나오는 걸 본 사람이 있더군요. 그것도 서울이 아닌 인천에서. 바로 나흘 전이랍니다."

"뭐요?"

세 사람은 거의 동시에 그렇게 부르짖듯 하며 아연한 표정을 감추지 못했다. 그리고 곧 어이가 없다는 표정으로 김광배가 물었다.

"그게 사실이오?"

경식은 되도록 범상한 표정으로 대답했다.

"네, 사실인 모양입니다. 제보자가 상당히 믿을 만한 사람이니까요."

"야, 이건 한 방 먹었는데."

하고 김광배는 눈을 치떠 굴리는 시늉을 해 보였고.

"나영이 걔가 역시 보통 앤 아니었군."

하고 최명곤은 입맛을 다시는 시늉을 했으며 박용기는 두 눈을 반짝이며 흥미롭다는 듯 경식의 얼굴을 쳐다보았다. 그리고 물었다.

"정말 영일이가 나영이 걜 데리고 인천의 호텔에서 나오더라 이거요? 바로 나흘 전 아침에?"

"네, 제보자의 말에 의하면 지금 말씀하신 그대롭니다."

"야, 이거야……." 하고 박용기는 마치 뒤통수라도 얻어맞은 듯 아둔한 눈빛을 짓더니 자기 친구들을 돌아보았다.

"야, 나흘 전이면 영일이랑 나영이랑 우리 모두 저녁에 모였던 날 아냐?"

"맞아. 그러니까 걔들 연극에 그날 우리가 완전히 넘어간 거지. 영일이 자식이 왠지 흉물을 떨더라니."

최명곤이 기가 막힌다는 표정으로 받았고,

"영일이 자식도 빠르긴 했지만, 나영이 걔도 정말 알아줘야겠는데." 하고 김광배는 자못 감탄을 금할 수 없다는 표정을 지었다. 그들은 그 두 사람의 관계를 전혀 눈치조차 채지 못하고 있었음이 확실해졌다. 그러나 경식은 그들이 놀라고 있는 모습을 구경만 하고 있을 수는 없었다.

"저, 그런데 지금 그 얘기를 듣고 혹시 뭐 생각나시는 점 없으십니까?" 하고, 경식은 짐짓 호기심 어린 시선으로 그들을 쳐다보았다. 그들은 잠시 주춤하는 표정이 되어 경식을 마주 보았다.

"아, 다른 게 아니라 좀 묘하다는 생각 안 드십니까?"

"묘하다니?" 김광배가 대표로 반문했다.

"글쎄요, 뭐라고 할까, 저번에 이상철 씨나 이번의 선우영일 씨가 모두 우연하게도 채나영 씨와 남다른 관계에 있었던 분들이었다……. 그런데 그 두 분 모두 살해를 당했다……. 일주일 간격으로 좀 묘하지 않습니까?"

"!" 그들은 일제히 표정이 굳어졌다.

"아, 물론 순전히 우연스러운 결과에 지나지 않을 수도 있습니다만."

"음……. 그건 좀 묘한데. 듣고 보니 묘하군."

김광배가 고개를 끄덕이며 심각한 표정을 지었다.

"그런 점과 관련해서 혹시 뭐 좀 짚이시는 게 없으신지요? 이건 지극히 단순한 생각입니다만 혹시 채나영 씨와 관계된 제3의 인물이라든가……."

그러며 경식은 세 사람의 표정을 살폈다. 그들은 순간 조금 곤혹스런 표정이 되었다.

"글쎄……. 제3의 인물이라……. 별로 짚이는 친구가 없는데." 하고 김광배가 먼저 고개를 갸우뚱했고, 박용기와 최명곤도 각기 고개를 갸웃거렸다.

"제3의 인물? 글쎄……. 전혀 짐작도 못 하겠는데."

"음, 제3의 인물이라……. 하긴 나영이 걔한테 놈팡이가 하나쯤 또 없으란 법도 없긴 한데…….”

경식은 말했다.

"물론 이건 그냥 가능성을 한번 생각해 본 것뿐입니다. 전혀 사건 과는 관계가 없는 문젠지도 모르죠. 다만 우연하게도 결과가 좀 묘하게 돼 놔서……. 아무튼 이거 죄송합니다. 세 분이 모처럼 딴 의논하실 일이 있어서 모이셨는데 제가 방해를 드린 거나 아닌지요?”

그러자 김광배가 좀 과장이 느껴지는 동작으로 손을 내저으며 말했다.

"아, 천만에. 우리도 실은 사건이 궁금하기도 하고 걱정스럽기도 해서 만나고 있던 참인데 오히려 잘 와 줬어요. 방해라니, 오히려 이렇게 와서 여러 가지 얘기도 알려 주고, 고맙지. 우리로선 협조할 의무도 있는 거고.”

"그렇게 생각해 주시니 감사합니다. 일주일 간격으로 가까운 친구를 두 분씩이나 잃으셔서 놀람도 크실 테고 저희 경찰한테는 화도 나시겠지만 사건이 워낙 좀 묘하다고 할까 지능적이어서 아무래도 사건 해결에는 시간이 좀 걸릴 것 같습니다. 애도 좀 먹어야 할 것 같구요. 하지만 최선을 다해서 되도록 빠른 시간 안에 해결을 해 보겠습니다. 화가 나시더라도 조금만 참고 이해해 주십시오.”

"아, 그 점은 염려 마시오. 화가 전혀 안 나는 건 아니지만 우리가 그렇게 경찰을 이해 못 할 정도로 옹졸한 사람들은 아니니까. 아무튼 수고를 좀 해 주시오.”

"네, 알겠습니다. 그리고 한 가지 노파심에서 말씀드리겠습니다만 여기 계신 세 분께서도 각별히 조심을 좀 해 주셔야겠습니다. 저희 경찰에서도 신경을 쓰겠습니다만."

"그건 무슨 뜻이오?"

"네, 그 편지를 꼭 믿어서는 아닙니다만 저희한테 투서된 편지 내용 중에 그 '시작' 어쩌고 한 대목이 아무래도 좀 걸리는군요. 그것이 구체적으로 무엇을 암시하는 말인지는 아직 확실한 판단을 할 수가 없는 상탭니다만."

"아, 난 또 무슨 얘기라구. 하하, 별걱정을 다 하시오. 아무튼 고맙소. 조심은 하리다."

"네, 만사 튼튼한 게 좋지 않겠습니까. 자, 그럼 전 그만 일어서 보겠습니다. 협조해 주셔서 감사합니다."

경식은 의자에서 일어났다.

"아, 가시겠소?" 하고 김광배가 따라 일어서며 말했고 박용기와 최명곤은 앉은 채로 그를 쳐다보았다. 무언가 귀찮은 물건이 사라지려 하는구나 하는 듯한 표정이 감추어진 얼굴들이었다.

"네, 안녕히들 계십시오." 하고 경식은 정중히 인사한 뒤 그들의 방에서 물러 나왔다. 물러 나오면서 그는 생각했다. 저들이 모인 진짜 이유는 무엇일까. 필경 무엇을 숙의하기 위해 모인 것임엔 틀림없다. 그러면 무엇을 숙의하기 위해?

형사가 물러가고 난 뒤, 방 안에 남은 세 사람은 잠시 무거운 시선을 서로 교환했다. 무언가 꺼림칙한 기분이 그들을 사로잡았던 것이다. 형사가 물러가기 직전에 남기고 간 한마디가 그들의 기분을 몹시 꺼림칙하게 만들었다.

'……그리고 한 가지 노파심에서 말씀드리겠습니다만 여기 계신 세 분께서도 각별히 조심을 좀 해 주셔야겠습니다.'

그 말이 의미하고 있는 것은 너무도 분명했다. 그것은 단순히 건강을 조심하라는 말과는 분명 다른 말이었다. 단순한 건강 이상의 어떤 것을 조심하라는 말이었다. 그것은 분명히 상철이나 영일이 당한 것과 같은 일을 염두에 둔, 그리고 바로 그러한 일로부터의 조심을 가리키는 말일 터이었다. 하긴 그들도 그 두 친구의 연이은 죽음에 놀라고 그 놀람 속에 포함된 어떤 석연찮은 느낌 때문에 그렇게 모인 것이라고 할 수 있었다. 그리고 그 석연찮은 느낌에 대한 무엇이든 의견을 좀 나누어 보려고 모인 것이라고 할 수 있었다.

막연하게나마 그들은 그렇게 한자리에 모여서 그들을 놀라게 한 사태에 대한 무엇이든 의견을 좀 나누지 않으면 안 될 것 같은 일종의 공동운명 의식 같은 것을 느끼고 있었다. 그러나 형사로부터 막상 그러한 소리를 듣고 나니 그들은 그들이 막연하게 느끼고 있던 어떤 석연찮은 느낌이 그 정체를 분명히 드러내는 듯한 느낌에 사로잡혔던 것이다. 그것은 몹시 꺼림칙한 생각이 아닐 수 없었다.

세 사람 사이엔 잠시 침묵이 흘렀다. 그리고 마침내 그 침묵의 의미를 약화시키기라도 하려는 듯 김광배가 입을 열었다.

"영일이 자식도 영일이 자식이지만 나영이 개 정말 보통이 아닌데.

놀랬어. 정말."

그것은 말하자면 생각하고 싶지 않은 것으로부터 시선을 돌리자는 의도일 터이었다. 그 의도는 금방 나머지 두 사람에게도 전해졌다. 그리고 세 사람은 곧, 지금 그들에게 던져진 가장 중대한 문제는 바로 그 문제뿐이라는 듯 열을 올리기 시작했다. 박용기가 말했다.

"해도 너무 했어. 나흘 전이라면 상철이가 죽은 지도 불과 나흘밖에 안 됐을 때 아냐?"

"누가 아니래. 호텔에서 아침에 나온 게 나흘 전이라니까 호텔에 들어간 건 그 전날 밤일 거고 그렇게 따지면 상철이가 죽은 지 사흘밖에 안 돼서라구." 최명곤이 받았고,

"그런데 그 친구 말이 정말은 정말일까?" 하고 박용기가 다시 방금 다녀간 형사의 말을 신용해도 좋을지 어떨지에 대해 의문을 표시했다. 김광배가 말했다.

"그 친구가 우리한테 거짓말을 할 린 없지. 또 그건 정 뭣하면 나영이한테 우리가 직접 확인해 볼 수도 있는 문제구."

그러자 최명곤이 의미 있게 웃으며 말했다.

"좋았어. 그건 나한테 맡기라구. 나영이한텐 내가 확인해 보지."

박용기가 역시 의미 있게 웃으며 반대했다.

"아냐, 그건 내가 확인해 봐야겠어. 명곤이 넌 나중에 보고나 들으라구."

"야, 이거 왜 이래? 어디까지나 선취득권이라는 게 있다는 거 몰라?"

"선취득권?"

"내가 먼저 그 일을 맡겠다고 선언한 이상, 선취득권이 있는 거 아냐?"

"좋아하네."

"야, 넌 그럼 선취득권을 인정할 수 없다는 얘기냐?"

"그래, 인정할 수 없다."

"정말?"

"정말."

그러자 김광배가 웃으며 끼어들었다.

"야, 야, 이거 왜들 이래? 왜들 군침을 삼키고 이러지? 나영이한테 그 사실을 확인해 보는 게 목적이야, 아니면 딴 목적이 있어서 그러는 거야?"

"딴 목적이 있어서 그런다, 왜?" 박용기가 서슴없이 대꾸했고,

"딴 목적이 있으면 안 되냐?" 최명곤도 웃음을 머금은 채, 지지 않고 말했다. 김광배가 딱하다는 표정을 지으며 말했다.

"아서라, 아서. 괜히 그러다가들 다칠라, 다쳐. 상철이나 영일이처럼."

"뭐라고? 얘가 지금 재를 뿌리나?"

박용기가 기분 나쁜 소리 말라는 듯 짐짓 험악한 표정을 지었고 김광배는 아랑곳없이 계속했다.

"나 같으면, 만일 나영을 놓고 제비뽑기를 한다고 해도 거기선 빠지고 싶다. 알았니?"

"그래, 알았다. 넌 빠져라." 최명곤이 말했고,

"그래, 광배 쟨 빼놓고 명곤이 너하고 나하고만 제비를 뽑자. 나영일 누가 차지할 건지."

박용기도 물러서지 않겠다는 듯 말했다.

"제비? 너하고 나하고 제비들 뽑아? 끝내 선취득권은 인정하지 못하겠다는 거냐?"

"못 하겠다."

"좋아, 그럼 자유경쟁을 해 보자."

"그래, 제비뽑기보단 그게 더 떳떳하겠다."

"자알들 논다. 무덤 파기 자유경쟁을 하겠다는 거냐?"

"앤 왜 자꾸 재를 뿌리고 이러지? 저 먹기 싫으면 가만히나 있지."

"광배 얘가 본래 심통이 좀 있잖니."

"심통? 천만에다. 심통이 아니라 우정에서 그런다. 너희 두 놈 중의 하나가 또 비명에 갈까 봐."

그때 박용기가 잠시 무엇을 궁리하는 표정으로 김광배의 얼굴을 건너다보고 나서 말했다.

"자식이 사실은 제가 속셈이 있어서 그러는 거 아냐? 그래서 괜히 우리한테 잔뜩 겁을 줘 놓고 나중에 제가 슬쩍 하려는……."

최명곤이 맞장구를 쳤다. "맞았어. 자식이 의뭉스럽기는……."

김광배는 웃었다.

"야, 이 한심한 친구들아. 내가 그렇게 바보 같아 보이니? 제 손으로 제 무덤을 팔 놈같이 보여? 생각해도 으스스하다, 으스스해. 그러잖아도 으스스한 판에…….."

그러나 그는 그 마지막 말은 하지 않았어야 옳았다. 왜냐하면 그것
은 그의 의도와는 전혀 다른 효과를 가져왔기 때문에. 그의 의도는
단순한 농담을 하는 것이었으나 그 말은 그들이 애써 피하려 했던 생
각을 다시금 그들에게 불러일으키는 효과를 가져왔던 것이다. 박용
기가 대뜸 시무룩해진 표정으로 김광배를 나무랐다.

"야. 인마, 뭐가 그러잖아도 으스스한 판에야? 으스스한 판에
가……. 누가 우릴 당장 죽이러 오기라도 하니?"

최명곤도 박용기의 편을 들었다.

"자식. 엉뚱한 소리는……."

김광배도 자신의 말을 금방 후회했다. 그것은 그 스스로에게도 당
장 불유쾌한 효과를 가져다주었기 때문이다. 그것은 그 스스로에게
도 결코 유쾌하달 수 없는 연상을 불러일으켰던 것이다. 그러나 그는
오기를 부렸다.

"자식들, 그럼 지금 으스스하지가 않단 말이야? 우리 '오인방' 멤버
가 상철이서부터 하나씩 차례차례 죽어 가기 시작했는데. 다음 차례
가 우리 셋 중에 누가 될지 알아?"

"뭐라구? 너 지금 무슨 소릴 하는 거냐?"

박용기가, 정신 있는 친구냐는 듯이 볼멘소리를 냈고.

"야, 자식 너?" 최명곤도 어이가 없다는 듯, 김광배를 나무라는 시
선으로 쳐다보았다. 김광배는 그러나 한번 부리기 시작한 오기를 거
두어들이지 않았다.

"생각들 해 봐, 인마. 일이 돌아가는 꼴이 그렇게 돼 먹질 않았나. 상철이가 죽은 지 일주일밖에 안 돼서 또 영일이가 죽었다는 사실을 어떻게 해석해야 되니? 게다가 방금 그 형사란 친구는 둘 다 동일범의 소행일 거라고 하지 않디? 이건 분명 우리 '오인방' 전체를 노리는 누군가가 있다는 얘기라구. 이런 판국에 그래 계집애 하날 놓고 다투게 됐어? 자식들…….."

"얘가 점점?"

"얘가 정말 왜 이러지?"

박용기와 최명곤은 각각 기가 막힌다는 표정으로 한마디씩 내뱉으며 이젠 숫제 김광배를 위험한 물건 바라보듯 했다. 그것은 그들이 막연히 느끼고 있던 의구심을 너무도 두려움 없이, 적나라하게 표현한 말이었기 때문이다. 그것은 김광배 자신도 잘 알고 있었다. 그러나 그는 내처 웃으며 말했다.

"자식들. 왜, 겁나니? 다음 차례가 너희 둘 중에 하날까 봐 겁나? 염려 마라. 다음 차례는 아마 날 거다."

"야, 인마, 너……."

하고 박용기는 마침내 험상궂은 표정을 지었다.

"자식이 말이면 다하는 줄 아나." 하고 최명곤도 마침내 화가 치민다는 얼굴을 했다. 그러나 김광배는 계속 빙글빙글 웃었다.

"자식들 겁은……. 인마, 죄를 지었으면 벌을 받아야지."

"뭐라구? 이 자식이 이게 완전히 돌았나?"

"야, 너 지금 무슨 미친 소리야?"

박용기와 최명곤은 완전히 화가 머리끝까지 치민 표정이 되었다. 김광배는 계속 웃었다.

"하지만 걱정하지 마라. 다음 차례는 나니까. 그 대신 나영이에 대한 우선권도 나한테 있는 거다. 알았니?"

두 사람은 어이가 없다는 표정을 지었다.

"자식이 결국은 그 소릴 하려구……."

"야, 야, 김샜다. 이런 자식 방에 이제는 죽치고 앉았을 필요 없다. 가자, 가. 자식이 도무지 한다는 소린 김새는 소리뿐이고. 야, 용기야, 가자, 가."

"그래, 가자." 그리고 두 사람은 마침내 의자에서 일어났다. 김광배는 그러나 그들을 잡지 않았다.

"갈래?" 하고 그는 의자에 앉은 채로 여전히 빙글거리는 얼굴로 말했을 뿐이었다.

"자식들, 삐치기는……."

"그래, 인마, 삐쳤다. 잘해 봐라."

"혼자 앉아서 반성이나 좀 해, 인마. 네가 오늘 좀 과했나, 안 했나."

그리고 두 사람은 완전히 기분 잡쳤다는 태도로 걸어 나가서 도어를 열고 나가 버렸다. 김광배는 여전히 빙글거리는 얼굴로 그들이 걸어 나가는 뒷모습을 바라보고 있다가 그들이 도어 밖으로 사라지자 웃음을 거두었다. 혼자 남은 이제는 더 이제는 오기를 부릴 필요가 없어졌기 때문이다.

그는 의자에 깊숙이 기대앉았다. 그리고 눈을 감았다. 곧 싸늘하고 허전한 느낌이 엄습해 왔다. 친구들을 붙잡지 않은 것이 슬그머니 후회스럽기도 했다. 그냥 실없는 농담이나 지껄이고 앉아 있었던 편이 차라리 낫지 않았나 싶기도 했다. 하긴 그로서는 농담을 하느라고 한 것이었지만.

하지만 그 소린 아무래도 좀 과했나? 죄를 지었으면 벌을 받아야지? 내가 무슨 소릴 한 걸까. 죄를 지었으면 벌을……. 죄를 지었으면 벌을……. 하하, 내가 이거 언제부터 윤리선생처럼……. 그는 고개를 흔들었다. 그러나 그의 마음속에는 또렷이 8년 전의 한 지점이 떠올랐다. 그는 다시 고개를 흔들었다. 그리고 눈을 뜨고 바로 일어나 앉아, 인터폰의 단추를 눌러 여비서 미스 안을 불렀다. 인터폰 저쪽에 미스 안이 나왔다.

"아, 나 커피 한 잔만 더 갖다 줘."

"네, 곧 가져갈게요."

그는 다시 의자에 깊숙이 몸을 기댔다. 그러나 이번엔 눈을 감지 않았다. 눈을 감는다는 행위는 곧잘 또 다른 눈이 활동할 공간을 마련해 준다는 걸 그는 방금 깨달았기 때문이다. 그는 새삼스레 자기 집무실의 여기저기를 눈을 굴려 바라보았다. 그러면서 미스 안이 가져올 커피를 기다렸다.

잠시 후에 노크소리가 나고 쟁반에 커피잔을 받쳐 든 미스 안의 모습이 나타났다. 그녀는 자기가 시중들어야 할 사람의 안색을 살피며 조심스런 동작으로 커피잔을 탁자 위에 내려놓았다. 그는 그때 되도록 눈을 많이 사용한다고 하던 참이었으므로 그녀를 관찰하고, 그녀가 생각보다 매우 예쁘게 생겼다는 걸 발견했다. 여지껏 그다지 못생긴 여자아이라곤 생각해 오지 않았으나 지금처럼 자세히 관찰한 적은 없었다. 그는 발견자답게 눈을 크게 뜨고 물었다.

"미스 안, 오늘 데이트 있나?"

"네?" 하고, 그녀는 얼른 말귀를 알아듣지 못한 표정이 되었다.

"아, 오늘 데이트 있냐구. 유난히 예쁘게 차려입었으니 말야." 하고, 그는 크게 뜬 눈을 상하로 이동하여 그녀의 옷차림을 살피는 시늉으로 말했다. 그러자 그녀는 약간 수줍은 표정을 지었다.

"어마, 저 이거 어저께도 입은 옷인걸요, 뭐."

"아, 그랬었나. 그럼 내가 착각을 한 모양이군. 그건 그렇고……. 아무튼 미스 안, 오늘 유난히 예뻐 보이는데? 요즘 연애하는 거 아냐?"

"어마, 저 아직 연애 안 해요."

그녀는 그가 자신에게 관심을 보여 주는 사실이 아주 기쁜 듯. 그러나 수줍은 표정으로 대답했다.

"오, 아직 연애를 안 한다……. 그럼 앞으로는 할 계획이군?"

그녀는 이번엔 얼굴만 빨갛게 물들었다. 그는 웃었다.

"하하, 그렇게 부끄러워할 건 뭐 있어? 연애가 뭐 사람이 못 할 짓인가? 가만, 아무래도 믿어지지 않는데? 미스 안처럼 예쁜 아가씨가 아직 연애를 안 한다는 건 믿어지지가 않아. 누가 그냥 놔뒀을 리가 없으니까 말야. 어때? 내 말이 틀려?"

그녀는 얼굴을 더욱 빨갛게 물들였다.

"정말……. 저 연애 같은 건 아직 안 해요."

"연애 같은 거라니? 무슨 말을 그렇게 하고 있어? 연애야말로 사람이 할 수 있는 일 중에서 제일 할 만한 거지. 미스 안. 생각보다 아주 숙맥이군그래?"

"……."

"어때? 나하고 연애 한번 할까?"

"어마……."

"놀라긴, 내가 무슨 흉한 말 했나?"

"말도 안 되는 말씀을 하시니까 그렇죠."

"말이 안 되다니? 남자가 여자한테 연애하자고 프러포즈하는 게 어째서 말이 안 돼? 어째서 안 되지? 내가 좀 못생겨서?"

"어마, 그런 게 아니라……."

"그런 게 아니라, 뭐지?"

"상무님하고 제가 어떻게……."

"하하, 난 또 무슨 소리라구. 알고 보니 미스 안, 아주 보수적인 사고방식을 가졌군, 그래. 연애하는 데 그게 무슨 상관이야? 연애를 사무실에서 하나?"

"아이, 모르겠어요. 자꾸 놀리심……."

그녀는 떨고 있었다. 그는 더욱 흥미로웠다. 요즈음 이런 여자애가 다 있었던가? 올해 졸업을 했다곤 하지만 대학을 나오고, 비서직을 갖고 있는 여자애가.

그러나 그는 곧 깨달았다. 아하, 네가 지금 바라지도 못하던 것이 접근해 오는데 놀라서 떨고 있구나. R건설 재벌의 2세가 느닷없이 접근해 오는 데 놀라서 떨고 있구나. 그렇더라도 그건 기특하고 귀여운 일이다. 그는 말했다.

"놀리다니 무슨 섭섭한 소리. 난 지금 농담을 하는 게 아니야. 진지하게 하는 얘기라구. 미스 안을 이제야 발견한 내 눈을 탓하는 중야. 자, 내 청을 들어주겠지?"

그가 정색하자 그녀는 점점 더 몸 둘 곳을 몰라 했다.

"글쎄 전…… 자꾸 그렇게 놀리심…… 정말 어떻게 해야 할지 모르겠어요……."

"나 이런, 놀리는 게 아니라니까, 그래. 자, 그럼 우선 오늘 저녁 약속이나 우리 하지. 그건 들어주겠지?"

"……."

"방금, 데이트가 있는 것도 아니라고 했겠다, 그쯤이야 들어주겠지?"

"……."

"그것도 안 될까?"

그제야 그녀는 작은 목소리로 대답했다.

"……예, 저녁을 사 주신다면 그건 감사하게 얻어먹겠어요."

"저녁은 감사하게 얻어먹겠지만 그 밖의 것은 안 된다……."

"그런 게 아니라……."

"하하, 좋아 좋아. 우선 저녁을 같이할 수 있는 것으로 만족하기로 하지. 자, 그럼 이따 보자구."

"네……."

그녀는 빨갛게 달아오른 얼굴로 그의 방에서 물러 나갔다.

그는 미소를 지으며 그녀가 걸어 나가는 뒷모습을 보고 나서 천천히 커피를 마시기 시작했다. 저녁에 그녀를 만나서 진행할 스케줄이 일목요연하게 머릿속에 떠올랐다. 즐거운 상상이었다. 새삼 아버지가 고마웠다. 이 모든 혜택은 아버지가 주는 것이었다. 아버지가 아니었다면, 비록 세상 사람들로부터 그다지 존경은 못 받는 터이지만 아버지가 아니었다면 이 모든 혜택을 어떻게 누릴 수가 있으랴.

그러나 그가 아버지 생각을 한 건 잘못이었다. 아버지에 관한 생각은 곧, 아버지들이 주는 혜택을 누리고 있는 친구들 생각으로 이어졌고 그 친구들의 모임인 '오인방'에 관한 생각으로 발전했으며 그러자 애써 피했던 생각이 다시 그의 마음을 점령하기 시작했다. 그리고 다시 저 8년 전의 한 지점이 손에 잡힐 듯 선명히 눈앞에 떠올랐던 것이다. 8년 전, 그가 대학 졸업반이던 해, 저 네 명의 친구와 함께 있었던 장소……. 오랫동안 잊고 지냈으나 마음속에서 완전히 씻어 내지 못한 장소……. 아니 그것이 마음속 어느 구석엔가 숨어 있었다는 사실을 오늘에야 비로소 깨달은 장소…….

그는 고개를 크게 흔들었다. 그리고 의자에서 일어났다. 그러나 마음은 진정되지 않았다. 가슴속에서 싸늘한 바람이 일고 있는 느낌이었다. 그는 다시 인터폰의 단추를 눌렀다. 미스 안이 인터폰 저쪽에 나왔다. 그는 자신도 모르게 명령조의 딱딱한 목소리를 냈다.

"아, 여기 커피잔 가져가."

"네…….."

미스 안은 약간 놀란 목소리였다. 그는 곧 목소리를 고쳤다.

"아, 나 커피 다 마셨으니까 잔 가져가고……. 음, 차 좀 준비시켜 줘. 잠깐 나갔다 올 테니까."

"네, 알겠습니다."

"그리고 이따 나하고 저녁 약속 잊지 않는 거야?"

"네……."

그는 가만히 심호흡했다. 잠깐 동안이나마 자신을 잘 제어하지 못한 것이 부끄러웠다. 그러나 금방 자신을 다시 제어할 수 있게 된 것은 다행이었다. 왜냐하면 그나마 다 차려 놓은 밥상을 엎질러 버리는 실수는 면했기 때문에.

차를 준비시켜 달라고 했지만, 꼭 가 봐야 할 곳이 있어서는 아니었다. 그것은 이를테면 순간적인 실수를 얼버무리기 위한 임기응변에 불과했다. 그러나 그는, 미스 안이 커피잔을 가지러 들어와서 차를 준비시켜 놓았다고 보고했을 때, 부드러운 표정으로 고개를 끄덕여 보인 후 곧 그의 방을 나섰다. 그리고 현관으로 내려가 그곳에 대기하고 있는 그의 잿빛 '머스탱'에 올라탔다. 운전기사 미스터 백이 물었다.

"어디로 모실까요?"

"응, 아무 데나."

"아무 데나요?"

"응, 골치가 아파서. 아무 데나, 바람이나 좀 쐬게 한 바퀴 돌아 와."

"그럼. 강변 쪽이나 한 바퀴 돌아 올까요?"

"나쁘지 않겠지. 그리고 갔다 와서 미스터 백은 일찍 퇴근해도 좋아. 차 쓸 일이 생기면 오후엔 내가 운전할 테니까."

미스터 백은 눈치가 빨랐다. 그가 스스로 운전하겠다는 것은 차에 여자를 태우겠다는 뜻임을 그는 잘 알고 있었다.

"네, 알겠습니다." 하고 그는 차를 출발시켰다.

그리고 그날 저녁 김광배는 운전석 옆자리에 미스 안을 태우고 낮에 미스터 백이 밟았던 비슷한 코스를 밟았다. 낮에, 강변에 있는 한 레스토랑을 봐 두었었던 것이다. 주차시설이 되어 있는 강변의 그 레스토랑에서 저녁식사를 마쳤을 때 김광배는 말했다.

"모처럼 미스 안 같은 예쁜 아가씨하고 마주 앉아 식사를 했더니 입맛이 절로 나는군. 아주 잘 먹었는데."

그러자 미스 안은 얼굴을 붉힌 채 약간 당돌한 소리를 했다.

"어마, 미인이신 사모님하고 늘 식사를 같이하실 텐데요, 뭐. 그리고 상무님한텐 예쁜 여자들도 많이 따를 거구요."

그가 자신에게 관심을 갖기 시작했다는 걸 알고 약간 자신을 얻은 모양이었다. 김광배는, 이 애 좀 봐라, 하는 느낌이 들었으나 짐짓 부드러운 표정으로 대꾸했다.

"내 마누라가 미인이라구? 그런 소린 또 어디서 들었지?"

"다들 그러던데요, 뭐."

"괜한 소리라구. 앞으론 내 앞에서 마누라 얘긴 하지 말아 줘. 김새니까."

"어마, 괜히 그러시죠, 뭐."

"그리고 나한테 여자들이 많이 따를 거란 애긴 또 무슨 소리야?"

"소문이 자자하던데요?"

"뭐라구? 나 이거야. 다 헛소문이라구. 곧이듣지 마. 나 이래 봬도 고독한 사람이라구. 마누라 이외의 여자하고 저녁식사라도 같이해 보는 건 미스 안하고 이게 처음이야."

"어마, 거짓말……."

"정말이야. 나 아주 외로운 사람이라구. 그래서 실은 미스 안한테 오늘 위로를 좀 받고 싶어. 오늘 좀 늦어도 괜찮겠지?"

그들이 나이트클럽 한 군데를 거쳐, 북악스카이웨이 부근에 있는 한 호텔의 객실을 잡은 것은 밤 12시가 가까워서였다. 미스 안은, 처음엔 좀 난색을 지었으나 결국 그의 강청(強請)에 못 이기듯 그를 따랐다. 호텔까지 가게 되리라곤 미처 예상치 못한 듯했으나 어차피 그의 청을 물리칠 순 없다고 판단한 모양이었다.

그러나 막상 호텔의 객실로 들어서자 그녀는 완연히 떨고 있음을 감추지 못했다. 그가 침대에 걸터앉으며 말했다.

"자, 그렇게 서 있지만 말고 이리와 앉아. 뭘 그렇게 호랑이 굴에라도 들어온 것 같은 표정을 하고 있어?"

그러자 그녀는 여전히 떨리는 표정으로, 망설이듯 말없이 다가와 그와 조금 거리를 두고 다소곳이 앉았다. 그는 웃었다.

"나 이런, 아까 춤출 때하곤 또 딴판이로군. 아까 나이트클럽에선 춤도 곧잘 추더니. 완전히 절간에 온 색시 같군, 그래."

그러며 그는 엉덩이를 옮겨 그녀 옆으로 다가앉았다. 그리고 슬며시 그녀의 어깨를 안았다. 그녀의 어깨는 순간 조금 움찔하는 듯했으나 곧 체념한 듯 다소곳해졌다.

그는 일어나서 전등 스위치를 내렸다. 그리고 다시 그녀 옆에 다가앉아 그녀의 상체를 침대 위에 뉘었다. 동시에 그녀의 입술을 자신의 입술로 더듬어 찾았다. 조금 저항하는 듯했으나 그녀의 입술은 곧 열렸다. 그러나 그녀는 여전히 떨고 있었다. 그는 천천히 그녀가 입고 있는 것들을 벗기기 시작했다. 상체를 보호하고 있는 것들이 벗겨져 나가고 하반신을 보호하고 있는 것들이 한 가지씩 벗겨져 나가는 동안 그녀는 다소곳이 떨리는 몸을 내맡기고 있었다. 그리고 마침내 최후의 것이 벗겨져 나갔을 때 그녀의 몸은 몹시 추운 듯 심하게 떨고 있었다. 그는 빠른 동작으로 자신의 몸에 걸쳐진 것들을 벗었다. 그리고 그녀의 떨고 있는 몸을 안았다. 그녀의 몸은 탄력 있고 뜨거웠다. 가엾게도 그녀의 몸은 열병을 앓고 있는 아이처럼 뜨거웠다.

그는 순간, 이 애가 아직 처녀가 아닌가 하는 의심이 들었다. 그리고 그러한 그 의심은 곧 빗나가지 않았음이 드러났다. 그가 그녀의 감추어진 문을 열기 시작했을 때 그녀는 흡사 심한 고문을 견디는 것과 같은, 고통에 찬 몸짓을 나타내기 시작했다. 그리고 마침내 그가 열기에 성공했을 때 그녀는 이제는 견디지 못하고 거의 울음소리에 가까운 고통에 찬 비명을 질러 댔다. 한순간 그는 멈칫했으나 이미 그는 자제할 수 없는 상태에 놓여 있었다. 그는 그녀의 고통에 눈 감은 채 자신의 일을 마저 수행했다.

그때 그의 마음속에는 알 수 없게도 다시 저 8년 전의 한 지점이 선명히 떠올랐다. 8년 전, 그가 대학 졸업반이던 해, 저 네 명의 친구와 함께 있었던 장소······. 차마 처음 시작할 용기는 없어 그가 세 번째로 그 끔찍한 짓을 저질렀던 장소······. 아냐, 그게 아냐, 순서는 가위바위보로 정해졌었지.

미궁

이상철에 이어 다시 선우영일이 피살된 사건의 보도가 나간 다음 날 오후, 동희는 편집국 사환 소년으로부터 편지 한 통을 전해 받았다. 현관 수위실에서 접수해 둔 것을 편집국으로 오는 다른 우편물과 함께 가지고 올라온 모양이었다.

동희는 재빨리 편지의 겉봉부터 살폈다. 일종의 예감이랄까. 저번 이상철 사건 후에 배달된 편지와 같은 종류의 편지가 아닐까 하는 일종의 기대 때문이었다.

그녀의 예감이 할까, 기대는 빗나가지 않았다. 봉투의 앞면에는 'B일보 사회부 한동희 기자 귀하'라고, 이번에는 수신자로서 그녀의 이름까지 정확히 지목하고 있었고 (그녀의 이름을 지목하고 있는 점만이 지난번 경우와 달랐다) 뒷면에는 예의 그 서투른 듯한 글씨로 '정직한 시민'이라고만 발신자를 밝히고 있었던 것이다. 동희는 일시에 온몸이 긴장돼 옴을 느끼며 봉투를 찢었다. 그리고 알맹이를 꺼내 접힌 부분을 폈다. 예의 그 서투른 듯한 글씨가 눈을 찔렀다.

한동희 기자 귀하.

귀하의 기자로서의 사명감에 충심으로 경의를 표합니다. 그리고 처음으로 귀하에게, 이런 방식으로나마 정식 인사를 올리게 된 것도 매우 기쁘게 생각합니다. 혹시 무례하다고 생각하실지는 모르나 저의 입장을 이해해 주신다면 용서해 주시리라 믿습니다. 왜냐하면 저는 아직 이런 방식으로밖엔 인사를 드릴 수가 없는 입장이니까요. 저는 아직 저 자신을 드러내서는 안 되는 입장이지요. 저는 이제 겨우 제 두 번째 일을 마쳤을 뿐이니까요.

지난번 제 첫 번째 일에 관한 귀하의 기사는 매우 자상하고 훌륭한 것이었습니다. 객관적인 좋은 기사의 귀감이 될 만한 것이었지요. 더욱이 제가 경찰에 보낸 편지까지 입수해서 자상하게 소개한 귀하의 민첩성에는 전 그저 감탄할 도리밖에 없었지요. 저는 귀하와 같은 훌륭한 신문기자가 있다는 사실만으로도 얼마나 고무되었는지 모른답니다. 한결 외로움이 덜했지요. 앞으로 제 일을 마저 수행하는 데 있어서 그것은 커다란 힘이 되어 줄 것입니다.

그런데 오늘, (귀하가 이 편지를 받아 보시는 날로 기준을 삼으면 어제가 되겠지요) 제 두 번째 일에 관해 쓰신 귀하의 기사는 기대보다 조금 불충분한 것이었다고 하지 않을 수 없더군요. 귀하는 중요한 사실 하나를 놓치고 있었습니다. 아니면 적어도 찾아내지 못하셨습

니다. 귀하에게 거는 기대가 큰 만큼 그것은 약간의 실망이 아닐 수
없었습니다.

저는 범행현장 부근에 제가 사용한 흉기와 함께 쪽지 하나를 남겨
두었지요. 그것이 저의 두 번째 일의 수행이었다는 걸 밝히는 쪽지
였지요. 저의 정직성의 발로라고나 할까요.

저는 우리 경찰이 그것을 찾아내지 못할 만큼 무능하다고는 생각
하지 않습니다. 경찰이 그 사실을 감추었을 뿐일 테지요. 그리고 귀
하는 그것을 놓친 것이지요.

아, 어쩌면 이것은 작은 투정에 지나지 않겠지요. 귀하의 지속적인
건필을 빕니다.

그리고 편지의 끝부분 여백에는 다음과 같은 두어 줄의 문장이 덧
붙여져 있었다.

'추신 : 귀하의 이름을 알아내는 일은 그다지 어렵지 않았습니다.
그것은 전화 한 통화로 간단히 이루어졌으니까요.'

동희는 편지에서 시선을 들자마자 곧바로 시경에다 전화를 걸었다.
무엇보다 약이 올랐기 때문이다. 범인이 남긴 쪽지를 발견하지 못했
을 리 없음에도 불구하고 그 사실을 끝내 숨기고 만 경식이, 앞에 있으
면 그 가슴을 때려 주고 싶을 만큼 약이 올랐던 것이다. 그런데 경식은
자리에 없다는 대답이었다. 임시 수사본부로 걸어 보라는 것이었다.
그제야 동희는 사건현장 부근에 있는 그 파출소가 떠올랐다.

경식은 그곳에 있었다. 동희의 목소리를 알아듣자 그는 반가운 목

소리를 냈다.

"어. 동희, 웬일이야? 여기까지 전화를 다 걸고. 불현듯 내가 보고 싶어지기라도 했어?"

"네, 그래요. 나 좀 만나 줘요."

"정말이야? 거참 오랜만에 들어 보는 기특한 소리로군. 그런데 목소리가 약간 도전적으로 들리는데? 무슨 일이 있어?"

"왜, 켕기는 게 있어요?"

"켕기는 거라니, 그건 또 무슨 소리야? 그 마 기잔가 하는 친구가 이번엔 또, 내가 누구하고 호텔에서 나오는 걸 보기라도 했대?"

동희는 웃지 않을 수 없었다.

"네, 그래요. 봤대요."

"뭐라구? 나 저런 벼락 맞을 친구 봤나. 그 친구 내가 혼 좀 내 줘야 되겠군."

"어머? 경찰관이 그런 소릴 함부로 해요?"

"아, 이건 물론 경찰관으로서 하는 소리가 아니지. 개인 자격으로 하는 소리라구. 그 친구 아무래도 혼구녁을 좀……."

"괜히 켕기는 구석이 있으면서 그런 식으로 딴청 하지 말아요. 아무튼 오늘 나 좀 만나 줘야겠어요."

"아니, 도대체 자꾸 무슨 소리야? 내가 뭐가 켕기는 구석이 있다는 거야?"

"아무튼 만나서 얘기해요. 어저께 그 다방으로 나갈게요. 넉넉잡고 30분 안에 도착할 수 있을 거예요."

"좋아, 아무튼 나도 그럼 그리 나가지."

전화를 끊고 동희는 편지를 손에 쥔 채 부장 테이블로 갔다. 대충 설명을 한 다음 편지를 건네주자 부장은 호기심 어린 눈초리로 그것을 받아 읽고 나더니 사뭇 긴장한 표정으로 말했다.

"음, 이건 내일 우리 신문이 나올 때까진 일단 보안을 철저히 해야 할 사항이로군. 절대로 아무에게도 누설하지 말도록. 그리고 사실을 빨리 확인해 보지."

"네, 지금 나가려는 참예요."

"오케이, 수고."

동희는 편지를 다시 넘겨받아 핸드백 속에 넣어서 신문사를 나왔다. 그리고 그녀가 남산 '통일원' 맞은편에 있는 그 다방에 도착했을 때 경식은 먼저 와서 기다리고 있었다. 그녀가 다가가 마주 앉자 그는 대뜸 영문을 알 수 없다는 표정부터 지었다.

"도대체 무슨 일이 있는 거야?"

동희는 생글생글 웃었다.

"무슨 일이 있느냐고요? 글쎄, 알아맞혀 보세요."

그러자 경식은 약간 마음을 놓는 표정이 되었다.

"괜히 내가 보고 싶어져서 그런 거지? 그러면 그렇다고 솔직히 얘기할 것이지."

"글쎄, 그랬으면 좋겠지만 그게 아닌 걸 어떡하죠?"

"나 이거야, 그럼 뭐지? 뭘 갖고 날더러 켕기는 구석이 있다느니 어쩌니 하는 거지?"

"잘 생각해 보세요. 나한테 뭐 숨긴 사실이 없나."

"숨긴 사실? 내가 동희한테 뭘 숨겼단 말야? 오늘 점심에 내 가 뭘 먹었는지, 그걸 보고 안 했다고 말하는 거라면 또 모르지만."

"경식 씨가 언제 나한테 점심 메뉴 보고했나요?"

"글쎄 말이야, 그런 것 외에 내가 동희한테 뭘 얘기 안 하고 숨겼단 말야?"

"정말 숨긴 사실이 없단 말이죠?"

"글쎄, 없달밖에."

"전혀 반성의 기색이라곤 없군요. 숨긴 사실이 있다는 걸 숨기는 것 역시 숨기는 일일 텐데."

"무슨 소릴 하고 있는 거야, 지금? 무슨 말재롱을 하는 거야?"

"할 수 없군요, 그럼. 자백하지 않을 땐 증거를 제시하는 수밖에."

"증거라니?"

"자백을 하면 정상참작을 해 주려고 했더니 전혀 정상참작의 여지가 없군요. 증거를 제시하겠다는 마당에 있어서까지 끝내 잡아떼는 걸 보면."

"글쎄, 도대체 무슨 얘기야?"

동희는 잠시 입을 다물고 그를 야무지게 쏘아보고 나서 말했다.

"……어저께 아침에 나한테 범인이 남긴 쪽지가 있다는 얘기 왜 안 했죠?"

그러자 경식은 순간적으로 당황한 표정이 되었다. 그러나 그는 곧 시치미를 뗐다.

"……범인이 남긴 쪽지라니? 그건 또 어디서 나온 소리지? 동희 상상력 풍부한 것도 알아줘야겠군."

"기가 막혀. 정말 끝내 이러기예요?"

"글쎄, 내가 뭘 어쨌다는 거야?"

"좋아요. 그럼 나도, 이번 사건에 관한 새로운 단서 하나를 가지고 왔지만, 그냥 가겠어요."

그러며 동희는 핸드백을 챙겨 일어서려는 몸짓을 했다. 그러자 경식은 당황한 몸짓으로 그녀를 잡았다.

"새로운 단서라니? 뭔데 그래? 잠깐 앉아 봐."

"말해 줄까요? 이 핸드백 속에 뭐가 들어 있는지 알아요? 편지가 한 통 들어 있다구요."

"편지?"

"네에, 범인이 보낸 편지요. 두 번째 편지."

"정말이야, 그게?"

"거짓말임 내가 어떻게 범인이 남긴 쪽지가 있다는 걸 알겠어요? 이래도 잡아뗄 거예요?"

"그 편지에 그 얘기가 쓰여 있단 말이지?"

"믿기 싫음 그만두세요. 난 그만 가 보겠어요."

"아, 잠깐, 잠깐……. 미안해. 사실은 수사상 보안이 필요해서 그 얘긴 안 했던 거야. 하지만 그 친구가 또 편지를 보냈다니 할 수 없군."

동희는 가만히 눈을 흘기며 말했다.

"이제야 자백을 하는군요. 그것도 이제는 빠져나갈 구멍이 없으니까."

경식은 조금 멋쩍게 됐다는 듯 웃었다.

"미안해. 하지만 그건 직업이 직업이니만큼 도리가 없었어. 그건 그렇고 그 친구가 보냈다는 그 편지나 좀 보자구."

동희는 팔짱을 끼고 등받이에 몸을 기댔다.

"안 되겠어요. 나도 직업이 직업이니만큼 필요한 걸 좀 더 알고 난 다음에 보여 주겠어요."

경식은 어이가 없다는 표정을 지었다.

"나 이거야……. 좋아, 알고 싶은 게 뭐지?"

"우선 범인이 남긴 그 쪽지부터 보여 줘요."

"그거야 내가 어디 갖고 다니나. 수사본부에 있지."

"그럼 쪽지의 내용이라도 좀 말해 줘요. 가능한 한 자세히."

"그야 어렵지 않지. 내용이 워낙 간단하니까. 음, 나한테 우정의 뜻을 전한다는 약간 빈정대는 말투로 시작해서 자기가 남긴 쪽지를 발견하지 못한다면 그건 경찰의 무능을 말해 주는 것 이외의 아무것도 아니다, 그리고 자기는 이제 두 번째 일을 수행했음을, 역시 나에 대한 우정의 표시로써 알려 준다, 그런 얘기가 쓰여 있었지. 아주 시건방지고 기분 나쁜 자식이야."

"빼먹은 대목 없겠죠?"

"거의 그대로 외다시피 얘기한 거야. 한데 그걸 기사에 쓰려고?"

"기사에 쓰고 안 쓰곤 내가 판단할 거예요. 그리고 그 뒤의 수사경과도 좀 얘기해 줘요. 용의자들 만난 얘기랑. 진전이 좀 있어요?"

"나 이거 죽겠군. 좋아, 지금까지 나온 결과를 모두 털어놓고 얘기해 주지. 그리고 동희 지혜도 좀 빌리자구. 한데 그전에 그 편지부터 좀 보자구."

"안 돼요. 편지는 나중에 보여 줄게요. 먼저 수사경과부터 얘기해 줘요."

"철저하군. 동희 언제부터 그렇게 지독해졌지?"

"경식 씨가 날 속여 넘긴 뒤부터요."

"죽겠군. 할 수 없지, 그럼. 뭐부터 얘기할까?"

"피살자의 사망원인은 확인됐나요?"

"음, 국립과학수사연구소의 시체 해부 결과가 나왔는데 역시 후두부에 생긴 그 상처가 원인이 됐더군. 대뇌가 파괴됐다는 거야."

"흉기에 대한 감식결과는요?"

"지문은 예상대로 나타나지 않았고, 거기 묻은 혈액형은 피살자의 것과 같다는 보고였어."

"흉기에 대한 출처조사는 어떻게 됐어요?"

"응, 시내 철물상들을 몽땅 뒤졌는데 최근에 그 물건을 판 가게는 없는 것으로 나타났어."

"용의자들이 모두 알리바이를 갖고 있다면서요? 그 뒤에 한 사람도 깨지지 않았어요?"

"아직."

"그중에 한 사람은 틀림없이 거짓 알리바이일 거 아녜요?"

"그럴 테지."

"채나영 씨를 만난 결과는 어떻게 됐죠? 선우영일 씨하고 인천에 갔었던 사실을 시인하던가요?"

경식은 고개를 끄덕였다.

"음, 시인하더군. 처음엔 아니라고 잡아떼다가 목격한 사람이 있다고 하니까 마지못해 시인하더군. 그의 강요에 못 이겨서 그렇게 됐다는 거야. 반납치당하다시피 했다는 거지."

"그래요? 그렇게 부자연스러워 보이진 않더라던데."

"글쎄, 어쩌면 변명일는지 모르지."

"혹시 그 여자한테 또 다른 제3의 인물이 있는지 여부는 못 알아봤어요?"

그러자 경식은 잠시 동희의 얼굴을 가만히 마주 보고 나서 말했다.

"좋아, 다 털어놓지. 사실은 어제 아침에 동희하고 헤어지고 나서 바로 그 여자의 아파트로 찾아갔더니 그 여잔 외출하고 없었어. 가정부의 얘기가, 잡지사에 화보 촬영하러 갔다는 거야. 그래서 약간 낭패해 가지고 이것저것 가정부한테 물어보던 중에 새벽에 웬 남자한테서 전화가 걸려 왔었다는 얘길 들었지. 묘한 느낌이 들더군. 아무래도 그 전화를 받고 외출을 한 것 같단 말야. 그래 꼬치꼬치 가정부한테 캐물었더니 자긴 안 들어 보던 목소리였고 전화 내용도 못 들었다는 거야. 오후에 다시 그 여자의 아파트로 찾아갔더니 그 여잔 돌아와 있더군. 안색이 몹시 안 좋아 보였어. 선우영일과의 관계를 물었더니 방금 얘기한 것과 같은 반응이었고 새벽에 걸려 왔었다는 전화에 대해서 물었더니 어떤 술 취한 팬이 건 장난전화였다는 거야.

아마 가정부한테 내가 다녀갔었다는 얘기를 듣고 미리 준비해 둔 대답인지도 모르지. 어쨌든 술 취한 팬이 건 장난전화였다는 데야 더할 말이 있나. 그래 외출에 관해서 물었지. 잡지사에 간 게 사실이었느냐구. 난 그전에 본부에 연락해서 시내 각 잡지사의 당일 화보 촬영 스케줄을 알아봐 달라고 부탁해 놓았었고 그 여자의 스케줄은 들어 있지 않다는 통보를 받은 뒤였거든. 그 여잔 내가 미리 조사했을 거라고 판단했는지 잡지사엔 안 갔다고 대답하더군. 다음 날, 그러니까 오늘 촬영이 있는 걸 어제로 착각하고 나갔었다는 거야. 잡지사에 거의 다 가서야 착각했다는 걸 깨닫고 다시 돌아왔다는 거지."

"그럼 오늘 촬영 스케줄이 있는 건 사실이었어요?"

"알아봤더니 사실이더군. 한데 아무래도 뭔가 좀 석연치 않단 말야. 특히 그 새벽에 걸려 왔었다는 전화가 말야……."

"그야 채나영 씨쯤 되면 그런 전화를 받을 수도 있잖아요?"

"물론 개연성은 있지. 하지만 공교롭게도 하필이면 왜 어저께 새벽에……. 그리고 착각 때문이라곤 하지만 결국 뚜렷한 목적 없는 이른 아침의 외출, 이런 게 아무래도 모두 석연치가 않단 말이야……. 동훤 어떻게 생각해?"

"글쎄, 뭔가 좀 석연찮은 구석이 있는 것도 같군요. 하지만 그런 느낌만 들고 그 여잘 의심할 순 없잖아요?"

"물론이지. 하지만 그 여자 뒤에 누군가가 있는 것 같단 말야. 동희가 말한 그 제3의 인물이랄까……."

"만일 그 제3의 인물이 있다면 그 사람이 범인일까요?"

"꼭 그렇다곤 할 수 없지. 하지만 일단 강력한 용의자로 볼 순 있겠지."

"그럼 우선 그 여자 배후에 제3의 인물이 있는지의 여부를 찾아내는 게 수사의 방향이 되겠군요?"

경식은 고개를 끄덕이고 나서 말했다.

"그것이 우선 한 방향이 되겠지. 그리고 또 하나의 방향은……."

"또 하나의 방향은?"

"……한 가지 약속해 줘야 해. 절대로 수사에 지장을 주는 기사는 쓰지 않겠다구. 개인의 명예에 관계된 기사도 삼가야 할 거구. 물론 이건 동회나 신문사에서 어련히 잘 판단해서 처리할 문제겠지만."

"염려 마세요, 그런 건……. 또 하나의 방향이란 뭐죠?"

"음, 지금까지 피살된 두 사람이 우연하게도 모두 '오인방' 멤버라는 점에서, 그 '오인방' 멤버 전체와 관련된 어떤 과거나 원한관계에 놓인 인물이 없는가 하는 점이지."

"말하자면 그 사람들이 과거에 어떤 원한 살 만한 짓을 하거나 그 사람들에게 원한을 품은 사람이 있는가의 여부가 또 하나의 수사방향이 된다는 거죠?"

"조용조용히 얘기하라구. 누구 듣겠어……. 말하자면 그런 얘기야. 이제 와선 범인이라고 단정할 수밖에 없는 그 친구가 보낸 편지에도 그 비슷한 시사(示唆)가 들어 있다고 볼 수 있거든. 범행의 효과를 높인다는 둥, 극적으로 자기 일을 수행하고 싶었다는 둥, 시작의 의미를 지녔다는 둥, 이번에 남긴 쪽지에는, 자기의 두 번째 일을 수행했다는 둥…….”

"그러고 보면 그렇게 볼 수 있는 면도 있군요. 오늘 나한테 배달된 편지에도 그 비슷한 얘기들이 나와요. 자기는 이제 겨우 두 번째 일을 마쳤을 뿐이라는 둥, 앞으로 자기 일을 마저 수행하는 데 있어서 뭐가 어떻다는 둥…….”

"그래? 어디 좀 보자구. 내가 해 줄 수 있는 얘긴 이제 다 해 준 셈이니까."

동희는 핸드백에서 예의 편지를 꺼내 경식에게 건네주었다. 경식은 편지를 넘겨받아서 우선 봉투의 앞뒤부터 살폈다.

"음, 이번엔 아주 동희를 수신자로 못 박아 지목을 했군. 쪽지엔 나를 지목했더니."

그리고 그는 알맹이를 꺼내 읽기 시작했다. 동희는 그때 문득 한가한 생각을 했다. 전에 내가 보낸 편지도 그는 지금과 같은 눈빛으로 읽었을까. 저처럼 글자 하나하나를 잡아먹을 듯한 눈빛으로. 조금 우습기도 하고, 무엇에 깊이 열중해 있는 모습이 아름다워 보이기도 했다. 그는 편지를 다 읽고 나더니 적개심 어린 표정으로 말했다.

"음, 교활한 자식 같으니. 신문기사엔 어지간히 신경을 쓰는 자식이로군."

동희는 말했다.

"생각해 보세요. 그 편지를 읽고 내가 얼마나 약이 올랐겠나."

"어째서?"

"경식 씨한테 감쪽같이 속아 넘어갔다는 걸 알았으니 말예요.”

"하하, 미안, 미안. 그건 그렇고 이 친구 동희한테 아첨이 여간 아닌데? 동휜 미상불 불쾌할 건 없겠군."

"왜, 화나요?"

"너무 좋아하지 말라구. 앞으로도 계속 기사 잘 써 달라는 수작이 뻔하니까."

"알았어요. 그건 그렇고 딴 용의자들을 만나 본 결과는 어땠어요? 그건 왜 쏙 빼죠?"

경식은 웃었다.

"정말 집요하군. 언제 그렇게 기자 근성을 익혔지?"

동희도 배시시 따라 웃었다.

"기자가 기자다워야죠, 그럼. 괜히 딴청 부리지 말고 어서 빼먹은 얘기나 마저 하세요."

"글쎄 할 만한 얘긴 다 한 셈이라니까. 요컨대 내가 얘기한 그 두 방향에서 뭔가 나오지 않으면 이 사건은 정말 갈피를 잡을 수 없는 사건이 될 거야."

"말하자면 딴 용의자들을 만나 본 결과는 아직 이렇다 할 아무런 수사상의 진전도 가져다주지 않았단 얘기군요?"

"글쎄, 아직 그런 상태야. '오인방'의 나머지 친구들도 만나 봤고, 그 밖의 딴 용의자들은 다른 동료들이 또 모두 만나 봤지만 아직은 별무신통이야. 그렇다고 마구 우격다짐으로 할 수도 없는 형편이고. 단지 내가 '오인방'의 나머지 멤버 중의 한 사람인 김광배란 친구를 만나러 갔을 때, 그 친구 사무실에 공교롭게도 나머지 세 친구가 모두 모여 있었다는 점이 약간 흥미로웠다고 할까."

"나머지 세 사람이라면 김광배 씨, 박용기 씨, 최명곤 씨, 그렇게 세 사람 말인가요?"

"음, 그 친구들이 모여서 아무래도 무언갈 의논하고 있었던 것 같은 낌새였단 말야……."

"무얼 의논하고 있었을까요?"

"글쎄, 그야 난들 알 도리가 있나. 점쟁이도 아니고."

"어머, 무슨 형사가 이래요? 점쟁이도 아니라니. 점쟁이가 아니기 때문에 숫제 알려고 들지도 않는단 말예요?"

"하하, 요컨대 왜 추리를 해 보려고도 하지 않느냐, 그 말인가."

"안 그래요, 그럼?"

"하하, 이거 동희한테 내가 많이 배워야겠군. 동희도 여형사(女刑事)나 한번 해 보지 그랬어? 여기자를 할 게 아니라."

"지금부터라도 그럼 직업을 한번 바꿔 볼까요?"

"그래 보지, 그래. 하면 잘할 것 같은데."

"괜히 놀리지 말아요. 그런다고 누가 사람이나 잡는 그런 직업으로 바꿀 것 같아요?"

"사람이나 잡는다니? 이거 왜 이래?"

"범인도 분명 사람인데 범인 잡는 게 결국 사람 잡는 거 아니고 뭐예요?"

"아니, 이거 왜 이러지? 그거 말의 뉘앙스가 고약하잖아?"

"날 자꾸 놀리니까 그렇죠. 그러니까 농담 그만하고 어서 추리나 해 보세요. 그 사람들이 모여서 무엇을 의논했겠는지."

"난 동희를 놀린 게 아니라구. 소질이 상당해 보이길래 한 소리지."

"어마, 또!"

"하하, 그만둘까?"

"네, 제발 그만두고 어서 추리나 좀 해 보세요."

"하하, 그럼 추리를 한번 해 볼까? 동희의 추리력도 좀 빌릴 겸."

"글쎄, 농담은 그만하구요."

그러자 경식은 표정을 바꾸어, 잠시 머릿속에서 무엇인가를 정리해 보는 얼굴이 되었다.

그리고 곧 동희의 의견을 구한다는 표정으로 물었다.

"동흰 어떻게 생각해? 그 '오인방' 친구들에 대해서."

"어떻게 생각하다뇨?"

"글쎄, 뭐라고 할까…… 그 친구들에 대한 느낌이 어때?"

"글쎄요……. 아버지들 덕분에 편하게 사는 사람들 아녜요? 여러 가지 혜택을 누리면서."

"음, 대체로 나하고 비슷한 느낌이로군. 그밖에 뭐 다른 느낌은 없어?"

"다른 느낌이라뇨?"

"글쎄, 그 친구들한테서 무슨 악(惡)의 냄새 같은 건 못 느꼈어?"

"글쎄요, 그날—이상철 씨가 죽던 날 밤 말예요—그 사람들이 나이트클럽에서 보여 준 행동은 좀 심하다는 느낌이 들었어요. 뭐라고 할까, 다른 사람들의 기분 따위는 전혀 고려에 넣지 않는 것 같은 행동들이었다고 할까요. 좀 심하게 느껴지는 장난 같은 것도 했구요. 하지만 무슨 그런 악의 냄새까지는 난 잘 모르겠어요."

"가만, 좀 심하게 느껴지는 장난 같은 거라는 건 뭐였지?"

"아, 그건 어쩜 나 혼자만의 느낌이었는지도 몰라요. 그날 거기 가기 전에, 난 청진동 해장국 골목에서 가엾은 맹인 부부 한 쌍을 봤거든요. 행인들의 동정을 기다리면서 노래를 부르고 서 있는. 그런데 그 사람들 일행 중의 두 사람이 나이트클럽에서 바로 그 맹인 부부 흉내를 내잖아요. 나머지 일행들은 떠들썩하게 웃고, 박수를 쳐 대구요. 얼마나 기분이 나빴는지 몰라요."

"말하자면 그 친구들이 동희의 휴머니즘을 건드린 셈이로군?"

"아이, 그런 말 싫어요."

경식은 고개를 끄덕였다.

"그 친구들이라면 족히 그런 장난쯤 할 수 있었겠지. 그런데 그 두 사람이란 누구누구지? 맹인 부부 흉내를 냈다는."

"배수빈이라는 가수하고 그 사람의 파트너였나 봐요."

"유명 가수가 말하자면 무명 가수를 흉내 낸 셈이로군."

"아무튼 얼마나 불쾌했는지 몰라요."

"그런 친구들이라구. 그런 정돈 그리고 아마 약과일 거야. 더 심한 짓도 얼마든지 할 수 있는 친구들일 테니까."

동희는 물었다.

"그런데 그런 얘긴 왜 갑자기 나한테 묻죠?"

경식은 잠시 동희의 얼굴을 마주 쳐다보고 나서 대답했다.

"응, 사실은 아직 막연한 생각에 지나지 않지만 그 친구들 셋이 어 저께 모여서 의논한 것이 무엇일까 하는 걸 추리해 보는 과정에서 떠 오른 생각 때문이야."

"그 생각이 어떤 생각인데요?"

"차근차근 얘기할게, 들어 봐. 그 친구들 셋이 모인 첫 번째 이유는 우선 갑작스런 친구의 죽음, 그것도 예사롭지 않은 죽음으로 인한 지 극히 자연스런 것이라고도 볼 수가 있어. 더구나 일주일 간격으로 친 구가 두 명씩이나 그런 변을 당했으니까. 친구들이 모여서 놀라움을 서로 나누고 의견을 교환하는 게 하등 부자연스러울 건 없지. 그런데 과연 그런 단순한 이유만으로 그들이 모인 것일까 하는 덴 의문이 남 는단 말야."

동희는 물었다.

"무슨 의문이죠?"

경식은 말을 이었다.

"음, 문제는 바로 그들 다섯 명의 친구 가운데서 두 명이 그런 예사 롭지 못한 죽임을 당했다는 데서 찾아볼 수 있지 않을까 싶어. 다섯 명의 친구 가운데 두 명씩이나 그런 예사롭지 못한 죽임을 당했을 때 과연 남은 세 명의 친구가 그런 단순한 이유만으로 모이게 되었을까, 하는 것이 의문의 하나고 또 하나는 문제의 그 편지야. 조금 전에도 얘기했지만, 범행의 효과라는 둥, 시작의 의미라는 둥, 두 번째 일의 수행이라는 둥 한 대목 말야."

"그러니까 결국 조금 전에 얘기한 대로, 그 '오인방'이라는 사람들

전체와 관련된 어떤 과거나 원한관계가 있지 않나 하는 거군요?"

"그렇지. 만일 그렇다고 가정한다면 문제의 그 편지 내용이나 그 친구들 셋이 한자리에 모인 이유가 설명이 되거든. 만일 과거에 그 친구들 전체와 관련된 어떤 씻을 수 없는 사건이 있었다면 두 친구가 그런 예사롭지 못한 죽임을 당했을 때 나머지 친구들이 모여서 무언가 대책을 강구하거나 적어도 의견 교환쯤 해 보는 건 지극히 자연스런 일 아니겠어?"

"그렇군요. 하지만 그건 어디까지나 가정에 불과하잖아요?"

"물론 아직은 가정에 불과하지. 하지만 가정은 대개 어떤 개연성을 전제로 해서 세워 보는 거지. 실은 그래서 동희한테 그 친구들에 대한 의견을 물었던 거야. 악(惡)의 냄새 어쩌고 한 것도 그래서였고."

"경식 씬 그럼 그 사람들한테 그런 과거가 있을 거라고 생각하는 건가요?"

"개연성은 충분하다고 봐."

"어떤 점에서요?"

"글쎄, 아직 꼭 집어서 무어라고 얘기할 순 없는 막연한 느낌에 가깝지만 개연성은 충분하다고 생각해. 그 친구들이 모두 B고 동기동창들이라는 점, 조금 전에 동희가 얘기한 대로 모두 아버지들 덕분에 여러 가지 혜택을 누리면서 편하게 살아온 친구들이라는 점, 몹쓸 장난질도 서슴지 않는 친구들이라는 점, 등등을 염두에 두고 생각해 보면 말야. 그 친구들이 보다 젊었을 시절, 이를테면 학생시절쯤이라면 지금보다 훨씬 더 무절제한 행동 또는 몹쓸 짓도 능히 할 수 있지 않았을까?"

"글쎄요, 그런 개연성은 있는 것 같군요."

"물론 아직 막연한 추측에 불과해. 하지만 어저께 그 친구들 낌새로 봐서는 무언가 꼭 있을 것 같은 느낌이란 말야……."

동희는 그때 말했다.

"언제는 감각만 믿다간 큰코다친다고 하더니."

그러자 경식은 웃었다.

"하하, 그랬던가. 아무튼 이거 내가 오늘 동희한테 너무 많은 얘길 지껄여 버렸는걸."

"그래서 억울하세요?"

"약간. 그런 의미에서 동희가 나 오늘 저녁 좀 사 주지?"

"그건 어렵지 않아요. 하지만 신문사 일단 들어갔다 나와서요."

"좋아, 나도 본부에 들어갔다 나와야 하니까."

그들은 다방을 나와서 곧 헤어졌다.

경식과 헤어져 신문사로 돌아왔을 때 동희는 편집국 복도에서 마기자와 마주쳤다. 그는 마악 어디론가 나가려던 참인 모양이었다. 동희와 마주치자 그는 반색하며 말했다.

"여, 미스 한. 요즘 활약이 대단하던데?"

동희는 쾌활한 표정으로 대꾸했다.

"마 선배 덕분이죠, 뭐. 마 선배가 그날 저를 그 나이트클럽에 데려가지 않았으면 제가 이런 고생을 떠맡았을 리가 있나요?"

"이런, 그래서 날 원망한다는 건가?"

"원망 안 하게 됐나요, 그럼? 고생을 떠맡기셨는데."

"나 이거야, 고맙단 소린 못 들을망정 원망을 하다니. 그건 그렇고 참, 내가 준 정보는 도움이 좀 됐어요?"

"네, 그걸 미끼로 취재를 아주 수월하게 한 셈예요."

"그것 봐요. 내가 얼마나 고마운 사람인가. 자, 나한테 고맙다고 인사해요."

"네, 감사합니다."

"그래, 그 채나영이란 여자는 어떤 태도로 나오더래요?"

"처음엔 딱 잡아떼더래요. 그러다가 목격한 사람이 있다니까 할 수 없이 시인을 하더래요. 강요당해서, 반납치당하다시피 그렇게 된 거라구요."

"오? 그것 또 한 번 희한한 소리로군. 내가 볼 땐 그 이상 다정해 보일 수가 없던데."

"그랬다면서요? 시인하기 싫은 걸 억지로 시인할 수밖에 없게 되니까 그런 식으로 둘러댄 건지도 모르죠, 뭐."

"음, 경찰에선 그래 그 사실을 어떻게 해석해요?"

"상당히 중요시하는 것 같았어요. 그 여자 배후에 혹시 제3의 인물이 있는 게 아닌가 하고 그쪽으로도 수사방향을 잡는 것 같던데요."

"말하자면 치정살인(痴情殺人) 쪽으로도 보는 모양이로군."

"그런가 봐요. 우연치고는 너무 공교로우니까요. 그 여자하고 관계된 두 남자가 일주일 간으로 각각 살해됐다는 건 우연치곤 너무 공교롭다고 할 수 있잖아요?"

"글쎄, 그렇다고 쉽사리 치정살인으로 보는 건 너무 단순한 생각이 아닐까. 뭔가 다른 게 있을지도 모르지."

"글쎄요, 경찰에서도 아주 그렇게 단정하는 건 아니고 일단 그쪽으로도 혐의를 두어 보는 모양이에요. 단순한 우연이라고 보기엔 너무 공교로우니까요."

"하긴, 묘하긴 좀 묘한 사건이로군. 아무튼 흥미 있는 사건임엔 틀림없으니까 미스 한은 계속 신바람이 나겠군."

"어마, 그런 말이 어딨어요. 사람이 둘씩이나 죽은 사건이 신바람이 나다뇨."

"하하, 신문기자의 생리가 그런 것 아니겠어요? 남이야 불행하든 말든 사건이 계속 터져야 신바람이 나는."

"전 아직 올챙이라서 그런지 그런 생린 아직 못 익혔어요."

"하하, 이거 내가 또 한 대 먹었군. 자, 그럼 난 더 얻어터지기 전에 어서 도망쳐야지. 언제 나이트클럽에나 또 한 번 갑시다."

"제 애인이 강력계 형사라는 거 잊으신 모양이죠?"

"하하, 그랬었지. 자, 그럼 수고."

동희는 미소로 그와 헤어진 후 편집국 안으로 들어갔다. 우선 지금까지의 취재 결과를 정리해 둘 필요가 있었다.

그 무렵, 김광배는 자신의 집무실에서 채나영의 아파트로 전화를 걸고 있었다. 여비서 미스 안과의 하룻밤을 지내면서 그는 한 결심을 굳혔던 것이다. 그것은 좀 묘하다고 할까. 겁나는 결심이었다.

'나영이를 한번 만나 보리라. 그리고 가능하다면 그 애와 상철이나 영일이가 맺었던 것과 같은 관계를 맺어 보리라.'

그것은 이를테면 상철이나 영일이가 당한 것과 똑같은 운명을 감수하지 않으면 안 될지도 모르는 결심이었다. 그러나 미스 안과의 하룻밤을 호텔에서 지내는 동안, 밤새 그를 괴롭힌 생각은 그로 하여금 그와 같은 결심을 하도록 몰아 댔다. 묘하게도 나영이와 관계를 맺은 두 친구의 순서가, 그리고 저 끔찍한 일을 당한 두 친구의 순서가, 8년 전의 저 가위바위보의 순서와 정확하게 일치하고 있었던 것이다. 물론 그것은 우연의 일치일 수도 있었다. 그러나 우연치고는 너무도 공교로웠다. 그것이 단순한 우연인지 아닌지, 그리고 그 두 친구의 죽음이 저 8년 전의 사건에 원인을 둔 것인지 아닌지를 확인해 보지 않곤 견딜 수가 없는 심정이었다. 그때 가위바위보로 정해진 순서는 1번이 상철이, 2번이 영일이, 그리고 3번이 광배 그였었다. 4번과 5번은 명곤이와 용기였었다.

그런데 1번과 2번이었던 상철이와 영일이가 차례로 나영이와 관계를 맺고 그리고 차례로 살해를 당했다. 영일이가 나영이와 관계를 맺었다는 사실은 아직 확인해 보진 못했으나 경찰의 정보이니만큼 믿어도 좋을 것이었다. 요컨대 순서대로라면 다음 차례는 광배 그 자신이었다. 그리고 그것이 단순한 우연인지 아닌지를 확인하기 위해선 모든 조건을 충족시키는 일이 필요했다.

어쩌면 그 두 가지 일 사이에는 서로 아무런 필연적인 관련성은 없을 수도 있었다. 단순한 우연의 일치일 뿐일지도 몰랐다. 그러나 일단 그로서는 앞의 두 친구가 밟은 길을 그대로 밟음으로써 그 두 친구의 운명이 자신에게도 그대로 적용되는지의 여부를 확인해 보고 싶었다. 그것은 겁나는 생각이 아닐 수 없었으나 겁나는 일이기 때문에 오히려 빨리 확인해 보고 싶은 일이라고도 할 수 있었다. 그리고 그 일의 시작은 우선 나영이를 만나 보는 일로부터 출발하지 않으면 안 되었다. 나영이와의 관계가 그 두 친구의 죽음에 직접적인 영향을 끼쳤는지 어땠는지의 여부는 물론 아직 알 수 없는 노릇이지만.

전화는 가정부가 받았다. 이쪽이 누구라는 걸 밝히고 나영을 바꿔 달라고 하자 나영은 집에 없다는 대답이었다. 잡지사에 사진 촬영하러 가서 아직 돌아오지 않았다는 것이었다. 그런데 그가 막 알았다고 말하고 전화를 끊으려는 순간, 수화기 속에서 초인종 소리가 들려왔다. 가정부는, 언니가 돌아왔는지도 모르겠다면서 잠깐 기다려 달라고 했다. 그리고 잠시 후, 수화기 속에 나타난 목소리는 나영의 것이었다.

"여보세요?"

"아, 나영 씨, 지금 돌아온 모양이로군. 나야, 광배."

"어마, 웬일이세요?"

그는 최대한 쾌활한 목소리로 말했다.

"아, 갑자기 나영 씨가 좀 보고 싶어져서. 바쁘지 않으면 오늘 저녁 식사라도 같이하고 싶은데."

"……저녁 식사요?"

"응, 안 될까?"

"안 되긴요. 하지만 오늘은 몸이 좀 피곤한데……."

"아, 촬영이 몹시 힘들었던 모양이지?"

"어마, 어떻게 아시죠? 나 촬영 나갔던 거."

"가정부가 그러더군."

"그랬군요. 네, 오늘은 왜 그렇게 일이 잘 안되는지 아주 애를 먹었어요."

"그래서 저녁식사 정도도 하러 못 나올 정도로 지금 피곤해?"

"그런 건 아니지만……."

"그럼 좀 나오지. 내가 차 보내 줄 테니까. 아니, 내가 데리러 가지."

"나한테 혹시 무슨…… 할 얘기가 있나요?"

"아니, 뭐 꼭 특별히 할 얘기가 있어선 아니고 그냥 좀 보고 싶어서. 아무튼 내가 데리러 갈 테니까 기다리라구."

"그럼 한두 시간쯤 있다 와 주세요. 나 목욕이랑 하고 좀 쉬구요."

"그러지. 나도 퇴근시간까진 조금 더 있어야 하니까."

그러자 그녀는 무언가 조금 망설이는 기색이더니 말했다.

"저…… 잠깐만요, 나 데리러 오실 필요까진 없을 것 같아요. 내가 나갈게요."

"아냐, 괜찮아. 내가 데리러 갈게."

"아녜요. 내가 나갈게요. 시간이랑 장소만 얘기해 주세요."

"왜 그러지? 내가 데리러 간다니까."

"미안해서 그래요. 아무튼 데리러 오실 필요까진 없어요. 내가 나갈게요."

"글쎄, 괜찮다니까, 그래."

"아녜요, 저녁 사 주시는 것만도 고마운데 데리러 오실 필요까진 없어요. 그럼 내가 너무 미안해요."

"야, 이거 나영 씨가 언제부터 이렇게 겸손해졌지? 아무튼 그럼 좋도록 하자구. 숙녀한테 너무 우기는 것도 실례가 될 테니까."

"몇 시에 어디로 나갈까요?"

"음……. '흑마'가 어때? '흑마'에서 6시 반에 만나지."

"네, 좋아요. 6시 반에 그럼 그리 나갈게요."

'흑마'란 그들 '오인방' 일행이 가끔 모임을 갖곤 하던 레스토랑이었다. 가까이로는 영일이 죽기 불과 사흘 전에도 그들은 그곳에서 모임을 가진 적이 있었다. 그곳에는 물론 두 사람이 조용히 식사를 할 수 있는 별실도 있었다. 그는 나영과의 통화를 마치고 곧 그곳으로 전화를 걸어 별실을 부탁해 두었다.

그리고 그가 '흑마'의 한 별실에서 나영과 마주 앉은 것은 6시 반이 조금 지나서였다. 그녀가 조금 늦게 도착했던 것이다. 그녀는 전보다 약간 야윈 듯한 인상이었으나 그리고 조금은 피로해 보이는 모습이기도 했으나 화장을 새로 한 탓인지 오히려 묘한 아름다움을 발산하고 있었다. 뭐라고 할까. 약간 근심 어린 여자의 얼굴이 풍기는 아름다움 같은 것이라고 할까. 그는 말했다.

"며칠 만에 훨씬 더 예뻐진 것 같은데. 조금 야윈 것도 같긴 하지만."

그러자 그녀는 이쪽을 나무라듯 조금 웃어 보이며 대꾸했다.

"예뻐지긴요, 조금 야윈 것 같다는 말은 맞을는지 모르지만."

"아냐, 정말 더 예뻐졌다구. 한데 왜 야위었지? 어디가 아팠나?"

"아픈 덴 없었는데 그래요. 요 며칠 사이 식욕이 좀 없더니. 그리고 오늘 좀 피곤해서 더 그렇게 보일 거예요."

"그럼 내가 이거 너무 무리하게 불러낸 거 아냐?"

"아녜요, 괜찮아요. 목욕하고 났더니 훨씬 좋아졌어요."

"그렇다면 안심이지만. 자, 그럼 뭘 좀 맛있는 걸 시키지, 잃은 식욕도 돋울 겸."

"네."

광배는 웨이터를 불렀다. 그리고 그녀의 의사를 물어 식사를 주문하고 프랑스산(産) 포도주도 한 병 부탁했다. 식사는 그녀가 조금 색다른 음식을 원했으므로 칠면조 요리로 정했다. 웨이터가 주문을 받아 가지고 물러갔을 때 광배는 물었다.

"그런데 참, 요즘 좀 외롭지 않아?"

나영은 순간 조금 긴장하는 얼굴이 되었다.

"네?"

"요즘 좀 외롭지 않으냐구. 상철이도 없고 또……."

"?"

"……영일이도 저렇게 됐고, 영일이 얘긴 알고 있지?"

"네. 하지만 영일 씨 얘긴 나한테 왜?"

"하하, 알고 있다구. 하지만 그게 무슨 상관야."

"무슨 얘기죠?"

"하하, 그게 뭐 대단한 일이라고 숨기려 들지? 영일이하고 인천에 같이 간 일이랑 다 알고 있다구. 그럴 수도 있는 거지 뭘 그래."

"……."

그녀는 완연히 풀이 꺾인 표정이 되었다. 형사가 와서 하던 말이 거짓이 아니었음이 분명해졌다. 그러나 그는 천연스런 표정으로 계속해서 말했다.

"그렇게 무슨 죄지은 사람 같은 얼굴 할 것 없다구. 있을 수 있는 일이지 뭘 그래. 나영 씨가 상철이 와이프도 아니었구. 단순히 연애하던 사인데, 게다가 그 친군 죽었는데 무슨 상관야. 난 이해해. 이해한다구."

"……그 얘기 누구한테 들었죠?"

"응? 아, 어저께 형사가 한 친구 찾아와서 그런 얘길 하더군. 처음엔 얼른 곧이들리지 않았지만 목격자가 있다고 하더군. 솔직히 말해서 약간 놀랐지. 하지만 곧 그럴 수도 있다는 생각이 들었어. 염려 말라구. 딴 친구 몰라도 난 이해하니까."

"딴 친구라면…… 그 자리에 누가 또 있었나요?"

"응, 명곤이랑 용기도 같이 들었지. 하지만 그 친구들도 이해할 거야. 아무튼 심각하게 생각할 건 없다구. 누가 뭐래도 나만은 이해할 수 있으니까. 그건 그렇고 얘기가 좀 빗나갔었는데, 어때? 외롭지 않아?"

그러자 그녀는 약간 싸늘한 표정이 되며 말했다.

"왜, 광배 씨도 상철 씨나 영일 씨처럼 되고 싶으세요?"

광배는 약간 당황하지 않을 수 없었다. 그러나 곧 천연스런 표정을 만들어 대꾸했다.

"그건 또 무슨 소리지?"

그녀는 약간 비웃듯 싸늘한 미소를 띤 채 말했다.

"나보고 지금 외롭지 않으냐고 하셨죠? 그건 내가 외롭다면 거두어 주시겠단 뜻 아니었나요?"

"거두어 준다기보다 뭐라고 할까, 친구가 돼 준다고 할까, 애인이 돼 줄 수 있다는 뜻이었지."

"그러다가 상철 씨나 영일 씨처럼 되면 어떡하죠?"

"그건 말하자면 나도 상철이나 영일이처럼 비명에 죽게 되면 어떡하느냐, 그런 얘긴가?"

"결과를 보셨잖아요. 나하고 관계를 맺은 상철 씨와 영일 씨가 어떻게 됐는지."

"그야 우연히 그렇게 된 거겠지. 우연치곤 좀 묘하긴 하지만 설마 나영 씨하고 관계를 맺었다고 해서 그렇게 됐을 리야 있겠어?"

"누가 알아요? 우연인지 아닌지. 또 우연이라고 하더라도 그 우연이 광배 씨한테도 일어나면 어떡하죠?"

"에이, 그 기분 나쁜 소리 좀 하지 말라구. 그런 우연이 어디 세 번씩이나 일어날라구."

"거 보세요. 겁나죠?"

"겁나긴. 그렇다면 오히려 모험심이 동하지."

"어머? 자신이 아주 대단하시네요."

"나영 씬 그럼 그 두 친구가 나영 씨하고 관계를 맺었기 때문에 죽었다고 생각하는 거야?"

"글쎄, 그야 모르죠. 하지만 결과가 그렇게 나타났잖아요?"

"결과야 어쩌다 공교롭게 그렇게 된 거겠지. 아무튼 난 설사 그런 일이 나한테 일어나는 한이 있더라도 나영 씰 내 애인으로 만들고 싶은데?"

"나로선 권하고 싶지 않은걸요. 광배 씨마저 그런 일을 당하게 하고 싶진 않으니까."

"하, 그거 또 기분 나쁜 소리."

"광배 씬 그럼 죽지 않을 자신 있으세요?"

"포탄이 한 번 떨어진 자리엔 두 번도 잘 떨어지지 않는다는데 하물며 세 번까지야 떨어지겠어?"

"만일 떨어지면 어떡하죠?"

"그땐 맞지 뭐."

"어머? 좋아요. 그런 각오라면 좋도록 하세요."

그녀의 얼굴엔 순간 어떤, 자신을 방기(放棄)하는 듯한 표정이 떠올라 있었다.

그때 식사와 술이 날라져 왔다. 그는 우선 포도주를 그녀에게 권하면서 말했다.

"자, 한 잔 들지. 오늘부로 우리가 서로 애인이 된 것을 기념하는 뜻에서."

그녀는 잔을 들어 그가 따라 주는 포도주를 받으며 대꾸했다.

"네, 좋아요. 그 대신 나중에 혹시 무슨 일을 당하여도 후회하진 마세요."

"하, 또 그 소리. 알았다구, 알았어. 후회하지 않을 테니 염려 말라구."

그는 그녀의 잔을 채우고 나서 술병을 그녀에게 넘겨주었다. 그녀는 말없이 술병을 옮겨 받아 그가 내미는 잔에 술을 따랐다. 그리고 자신의 술잔을 들어 그에게로 내밀며 말했다.

"자, 그럼 건배해요. 광배 씨의 용감한 행동을 위해서."

"좋지, 우리의 용감한 사랑을 위해서."

그도 술잔을 들어 올려 그녀의 잔에 맞부딪치며 지지 않고 말했다. 그리고 그들은 곧 각기 술잔을 자신의 입술로 가져갔다. 한 모금씩 술잔을 비운 뒤, 식사를 시작했을 때 광배는 넌지시 물었다.

"그런데 나영 씬 뭐 짚이는 일이라도 있어? 상철이나 영일이의 죽음에 대해서."

그녀는 얼른 질문의 참뜻을 모르겠다는 표정을 지었다.

"짚이는 일이라뇨?"

"글쎄, 뭐라고 할까, 그 두 친구의 죽음이 나영 씨와 맺은 관계 때문이라는, 무슨 마음에 걸리는 일이라도 혹시 있느냐고."

그러자 그녀는 그를 빤히 쳐다보며 웃었다.

"있을 것 같아요, 그런 게?"

"글쎄, 난 설마 그럴 린 없다고 생각하지만."

그녀는 가볍게 고개를 저었다.

"없어요, 그런 건."

광배는 안심했다는 듯 웃으며 말했다.

"그런데 왜 자꾸 나한테 기분 나쁜 소릴 하지? 후회하지 말라는 둥, 용감하다는 둥……."

"그야 묘하게 결과가 그렇게 나타났으니까 그렇죠, 뭐. 왜, 아무래도 겁나세요?"

"겁나긴, 나영 씨가 자꾸 그런 기분 나쁜 소릴 하니까 그렇지. 혹시 무슨 짚이는 일이라도 있나 해서."

"염려 마세요. 그런 건 없으니까."

"정말 없지?"

"네, 없어요. 적어도 내가 아는 범위 안에서는요."

"그럼 앞으론 그런 기분 나쁜 소린 하지 말라구."

"알았어요. 안 할게요. 그 대신 또 그런 우연이 일어나는 건 난 책임 못 져요?"

"또 기분 나쁜 소리."

"어머? 우연은 겁 안 난다고 하셨잖아요? 포탄이 똑같은 자리에 세 번 떨어진다면 맞겠다구."

"좋다구, 똑같은 우연이 세 번 일어난다면 그야 할 수 없지. 달게 받는 수밖에. 자, 그런 의미에서 우리 식사 끝난 뒤에 인천에나 한번 가볼까?"

"인천에요? 인천에는 왜 하필……."

"재밌잖아. 이왕이면 우연의 조건을 아주 골고루 갖추는 것도."

"네?"

"영일이하고 인천에 갔었다면서?"

"그래서요?"

"그러니까 이왕이면 우연의 조건을 골고루 갖출 겸 오늘 밤 나하고도 인천엘 한번 가 보자, 이거지."

"어마, 순······. 위험한 장난하는 어린애 같아요."

"장난은 위험할수록 재밌잖아?"

그러자 그녀는 잠시 눈을 반짝이며 무엇을 헤아리는 표정으로 그를 쳐다보더니 결심했다는 듯 말했다.

"좋아요, 그럼 가요."

"역시 나영 씬 마음에 들어. 기분을 알아준단 말야."

"장난은 위험할수록 재밌다면서요?"

"바로 그거야. 그 기분을 알아주니 고마울밖에. 자, 그럼 천천히 식사하고 우리 가 보자구. 제물포로 말야."

그들이 식사를 마치고 광배의 차로 인천을 향해 출발한 것은 얼마 뒤였다. 운전은 물론 광배 스스로가 했고 경인고속도로를 달려 그들이 인천에 도착한 것은 밤 9시가 조금 지나서였다.

그들은 곧장, 전에 나영과 영일이 묵었던 관광호텔로 향했다. 나이트클럽이 문을 열고 있었으므로 그들은 우선 클럽으로 들어가 맥주를 몇 잔 마시고 춤도 몇 곡 춘 뒤 객실로 올라갔다. 멀리 밤바다에 떠 있는 배들의 불빛이 창으로 내다보이는 방이었다. 클럽에서 춤을 추는 동안 그들은 이미 서로 몸을 맞대는 일에는 익숙해져 있었으므로 광배는 대뜸 그녀의 몸을 안고 입술을 찾았다. 그녀가 가만히 저항하며 말했다.

"아이, 천천히요."

"왜?"

"서두를 것 없잖아요. 난 서두르는 사람 재미없더라."

"뜸 들일 것도 없잖아."

"우선 목욕이나 좀 하구요."

"목욕은 아까 했다면서?"

"광배 씬 안 했잖아요."

"아, 조건이 같지 않다, 이 말인가?"

"그런 뜻은 아니지만 우리 같이해요, 내가 씻겨 드릴게요."

"오, 그건 바라지 못했던 서비슨데? 좋지, 좋구말구."

"난 솔직히 말해서 목욕 안 한 남잔 싫어요."

"그래? 아무튼, 좋다구."

"먼저 들어가세요. 나 금방 들어갈게요."

광배는 고분고분 그녀의 말을 따랐다. 몸에 걸친 것들을 벗고 욕실로 들어가서 샤워를 맞으며 그녀를 기다렸다. 잠시 후에 그녀는 욕실 문을 열고 나타났다. 그리고 그제야 그는 그녀의 진의(眞意)를 알아차릴 수 있었다. 그녀는 자신의 벗은 몸을 그에게 보여 주려 했던 것이다. 그녀의 벗은 몸은 그가 여지껏 보아 온 많은 여자들 가운데서는 좀처럼 구경해 보지 못한 뛰어난 아름다움을 자랑하고 있었던 것이다. 그것은 실로 눈부신 몸매였다. 그는 거의 숨이 막히는 듯한 느낌을 받았다. 그리고 간신히 말했다.

"야, 이건 정말 눈부시군."

그러자 그녀는 가볍게 받았다.

"나 예뻐요?"

"눈이 멀 지경이야. 평소 나영 씨 옷 속에 이런 몸이 숨겨져 있을 줄은 정말 몰랐어."

"몰랐죠? 나 조금 예쁘다구요. 그래서 실은 자랑을 하고 싶었던 거예요."

"고마워, 고맙다구."

"그런데 이상하죠? 이런 몸을 거쳐 간 사람이 두 사람씩이나 죽다니."

"아, 그거 또 기분 나쁜 소리."

"이상하잖아요. 이런 예쁜 몸을 거쳐 간 사람들이 왜 죽었을까……."

"글쎄, 그런 얘긴 안 하기로 했잖아."

"내가 아무래도 이상한 팔자를 타고났나 보죠?"

"무슨 소리야. 김새는 얘기 그만하고 어서 약속이나 지키라구."

"약속?"

"나 씻겨 준다고 했잖아."

"아, 참 그랬죠. 위험한 장난 좋아하는 아이는 때도 많을 테니까 씻겨 줘야죠. 자, 이쪽으로 등 돌리세요."

그들이 목욕을 마친 것은 잠시 후였다. 왜냐하면 그들에게 목욕이 중요한 일은 아니었기 때문에. 욕실을 나온 그들은 곧장 침대로 갔다. 그리고 미루었던 향연을 벌이기 시작했다.

그녀는 이제 조금도 망설임 없이 그를 마주 안아 왔으며 스스로 모든 닫혔던 것들을 열었다.

그도 이제 서두를 필요는 없었다. 천천히 그녀의 깊고 옅은 곳을 스스로의 온갖 예민한 기관을 동원하여 더듬었다.

마침내 그들은 서로 싸우는 자세가 되었다. 그리고 그들 중 누가 먼저인지 모르게 싸움의 힘든 숨소리를 내기 시작했다. 싸움은 시간이 갈수록 거칠어졌고 그들의 숨소리도 더욱 힘들어졌으며 마침내 그들은 이제는 고통을 참을 수 없는 지경에 이르렀다. 그도 그녀도 거의 동시에 격렬한 고통에 겨운 신음소리를 냈다.

그리고 한순간 그들에게는, 그들이 그것을 위해 싸워 온, 머릿속이 꽉 차는 듯한 평화가 찾아들었다. 세상의 모든 평화 중에서 가장 달콤한 평화라고나 할까.

그 평화를 충분히 누린 뒤 광배는 말했다.

"역시 내가 용감하길 잘했군. 위험한 장난을 벌이길 잘했어."

그러자 그녀는 상기한 얼굴로 조금 웃으며 대꾸했다.

"그건 두고 봐야죠. 결과가 나타나려면 아직 이르다고 할 수 있으니까."

"세 번째 우연 말이지? 그런 건 일어나지 않을 거야. 아니 절대로 그런 일은 일어나지 않아."

"글쎄요, 그건 자기암시(自己暗示) 아녜요?"

"자기암시라니?"

"언젠가 잡지에 최면술에 관한 기사가 나왔길래 호기심으로 봤더니 그런 말이 나오던데요. 자기가 하고 싶은 일이나 하고 싶지 않은 일이 있을 때 강한 자기암시를 걸면 효과가 있다구요."

"아, 말하자면 지금 내가 나 자신한테 최면을 걸고 있는 게 아니냐, 그런 얘기야?"

"네, 괜히 무서우니까."

"천만에, 조금도 무섭지 않다구. 난 이래 봬도 합리적인 정신의 소유자라구. 똑같은 우연이 세 번씩이나 일어난다는 건 있을 수가 없어. 만일 그런 어처구니없는 일이 일어난다면 그야 달게 받지 뭐. 더욱이 생으로 당하는 일도 아니고 나영 씨 같은 매력적인 여자를 가진 대가로 당하는 일이라면야 뭐……."

"어마, 듣기 싫은 소린 아니네요. 나 같은 여자 때문에 죽음도 두렵지 않다니."

"정말이라구. 나 오늘 나영 씰 갖고 나니까 세상 모든 게 하잘것없어졌어."

"어마, 그 말 정말이에요?"

"정말이구말구. 그러니까 다른 건 몰라도 내 목숨만은 사실 좀 아껴야지. 나영 씰 계속 갖기 위해서도 말야."

"피이, 결국 그건 죽기는 싫단 뜻 아녜요?"

"물론이지. 내가 죽어서야 쓰나. 앞에 한 소리는 그런 일이 일어나지 않을 게 뻔하니까 한 소리지. 단 나영 씨에 관한 부분은 빼고 말야."

"그럼 그런 일이 만일 일어날 게 뻔한 경운 역시 두려워하겠군요?"

"이거 왜 이래? 그야 죽는 거 좋아할 사람이 세상에 어딨어."

그러자 그녀는 야릇하게 웃었다.

"결국, 그럼 광배 씨도 겁쟁이군요?"

순간 광배는 알 수 없는 전율 같은 것이 몸속에 스치고 지나감을 느꼈다. 그녀가 무언가 숨기고 있는 사실이 있다는 순간적인 느낌 때문이었다. 그러나 그는 되도록 천연스런 표정을 꾸며서 대꾸했다.

"글쎄, 그런 의미에선 나도 겁쟁이라고 할 수 있을지 모르지. 하지만 싫어한다는 것하고 두려워한다는 것하곤 좀 다르잖아? 죽음을 두려워한다면 겁쟁이라고 할 수 있겠지만 죽음을 싫어한다고 해서 겁쟁이라고 할 수 있을까? 난 죽음을 싫어하긴 하지만 두려워하진 않는다구."

"피이, 그게 그 소리지 뭐예요."

"아니라구. 난 죽는 게 싫긴 하지만 만일 나영 씰 위해서 필요하다면 얼마든지 죽을 용의가 있어. 적어도 두려워하진 않는다구."

"어쩜 이렇게 거짓말을 잘하실까."

"아냐, 정말야. 그런데 혹시 무슨 그런 일이 있어? 내가 나영 씨를 위해서 죽을 만한."

"그런 일이 있담 정말 죽어 주실래요?"

"까짓거 죽어 주지, 뭐."

"피이, 거짓말."

"아냐, 정말야. 있어? 그런 일이?"

"안심하세요. 그런 일은 없으니까."

"그런데 왜 자꾸 내가 겁쟁인가 아닌가를 확인해 보려고 하지? 내가 똑같은 우연이 세 번씩 일어나지 않을 건 뻔하다고 하니까 그래서 두렵지 않다고 하니까, 만일 그런 일이 일어날 게 뻔한 경운 그럼 두렵겠다고 하고……. 나영 씨한텐 뭔가 짐작되는 일이 있는 거 아냐? 있으면 솔직히 털어놓으라구."

"어머? 없다고 했잖아요, 그런 일은."

"그런데 왜 자꾸 얘기를 기분 나쁜 방향으로만 몰아가려고 하지? 마치 뭔가 예상이나 하는 것처럼."

"어머? 그야말로 신경과민이네요. 난 공교로운 일이 두 번씩이나 일어났으니까 또 그런 일이 일어나면 어쩌나 싶어서 한 소리일 뿐인데. 아까, 포탄이 한 번 떨어진 자리엔 두 번도 잘 떨어지지 않는다는데 하물며 세 번씩이야 떨어지겠느냐고 하셨지만 벌써 두 번이나 떨어졌으니까 세 번째 떨어질 가능성도 그만큼 늘어났다고 할 수 있잖아요?"

"가만, 그런 얘기가 또 성립되나."

"그렇다고도 할 수 있지 뭐예요. 왜, 그러니까 정말 겁이 나세요?"

"겁나는데."

"거 보세요. 역시 겁쟁이지. 금방은 날 위해서라면 죽음도 두렵지 않다더니."

"그건 지금도 변함이 없어. 하지만 이 경운 나영 씰 위한 거라고 할 수가 없잖아?"

"날 위한 거라곤 할 수 없지만 날 갖기 위해서라곤 할 수 있죠, 뭐."

"그렇게 되나. 그렇다면 좋아. 무슨 일을 당해도 겁 안 내기로 하지."

"죽음까지도?"

"죽음까지도."

"정말?"

"정말."

"아이 좋아."

그녀는 호들갑스럽게 팔을 뻗어 그의 목을 껴안고 마구 뺨과 입술에 입 맞추어 왔다. 그는 못 이기는 체 그녀의 입술을 받으면서 한 가지 생각에 골몰했다.

그것은 그녀가 숨기고 있는 게 무엇일까 하는 생각이었다. 그녀의 태도로 보아서 그녀는 무언가 숨기고 있는 사실이 있음에 거의 틀림없어 보였다. 끝내 그녀는 부인하고 있지만 어디까지나 그것은 위장에 불과한 것 같았다. 그렇다면 그것은 무엇일까. 그녀가 끝내 말하려 하지 않은 사실이란 무엇일까. 혹시 그것은 어제 회사로 찾아왔던 형사가 말한, 제3의 인물 같은 것은 아닐까. 그녀에게 제3의 인물 같은 것이 있는 건 아닐까. 그 제3의 인물이 상철이나 영일이의 죽음과 어떤 뗄 수 없는 관계에 있는 것은 아닐까. 그것을 그녀가 알고 있어서 자꾸 불길한 소리를 강조하는 건 아닐까.

그때 그녀가, 그의 뺨과 입술에 입 맞추던 동작을 멈추고 문득 나무라는 억양으로 물었다.

"어마, 지금 무슨 생각 하고 있는 거죠?"

그는 약간 당황했으나 천연스런 목소리로 대꾸했다.

"응? 생각은 무슨 생각?"

"어마, 지금 무슨 딴생각 안 했단 말예요?"

"딴생각이라니?"

"시치미 떼지 마세요. 난 못 속여요. 내가 그렇게 둔한 줄 아세요?"

"하하, 죽겠군. 그래, 내가 그럼 무슨 생각을 했을 것 같아?"

"그야 내가 어떻게 알아요?"

"둔하지 않다면서?"

"아무리 그래도 내가 남의 생각까지 어떻게 알아요?"

"짐작은 못 해? 한번 맞혀 보라구."

"거봐요, 무슨 딴생각을 한 건 틀림없지. 그런 법이 어딨어요?"

"미안, 미안. 자 한번 맞혀 보라구."

"싫어요. 기분 나빠 죽겠어요."

"글쎄, 미안하다니까, 그건 미안하게 됐고, 내가 무슨 생각을 했는지 한번 맞혀 보라구."

그녀는 잠시 뾰로통한 표정을 짓고 있다가 조금 누그러뜨리며 대꾸했다.

"부인 생각?"

"천만에, 내가 그렇게 애처간 줄 알아?"

"그럼……. 다른 애인 생각?"

"무슨 소리야. 내가 애인이 또 어딨어."

"퍼이, 거짓말."

"이거 왜 이래. 내가 나영 씨 말고 애인이 또 어딨다구 그래. 나영 씬 나 말고 어디 애인이 또 있어?"

"어머? 왜 나한테 덮어씌우죠?"

"덮어씌우는 게 아니라 사실 나 그 생각을 하고 있었다구. 나영 씨한테 혹시 몰래 숨겨 놓은 애인이 어디 또 있는 게 아닌가 하고 말야."

그녀는 펄쩍 뛰는 시늉을 했다.

"어마, 그런 얘기가 어딨어요. 괜히 딴생각하고 있다가 들켜 가지고 할 말이 없으니까……."

"아냐, 정말이라구. 혹시 어디 몰래 숨겨 놓은 애인 없어?"

"왜 이러죠, 정말?"

"왜 이러긴 있을 수 있는 일 아냐?"

"기가 막혀."

"난 있을 수 있다고 생각하는데. 그야말로 순정을 주고받은 소녀시절의 애인이라든가……. 혹시 그 소녀시절의 애인이 상철이나 영일이의 죽음하고 무슨 관계가 있는 거 아냐?"

그녀는 순간 정말 기가 막힌다는 표정을 지었다.

"지금 무슨 얘길 하는 거죠? 어디가 약간 이상해진 거 아녜요?"

그러나 그러는 그녀의 표정에는 순간적으로 어떤 긴장의 빛이 알릴 듯 말 듯 스치고 지나감을 광배는 놓치지 않고 보았다. 뭔가 있긴 있구나, 하고 광배는 직감했다. 그러나 그는 태연한 표정으로 말했다.

"글쎄, 얘기가 하도 묘하니까 내가 좀 이상해졌는지도 모르지. 게다가 나영 씬 날 자주 겁을 주고 말야. 포탄이 두 번이나 같은 자리에 떨어졌으니까 세 번 떨어질 가능성도 늘었다고 할 수 있다느니 어쩌느니 말야. 하지만 그런 일은 충분히 있을 수 있는 일 아냐? 나영 씨 같은 매력적인 여자한테, 소녀시절에 순정을 주고받은 애인쯤 있대서 이상할 건 하나도 없잖아?"

그녀는 계속 어이가 없다는 표정으로 대꾸했다.

"설사 그럴 수 있다 쳐요. 나한테 그런 애인이 있다 쳐요. 하지만 그게 상철 씨나 영일 씨의 죽음하고 무슨 관계가 있단 말예요?"

"만일 나영 씨한테 그런 애인이 있다면 관계가 있을 수도 있지. 우선 그 경우 나영 씨 애인은 상철이나 영일이가 죽이고 싶도록 미웠을 테니까."

"말도 안 돼요. 그럼 광배 씬 나한테 그런 애인이 있어 가지고 상철 씨랑 영일 씨를 죽였다고 생각한단 말예요?"

"그런 얘긴 아니지. 이건 어디까지나 가정이라구. 만약 나영 씨한테 그런 애인이 있다면 혹시 상철이나 영일이의 죽음하고 무슨 관계가 있을는지도 모른다, 그런 얘기지."

"아무리 가정이래도 그런 기분 나쁜 가정을 하는 법이 어딨어요? 아무튼 그건 말도 안 돼요. 난 우선 그런 순정을 주고받은 애인 같은 건 없으니까요."

광배는 짐짓 장난스런 표정을 꾸며 보였다.

"정말?"

"어머?"

"하하, 그 가정이 성립돼야 포탄이 같은 자리에 두 번씩이나 떨어진 이유가 설명이 되는데 말야."

"어마, 정말 이러기예요?"

"하하, 농담이라구, 농담."

"아이, 기분 나빠."

"글쎄, 농담이라니까. 그건 그렇고 정말 그런 애인 없는 거야?"

"어머? 정말 기분 나쁘게 끝까지 이러기예요?"

"하하, 그럼 없다고 믿어 두지. 그쪽이 나도 안심이니까. 하지만 만일 무슨 사정이 있어서 나한테 숨기는 거라면 얘기하는 게 좋아. 난 이해할 수도 있고 또 필요한 경우엔 도움이 돼 줄 수도 있으니까. 난 이래 봬도 의리의 사나이라구."

그로선 말하자면 넌지시 미끼를 던져 본 셈이었다. 그러나 그녀는 조금도 흔들리지 않았다.

"미안하지만 무슨 사정도 없고 숨기는 것도 없어요. 괜히 넘겨짚지 마세요. 그리고 그런 얘기 자꾸 하면 나 광배 씨 더 이상 안 만날 거예요. 사람을 못 믿는 사람하고 어떻게 계속 만나요."

광배는 일단 그 문제는 이제는 추궁해 볼 도리가 없다고 생각했다. 그러나 의심이 완전히 가신 건 물론 아니었다. 그녀가 무언가 숨기는 사실이 있다는 느낌에는 변함이 없었다. 다만 그 문제는 일단 보류해 두는 수밖에 없다는 생각이었다. 그것을 알아낼 기회는 앞으로도 있을 것이었다. 오늘은 그녀를 일단 가졌다는 사실과 그녀의 몸이 매우 아름답다는 사실, 그리고 그녀에게 무언가 숨기고 있다는 사실이 있다는 걸 눈치챈 것만으로 일단 만족해도 좋을 것이었다. 그리고 오늘 밤은 그녀를 사랑하는 일에나 열중할 일이었다. 그런 문제로 그녀와 실랑이나 하고 있기에는 그녀는 얼마나 아름다운가. 그는 부드럽게 말했다.

"미안해. 나영 씰 내가 못 믿다니? 사건이 좀 묘해서 혹시나 하고 그런 생각을 한번 해 봤을 뿐이지. 자, 그 얘긴 이제 그만두자구. 시간이 아까우니까."

그리고 그는 부드러운 손길로 그녀를 당겨 안았다. 그녀는 조금 버티는 몸짓을 했다.

"어머?"

"왜, 김샜어?"

"김새지 않고요, 그럼."

"하하, 그럼 우리 다시 김 꽉 채우자구. 자, 이리 와."

"싫어요."

"글쎄, 그러지 말구."

"그럼 그런 얘기 다신 안 할 거예요?"

"좋아, 약속하지."

그제야 그녀는 몸에서 힘을 풀었다. 그리고 그가 당기는 대로 다소곳이 안겨 들었다.

"정말 그런 얘기 이제 안 하기예요."

"글쎄, 약속한다니까."

그러며 그는 그녀의 입술을 찾았다. 그녀는 얌전히 입술을 열어 왔다. 그들은 다시 뜨겁게 어울렸고 이어 한바탕 다시 서로 싸우는 자세가 되었다. 그러나 그는 처음처럼 잘 수행되지가 않았다. 무언가 마음이 탁 놓이지 않는 구석이 있기 때문일 터이었다.

그는 우선 스스로의 마음과 싸우지 않으면 안 되었다. 그리고 그것은 더욱 그의 수행을 방해했다. 그녀가 힘껏 도왔으나 그리고 그녀는 이미 싸움의 한 고비에 이른 신음소리를 내기 시작했으나 그는 헛된 싸움의 공허한 몸짓만 되풀이하게 될 뿐이었다. 그리고 곧 그는 그나마 이제는 싸울 능력을 상실해 버렸다. 그녀가 의아하다는 듯 조금 웃으며 물었다.

"왜 그러죠?"

"글쎄, 이거 창피 막심하게 됐는데."

그는 매우 부끄럽다는 표정으로 말했다.

"이상해라. 또 무슨 딴생각 하느라고 그런 거 아녜요?"

"아냐, 아냐, 왠지 모르겠어. 이상한 일이로군. 아무튼 이거 창피해서 어쩌지?"

"창피하긴요. 그럴 수도 있죠, 뭐. 피곤하신가 봐요."

"글쎄, 좀 피곤해서 그런 걸까. 아무튼 미안해."

"미안하긴요. 괜찮아요, 좀 주무세요."

"아무튼 이거 면목 없게 됐군."

"또 그런 얘기. 어서 좀 주무세요."

그때 전화벨 소리가 요란하게 그들의 고막을 울려 댔다. 그들은 자신도 모르게 서로의 얼굴을 마주 쳐다보았다. 그곳으로 그들에게 전화가 걸려 올 일이란 없을 터이었기 때문이었다.

우선 그들이 그곳에 와 있었다는 사실을 아는 사람이란 그들 두 사람 자신뿐이 아닌가. 그러나 어쩌면 그것은 호텔 측에서 그들에게 무언가 전할 사항이 있어선지도 몰랐다. 광배는 침대에서 일어나 전화기가 놓여 있는 탁자 쪽으로 걸어갔다. 그사이에도 전화벨은 계속해서 울려 대고 있었다. 송수화기를 집어 들고 그는 상대방을 불렀다.

"아, 여보세요?"

"……."

수화기 저쪽에서는 잠시 아무런 응답도 없었다. 나영이 몹시 긴장한 표정으로 이쪽을 바라보고 있었다. 그는 재차 상대방을 불렀다.

"아, 여보세요?"

그제야 수화기 저쪽에서는 한 낯선 남자의 목소리가 들려왔다.

"……지금 전화받으시는 분의 성함이 김광배 씨 맞습니까?"

"예, 그렇소만 댁은 누구요?"

"아, 전 아직 이름을 밝힐 수가 없는 사람입니다."

"뭐라구?"

"아무튼 전화로나마 이렇게 만나 뵙게 돼서 반갑습니다. 아니, 영광이라고 해야 옳겠죠. 대R건설 재벌 총수의 셋째 아드님이시고 또 R건설의 상무님이시기도 한 김광배 씨를 전화로나마 이렇게 만나 뵙게 되었다는 것은······."

"여보시오. 도대체 당신 누구요?"

"아, 그건 방금 말씀드렸을 텐데요. 아직 이름을 밝힐 수가 없는 사
람이라고. 그 점 죄송하게 생각합니다. 다만 제가 전화한 이유만을
간단히 말씀드리죠. 우선 당신은 매우 용감하십니다. 당신은 지금 무
서운 모험을 하고 계시니까요. 그러나 그러한 당신의 용감성에도 불
구하고 당신은 곧 죽게 될 것입니다. 당신의 두 친구처럼. 이 사실을
알려 드리자는 것이 제가 이런 무례한 전화를 드리게 된 이유입니다.
지금 당신 옆에 있는 여자는 당신을 반드시 죽음으로 이끌 것입니
다."

"뭐라구? 이봐, 너 누구야?"

"거듭 같은 질문만 하시는군요. 저는 역시 같은 대답을 할 수밖에
없습니다. 그리고 한 가지 수고를 덜어 드리고 싶어서 드리는 말씀인
데 제가 이 전화 끊은 뒤에 혹시 제 소재를 알아보시기 위해 교환양
에게 물어보시더라도 그것은 헛수고가 되십니다. 당신은 혹시 제가
당신이 묵고 있는 호텔 구내에서 전화하는 것으로 생각하실지 모르
지만 저는 그렇게 어리석지가 못합니다. 저는 프런트로 먼저 전화를
걸어서 당신이 지금 데리고 있는 여자의 인상착의를 말하고 당신이
든 객실의 호수를 알아냈을 뿐입니다. 자, 그럼 안녕히 주무십시오."

"야, 인마! 전화 끊지 마!"

"당신과 함께 있는 여자에게도 편안한 잠을······."

"야, 인마! 인마!"

"……."

수화기 속에서는 조용히 송수화기 내려놓는 짤막한 음향만이 들려왔다. 광배는 잠시 어찌할 바를 알지 못했다. 멍하니 나영의 얼굴만 바라보았다. 나영은 바짝 긴장한 표정으로 물었다.

"무슨 전환데 그러죠?"

"응, 어떤 자식인지 모르지만 우릴 미행한 모양인데." 하고, 그제야 그는 다소 냉정을 되찾으며 대꾸했다. 그녀의 긴장한 표정엔 순간 알릴 듯 말 듯 어떤 두려움의 빛이 스치고 지나갔다.

"네? 미행이라구요?"

"응, 어떤 자식이 우릴 미행해서 우리가 여기 들어와 있는 걸 알고 있는 모양이야."

"누, 누가요?"

"글쎄, 그걸 밝히질 않아. 아직 이름을 밝힐 순 없다나. 아무튼 어떤 자식인지 모르지만 기분 나쁜 자식인데. 망할 자식!"

"뭐라고 그래요? 도대체."

"내가 곧 죽을 거라는 거야. 상철이나 영일이처럼……."

하고 그는 대충 전화의 내용을 들려주었다. 그녀는 잔뜩 긴장하고 놀란 표정으로 듣고 있다가 말했다.

"어마, 그럼 광배 씨 이름까지 알고 있었단 말예요?"

"글쎄 말야. 어떻게 알았는지 모르지만 그리고 우리가 여기에 오는 걸 어떻게 알고 미행할 수 있었는지 모르지만 아무튼 여간 기분 나쁘지 않은데. 도대체 어떤 자식일까."

"……그리고 내가 광배 씰 죽음으로 이끌 거라구요?"

"응, 어떤 자식인지 모르지만 단순한 장난 같진 않고 말야. 가만. 확인 좀 해 보고. 자식이 정말 외부에서 전활 걸었는지 호텔 안에서 걸면서 발각을 당할까 봐 거짓말을 한 건지."

그리고 그는 다시 송수화기를 집어 들고 교환을 불렀다. 방금 이 방으로 걸려 온 전화가 어디서 온 전화냐고 묻자 외부에서 걸려 온 전화이므로 그것은 알 수 없다는 대답이었다. 호텔 내부에서 건 전화가 아님은 분명해졌다. 그렇다면 그자는 도대체 누구일까. 어떻게 광배 그의 이름과 신분까지 정확하게 알고 있으며 그들을 인천까지 미행할 수 있었단 말인가. 그리고 사건의 진행마저 소상히 알고 있단 말인가.

물론 그것은 신문을 보고서도 알 수 있는 일이라고 하겠지만 그자의 전화 내용으로 미루어 그것은 단순히 신문기사만을 정보원(情報源)으로 삼은 것 같진 않다. 무언가 사건의 진상에 깊숙이 닿아 있는 자의 냄새가 난다.

그렇다면 그자가 바로 범인일까. 그럴는지도 모른다. 그러면 그자와 나영이와의 관계는 무엇일까. 그자는 분명 '지금 당신 곁에 있는 여자는 당신을 반드시 죽음으로 이끌 것입니다'라고 말하지 않던가. 그것은 다른 말로 하면 상철이나 영일이의 죽음도 그 원인이 나영이에게 있다는 뜻이 된다. 게다가 그자는 또, 지금 광배 그가 무서운 모험을 하고 있다고까지 말하지 않던가. 그것 역시 나영이와의 관계를 두고 하는 말임에 틀림없다. 그렇다면 그자는 나영이와 어떤 관계에 있는 자일까. 광배는 물었다.

"나영 씬 혹시 어떤 자식인지 짐작 가는 자식 없어? 우릴 미행하고 이따위 전화질을 할 만한."

그러며 그는 재빨리 그녀의 표정을 살폈다. 그녀는 순간 알릴 듯 말 듯 당황한 표정을 지었으나 곧 천연스럽게 대답했다.

"전혀 모르겠어요, 난."

광배는 그녀의 당황하는 표정을 놓치지 않고 보았으나 짐짓 시치미를 뗀 채 고개를 갸우뚱해 보였다.

"그럼 도대체 어떻게 된 거지? 우리가 인천에 온다는 걸 어떻게 알고 뒤따라와서 이 호텔에 들어 있는 것까지 알고 있을까. 우리가 이 호텔로 들어오는 것까지 분명히 본 모양인데 말야."

"그러게 말예요."

하고 그녀는 자기도 바로 그 사실이 두렵고 알 수 없다는 표정으로 대꾸했다.

"그리고 우선,"

하고 광배는 다시 고개를 갸우뚱해 보였다.

"우리가 만난다는 사실을 어떻게 알았을까. 난 나영 씨한테 전화 걸 때 분명 혼자였는데 말야."

"그건 나도 마찬가지예요. 옥자가 있긴 했지만 그 애는 나 문 열어주고 나서 금방 목욕물 받으러 들어갔으니까요."

"혹시 나영 씨가 아파트에서 나을 때 누가 뒤따르는 것 같은 눈치 못 챘어?"

"그런 건 못 느꼈어요."

그녀는 순간 무엇을 더듬어 보는 듯한 표정을 잠깐 떠올렸으나 곧 아무렇지 않은 표정이 되었다. 그때 광배는, 그가 차로 데리러 간다고 했을 때 그녀가 굳이 그것을 사양하던 생각이 떠올랐다. 그때 그러면 그녀는 이미 누구에겐가 미행당할 것을 염려하고 있었던 것은 아닐까. 미행당할 것을 염려하고 눈에 띄는 방식의 외출을 꺼린 것이 아닐까. 그가 차를 가지고 그녀를 데리고 갔더라면 그것은 분명 누구의 눈에든 띄기가 쉬웠을 테니까. 더구나 그의 차는 결코 흔하다고 할 수 없는 '머스탱'이 아닌가. 그러나 그것을 맞대 놓고 물어볼 수는 없는 노릇이었다. 그는 다시 짐짓 고개를 갸우뚱해 보이며 물었다.

"그럼 나영 씬 전혀 의심 갈 만한 데가 없단 말이지?"

"네, 없어요."

"그럼 도대체 어떻게 된 거지? 분명 우리 둘 중의 누굴 미행했으니까 우리가 만나는 걸 알았을 테고 또 인천까지 뒤따라와서 우리가 이 호텔에 든 사실까지 알았을 텐데 말야."

"그건 알 수 없잖아요? 우리가 만난 뒤부터 미행했는지도."

"우리가 만난 걸 우연히 발견하고 말이지?"

"그럴 수도 있잖아요. 우리가 '흑마'에서 나오는 걸 우연히 목격했다든지……."

"그럴 수도 없는 건 아니겠지. 하지만 이건 그런 우연이 계기가 된 것 같진 않아. 어디까지나 계획적인 짓이라구. 전화 내용으로 봐서 그건 틀림없어."

그러자 그녀는 약간 새침한 표정을 지었다.

"그럼 광배 씬 결국 나를 누가 미행했을 거라는 얘기예요?"

"아니, 뭐 꼭 그런 얘긴 아니고. 아무튼, 이거 알다가도 모를 노릇이로군."

"설마 날 의심하는 건 아니겠죠?"

"천만에. 하지만 이거 기분 아주 고약한걸. 이렇게 금방 협박전화 비슷한 걸 받게 될 줄은 미처 생각도 못 했으니까 말야."

그는 짐짓 입맛 쓴 표정을 지어 보였다. 그러나 그의 마음속에는 그녀에 대한 의심이 점점 깊어져 갔다.

웃음소리

김광배와 인천에서 하룻밤을 지내고 돌아온 날 오후 늦게 나영은 권오규로부터 전화를 받았다.

인천에서 돌아와, 그녀는 어수선한 마음과 피곤한 몸을 침대에 누워 쉬고 있던 참이었다. 쉬고 있었다고는 하나 머릿속은 시종 권오규에 관한 생각으로 가득 차 있었다. 어젯밤 인천의 호텔로 걸려 온 전화가 아무래도 권오규의 짓일 것만 같았기 때문이었다. 필경 그가 또 자기를 감시하고 있다가 인천까지 그들을 미행해서 그런 전화질을 한 것만 같았다. 그라면 족히 그럴 수 있는 인물이었다. 실제로 그녀는 그것을 염려해서 김광배가 차로 데리러 오겠다는 것을 사양하지 않았던가. 그렇다면 상철과 영일을 살해한 범인도 어쩌면 권오규 그가 아닐까, 하는 생각까지 하고 있을 때 거실 쪽에서 전화벨 소리가 났다. 마침 옥자는 시장에 가고 없었으므로 그녀는 침대에서 일어나 거실로 나갔다. 그리고 송수화기를 집어 들었다.

"여보세요?"

"아, 영숙 씨. 나야, 오규." 권오규였다.

"언제 돌아왔지?"

"네?"

"언제 돌아왔느냐고, 인천에서."

"……."

"왜, 놀랐어? 내가 모를 줄 알았나?"

"……."

"그래. 재미는 어땠어? 그 김광배라는 친구하고는."

"……."

"왜 계속 대답이 없지? 재미가 별로 없었어?"

"……역시 오규 씨였군요. 어젯밤에 호텔로 전화를 건 사람은."

"전화? 그건 또 무슨 뚱딴지같은 소리지?"

"능청 떨지 말아요. 다 알고 있어요."

"아니, 이건 또 아주 뜻밖의 사건인걸. 전화라니?"

"그럼 오규 씨가 아니었단 말예요? 어젯밤에 호텔로 전화를 건 사람이?"

"그건 어젯밤에 영숙 씨가 든 호텔로 누군가 전화를 건 사람이 있었다는 얘긴가?"

"그럼 그게 오규 씨가 아니었단 말예요?"

"이건 아주 재미있는걸. 나 말고 또 한 사람이 있었다……."

"뭐라구요?"

"글쎄, 재미있지 않으냐구. 영숙 씨가 어젯밤 김광배란 친구하고 인천의 한 호텔에 있었다는 사실을 아는 사람이 나 말고도 또 한 사람 있었다니."

"그럼 오규 씨가 전화한 게 정말 아니었단 말예요?"

"내가 그렇게 유치한 사람으로 보여? 남의 밀회(密會)를 방해나 하는. 아무튼 난 전화 따윈 건 적이 없다구. 난 그런 유치한 짓을 좋아하지 않으니까."

"……."

"아무튼 얘긴 무척 재미나게 돼 가는군. 도대체 누굴까? 나 말고 또 영숙 씨의 행적에 관심을 갖는 친구는."

"……정말 오규 씨가 아니었단 말이죠?"

"글쎄, 난 전화 따윈 건 적이 없다니까. 목소릴 들었으면 영숙 씨가 더 잘 알 텐데 그래. 내가 혹시 변성술(變聲術)이라도 쓴 줄 알았나?"

"전화 내가 받지 않았다는 걸 알고 그러는 거 아녜요?"

"아, 전화를 그럼 그 김광배라는 친구가 받은 모양이로군. 그럼 이거 무슨 방법으로 누명을 벗지? 아무튼 좀 만나자구. 만나서 우리 얘기하지. 우이동 쪽으로 좀 나오라구."

"우이동이요?"

"응, 나 지금 우이동 G호텔에 와 있어. 308호실이야."

"……."

"와 주겠지?"

"⋯⋯갈게요."

"고마워. 기다리겠어, 그럼. 아, 그리고 올 때 조심하라구. 혹시 또 누가 영숙 씰 미행할지도 모르니까. 어젯밤 전화를 했다는 그런 친구가 말야."

송수화기를 내려놓고 나서 나영은 잠시 머릿속에 혼란을 느꼈다. 짐작이 완전히 빗나간 것 같았기 때문이었다. 그녀는, 어젯밤 인천까지 그들을 미행해서 호텔로 그런 종류의 전화를 걸 만한 사람은 권오규 그밖에 없다고 생각하고 있었던 것이다. 그런데 그는 전화 따윈 건 적이 없다고 하지 않는가. 물론 그의 말을 온전히 신용할 순 없다. 그는 필요하다면 얼마든지 거짓말도 할 수 있는 사람이다. 그는 그녀보다 한술 더 뜨는 교활한 인간이니까. 그러나 그의 말투로 보아 그는 전화에 대해서는 전혀 아는 바가 없는 것도 같다. 그는 자기 말고 또 한 사람의 미행자가 있었다는 사실이 몹시 궁금하고 흥미롭다는 반응마저 보이지 않던가. 그렇다면 어젯밤 호텔로 전화를 건 사람은 누구였단 말인가. 그가 아니었다면, 권오규 그가 아니었다면 그것은 대체 누구였다는 말인가.

그때 그녀는 반씨(潘氏)라는 묘한 성을 가진 형사 생각이 떠올랐다. 그 형사를 만났을 때, 그리고 그가 그녀와 죽은 영일과의 관계를 물었을 때 그녀는 내심 얼마나 놀랐던가. 더욱이 그가 그녀와 영일이 인천의 호텔에서 나오는 모습을 본 목격자가 있다는 말을 했을 때 그녀는 얼마나 기겁하게 놀랐던가. 권오규 이외에 그것을 아는 사람이 또 있으리라곤 그녀는 상상조차 못 하지 않았던가. 물론 처음엔 권오규 그를 의심해 보기도 했었지만 그가 경찰에 제보했으리라곤 생각할 수가 없었다. 그는 스스로 자기와 그녀와의 관계가 경찰에 눈치채이지 않도록 조심하라고 당부까지 했었으니까. 누군진 모르지만 경찰에 제보를 해 준 또 한 사람의 목격자가 있었던 것만은 틀림없었다. 그렇다면 어젯밤에 호텔로 전화를 건 사람도 바로 그 정체불명의 제보자가 아닐까. 그녀와 죽은 영일이 인천의 호텔에서 나오는 모습을 목격했다는 그 정체불명의 제보자……. 권오규를 제1의 목격자라고 한다면 제2의 목격자라고 할 수 있는 사람…….

그러나 그녀는 곧 마음속에서 고개를 저었다. 아냐, 그건 어딘지 이가 맞지 않아. 경찰의 제보자와 어젯밤과 같은 내용의 전화를 거는 사람과의 사이엔 어딘지 이가 맞지 않는 데가 있어. 그건 협박전화였잖아. 협박전화를 거는 사람이 동시에 경찰의 협력자일 수는 없어. 그렇다면 어젯밤 인천까지 그들을 미행하고 또 호텔로 협박전화까지 건 사람은 도대체 누굴까. 만일 권오규 그가 아니라면.

아무리 생각해 봐도 그것은 알 수 없는 일이었다. 그녀가 아는 범위 안에서는 그럴 만한 인물을 찾아낼 수가 없었던 것이다. 권오규 그를 제외하고서는.

그러나 이때 그녀의 마음속에는 어떤 선명한 느낌이 떠올랐다. 그것은 권오규 그가 아무래도 거짓말을 하고 있음에 틀림없다는 느낌이었다. 그것은 우선 그를 제외하고서는 그럴 만한 인물을 찾아낼 수가 없다는 점에서 그랬고 교활한 그로서는 필요하다면 어떤 능청도 넉넉히 부릴 수 있으리라는 점에서 그랬다. 이를테면 또 한 사람의 미행자 어쩌고 한 것은 그의 고등술책일 수도 있었다. 그녀는 천천히 외출 준비를 시작했다.

　그리고 외출 준비를 마쳤을 때 그녀는 잠시 창가 쪽으로 다가가 커튼을 조금 젖히고 바깥을 내려다보았다. 혹시나 자신을 감시하는 누구 수상한 사람의 모습이나 보이지 않나 해서였다. 그러나 수상하게 여길 만한 사람의 모습은 눈에 띄지 않았다. 대신 시장에서 돌아오는 옥자의 모습이 보였다. 옥자는 장바구니를 든 채, 새로 사 입은 블루진을 뽐내듯 느릿느릿 걸어오고 있었다. 그녀는 창문을 열고 소리를 지를까 하다가 방금 자신이 하던 행동을 깨닫고 옥자가 올라오기를 기다렸다. 잠시 후에 옥자는 올라왔다. 문을 열어 주면서 그녀는 말했다.

　"애, 빨랑빨랑 좀 다니면 못 쓰니? 걸음걸이가 그게 뭐니? 꼭 바람난 계집애처럼."

　그러자 옥자는 당황한 얼굴로 그녀를 한번 힐끗 쳐다보고 나서 부끄러운 듯 얼른 딴전을 피웠다.

　"……어디 나가세요?"

　그녀는 잠시 모난 눈총을 더 퍼붓고 나서 쌀쌀한 목소리로 말했다.

　"그래, 나갔다 올 테니까 집 잘 보고 있어. 누가 또 찾아오거나 전화가 오거든 그냥 외출했다고만 하구. 쓸데없이 또 네 맘대로 지껄이지 말구. 알았니?"

　"네, 알았어요. 다녀오세요."

하고 옥자는 시무룩해진 표정으로 대답했다. 그러나 그녀는, 그렇게 대답하며 보내온 옥자의 시선 속에 순간적으로 어떤 비난의 빛이 스쳐 간 것은 미처 알아차리지 못했다.

그녀는 곧장 아파트를 내려와 택시를 잡았다. 그리고 택시가 출발하려는 순간에 다시 한번 차창을 통해 누가 뒤따르는 사람이 없는지를 살폈다. 아무도 뒤따르는 사람은 없는 것 같았다. 택시는 곧 속력을 내기 시작했다. 그녀가 우이동에 있는 G호텔에 도착한 것은 거의 저녁 무렵이었다.

308호실의 도어를 노크하자 안으로부터,

"들어오시오." 하는 권오규의 목소리가 들려 나왔다. 그녀는 도어를 열고 들어섰다.

와이셔츠 바람으로 침대에 누워 있다가 마악 일어나 앉는 권오규의 모습이 보였다. 그는 매우 반갑다는 표정으로 말했다.

"오, 영숙 씨. 와 줬군. 어서 와."

그녀는 잠자코 걸어 들어가 창가 쪽으로 놓인 의자에 앉았다. 그도 곧 침대에서 내려와 그녀 맞은편 의자에 앉았다.

"미안해. 이렇게 오라 가라 해서."

"용건이나 얘기하세요."

"아, 그렇게 딱딱하게 나오면 내가 몸 둘 바를 모르잖아. 난 그냥 좀 보고 싶어서 오라고 했을 뿐인데."

"나 지금 피곤해요."

"저런, 그런 줄 알았으면 부르질 말 걸 그랬잖아. 우선 그럼 침대에 누워서 좀 쉬라구."

"괜찮아요. 어서 할 얘기나 하세요."

"할 얘기가 특별히 어디 따로 있나. 그저 호젓이 좀 같이 있고 싶어서 부른 거지. 그건 그렇고 참, 혹시 미행하는 친구는 없었겠지?"

"없었어요, 그런 사람."

"확실해?"

나영은 잠시 그의 얼굴을 빤히 마주 보고 나서 대꾸했다.

"왜 두려우세요? 혹시 경찰이 미행이라도 했을까 봐?"

그러자 그는 빙그레 웃었다.

"오? 그건 협박같이 들리는데? 하지만 나야 경찰이 두려울 일이 뭐 있어야지. 경찰이 두렵다면 그건 영숙 씨 쪽이겠지."

"그럼 왜 그렇게 누가 날 미행했는지에 대해서 신경을 쓰죠?"

"그야 모두 영숙 씰 위해서지. 어젯밤에 인천의 호텔로 전화를 했다는 친구도 있고 하니까 말야."

"정말 그 전화 오규 씨가 한 게 아니었나요?"

"이런, 그럼 아직도 날 의심하고 있는 모양인가?"

"아무리 생각해 봐도 오규 씨 말고는 그런 것을 할 만한 사람이 없어요."

"야, 이건 실망인걸. 날 그렇게 유치한 인간으로밖에 안 보다니. 게다가 내 말을 신용해 주지도 않고."

"남의 뒤나 밟고 그러는 사람의 말을 어떻게 신용하죠?"

"그야 목적이 다르잖아. 내가 영숙 씰 미행한 건 순전히 사랑의 감정이 동기가 된 거라구. 내가 왜 말했지. 날 노예로 삼아 달라구. 난 말하자면 노예로서 여왕의 신변을 보호하려는 일념으로 영숙 씰 미행한 것뿐이라구."

"둘러대는 건 잘도 둘러대는군요. 하지만 그런 전화질을 할 만한 사람은 역시 오규 씨밖에 없어요."

"나 이거야, 도대체 어떤 내용의 전화였는데 그래?"

"능청 그만 부리세요. 전화 내용은 오규 씨가 더 잘 알 텐데 뭘 그래요."

"나 이거야 무슨 수로 누명을 벗지? 도대체 그 친구가 전화에다 대고 뭐라고 그랬길래 그래?"

"그 친구라고요? 흥, 아무리 그렇게 능청 부려 봐야 소용없어요. 그런 말을 할 만한 사람은 오규 씨밖에 없으니까."

"좋아, 그럼 내가 걸었다고 쳐. 내가 전화에다 대고 무슨 말을 했는데?"

"내가 김광배 씨를 죽음으로 이끌 거라고 안 그랬단 말예요?"

"오? 그런 소릴 했어, 그 친구가? 아니 내가?"

"그럼 안 그랬단 말예요?"

"난 그런 소릴 한 기억이 없는데. 물론 전화를 건 기억도 없지만 말야."

"그렇게 끝내 능청을 부려 봐야 아무 소용 없어요. 인천까지 우릴 미행해서 전화에다 대고 그런 말을 할 만한 사람이 오규 씨 말고 누가 또 있겠어요."

"글쎄, 누굴까. 난 분명 아니고."

"흥, 오규 씨가 아니면 누구란 말예요? 그런 말을 할 사람이."

"글쎄, 그야 난들 알 수가 있나. 아무튼, 이거 얘기는 미상불 더욱 흥미로워지는데. 그 친구가 분명 전화에다 대고 그런 소릴 했단 말이지? 영숙 씨가 그 김광배라는 친구를 죽음으로 이끌 거라고?"

"말하자면, 죽고 싶지 않거든 나한테서 손을 떼라는 뜻이지 뭐예요. 오규 씨 말고 그런 소릴 할 사람이 또 누가 있어요?"

그는 다시 빙그레 웃었다.

"사람을 영 우습게만 보는군. 그런 유치한 협박전화 따위나 하는 졸렬한 작자로밖에 내가 안 보여? 이 권오규가?"

그러나 나영은 굽히지 않고 싸늘한 표정으로 말했다.

"흥, 협박전화는 유치하고 남의 뒤나 밟는 짓은 그럼 유치하지 않단 말인가요?"

그는 여전히 웃음을 거두지 않은 채 대꾸했다.

"야, 이건 아픈 델 찌르는데. 하지만 그건 조금 전에 얘기했잖아. 영숙 씰 미행한 건 노예로서의 내 의무에 충실하기 위해서였다고. 그런 숭고한 행동을 유치한 협박전화 따위하고 비교할 수야 있나."

"마찬가지 얘기가 아니고 뭐예요. 미행이 날 보호하기 위해서였다면 전화도 역시 날 보호하기 위해서였다고 얼마든지 얘기할 수 있겠죠."

"말하자면 그 김광배라는 친구로부터 영숙 씰 보호하기 위해서 그런 협박전화를 할 수도 있지 않으냐, 그런 얘기야?"

"오규 씨 식으로 말한다면 얼마든지 그렇게도 말할 수 있지 뭐예요."

"야, 이건 꼼짝 못 하겠는데. 하지만 난 전화 따윈 한 적이 없는 걸 어떡하지?"

"오규 씨가 아니면 누구겠어요."

"나 이거야, 사람을 도무지 신용해 주지 않는 덴 딱 죽겠군. 도리 없지, 그럼. 내가 뒤집어쓰는 수밖에."

"그런데 그 친구가, 아니 내가, 영숙 씨가 그 김광배라는 친구를 죽음으로 이끌 거라고 분명 그랬단 말이지? 매우 흥미 있는 사실인데. 나 말고도 영숙 씨의 어떤 본질적인 성격의 일면을 꿰뚫고 있는 친구가 또 한 사람 있다는 건."

"뭐라구요? 그건 무슨 뜻으로 하는 얘기죠?"

"내가 생각하기에도 그렇거든. 영숙 씬 본질적으로 악마의 딸다운 데가 있단 말야……."

"뭐라구요?"

"아, 그렇게 화를 낼 것까진 없고. 이건 어디까지나 객관적인 자료를 근거로 하는 얘기니까. 자꾸 들춰내긴 좀 뭣하지만 영숙 씨가 낳은 아기에 관해서라든지 이상철이나 선우영일이라는 친구의 죽음에 관해서 생각해 보면 영숙 씨도 부인은 못 할 텐데."

나영은 입술을 깨물었다. 그리고 잠시 그를 노려본 다음 말했다.

"대체 날 어쩌자고 이러는 거죠? 말려 죽이려고 이러는 건가요?"

"천만에. 그 무슨 섭섭한 소리. 난 단지 객관적인 사실을 얘기했을 뿐이라구."

"객관적인 사실이라니, 내가 상철 씨하고 영일 씰 어떡했단 말예요?"

"죽이지 않았어?"

"뭐라구요?"

"만일 영숙 씨가 죽이지 않았다면 얘기가 좀 이상하잖아. 왜 그 두 친구 모두 영숙 씨하고 관계를 맺은 뒤에 그 지경이 됐지? 단순한 우연인가?"

"기가 막혀. 그렇다고 내가 그 두 사람을 죽였단 말예요?"

"아냐? 영숙 씬 충분히 그럴 수 있는 여자라고 믿는데."

"내가 뭣 때문에, 뭣 때문에 그 두 사람을 죽인단 말예요?"

"글쎄, 그게 수수께끼란 말야. 뭣 때문일까?"

그는 자못 궁금하다는 시선으로 나영을 쳐다보았다. 나영은 마음을 독하게 먹었다. 이대로 질질 끌려가다가는 정말 무슨 꼴이 되는지 알 수 없다는 생각이 들었기 때문이었다. 그녀는 잠시 그의 시선을 표독스런 눈길로 마주 받다가 말했다.

"정말 이럴 건가요? 그럼 내 생각도 한번 말해 볼까요?"

"어디 들어 볼까?"

"그 두 사람을 죽인 건 다른 사람 아닌 바로 오규 씨 아녜요?"

"오? 그건 아주 기발한 착상인걸. 어디서 그런 기상천외한 생각이 떠올랐지?"

"놀라지 않은 척하느라고 무척 애쓰는군요."

"아니, 놀랬어. 놀랬다구. 너무 착상이 기발해서 놀랬다구. 그런데 어디서 그런 기발한 착상이 떠올랐지?"

"흥, 마음속으론 당황했으면서 계속 태연한 척하느라고 정말 애깨나 쓰는군요. 하지만 난 못 속여요. 오규 씨가 그 두 사람을 죽이고 어젯밤에 그런 전화도 한 거죠?"

"글쎄, 그렇게 생각하는 것까진 자윤데 어떡해서 그런 생각을 하게 됐지? 말하자면 이렇게 되나? 내가 영숙 씰 사랑하기 때문에 사랑에 눈이 뒤집혀서 그 두 친구를 죽였다……. 그 두 친구가 영숙 씨하고 관계를 맺었다는 사실 때문에 눈이 뒤집혀서?"

"……."

"내 말이 옳아?"

"흥, 그런 식으로 나오면 내가 물러설 줄 알구요. 사랑 때문이라면 내가 황송하기라도 하게요. 복수심 때문에 나한테 대한 복수심 때문에 그런 게 아니란 말예요?"

"오. 그건 아주 그럴듯한 생각이로군. 영숙 씨가 할 법한 생각이야. 하지만 그건 날 너무 옹졸한 인간으로밖에 보지 않은 좀 섭섭한 생각인데. 난 그렇게 옹졸한 인간은 아닌데 말야. 여자한테 복수 따위나 하는."

"흥, 옹졸하지가 않아서 날 이렇게 말려 죽이려 드나요?"

"글쎄, 그건 오해라니까. 내가 영숙 씰 말려 죽이려 들다니 그게 말이나 돼? 난 어디까지나 영숙 씰 괴롭히기 위해서 이러는 게 아니고 도우려고 이러는 거라구. 도우려면 사실을 모두 알고 있어야 하니까 그러는 것뿐이라구."

"흥, 핑계는 그럴듯하군요."

"핑계가 아냐. 정말이야. 난 어디까지나 영숙 씰 도우려는 일념으로 이러는 것뿐야. 자, 사실대로 얘기해 보라구. 그 두 친구 영숙 씨가 죽였지?"

나영은 기가 막혔다. 그리고 이젠 이제는 말대꾸할 기력마저 없었다. 해서 물끄러미 그의 얼굴만 마주 바라보았다. 그것이 그에겐 체념의 표정으로 비친 모양이었다. 잠시 탐색하듯 그녀의 두 눈을 마주 들여다보고 나서 그는 물었다.

"왜 그랬지? 그 두 친굴 왜 죽였지? 무슨 이유가 있을 거 아냐? 난 입이 무거운 사람이라구. 비밀은 절대 보장할 테니까 사실대로 얘길 해 보라구."

나영은 힘없이 웃었다.

"제발, 웃기지 좀 말아요. 내가 정말 그랬을 것 같아요?"

그러자 그는 알 수 없는 일이라는 듯 고개를 갸우뚱했다. 그리고 약간 자신 없는 어조로 말했다.

"내가 그럼 잘못 짚었나. 난 꼭 영숙 씨가 한 짓으로만 생각을 하고 있었는데 말이야……."

나영은 계속해서 힘없이 웃으며 말했다.

"기가 막혀서 할 말이 없군요. 적반하장이란 말이 있더니."

"아니, 그건 또 무슨 소리야? 적반하장이라니."

"말 그대로예요. 난 지금도 오규 씨가 한 짓만 같단 말예요."

"에이, 설마?"

"그럼 오규 씨가 한 짓이 아니란 말예요?"

"그만두지. 우리. 얘기가 자꾸 개미 쳇바퀴 돌 듯하는군. 이러다간 서로 아무 소득도 없이 기분만 상하겠어. 자, 기분 상하는 소리 그만하고 우리 저녁이나 먹으러 내려가지."

"어머? 왜 슬쩍 피하려고 하죠?"

"피하긴, 소득 없는 얘긴 그만하자는 얘기지. 모처럼 만나서 우리가 이럴 필요는 없잖아."

"그런 얘기 먼저 꺼낸 사람이 누군데요?"

"아, 그건 영숙 씨가 먼저 날더러 협박전화를 했다느니 어쩌니 하니까 그런 거지."

"그럼 안 했단 말예요?"

"하, 나 이거야 정말 죽겠군. 자, 우리 그만두자구. 그만두고 내려가서 저녁이나 먹고 올라오자구. 여기 스테이크가 제법 먹을 만해."

"나 밥 먹을 생각 별로 없어요."

"그럼 음료수라도 마시면 되잖아. 설마 나 혼자 내려가란 얘긴 아니겠지?"

"할 얘기 끝났으면 나 그만 보내 주세요. 집에 가서 쉬어야겠어요.

"그건 안 돼. 오늘 밤은 여기서 나하고 같이 있어야 해. 쉬고 싶으면 여기서 쉬라구."

그의 표정은 순간 무섭게 딱딱해졌다. 나영은 오싹 소름이 끼쳐 옴을 느꼈다. 그러나 약간 힘을 써서 되도록 아무렇지 않은 얼굴로 물었다.

"마치 명령 같군요. ……명령인가요?"

그는 표정을 조금 누그러뜨렸다. "부탁이야."

"무척 고압적인 부탁이군요."

"미안해."

"사과하실 필요 없을 텐데요. 오규 씬 나한테 명령할 권리가 있잖아요. 내 약점을 쥐고 있으니까."

"호, 이건 너무 드센 반격인데? 하지만 날 그런 친구로만 보진 마. 그런 뜻으로 한 소린 아녔다구."

"그렇다면 어째서 그런 얘길 그렇게 고압적으로 할 수가 있죠."

"뭐라고 할까, 간절한 희망이 그런 식으로 잘못 표현된 모양이야. 왜, 그런 경우 있잖아. 자, 내려갔다 오자구."

"그것도 명령인가요?"

"하하, 그럼 명령이라고 해 두지."

"명령이라면 따라야죠. 꼼짝없이 사슬에 묶인 주제에."

"하, 이거 실수 한번 주워 담기 힘들군. 자, 내가 정식으로 사과하지. 미안해."

"사과를 받아들이는 조건으로 그럼 나 집에 보내 주실래요?"

그는 빙그레 웃었다. 그리고 천천히 말했다.

"자꾸 그런 식으로 나오면 정말 사슬로 묶어 둘 수밖에 없겠는걸."

그 말은 짐짓 농담의 억양을 띤 것이었으나 분명한 결의를 표명하듯, 매우 음울한 울림으로 발해졌다. 나영은 순간 다시 한번 온몸이 오싹함을 느꼈다.

"……."

"자, 내려갔다 오지." 하고 그가 조용히 말했다. 그리고 이제는 그녀의 의사를 물을 필요도 없다는 듯 의자에서 몸을 일으켰다. 나영은 잠시, 앉은 채로 자신의 무릎께를 내려다보았다. 버티느라고 버터 보았으나 이제는 거역할 힘이 자신에게 없다는 걸 그녀는 깨달았다. 결국, 그녀는 그의 사슬에 이미 묶인 상태가 아닌가. 그녀는 말없이 그를 따라 의자에서 몸을 일으켰다. 그가 짐짓 너그러운 표정으로 말했다.

"옳지. 그래야지. 영숙 씬 역시 영리하단 말야."

"……." 나영은 입술을 깨물었다. 그리고 잠자코 그를 따라 아래층 식당으로 내려갔다.

식당에서 그는 만족한 표정으로 그녀에게 다시 한번 식사를 권했다. 그리고 그녀가 다시 사양하자 이제는 권하지 않고 자신의 식사와 맥주 한 병을 주문했다. 맥주가 먼저 날라져 왔다. 그는 그녀에게 맥주를 권하면서 말했다.

"자, 그럼 맥주나 한잔하지. 맥주 한 잔쯤은 사양하지 않겠지?"

"……." 그녀는 잠자코 그가 따라 주는 맥주를 받았다. 그리고 그것을 조금씩 마시면서 한 가지 생각에 매달리기 시작했다. 그것은 어떻게 하면 그로부터, 그의 사슬로부터 도망칠 수 있을 것인가 하는 생각이었다. 그러나 좀처럼 뾰족한 생각은 떠올라 주지 않았다. 무슨 꾀를 써도 음험하고 교활한 그를 당해 낼 수 있을 것 같지가 않았다. 그에게 애원을 해 볼까 하는 생각도 해 보았다. 아파트를 옮겨 버릴까 하는 생각도 해 보았다. 심지어는 서울을 아주 떠나 버릴까 하는 생각까지 해 보았다. 그러나 그 어느 것도 그의 사슬에서 완전히 벗어날 수 있는 방법은 되어 줄 것 같지가 않았다. 그러면 남은 방법은 이제 모든 그의 요구에 고분고분 응하는 도리밖에 없을 것인가. 그의 노예가 되는 도리밖에 없는 것인가. 그렇다면 그것은 절망이었다.

그때 그가 무슨 눈치를 챘는지 빙그레 웃으며 말했다.

"무슨 딴생각을 그렇게 하고 있지? 사람을 앞에 앉혀 놓구서. 이럴 줄 알았으면 혼자 내려오느니만 못했잖아."

나영은 마음속을 들킨 것 같아 당황했으나 곧 까칠한 표정을 지어 보이며 대꾸했다.

"피곤해서 그래요. 미안해요."

"아, 그렇다면 미안한 건 오히려 나지. 피곤한 사람을 억지로 끌고 내려와서. 자, 조금만 참으라구. 나 식사 빨리 끝내고 나서 올라가 쉬자구."

"……."

곧 그의 식사가 날라져 왔고 그가 식사를 마친 뒤 그들은 다시 객실로 올라왔다. 그러나 말과는 달리 그는 그날 밤 잠시도 그녀를 쉬게 해 주지 않았다. 그녀는 밤새 그의 육욕의 노예가 되어야 했다.

채나영이 우이동의 G호텔에서 권오규의 육욕의 노예가 되어 밤새 시달리고 아파트로 돌아온 것은 이튿날 아침 9시쯤. 옥자로부터 방문객이나 걸려 온 전화가 없었다는 얘기를 듣고는, 그녀는 곧장 침실로 들어가 돌처럼 무거워진 몸을 침대에 던졌다. 그리고는 곧 나락처럼 깊은 잠 속으로 떨어졌다.

그리고 거의 같은 무렵에 시경의 반경식 형사는 계장의 책상으로 불리어 갔다. 수사가 장기화할 전망에 따라, 그리고 사건의 중대성에 비추어 좀 늦은 감은 없지 않았으나 수사본부가 시경에 새로이 설치되고 수사본부장도 거물급인 제2부국장으로 임명된 것은 바로 어제의 일이었다. 따라서 어제 오후 시경 전체에는 어떤 활기 비슷한 긴장감이 감돌기 시작했다.

계장의 책상으로 불리어 다가가는 경식의 발걸음도 따라서 약간은 긴장을 느끼고 있었다. 무언가 중요한 지시가 있을 것 같았기 때문이었다. 계장은 과연 약간 긴장한 표정으로 그를 맞이했다. 그리고 앉은 채로 그를 쳐다보며 물었다.

"채나영에 관한 주변 수사 어떻게 됐지? 뭐 좀 나온 거 없어?"

경식에게 그것은 일종의 힐문으로 들렸다. 수사의 열쇠가 될 만한 이렇다 할 단서도 그는 아직 그녀의 주변 수사에서 찾아내지 못하고 있었기 때문이다. 그는 얼굴을 약간 붉히며 대답했다.

"네, 아직 특별한 건 나온 게 없습니다. 채나영의 본적지에 조회해서 가족관계만 겨우 알아냈습니다."

"현 거주지에 주민등록은 돼 있어?"

"네, 동회에 가서 조사해 봤더니 주민등록이 돼 있더군요. 본적이 대전으로 돼 있더군요."

"그래, 가족 사항은 어땠어?"

"대전에 부모가 다 살고 있더군요. 고등학교에 다니는 남동생이 하나 있고. 아버지는 공무원으로 돼 있더군요."

"몇 급?"

"5급 공무원이랍니다."

"음, 채나영이 서울로 올라온 뒤의 행적은 추적해 봤나?"

"아직 충분치 못합니다. 주민등록 이전(移轉) 사항만 추적해 봤는데 2년 전에 처음으로 서울에다 주민등록을 하고 있더군요. 하지만 그 이전에 이미 서울에 올라와 있었을 가능성도 있습니다. 주민등록을 하지 않고 상당 기간 그냥 지냈을 가능성도 없지 않으니까요."

"음, 그러니까 정확하게 언제 서울에 올라왔는지도 아직 알 수가 없다는 얘기로군?"

"죄송합니다."

"서울에 올라온 이후의 대인관계, 특히 남자관계 같은 것도 그럼 아직 추적이 안 됐겠군?"

"사흘 전에 만났을 때 그 문젤 직접 물어보긴 했습니다. 그런데 이상철 이전엔 사귄 남자가 전혀 없다는 대답이었습니다. 물론 그 대답의 진실성 여부는 더 조사를 해 봐야 하겠습니다만."

"철저히 한번 캐 보라구. 거기서 뭐가 나올지도 모르니까."

"네, 알겠습니다."

"그리고 채나영한데 물론 미행은 한 사람 붙여 뒀겠지?"

"……." 경식은 자신의 실수를 깨닫고 얼굴을 붉혔다.

"아니, 그럼 미행도 아직 안 붙였단 말인가?"

하고 계장은 입을 딱 벌리는 시늉을 했다.

"죄송합니다. 그만 딴 일에 정신이 팔려서 깜빡……."

"딴 일은 무슨 딴 일? 자네 연애 말인가?"

경식은 할 말이 없었다. 그가 아무리 채나영 그녀의 주변 수사와 '오인방' 멤버들의 과거 행적을 좇는데 시간을 빼앗겼다 하더라도 채나영에게 미행 한 사람 붙여 두지 못했다는 건 변명의 여지가 없었다. 그는 쥐구멍이라도 있으면 기어 들어가고 싶은 심경이었다. 계장은 잠시 한심한 표정을 짓고 있다가 말했다.

"나 이런 사람을 믿고……. 자네, 이번에 왜 그래?"

"죄송합니다."

"나 이거야……. 할 수 없지. 오늘부터라도 한 사람 붙이도록 해. 누가 좋을까? 박 형사 어때?"

박 형사란 연초에 시경으로 배속된, 경력 2년 미만의 아직 대학생 티를 벗지 못한 젊은 형사였다. 그러나 몸이 빠르고 두뇌도 우수한 장래가 촉망되는 형사였다. 경식은 찬성했다.

"네. 박 형사가 적임일 것 같습니다."

"좋아. 그럼 자넨 자네가 하던 일을 계속하고, 박 형사 나한테 좀 보내 줘."

"네, 알겠습니다."

경식은 계장의 책상에서 물러나 박 형사를 찾았다. 그는 동료 형사들 사이에 끼어 서서 무언가 얘기를 나누고 있는 중이었다. 경식은 그를 불러 계장에게 가 보라고 일렀다. 그러자 박 형사는 긴장한 표정으로 물었다.

"무슨 일인지 혹시 모르십니까?"

경식은 웃는 얼굴로 말해 주었다.

"응. 무슨 중요한 임무를 맡길 모양이던데."

"네?"

"가 보라구. 아주 재미난 임무일 거야."

박 형사가 잔뜩 긴장한 표정으로 계장의 책상을 향해 걸어가는 모습을 잠깐 바라보고 나서 경식은 곧 전화기가 놓여 있는 곳으로 다가갔다. 채나영을 오늘 한번 만나 봐야겠다는 생각 때문이었다. 수첩을 꺼내 전화번호를 확인한 다음 그는 다이얼을 돌렸다. 신호가 가는 소리에 이어 귓속이 열렸다.

"여보세요?"

가정부의 목소리인 것 같았다. 경식은 자기가 두 번 방문한 적이 있는 형사라고 밝히고 채나영을 바꿔 달라고 말했다. 그러자 채나영은 잔다는 대답이었다. 아직? 하는 느낌이 들었으나 그런 종류의 여자들은 곧잘 늦잠을 자기도 한다는 사실에 생각이 미쳐 그는 말했다.

"아, 그럼 깨우지 마세요. 나중에 일어나시면 내가 전화했었다고 좀 전해 주고, 오늘 오전 중으로 한번 찾아뵙겠다고 해 주세요. 11시쯤 갈 테니까 어디 외출하시지 말고 좀 기다려 달라고요."

그리고 그가 채나영의 아파트에 도착한 것은 조금 늦어서 11시 반쯤이었다. 그런데 그녀는 아직 일어나지 않았다는 가정부의 얘기였다. 경식은 순간 무언가 조금 이상하다는 느낌을 받았다. 채나영과 같은 종류의 여자들이 곧잘 늦잠을 잔다고는 하지만 정오가 가까운 시간까지 자고 있다는 건 늦잠치고도 좀 지나치다는 느낌과 함께 간밤에 혹시 잠자리에 들 수 없었던 무슨 일이 있었던 게 아닐까 하는 느낌이 들었던 것이다. 그는 가정부에게 물었다.

"간밤에 누구 손님이 왔었어요?"

그러자 가정부는 고개를 흔들었다. "아뇨."

"그럼 늦게 들어오셨나?"

"……." 가정부는 무언가 망설이듯 입을 다물었다. 주인 언니를 위해서 입을 함부로 놀릴 수 없다는 태도로 경식은 판단했다.

"아, 괜찮아요. 나한텐 말해도. 언니가 간밤에 늦게 들어왔었어요?"

"……네."

"몇 시쯤?"

"……."

"괜찮다니까. 나한텐 그런 얘기 해도. 언니가 간밤에 몇 시쯤 들어왔어요?"

"……12시 다 돼선가 봐요."

"오, 12시 다 돼서. 혹시 술 같은 거 마신 것 같지 않았어요?"

"아뇨."

"누가 바래다준 사람은 없었고?"

"없었어요."

"바래다준 사람이 없었다는 걸 어떻게 알지? 아파트 밑에까지만 바래다주고 갔을지도 모를 텐데."

"차 소릴 들으면 알아요. 언닌 택시를 타고 왔는걸요."

"오! 그건 대단한데? 하지만 바래다준 사람이 같이 택시를 타고 왔었는지도 모르지."

"아녜요. 언니 바래다주는 사람들은 전부 자가용이 있는 사람들인걸요."

"아, 그래서 택시 소릴 듣고 언니 혼자 왔다는 걸 알았다……. 그런데 택시 소린 어떻고 자가용 소린 어때요?"

"택시 소린 좀 까불까불하고 자가용 소린 아주 점잖아요. 우리 언니 바래다주는 자가용들은 전부 비싼 차들인걸요."

가정부는 조금 뽐내는 표정마저 지었다. 경식은 놀랍다는 듯이 웃어 보이며 말했다.

"아가씬 아주 대단한 재주를 갖고 있군. 소리를 듣고 차를 척척 구별하다니. 자, 그건 그렇고 나 좀 들어가서 기다려야겠네. 언니 일어나실 때까지."

그러며 그는 여지껏 서 있던 현관에서 구두를 벗고 거실 쪽으로 들어섰다. 가정부는 조금 당황하는 기색이었으나 마지못한 듯 앞을 조금 틔워 주었다. 그는 응접세트가 놓여 있는 쪽으로 걸어가 의자에 걸터앉았다. 그리고 가정부를 향해 물었다.

"곧 일어나시겠지?"

가정부는 약간 못마땅해하는 표정을 숨기지 못하며 대꾸했다.

"모르겠어요, 그건."

"곧 일어나시겠지. 아무리 늦게 주무셨어도 12시가 다 돼 가는데. 웬만하면 아가씨가 가서 좀 깨워 봐도 좋고."

그러며 경식은 은근히 종용하듯 가정부를 쳐다보았다. 그러자 가정부는 약간 상기한 얼굴로 잠시 망설이는 표정을 짓고 섰더니 몸을 돌이켜 안쪽으로 걸어갔다. 어쩔 수 없다고 판단한 모양이었다.

채나영이 실내의 차림으로 그리고 방금 매만진 것 같긴 했으나 조금 헝클어진 머리 모습과 화장기 없는 얼굴을 하고 거실 쪽으로 걸어 나온 것은 한동안이 지나서였다. 그녀는 노골적으로 성가시다는 표정을 감추려 들지 않으며. 그러나 그와 눈이 마주치자 다소 긴장한 시선으로 목례를 보내오며 그의 맞은편 의자로 걸어와 앉았다.

"안녕하십니까. 이렇게 또 찾아와서 잠까지 방해드리고……. 미안합니다."

하고 경식은 허리를 반쯤 일으켰다가 다시 앉으며 말했다.

"웬일이시죠? 오늘은 또." 하고 그녀는 약간 화가 난 듯한 표정으로 물었다.

"아, 네, 미안합니다. 몇 가지 또 좀 물어볼 말씀이 있어서……. 한데 어젯밤 늦게 돌아오신 모양이죠?"

"네, 좀 늦었어요."

"어딜 가셨다가?"

"그런 걸 일일이 말씀드려야 하나요? 그건 사생활 침해잖아요."

"아, 이거 미안합니다. 사생활을 침해할 생각은 아니고, 그저 늦게 돌아오셨다길래 그냥 한번 여쭤본 것뿐입니다. 뭐 꼭 대답 안 해 주셔도 됩니다. 다만 저희로서는 사건 수사에 참고가 될 만한 분들에 대해서는 조그만 일이라도 혹시 도움이 될까 해서 염치불구하고 호기심을 갖게 된다고 할까요."

"호기심을 갖는 것까진 자유지만 사생활까지 일일이 말씀드려야 할 의무는 저한테 없잖아요?"

"아, 물론이죠. 스스로 지키셔야 할 일은 지키실 권리가 있는 거죠."

"그렇다고 꼭 지킬 만한 무슨 비밀이 있어서 그러는 건 아녜요. 저번부터 자꾸 쓸데없는 걸 물으시니까 불쾌해서 그러는 거죠. 그렇잖아도 전 지금 복잡한 심경이란 말예요."

"아, 네. 이해하고도 남습니다. 그래서 저희로서도 가능한 한 성가시게 해 드리지 않으려고 노력은 하고 있습니다만 사건을 해결하자니까 결국 이렇게 또 참고가 될 만한 분들을 찾아다니게 되는군요. 다소 귀찮으시더라도 양해해 주십시오."

"그래. 오늘 저한테 물어보실 말이란 뭐죠?"

"네, 이것도 혹시 불쾌하게 생각하실지 모를 질문이 되겠습니다만 서울에 올라오신 게 몇 년쯤 되셨습니까? 저희로서는 그냥 참고로 알아 두어야 할 사항이라서 여쭤보는 데 지나지 않습니다만."

"나중엔 별걸 다 묻는군요. ……5년쯤 됐어요."

"그전에는 그럼 주욱 대전에만 계셨었나요?"

"제 고향이 대전이라는 건 어떻게 아셨죠?"

"아, 그야 저흰 경찰 아닙니까. 대전에 부모님이 살고 계시다는 것도 고등학교에 다니는 남동생이 있다는 것도 저흰 알고 있습니다. 물론 참고로 알아본 데 지나지 않습니다만. 아버님께선 공무원이시더군요."

그녀는 순간 얼굴빛이 해쓱해졌다.

"뭐라구요? 뭣 때문에 그런 것까지 다 조사를 했죠?"

경식은 짐짓 대수롭지 않은 일이라는 듯 말했다.

"아, 그저 참고로 알아보았을 뿐입니다. 별다른 목적이 있어선 아니구요. 그렇게 긴장하실 필요는 조금도 없습니다."

그러나 그녀는 해쓱해진 얼굴빛을 바꾸지 않은 채 힐문했다.

"긴장할 필요가 없다구요? 사람을 마치 범인 취급을 하는데 긴장 안 하게 됐나요?"

"원, 천만에. 범인 취급이라니요. 그건 오해십니다. 거듭 말씀드리지만 저흰 다만 참고로……."

"자꾸 참고 참고하시는데 도대체 뭘 참고하신다는 거죠? 내가 서울에 언제 올라왔건 우리 부모가 대전에서 뭘 하고 있건, 그런 게 사건하고 무슨 상관이 있다는 거죠? 무슨 참고가 된다는 거죠?"

"하하, 경찰이 하는 일이란 어떻게 보면 그렇게 우스꽝스럽기도 하답니다. 별 대수롭지 않은 일까지 쓸데없이 알려고 안달하는 경우가 많으니까요. 나중에 사건이 해결되고 보면 하등 쓰잘데없는 일에다 정력을 낭비했다는 걸 깨닫게 되는 경우가 아주 많죠. 하지만 사건이 오리무중일 때는 별의별 일에 다 신경을 쓰게 되는 게 또 경찰의 입장이기도 하답니다. 지푸라기라도 잡으려는 입장이라고나 할까요. 그 점 이해해 주십시오."

"그건 결국 나한테도 무슨 의심할 만한 데가 있다는 얘기가 아니고 뭐예요?"

경식은 잠시 딱하다는 시선으로 그녀를 마주 보고 나서 말했다.

"정 그렇게 말씀하신다면 할 수 없군요. 일단 채 양도 용의선상에 올라 있다는 걸 알려 드리는 수밖에. 그리고 용의선상에 올라 있는 사람을 우린 필요하다면 경찰에 불러서 조사할 수도 있다는 걸 겸해서 알려 드리는 수밖에."

그녀는 기가 막힌다는 표정을 지었다. "뭐라구요?"

"아, 하지만 우리가 채 양을 꼭 의심하고 있다는 얘긴 아닙니다. 이상철 씨가 피살되던 날 밤 플로어에 나가 있던 분들 모두를 일단 용의선상에 올려 둘 수밖에 없고 채 양도 그분들 중의 한 분이라는 것뿐이죠. 그리고 가능한 한 우린 예의를 잃지 않는 범위 안에서 수사를 진행시키려고 하고 있습니다."

그녀는 약간 풀이 꺾인 표정이 되었다.

"하지만 어떻게 그런 생각을, 내가 그런 짓을 할 수도 있다는 생각을…… 할 수가 있죠?"

"아, 꼭 그런 생각을 우리가 하고 있다는 얘긴 아니죠. 또 저 개인의 판단으로는 채 양은 용의선상에서 제외시켜도 무방하다고 생각하고 있습니다. 하지만 현실적으로는 일단 채 양도 용의선상에 올라 있는 분이고 또 아주 중요한 참고인이라고 할 수 있기 때문에 수사상 협력을 부탁드리는 것뿐입니다. 게다가 채 양은 피살된 두 분과 남달리 가까웠던 사이가 아니십니까. 좀 도와주셔야죠."

"알겠어요. 내가 신경이 좀 날카로워져 있어서…… 공연히 화를 냈나 보군요."

"그 점 이해합니다. 충분히 그러실 수 있죠. 그럼 다시 아까 얘기로 돌아갈까요? 서울에 올라오시기 전엔 주욱 대전에만 계셨었나요?"

그녀는 그렇다고 대답했다. 경식은 계속해서 물었다.

"그럼 서울로 올라오신 동기는?"

그러자 그녀는 약간 지친 듯한 표정으로 웃었다.

"그런 것까지 대답해야 하나요?"

"아, 그저 참고로……."

"또 그 참고로군요. 답답해서 올라왔어요. 대전 구석에 처박혀 있기가 답답해서."

"대전도 그렇게 좁은 곳은 아닐 텐데요?"

"서울에 비하면 좁죠."

"아, 그렇군요. 그럼 서울에 올라오신 이후는 어떠셨습니까?"

"생각했던 대로 서울은 넓고 모든 것이 다 서울에 있더군요."

"서울에 올라오신 이후의 생활에 대해서 좀 얘기해 주시겠습니까? 주민등록은 2년 전에야 하신 거로 돼 있던데요."

"그런 것까지 조사를 하셨군요. 주민등록 같은 걸 할 만큼 안정된 생활이 못 됐죠. 지금 같은 입장이 아니었으니까요. 처음엔 친척 집에 얹혀 지내다가 나중에 가서야 겨우 자취방 하나를 세 얻어서 따로 났죠."

그리고 그녀는 대충 서울에 올라온 이후의 자신 생활에 대해서 얘기해 주었다. 배우가 되기 위해 배우학원엘 다닌 이야기와 비어홀에도 잠깐 나갔었다는 이야기, 그리고 이후 패션모델이 되기까지의 이야기들을 경식은 그녀로부터 들을 수 있었다. 더러 빠뜨린 대목도 없지 않을 것으로 생각되었으나 그 정도로도 수확이라 할 만했다. 그는 그녀가 서울에서 옮겨 다닌 거주지들에 대해서 묻고 대답을 들은 뒤, 다시 그녀의 남자관계에 대해서 물었다.

"이건 저번에도 여쭤봤던 질문입니다만 서울에 올라오신 이후 사귀신 남자분들에 관한 얘길 좀 해 주시겠습니까? 저번엔 이상철 씨 이전엔 사귄 남자가 없다고 하셨지만 꼭 무슨 애인관계 같은 것은 아니더라도."

"없어요, 그런 사람."

"그럼 혹시 채 양을 귀찮게 군 남자도 없었습니까? 채 양 정도의 미인한테 그런 남자 친구 한둘쯤은 있었을 법도 한데요. 혼자 짝사랑을 한다든가 해서."

"미인으로 봐 주셔서 고맙네요. 하지만 그런 사람 내가 아는 범위 안에선 없었어요."

"그럴 리가 없을 텐데요."

"하지만 없는 걸 어떡하죠. 적어도 내가 아는 범위 안에서는요."

"이상한데. 채 양 같은 미인을 아무도 귀찮게 군 친구가 없다니."

"그건 반 형사님이 날 너무 과대평가하신 탓일 거예요."

"아, 절대로 과대평가가 아닙니다. 과대평가라니요."

"고맙네요. 하지만 내가 이만큼이라도 촌티를 벗은 건 불과 얼마 안 되는걸요. 서울에 갓 올라왔을 때 내 모습을 보셨다면 반 형사님도 아마 그런 생각은 안 하셨을 거예요. 아마 웃으셨겠죠. 난 여간 촌

뜨기가 아니었으니까요."

"하하, 그렇다고 본래의 바탕이야 어디 달랐겠습니까."

"하지만 어쨌든 내가 아는 범위 안에선 그런 사람이 없었는 걸 어떡하죠?"

경식은 잠시 그녀를 물끄러미 바라보았다. 그리고 물었다.

"그 말, 믿어도 되겠습니까?"

그러자 그녀 역시 그를 잠시 말끄러미 바라보고 나서 대답했다.

"믿지 못하실 걸 뭐 하러 물으셨죠? 직접 조사를 해 보든지 하시죠."

"하하, 이거. 네, 알겠습니다. 그럼 믿기로 하겠습니다. 하지만 만에 하나라도 저희를 골탕 먹일 의사가 없으시다면 모든 걸 사실대로 말씀해 주셔야 합니다. 그렇지 않으면 저희가 아주 난처해집니다. 수사도 자꾸 늦어지구요. 설마 수사가 늦어지는 걸 바라진 않으시겠죠?"

"내가 무슨 이유로 수사가 늦어지는 걸 바라겠어요. 범인이 하루빨리 잡히길 바라죠."

"그러시다면 협조를 좀 해 주십시오. 사소한 일이라도 저희한텐 큰 도움이 될 수가 있으니까요."

"지금 이렇게 협조하고 있잖아요? 조금 아깐 신경질을 좀 부리긴 했지만."

"네, 고맙습니다. 그럼 염치불구하고 다시 한번 여쭤보겠습니다. 정말 채 양을 귀찮게 굴거나 따라다닌 친구가 전혀 없었습니까?"

"금방 믿겠다고 하시더니 정말 의심도 많으시군요. 없어도 있다고 말해 드리고 싶을 정도로군요. 하지만 그럴 순 없잖아요?"

"아, 그야 물론이죠. 네, 알겠습니다. 그럼 한 가지만 더 여쭤보겠습니다. 혹시 서울에 올라오시기 전에, 그러니까 대전에 계실 땐 그런 친구 없었는지요?"

"무슨 생각을 하고 계시는지 짐작이 가네요. 죽은 상철 씨랑 영일 씨가 공교롭게도 모두 나하고 관계가 있었던 사람들이니까 무슨 치정 살인사건 같은 것으로 보고 계신 거죠? 그래서 자꾸 나한테 전에 따라다닌 남자가 있었느냐 없었느냐 물으시는 거죠?"

"글쎄, 반드시 그렇게 생각한다는 것은 아닙니다만 저희로선 모든 가능성을 검토해 보지 않을 수가 없으니까요."

"하긴 그런 생각을 하실 만도 하군요. 사건이 너무나 공교로우니까요. 하지만 서울에서건 대전에서건 내가 아는 범위 안에선 그런 의심을 해 볼 만한 사람은 없는 걸 어떡하죠?"

"대전에서도 역시 채 양과 사귀거나, 채 양을 귀찮게 따라다니거나 한 친구는 없었다는 대답이시군요?"

"네, 없었어요."

"그럼, 이건 좀 실례의 질문이 되겠습니다만, 이상철 씨가 남자로서는 채 양에게 첫 경험이 되시나요?"

그러자 그녀는 잠시 힐난의 표정으로 그를 말끄러미 바라보았다.

"아, 이거 미안합니다."

그녀는 잠시 동안 더 그렇게 그를 바라보고 나서 말했다.

"그 말은 상철 씨를 만날 때까진 그럼 처녀였느냐, 그 말인가요? 정말 너무하시군요."

"정말 미안합니다."

"좋아요, 대답해 드리죠. 나도 거짓말을 한 게 있으니까요. 사건 하고는 관계가 없기 때문에 숨긴 거지만. 상철 씰 만나기 전에 사귄 남자가 있었어요."

"……?"

"처녀성도 그때 이미 잃었구요. 이제 속 시원하세요?"

그리고 그녀는 싸늘한 표정으로 덧붙였다.

"하지만 그 사람은 지금 감옥에 있어요. 3년 전부터 사기 횡령죄로 감옥살이를 하고 있어요. 이름이 차명수(車明秀)라는 사람이니까 확인해 보시면 금방 아실 거예요. 그래, 감옥에 있는 사람이 살인을 할 수 있다고 생각하세요?"

경식은 놀람과 실망을 동시에 맛보아야 했다. 그녀가 털어놓은 사실에 놀라고, 그러나 그 사실이 사건의 해결에는 아무런 도움도 되지 못한다는 점에 실망을 느꼈다. 물론 확인은 해 보아야 할 노릇이지만. 그녀로부터 놀림을 당한 듯한 느낌도 들었다. 해서 그는 다소 부끄러운 표정을 지으며 물었다.

"그게 정말입니까? 이상철 씨 이전에 사귀신 남자분이 교도소에 있다는 게?"

"지금 말한 그대로예요. 하지만 그 사람은 반 형사님이 물으시는 의도하곤 상관이 없기 때문에 얘길 안 한 거예요. 수사에 도움이 되지 않는 사항에 한해선 난 내 사생활의 비밀을 지킬 권리가 있잖아요?"

"아, 물론이죠."

"그런데 결국 이렇게 털어놓게 되고 말았네요."

"미안합니다."

"어떻게 생각하세요. 감옥에 있는 사람이 몰래 나와서, 그것도 두 번씩이나 사람을 죽일 수 있다고 생각하세요?"

그녀는 매우 의기양양한 표정마저 짓고 있었다.

"아, 그야 불가능한 일이죠."

하고 경식은 다소 침울한 표정으로 말했다.

"한데 그 사람이—차명수 씨라고 하셨던가요—3년 전부터 교도소에 들어가 있다고 하셨죠? 혹시 몇 년 선고를 받았는지 알고 계신가요?"

"그건 정확하게 몰라요. 하지만 그 사람이 자기 입으로 10년쯤 살 게 될 거라고 했으니까 아직 틀림없이 감옥에 있을 거예요. 그건 확인해 보시면 되잖아요?"

"아, 네……. 알겠습니다. 이거 오늘 정말 폐가 많았습니다."

그러며 경식은 의자에서 허리를 일으켰다. 그녀가 앉은 채로 물었다.

"왜 가시려구요? 더 물어보실 게 없으신가요?"

"아, 네, 오늘은 이만 실례하겠습니다. 너무 괴롭게 해 드려서 미안합니다."

"할 수 없죠, 뭐. 내가 팔자를 그렇게 타고난 모양이니까요." 하고 그제야 그녀도 따라 일어서며 말했다. 경식은 거듭 사과했다.

"별말씀을 다 하시는군요. 오늘은 정말 뭐라고 사죄의 말씀을 드려야 할지 모르겠습니다. 직업 때문이라고 이해하시고 너그럽게 용서하십시오."

"이해할 수 있어요. 하지만 내 입장은 정말 괴롭네요. 아무튼 범인이나 빨리 좀 잡아 주세요."

"네, 감사합니다. 최선을 다해 보겠습니다. 자, 그럼 안녕히 계십시오."

"네, 안녕히 가세요."

그녀는 현관까지 그를 배웅해 주었다. 그리고 경식은 수사본부로 돌아오는 즉시 차명수라는 인물이 과연 복역 중인가의 여부를 확인해 보았다. 그는 5년 형을 선고받고 아직 복역 중이었다.

그런데 바로 그날 밤 또 하나의 사건이 발생했다. 그것은 실로 예기치 못한 사건이었다. 밤 11시 반쯤이었다. 수사본부의 비상전화가 요란한 벨 소리를 울려 댔다. 경식이 전화를 받았다.

"여보세요?"

"아, 시경 수사본부죠? 여긴 소공동 파출소의 김 순경인데요. 사고가 발생했습니다."

"무슨 사고죠?"

"추락사곱니다. 관할 소재 T호텔 13층 객실에서 투숙객 한 사람이 지상으로 추락, 즉사했습니다."

투신자살인 모양이로군, 하고 경식은 다소 긴장을 풀었다.

"목격자가 있나요?"

"뛰어내리는 순간을 목격한 사람은 없습니다. 지상에 추락한 다음에야 근처를 지나가던 행인 몇 명이 놀라서 비켜났다고 합니다."

"사망자의 신원은?"

"네, 31세의 남자, H학원 영어 강사 이름은 권오규입니다."

"권오규?"

경식은 고개를 갸우뚱했다. 처음 듣는 이름이 아니었기 때문이다. H학원 영어 강사? 권오규? 그렇다면……. 그는 재빨리 수첩을 꺼내 확인해 보았다. 틀림없었다. H학원 영어 강사 권오규라면, 이상철이 살해되던 날 밤 플로어에 나갔던 저 스물두 명 중의 한 사람이 틀림없었다. 이상철 살해사건의 용의선상에 일단 올려진 인물로서 경식이 한 번 만나 본 적도 있는 사람이었다. 도수 높은 안경을 끼고 있던 남자……. 용의선상에 올려지긴 했으나 크게 주목을 기울이진 않았던 남자……. 그가 추락사를 했다?

경식은 송수화기에다 대고 알았다고 말한 뒤 현장을 건드리지 말라고 당부했다. 그리고 곧 아직 귀가하지 않은 계장에게 사건을 보고한 뒤 감식반과 검시의를 불렀다. 계장은 완연히 긴장한 눈치였다. 서두르는 품이 그것을 잘 말해 주고 있었다.

"어이, 빨리들 움직여. 뭣들을 꾸물대고 있지?"

그리고 그들이 현장에 도착했을 때는 관할서에서도 보고를 받고 형사 두 사람과 경관들이 나와 현장 주위를 통제하고 있었다. 시체는 처참한 형상이었다. 와이셔츠 바람이었는데 두개골이 깨어지면서 어 번진 피가 흰 와이셔츠를 온통 붉은색으로 물들이고 있었다. 검시의는 더 볼 것도 없이 두개골 파열에 의한 즉사라고 말했다. 감식반이 촬영을 시작했고 경식은 곧 호텔의 프런트 데스크로 달려갔다. 담당 직원에게 그가 호텔에 투숙한 시간을 물었다. 밤 9시쯤이었다는 대답이었다.

"동행자는 없었어요?"

"네, 혼자였습니다."

"투숙한 뒤에 방문자도 없었구?"

"네. 저희 프런트를 거쳐 간 손님은 없었습니다."

"그건 프런트를 거치지 않고도 방문할 순 있단 얘기요?"

"방문자가 투숙객의 객실 호수를 알고 있는 경우엔 가능하죠. 흔히 있는 일입니다."

"음……. 그러니까 방문자가 있었는지 없었는지 확실히는 모른다는 얘기로군."

"네, 확실한 대답은 드릴 수가 없습니다."

"저 사람, 이 호텔에 가끔 투숙했어요?"

"글쎄요, 자주 온 분 같진 않았습니다."

"투숙자 카드는 작성했겠죠."

"네. 쓰셨습니다. 여기 있습니다."

하고 담당 직원은 투숙자 카드 한 장을 꺼내 경식에게 밀어 주었다. 이름과 주소, 성별, 나이 직업 따위 들이 권오규의 그것임이 틀림없었다. 그때 계장 일행이 호텔 안으로 들어왔고 그들은 곧 웨이터의 인도로 권오규가 투숙했던 객실로 올라갔다. 올라가는 엘리베이터

안에서 경식은 프런트 담당 직원에게 질문한 결과를 간단히 보고했다. 계장은 심각한 표정으로 듣고 나서 물었다.

"어때, 자네 생각은? 자살이라고 생각하나?"

"글쎄요, 아직……. 하지만 객실에 누가 딴 사람이 없었다면 그렇게밖에 볼 수 없잖습니까?"

"음……. 하지만 누가 있었는지도 모르지. 동행은 없었다고 하지만 방문자가 있었는지도 모르니까. 아무튼 올라가 보지."

그러나 권오규가 투숙했던 객실에서 그들은 이렇다 할 아무런 단서도 발견할 수 없었다. 그가 추락한 곳으로 보이는 창문이 열려 있을 뿐이었고 혼자 마시다 남긴 듯한, 아직 마개를 따지 않은 맥주병 하나와 빈 병 하나, 그리고 유리컵 하나를 발견할 수 있었을 뿐이었다. 맥주를 날라다 준 웨이터는 그가 혼자였음을 증언했다. 맥주를 날라다 준 시간이 9시 반쯤이었는데 그는 분명 혼자였다고 했다. 맥주병과 유리컵에서 몇 개의 지문을 채취할 수 있었으나 그것은 권오규 자신의 것과 호텔 종업원들의 지문임이 곧 밝혀졌다. 그리고는 침대 위에 아무렇게나 벗어 던져져 있는 양복 상의 하나가 유일한 사망자의 유류품일 뿐 타인이 들어왔던 흔적은 아무 데서도 찾아볼 수 없었다.

사망자의 양복 상의에서는 주민등록증과 얼마간의 현금이 들어 있는 지갑이 나왔는데 그것은 상의 안쪽에 재봉으로 새겨진 이름과 함께 그 양복이 권오규의 것임을 증명해 주고 있을 뿐이었다. 전화번호 따위가 적힌 수첩 같은 것이 없나 찾아보았으나 그런 것은 발견되지 않았다. 경식은 열린 창문 쪽으로 다가가 보았다. 그리고 아래쪽을 내려다보았다. 언제 도착했는지 구급차가 시체를 싣고 있는 모습이 조그맣게 내려다보였다. 현기증이 났다.

그는 시선을 쳐들어 창문의 열려진 폭을 살펴보았다. 두 사람쯤은 나란히 서서 바깥을 내다볼 수 있을 만큼 창문은 넉넉히 열려 있었다. 그러나 그것은 자살하기 위해서도 그만큼 열어젖힐 수 있는 일일 터이었다. 그는 다시 창턱의 높이를 살폈다. 거의 허벅지에 이르는 높이였다. 그다지 위험한 높이라곤 할 수 없었으나 하려고만 든다면 누군가가 떠밀어 추락시키는 것이 불가능한 높이라고는 할 수 없었다. 그러나 그것은 그저 그렇다는 정도다. 아직 그가 자살이 아니라는 증거는 아무것도 나타난 것이 없지 않은가. 그렇다면 그의 자살 동기는 무엇일까.

그때 계장이 그에게 물었다.

"어때? 역시 투신자살로 볼 수밖에 없는 셈인가?"

"일단은 그렇게밖에 볼 수 없지 않을까요."

"음, 하지만 왠지 기분이 개운치가 않은걸."

"계장님도 그러십니까?"

"자네도 그런가?"

"네, 저 역시 기분이 개운치가 않은데요."

"하지만 자살이 아니라는 증거는 아무것도 없잖은가."

"자살이라는 증거도 없다고 할 수 있죠. 유서 따위를 남긴 것도 아니니까요."

"유서? 음, 하지만 유서 없는 자살도 얼마든지 있잖은가."

"그야 그렇죠. 제 얘긴 자살이라는 뚜렷한 증거는 아직 없다는 얘깁니다. 뚜렷한 동기라도 발견하기 전에는요."

"그럼 우선 동기를 찾아보도록 하지. 서울에 가족이 없다고 했던가?"

"네. 가족은 공주에 있다고 들었습니다. 서울에서 혼자 독신자 아파트에 살고 있었죠."

"음, 그럼 공주에 연락해서 가족을 한 사람 올라오라고 해야겠군. 이 친구가 살고 있었다는 그 독신자 아파트도 조사를 좀 해 보고 말야. 거기서 뭐가 나올지도 모르니까. 이를테면 무슨 유서 같은 거라도 아니면 무슨 일기장 같은 거나."

"네, 가 보겠습니다."

"그리고 뭐 또 빠뜨린 것 없나?"

"아……." 그때 번개처럼 경식의 머리를 스친 생각이 있었다. 여지껏 왜 그것을 확인해 볼 생각을 하지 않았는지 몰랐다. 그는 전화기가 놓여 있는 탁자 쪽으로 급히 걸어가 송수화기를 집어 들었다. 교환이 나왔다. 그는 물었다.

"아, 9시에서 11시 반 사이에 이 방으로 전화 걸려 온 일 혹시 없었어요?"

"없었는데요."

"이 방에서 부탁한 전화는?"

"나간 전화요? 글쎄요. 두 번쯤 있었던 것 같아요."

"혹시 그 전화번호를 기억할 수 있어요?"

"그건 기억 못 하겠어요. 한두 분의 전화 부탁을 받고 있는 게 아니니까요."

"음…… 그 두 번 다 통화는 됐나요?"

"네, 다 통화가 돼서 연결해 드렸어요."

"혹시 상대방의 음성을 못 들었어요?"

"못 들었는데요. 저흰 신호가 가는 것만 확인하고는 바로 연결해 드리니까요."

"음……. 그때가 각각 몇 시쯤인지는 기억할 수 있어요?"

"확실친 않지만 한 번은 9시 조금 넘어서였던 것 같고 한 번은 10시가 거진 다 됐을 때 같아요."

"음…… 알았어요. 고마워요."

경식은 송수화기를 내려놓았다. 권오규가 호텔에 투숙한 다음 어디론가 두 번씩이나 전화를 걸어 누군가와 통화를 했다는 사실 외에는 별다른 소득을 얻지 못한 셈이었다. 그러나 그가 호텔에 투숙한 뒤 누군가에게 전화를 걸어 통화했다는 사실은, 그것 자체로서 매우 중요한 의미를 지닐 수도 있다고 경식은 생각했다.

그것은 어쩌면 누군가를 호텔로 부르기 위한 전화였을지도 모른다는 생각 때문이었다. 물론 전혀 다른 용건의 전화였을 가능성도 있겠지만 만일 그것이 누군가를 호텔로 부르기 위한 전화였다면 그것은 매우 중대한 의미를 지닌다고 할 수 있었다. 만일 그 가정이 성립한다면 권오규는 죽기 전에 누군가와 함께 있었을 가능성도 충분하다.

그가 혼자였다는 사실은 9시 반경까지만 확인되지 않았는가. 9시 반경에서 11시 반경, (11시 반이 조금 못 된 시간인지도 모른다. 그것은 보고가 들어온 시간이니까) 즉 그의 추락 사망이 있기까지의 두 시간 사이엔 아무도 그가 혼자 있었다는 사실을 증명할 사람이 없잖은가. 그 두 시간 사이에 누군가 방문객이 있었을지도 모른다. 그가 전화를 걸어서 부른.

그리고 그 가정마저 성립한다면 또한 그의 죽음이 자살 아닌 타살일 가능성도 뒤따른다. 그러나 그것은 어디까지나 그가 외부로 건 전화가 누군가를 호텔로 부르기 위한 전화였을 경우에만 가능한 이야기다. 다시 말해 그것은 어디까지나 아직 하나의 가정에 지나지 않는다.

그러나 경식은 자신도 모르게 자꾸 그 불확실한 개연성 쪽으로 마음이 기울었다. 어쩐지 그가 외부로 걸었다는 전화가, 꼭 누군가를 호텔로 부르기 위한 전화였을 것만 같은 느낌을 그는 떨쳐 버릴 수가 없었다.

그때 계장이 약간 불만스런 얼굴로 물었다.

"무언가? 그 친구가 외부로 전화를 걸었단 말인가? 뭘 그렇게 혼자서 우물우물 되씹고 있지?"

"아, 네." 하고 경식은 계장을 쳐다보았다. 그리고 자기 생각을 말했다. 계장은 매우 흥미로운 표정을 지었다.

"음, 그건 아주 흥미 있는데. 자살이 아닐 수도 있다는 가능성에 대한 최초의 단서로군. 하지만 만일 그것이 누군가를 호텔로 부르기 위한 전화였다고 하더라도 장본인이 죽어 버렸으니 확인할 길이 막힌

셈이로군. 죽은 자는 말이 없다……."

"네, 바로 그 점이 문젭니다. 혹시 범인은 바로 그 점을 노렸는지도 모르겠구요."

"범인이라니, 자네 지금 무슨 말을 하는 거야?"

"아, 물론 자살이 아닌 타살일 경우를 가정하고 하는 얘기죠. 죽은 권오규는 누군가의 엄청난 비밀을 알고 있었다.—그게 혹시 최근의 사건들과 관계가 있는 건지도 모르죠—그래서 그는 협박하기 위해 그 누군가를 호텔로 불렀다. 그리고 호텔로 불려 온 그 누군가는, 협박에 지는 척하다가 자신의 비밀을 영원히 묻어 두기 위해선 권오규의 입을 영원히 막아 두는 길밖에 없다고 판단하고 그를 창문으로 유인하여 눈 깜박할 사이에 밖으로 떠밀어 버렸다. 그리고는 감쪽같이 호텔을 빠져나가 버렸다, 이런 식 얘기도 혹시 가능하지 않을까요?"

계장은 빙그레 웃었다.

"마치 소설 같은 얘기로군. 자네, 언제부터 상상력이 그렇게 풍부했었지?"

경식은 얼굴을 붉혔다.

"그저 한번 해 본 생각일 뿐입니다. 하지만 소설 같은 얘기가 현실에도 얼마든지 있잖습니까."

계장은 고개를 끄덕였다.

"그야 그렇지. 일단 한번 검토해 봄 직한 생각이라곤 할 수 있겠군. 그럼 우선 9시 반 이후에, 이 방에 방문자가 있었는지의 여부, 혹은 사망자의 추락시간 전후해서 이 방을 나간 사람이 있었는지의 여부를 보다 철저히 한번 조사해 보지. 혹시 우리가 빠뜨린 사람 가운데 누구 목격자가 있을지도 모르니까."

경식은 곧 지배인을 불러 호텔의 전 종업원을 한 사람씩 차례로 불러 달라고 부탁했다. 그리고 한 사람씩 차례로 심문하기 시작했다. 그러나 결과는 헛수고로 끝났다. 경식의 가정을 뒷받침할 만한 목격자는 한 사람도 나타나지 않았던 것이다. 계장이 말했다.

"아무래도 우리가 단순한 자살사건을 너무 확대시키고 있는지도 모르겠군. 여긴 이 정도로 하고 일단 철수하도록 하지."

"네……."

"왜, 아직도 뭐가 찜찜한가?"

"아, 아닙니다……."

"아니긴 뭐가 아니야. 얼굴에 뭔가 찜찜한 표정이 가시질 않았는데……."

"글쎄요. 딴 자살사건이면 또 모르겠는데 우리의 용의선상에 들어 있는 인물이 이런 식으로 죽으니까 뭔지 그냥 넘겨 버려선 안 될 것 같은 생각이 자꾸 드는데요."

"그야 나도 마찬가지지. 하지만 여기선 이제 더 이상 뭐가 나올 게 없잖은가. 권오규가 살았다는 독신자 아파트에나 한번 가 보도록 하지. 거기서 무슨 유서라도 나오면 끝나는 거구."

"네. 그렇죠."

그러나 그들은 권오규의 독신자 아파트에 도착해서도 이렇다 할 아무런 단서도 발견하지 못했을 뿐 아니라 그의 자살을 뒷받침할 만한 증거 역시 아무것도 발견하지 못했다. 유서는커녕 그의 자살 동기를 설명해 줄 만한 일기 한 줄 그들은 찾아내지 못했던 것이다. 그의 방은 온통 책뿐이라고 해도 과언이 아니었는데 책갈피 한 장 한 장을 모두 뒤져 보다시피 했으나 그곳에서 그들은 이상한 종이쪽지 한 장도 발견하지 못했던 것이다. 그러나 이때 경식의 마음속에는 하나의 의문이 떠올랐다. 그것은 불현듯이라고 해야 알맞은 그런 의문이었다. 진작에 떠올렸어야 할 의문이었다. 권오규가 호텔에 투숙한 뒤에 어디론가 전화를 걸어 누군가와 통화를 했다는 사실을 안 직후에라도 바로 떠올렸어야 할 의문이었다. 그것은 그의 지갑 속에서 나온 물건들에 관한 의문이었다.

전화번호 따위를 적는 수첩, 사람들이 대개 지갑 속에 함께 넣어 가지고 다니는 조그마한 수첩이 그것이었다. 그것은 그의 방에서 따로 전화번호 따위를 적어 놓은 수첩이나 메모장 같은 것을 발견하지 못한 데서 불현듯 깨달아진 의문이기도 했다. 집에 그런 것을 따로 적어 놓은 수첩이 없다면 지갑 속에라도 그런 수첩쯤 하나 들어 있는 것이 자연스럽다. 아니 그것은 지갑 속에 들어 있는 것이 보다 자연스럽다. 그런데 그것이 어디로 갔을까. 혹시 누군가가 그의 지갑 속에서 꺼내 가 버린 것이 아닐까.

이렇게 가정해 볼 수 있다. 그 수첩에는 누군가 자기의 이름과 전화번호가 그 속에 적혀 있는 사실을 숨기고 싶은 사람의 이름과 전화번호가 적혀 있다. 그것은 권오규가 T호텔에 투숙한 뒤에 어딘가로 전화를 걸어 누군가와 통화를 했다는 바로 그 사람일지도 모른다. 그리고 아직 확인할 길은 없지만 권오규의 전화를 받고 호텔로 그를 방문하여 13층의 창문 밖으로 그를 밀어 떨어뜨린 사람일지도 모른다. 만일 그렇다면 그는 자신을 숨기기 위해서 자신의 이름과 전화번호가 적혀 있는 그 수첩을 훔쳐 가 버릴 수 있다.

물론 처음부터 그런 수첩 따위는 없었을 가능성에 대해서도 경식은 생각해 보았다. 그러나 그것은 아주 드문 가능성일 뿐이었다. 전화번호를 모두 머릿속에 기억할 수 있는 사람이 아닌 한 그런 수첩 하나쯤은 지니고 있었다고 보는 것이 자연스럽다. 그렇다면 그 수첩의 행방은 역시 그 수첩으로 말미암아 자신의 신분이 드러나는 걸 바라지 않는 사람이 가져가 버렸을 가능성이 높다. 그리고 그러한 가정이 만일 받아들여질 수 있다면 권오규의 죽음은 자살 아닌 타살일 가능성도 높아진다. 그의 자살을 뒷받침할 만한 아무런 단서도 그의 방에서 발견할 수 없었다는 사실과 함께.

자신의 그러한 의문과 생각을 경식은 계장에게 말했다. 계장은 심각한 표정으로 그의 얘기를 들었다. 그리고 나서 사뭇 어두운 표정을 지으며 말했다.

"음, 얘기가 좀 복잡해지는군. 역시 그럼 자살이 아니라는 얘기가 되나……."

"물론 아직 성급한 결론을 내릴 순 없죠. 하지만 단순한 자살사건으로 처리해 버리기엔 미진한 구석이 너무 많은 것 같습니다."

"음, 그 수첩 얘기는 아주 중요한 것 같아. 중요한 착안을 해 줬어."

"그런데 문제는 처음부터 그런 수첩 따윈 없었을지도 모른다는 데 있습니다. 그러면 얘긴 아주 허황해지니까요."

"아니, 그럴 리 없어. 분명 있었을 거야. 사회생활을 하는데 그건 필수품이나 다름없지 않은가. 문제는 이제 누가 가져갔는가를 찾는 일이라고 할 수 있어."

"하지만 필수품이라고 누구나 반드시 다 가지고 다니는 건 아니라고도 할 수 있잖습니까."

"그건 극히 드문 예외겠지. 상식적으로 판단해서 그런 일은 없다고 해도 지나치지 않아. 우리가 할 일은 이제 그 수첩의 행방을 알아내는 일로 좁혀졌다고 할 수 있어."

"저도 실은 계장님과 같은 생각입니다만 만에 하나 그런 예외의 경우도 전혀 없다고는 할 수가 없을 것 같아서 드려 본 말씀일 뿐입니다. 그럼 계장님은 이 문젤 어떻게 생각하십니까? 이상철, 선우영일의 연쇄 피살사건과 관계가 있다고 생각하십니까?"

"일단 관계가 있는 걸로 보고 수사를 해 봐야겠지. 권오규는 어쨌든 우리 용의선상에 들어와 있던 인물이니까."

경식도 일단 그러한 가능성을 검토해 봐야 한다고 생각했다. 그러면 어디서부터 시작할 것인가. 그때 문득 경식의 뇌리 속에는 채나영의 이름이 떠올랐다.

그것은 이상철, 선우영일의 연쇄 피살사건에 그녀가 차지하는 묘한 위치 때문이었다. 그 두 피살자와 맺은 그녀의 관계……. 그것이 혹시 권오규에게도 똑같이 적용되는 것은 아닐까. 이를테면 권오규의 경우에도 그녀는 이상철이나 선우영일의 경우와 비슷한 위치를 혹시 차지하고 있는 건 아닐까, 하는 생각이 그의 머릿속을 스쳐 갔던 것이다.

그는 우선 채나영의 아파트로 전화를 걸어 볼 필요를 느꼈다. 전화기는 응접탁자 위에 놓여 있었다. 그는 전화기 쪽으로 다가가 다이얼을 돌렸다. 한참 신호가 간 뒤에야 채나영이 직접 수화기 저쪽에 나타났다. 곤한 잠에서 깨어난 듯한 목소리였다.

"……여보세요?"

"아, 이거 한밤중에 죄송합니다. 시경의 반경식입니다."

"네? 또 무슨 일이죠?"

"아, 다른 게 아니라 급하게 좀 여쭤볼 말씀이 있어서요."

"뭔데요?"

"저, 권오규라는 사람 알고 계시죠?"

"네? 누구요?"

"H학원에 영어 강사로 있는 권오규라는 사람 말입니다. 그 사람 알고 계시죠?"

"무슨 얘기죠? 그런 사람 이름 난 들어 본 적도 없어요."

"그러세요? 잘 생각해 보십시오. 혹시 생각이 나실지도 모르니까."

"지금 처음 듣는 이름이에요. 그런데 왜 그러시죠? 날더러 생전 이름도 처음 들어 보는 사람을 알고 있느냐니, 잘 생각해 보라느니."

"아, 혹시 알고 계신지도 모른다고 생각해서 그랬습니다. 실은 그 사람, 이상철 씨가 피살되던 날 밤, 사건현장에 있던 사람 중의 한 사람이거든요."

"그렇다고 내가 그런 사람을 어떻게 알죠?"

"아, 전 그저 혹시나 해서······."

"혹시나가 아니던데 뭘 그러세요. 괜히 넘겨짚고 그러지 마세요."

"그렇게 느끼셨다면 이거 죄송합니다. 제가 실수를 한 모양이군요. 결코 그럴 생각은 아니었습니다만······."

"기분 나쁘네요. 한밤중에 전화를 걸어서, 생전 듣지도 보지도 못한 사람의 이름을 대면서 알고 있느냐니 어쩌니 그것도 넘겨짚는 식으로······."

"아, 이거 정말 죄송하게 됐습니다. 너그럽게 이해해 주십시오."

"······그런데 누구라고 했죠? 그 사람이 어떻게 됐나요? 한밤중에 전화를 하셔서 날더러 아느냐 모르느냐 그런 걸 묻게."

"네, 실은 그 권오규라는 사람이 오늘 밤 호텔 창문에서 떨어져 죽었습니다."

"네?"

그녀는 놀라는 눈치였다. 경식은 거짓말을 했다.

"저흰 일단 투신자살로 보고 있습니다만, 혹시 채 양이 아는 사람이 아닌가 하고 전화드려 본 겁니다. 그런데 전혀 모르시는군요."

"네, 모르는 사람이에요."

"알겠습니다. 이거 정말 실례 많았습니다."

전화를 끊고 나서 경식은 그녀에게 미행으로 붙여 둔 박 형사를 생각했다. 그의 보고가 궁금했기 때문이었다.

박 형사로부터의 보고는 이튿날 아침에야 들을 수 있었다. 그러나 이튿날 아침 일찍 수사본부로 출근한 박 형사의 보고는 지극히 간단한 것이었다. 채나영의 아파트에는 밤 10시쯤 불빛이 꺼졌으며 그 이전에도 이후에도 그녀는 외출하지 않았다는 것이었다. 그리고 그는 아무런 수상한 점도 발견할 수 없어, 12시쯤 잠복을 철수하여 집으로 돌아가 잤다는 것이었다.

그렇다면 이제는 그녀를 의심해 볼 여지는 없는 것 같았다. 그러나 권오규의 죽음이 자살이 아니리라는 경식의 심중에는 큰 변동이 없었다. 누군가가, 아마도 권오규의 지갑에서 전화번호가 적힌 수첩을 가져간 인물이 그를 살해했음이 거의 틀림없다고 경식은 생각을 굳히고 있었다. 그렇다면 바로 그 문제의 인물은 누구일까. 살해 동기는 무엇이었을까. 경식의 막연한 추측대로 협박이 원인이 되었다면 그 협박의 내용은 어떤 것이었을까. 또 다른 어떤 살해 동기가 있었다면 그것은 무엇이었을까.

그러나 현재의 상태로서는 그 어느 것도 뚜렷한 단서라고는 아무 것도 없다. 단지 누군가 권오규의 지갑에서 전화번호가 적힌 수첩을 꺼내 갔으리라는 사실과 동일 인물에 의해서 그가 살해되었을 가능성이 매우 크다는 사실만이 현재로서는 거의 유일한 수사의 열쇠가 되어 있다고 할 수 있을 뿐이다.

간밤, 권오규의 독신자 아파트에서 경식은 채나영에게 전화를 건 이후, 이상철 사건의 용의선상에 들어 있는 나머지 18명에게도 일일이 전화를 걸어 권오규와의 지면 여부와 사고시간 전후의 소재지에 대해 물었으나 그중 어느 누구도 그를 알고 있다거나 사고시간 전후에 T호텔 부근에 있었다고 대답한 사람은 없었다. 다만 이상철 살해 사건이 있던 날 권오규의 파트너였던, Q호텔 나이트클럽의 호스티스 한 사람만이 경식이 기억을 환기시켜 주자 겨우 기억을 더듬어 생각이 난다고 대답하고, 그가 죽었다는 얘기에 놀라움을 표시했을 뿐이었다.

물론 그들 18명의 전화 응답을 모두 거짓 없는 진실로 인정할 것이냐는 문제는 따로 남지만, 아무튼 사건은 매우 어렵게 되어 간다고 할 수 있었다. 게다가 채나영마저 간밤에는 10시쯤 불을 끄고 외출조차 하지 않았다는 박 형사의 보고가 아닌가.

그때 경식의 머릿속에는 문득, 이번 사건은 앞의 두 사건과는 아무런 관련도 없는 별개의 사건일지도 모른다는 생각이 떠올랐다. 우선 사망자의 신분이 앞의 두 사건과는 동떨어진 느낌을 주며 사건의 양상도 앞의 두 사건과는 매우 다르다는 점 때문이었다. 만일 그가 심증을 굳히고 있는 대로 이런 사건도 타살사건임에 틀림없다면 말이다. 적어도 앞의 두 사건에서 범인은 자살로 보이도록 위장하는 짓 따위는 하지 않고 있지 않던가. 뿐만 아니라 쪽지 따위를 남겨 둠으로써 스스로의 범행임을 분명히 밝히기까지 하지 않았던가.

그러나, 하고 경식은 생각했다. 이것은 어쩌면 수사를 혼란에 빠뜨리기 위한 범인의 교활한 함정일지도 모른다……. 그러자 어디선가 범인의 음흉하고 교활한 웃음소리가 들려오는 듯했다. 조롱과 비웃음에 가득 찬 웃음소리가…….

(하권에 계속)

1941 중국 하얼빈시 근처에서 아버지 조성칠과 어머니 김순희 사이에서 장남으로 출생. 본명 조해룡.

1945 가족들을 따라 귀국. 이후 서울에서 성장.

1950 6·25를 서울에서 겪음.

1951 1·4후퇴 시 부산으로 피난. 이때 바다를 처음 봄.

1954 서울로 돌아옴.

1961 보성고등학교 졸업. 경희대학교 국문과 입학.

1966 경희대학교 국문과 졸업. 육군 입대.

1969 육군 제대.

1970 단편 「매일 죽는 사람」이 『중앙일보』 신춘문예에 당선되어 등단. 단편 「멘드롱 따또」(『월간중앙』), 「야만사초」(『월간문학』), 「이상한 도시의 명명이」(『현대문학』) 발표.

1971 단편 「통일절 소묘」(『월간중앙』), 「방」(『월간문학』) 발표.

1972 단편 「대낮」(『현대문학』), 「뿔」(『문학과지성』), 「전문가」(『문학사상』), 「항공 우편」(『월간중앙』), 중편 「아메리카」(『세대』) 발표.

1973 경희대학교 대학원 졸업. 단편 「심리학자들」(『신동아』), 「임꺽정 1」(『현대문학』), 「내 친구 해적」(『월간중앙』), 「무쇠탈 1」(『문학과지성』), 「1998년」(『세대』) 발표. 숭의여전 강사로 출강.

1974 첫 소설집 『아메리카』(민음사) 출간. 단편 「애란」(『서울평론』), 「할머니의 사진」(『여성중앙』), 「임꺽정 2」(『한국문학』) 발표. 중편 「어느 하느님의 어린 시절」(『세대』) 발표. 중편 「왕십리」(『문학사상』) 연재.

1975 단편 「임꺽정3」(『문학과지성』), 「나의 사랑하는 생활」(『문학사상』) 발표. 중편 「연애론」(『서울신문』, '반연애론'으로 개제), 「우요일」(『소설문예』) 발표. '겨울여자'를 『중앙일보』에 연재. 소설집 『왕십리』(삼중당) 출간.

1976	단편 「순결한 전쟁」(『문학사상』) 발표. 장편 『겨울여자』(문학과지성사) 출간. '지붕 위의 남자'를 『서울신문』에 연재.
1977	단편 「무쇠탈 2」(『문학과지성』), 「임꺽정 4」(『문예중앙』) 발표. 단편집 『매일 죽는 사람』(서음출판사), 중편소설집 『우요일』(지식산업사), 장편 『지붕 위의 남자』(열화당) 출간.
1978	콩트·에세이 집 『키 작은 사람들』(삼조사) 간행. '갈 수 없는 나라'를 『중앙일보』에 연재.
1979	「자동차와 사람이 싸우면 누가 이기나」(『창작과비평』) 발표. 장편 『갈 수 없는 나라』(삼조사) 출간.
1980	단편 「도락」, 「비」, 「낮꿈」(『문학사상』), 「임꺽정 5」(『문예중앙』) 발표.
1981	'X'를 『동아일보』에 연재. 단편 「임꺽정 6」(『한국문학』) 발표. 경희대학교 국어국문학과 교수로 재직.
1982	『엑스』(현암사) 출간.
1986	「임꺽정 7」(『현대문학』) 발표. 『아메리카』(고려원), 『임꺽정에 관한 일곱 개의 이야기』(책세상) 출간.
1990	단편집 『무쇠탈』(솔), 중편집 『반연애론』(솔) 출간.
1991	장편 『겨울여자』(솔) 개정판 출간.
2006	경희대학교 국어국문학과 교수 퇴임. 경희대학교 명예교수 위촉.
2017	「통일절 소묘 2」 발표(손바닥 소설집 『이해없이 당분간』, 김금희 외 21명, 걷는 사람).
2020	6월 19일 경희의료원에서 지병 치료를 받던 중 이날 새벽 별세.

출전(저본) 정보

『갈 수 없는 나라』(고려원, 1993)

조해일문학전집 9권

갈 수 없는 나라 상

1판 1쇄 인쇄 2024년 6월 7일
1판 1쇄 발행 2024년 6월 14일

—

지은이 | 조해일

—

기획 | 조해일문학전집 간행위원회
책임편집 | 강동준

—

발행처 | 죽심
발행인 | 고찬규

—

신고번호 | 제2024-000120호
신고일자 | 2024년 5월 23일

—

주소 | (04029) 서울특별시 마포구 양화로 7길 84 영화빌딩 4층
전화 | 02-325-5676
팩스 | 02-333-5980

—

저작권자 ⓒ 2024
이 책의 저작권자는 위와 같습니다. 저작권자의 동의 없이
내용의 일부를 인용하거나 발췌하는 것을 금합니다.

값은 표지에 있습니다.

ISBN 979-11-94110-01-9 (04810)
ISBN 979-11-985861-2-4 (세트)